La fleur du bonheur

DALLAS SCHULZE

La fleur du bonheur

éditions Harlequin

Titre original : LOVING JESSIE

Traduction française de ISABEL WOFF-PERRY

HARLEQUIN®
est une marque déposée par le Groupe Harlequin

PRÉLUD'®
est une marque déposée par Harlequin S.A.

Photos de couverture

Enfant : © MICHAEL ALBERSTAT / MASTERFILE
Herbe : © ROYALTY FREE / CHRIS WINDSOR / GETTY IMAGES
Paysage : © ROYALTY FREE / PHOTODISC
Couple : © DIGITAL VISION / GETTY IMAGES

83-85, boulevard Vincent-Auriol 75646 PARIS CEDEX 13.

Service Lectrices — Tél. : 01 45 82 47 47
www.harlequin.fr

ISBN 978-2-2808-0872-9 — ISSN 1950-277X

Prologue

Jessica Sinclair se redressa dans son lit et posa le menton sur ses genoux repliés. Inutile de se leurrer, elle ne dormirait pas de sitôt.

Jamais, même dans ses pires perspectives, elle n'aurait imaginé qu'à quelques mois de son trentième anniversaire elle serait encore vierge. Elle n'avait pas fait vœu de chasteté, ne s'était pas promise à une pureté éternelle, et pourtant, les faits étaient là.

Certes, elle ne pouvait s'en prendre qu'à elle-même. Après tout, les occasions n'avaient pas manqué. Jessie avait fréquenté plusieurs garçons, des garçons bien de leur personne à défaut d'être vraiment séduisants, et qui n'auraient pas demandé mieux que de se glisser dans son lit. Seulement, elle avait laissé passer toutes ces occasions. Parce que le problème était ailleurs. Le problème, c'était Ray McKinnon.

On disait souvent qu'« on ne regrette pas ce qu'on n'a jamais connu ». Pourtant, Jessie ne pouvait nier qu'elle souffrait de son ignorance — plus exactement : de son abstinence. Bien sûr, elle avait une idée assez précise de ce qu'elle avait manqué. Entre les articles des magazines, avec leurs recettes miracles pour accéder au plaisir, et les scènes d'étreintes torrides auxquelles on assistait dans les films, il devenait difficile aujourd'hui d'être complètement ignorante en matière de sexualité… Mais la littérature et les images sur le sujet ne remplaçaient pas l'expérience, l'émotion.

Plus encore que de son abstinence, Jessie souffrait de son célibat. Son interminable célibat. Car elle ne voulait pas d'un simple amant. Ce qu'elle désirait plus que tout au monde, c'était un mari, des enfants, un véritable foyer — rien de moins.

Etait-ce trop demander à la vie ?

En tout cas, elle était assise là, dans la chambre qu'elle occupait depuis sa petite enfance, seule, vierge et peut-être vouée à le rester.

En plus, bien qu'elle n'ait jamais vraiment eu l'intention de se réserver pour le mariage, elle n'en entendait pas moins être amoureuse avant de se donner physiquement. Cet état d'esprit pouvait paraître démodé, mais on ne revenait pas sur une éducation tout entière. Jessica avait été élevée par son grand-père, et elle savait bien que sa manière de penser pouvait paraître datée d'une autre époque.

Ah, si seulement elle n'avait pas eu la malchance de s'éprendre, depuis longtemps déjà, d'un homme qui ne voulait pas d'elle ! Elle n'en aurait pas été là aujourd'hui…

Jessie grimaça. Non, elle était injuste, de ce point de vue… L'homme en question ne l'avait jamais rejetée… pour la bonne raison qu'il ignorait totalement ses sentiments pour lui. D'ailleurs, s'il avait soupçonné une seconde l'ardeur de ce qu'elle éprouvait, Ray McKinnon aurait sûrement été abasourdi, voire affreusement gêné. Forte de cette certitude, elle avait fait en sorte qu'il ne soupçonne jamais, jamais la vérité.

Et la vérité, c'était que la petite Jessie Sinclair ne désirait que lui depuis l'adolescence.

Elle serra les dents pour refouler les larmes qui lui étaient montées aux yeux. Elle ne pleurerait pas. Elle avait suffisamment pleuré comme ça au fil des ans et, à part des yeux gonflés et un nez rouge, ses larmes ne lui avaient jamais rien apporté.

Alors, plus de larmes. Elle s'était fait cette promesse en assistant au mariage de Ray McKinnon avec une autre femme, cinq ans auparavant.

Elle se leva fièrement et s'avança vers la fenêtre en se délectant de la fraîcheur du parquet sous ses pieds nus. Malgré l'heure tardive, la lune pleine baignait de sa douce lumière les roseraies de son grand-père. En ce début d'été, le jardin était en pleine floraison et Jessie savait que dans les innombrables allées, l'air tiède exhalait mille fragrances. Sous sa fenêtre s'épanouissait Blanchefleur, une rose de Damas à l'odeur enivrante. Le grand-père de Jessie avait planté pour elle ce rosier, à l'occasion de ses quatorze ans, et la jeune femme ne comptait plus le nombre de nuits passées, pelotonnée sur la banquette, à s'imprégner de ses senteurs et à rêver d'un avenir radieux.

Elle posa un doigt sur le loquet et hésita quelques secondes avant de le faire pivoter pour soulever la fenêtre. Depuis la mort de son grand-père, six mois plus tôt, elle ne passait que de très brefs moments au jardin. Elle évitait tout particulièrement la roseraie qui avait fait la fierté de Leland Sinclair et lui évoquait des souvenirs encore trop douloureux.

Ce soir pourtant, l'air qui pénétra dans sa chambre, portant avec lui une odeur de terre humide mélangée à la fragrance des fleurs la réconforta quelque peu. Certes, Leland, qui l'avait élevée dès son plus jeune âge, lui manquait cruellement. Toutefois, en respirant les parfums du jardin, Jessie se surprit à sourire.

Et bientôt, elle fut assaillie par les souvenirs…

Elle s'agenouilla sur la banquette et, les bras sur le rebord de la fenêtre, parcourut du regard le jardin éclairé par la lune. Peut-être était-ce la disparition de son grand-père qui l'avait rendue si douloureusement consciente de ce qui manquait à son épanouissement. Sans lui, la demeure pourtant modeste où ils avaient vécu lui paraissait trop grande. Pire encore, le vide qui s'était fait dans la maison n'était rien par comparaison avec celui qui habitait son cœur.

Jessie se reprit. Elle n'allait tout de même pas verser dans le sentimentalisme, à présent ! Tout cela par la faute de Pamela Sue Jenkins — *Pammie*, avec sa petite coupe blonde, ses dents parfaitement régulières et ses deux enfants et demi… *Pammie*, déjà horripilante de perfection au lycée… *Pammie* qui ne s'était pas arrangée avec le temps.

Jessie l'avait rencontrée par hasard au supermarché, le matin même.

« C'est reparti pour un tour !» avait-elle claironné, avant de se tapoter le ventre avec autant de satisfaction que si elle venait d'inventer la maternité. « Quand j'ai annoncé la nouvelle à Joe, il était aux anges. Il a beau dire à qui veut l'entendre que ça lui est égal, je suis sûre qu'il espère avoir un garçon, cette fois-ci. Non qu'il n'aime pas nos filles, bien sûr… Ses petites merveilles, comme il les appelle… »

Là-dessus, Pam avait souri avec indulgence aux merveilles en question, joyeusement occupées à délester un rayonnage des serviettes en papier dont il était chargé. Jessie s'était tournée vers elles à son tour, et avait songé qu'à six et huit ans les fillettes ressemblaient déjà beaucoup trop à leur mère : bouclettes impeccables, immenses yeux bleus, robes immaculées, le tout à l'avenant. Presque aussitôt, cependant, honteuse de ses pensées peu charitables, elle avait félicité *Pammie* avec une chaleur exagérée.

« Merci, avait minaudé cette dernière en battant des cils. Même si ça paraît idiot, j'ai vraiment hâte de me remettre à pouponner. Je suis convaincue que certaines d'entre nous sont nées pour devenir mères. Bien sûr, j'admire celles qui, comme toi, font une brillante carrière, mais ce n'est vraiment pas mon rayon. »

La remarque aurait semblé plus sincère à Jessie si elle n'avait pas été accompagnée d'un sourire suffisant qui se transforma bientôt en un rire cristallin. Bref. Posant une main protectrice sur son ventre arrondi, Pamela Jenkins avait conclu par un triomphal : « Je ne suis pas taillée pour réussir dans les affaires, voilà tout ! »

Ce à quoi Jessie aurait pu répliquer qu'en sa qualité de cuisinière, et encore, pas à plein temps, elle ne correspondait pas exactement à l'idée qu'on se fait d'une femme d'affaires. Elle avait aussitôt renoncé, cependant. Le jeu n'en valait pas la chandelle. Le plus important, dans l'immédiat, c'était d'échapper aux griffes de *Pammie* avant que celle-ci ne comprenne à quel point elle enviait son sort. Jessie avait donc ravalé son amertume et, prenant ce qui lui restait de courage à deux mains, avait réitéré ses félicitations…

La jeune femme laissa échapper un gros soupir de découragement. Elle croyait pourtant avoir réussi à oublier l'incident. Car il ne s'agissait vraiment que d'un incident : elle avait juste regagné le parking au bord de l'asphyxie et, pendant quelques minutes, assise dans sa voiture, elle avait dû s'obliger à dresser la liste de toutes les choses merveilleuses qui lui étaient arrivées dans la vie pour trouver le cran de repartir.

Ça avait marché. Du moins en partie. De nos jours, un enfant ne constituait pas la seule source d'épanouissement possible pour une femme, n'est-ce pas ? Jessie réussissait bien dans son métier et, grâce à son grand-père, elle n'avait pas de soucis d'argent. La maison lui appartenait, désormais, elle savait se divertir, avait des amis et jouissait d'une parfaite santé.

Bref, en toute objectivité, elle menait une existence agréable et confortable…

Malheureusement, dans le silence de sa chambre, Jessie se sentait insignifiante.

De nouveau, elle dut refouler les larmes qui lui serraient la gorge. Autant qu'elle se l'avoue : en fait, elle aurait donné n'importe quoi pour être à la place de Pamela Jenkins.

Enfin pas tout à fait tout de même… Elle n'enviait ni sa blondeur artificielle ni sa voix de crécelle… En revanche, le bonheur d'avoir un mari, des enfants, un véritable foyer lui apparaissait comme le summum de la félicité.

Et Jessie aurait nagé dans la même félicité… si elle n'avait pas bêtement commis l'erreur de laisser un vague béguin d'adolescence se transformer en une véritable obsession… Si elle n'avait pas cru, contre toute raison, qu'en rêvant de toutes ses forces, elle réussirait à faire que ses rêves deviennent réalité. Hélas, dans la vraie vie, les choses ne se passaient pas ainsi. Vouloir était une chose ; être exaucée en était une autre.

Pire, à présent qu'elle avait donné son cœur à Ray McKinnon, elle ne savait plus comment le reprendre, même depuis qu'il était devenu évident que celui-ci ne l'aimerait jamais. Même en admettant qu'il n'ait pas épousé la splendide Dana, il aurait continué de voir en Jessie une simple amie, un souvenir d'enfance. Encore aujourd'hui, elle était pour lui la gamine qui s'était accrochée à ses basques — comme à celles de son meilleur copain — pendant des années. D'une certaine façon, Jessie souffrait plus encore de l'affection amusée de Ray que du mépris qu'il aurait pu afficher…

Et s'il l'avait détestée, elle aurait pu se dire que la haine, au moins, était un genre de passion.

Jessie soupira de nouveau et se laissa retomber sur la banquette où, la tête posée sur ses bras croisés et les yeux fermés, elle écouta le silence.

« Affronte la réalité, ma fille, se dit-elle, si tu ne changes pas d'état d'esprit, tu vas rester seule et vierge toute ta vie.» Côté sentiments, elle ne pouvait rien changer. Elle avait essayé, souvent, au fil des ans — en vain. Au contraire, quand elle avait pris conscience de sa passion pour Ray, elle avait compris aussi combien il serait difficile de changer de direction et de s'éprendre d'un autre. N'empêche : le fait de ne pouvoir vivre auprès de l'homme qu'elle aimait ne devait pas faire barrage à tous ses désirs ! Un mari, un enfant... On n'était pas forcée de passer par le premier pour obtenir le second, si ?

Jessie releva la tête. Cette idée ne lui était encore jamais venue à l'esprit. Quelle idiote de ne pas y avoir pensé plus tôt ! De nos jours, la morale n'interdisait plus aux femmes d'avoir leur bébé hors mariage ! De tels préceptes n'étaient plus de mise !

Elle se redressa, soudain excitée. Certes, ce n'était pas tout à fait la formule qu'elle aurait souhaitée, mais il fallait savoir adapter ses rêves à la réalité et à l'époque.

Un bébé... Un enfant bien à elle. Une famille, en quelque sorte, même « mono-parentale », comme on disait aujourd'hui. Il y avait bien moyen d'obtenir ce bonheur sans pour autant partager sa vie avec un homme ! Et si elle n'avait encore aucune idée de la manière dont elle allait s'y prendre, elle finirait bien par trouver. Après tout, ça ne devait pas être sorcier. En clair, bien que la vie n'ait pas pris le tour qu'elle aurait rêvé, Jessie n'était pas condamnée pour autant à renoncer à son vœu le plus cher.

Pour que ce vœu soit exaucé, il suffisait à présent d'établir un plan d'attaque.

*
* *

Décidément, la vie était bien compliquée. On faisait des projets, on les menait à bien, on avait l'impression que les choses évoluaient dans le bon sens… tout ça pour que, au bout du compte, rien ne se déroule comme prévu.

Les coudes repliés sur les genoux, Ray McKinnon contemplait d'un air morne le motif du tapis déployé sous ses pieds. Il était horrible, ce tapis, en dépit de sa prétendue grande valeur — car il s'agissait d'un… d'un quoi déjà ? Aubudon ? Non… Auburon, Aubupon ? Non plus.

Ray fronça les sourcils dans un effort de concentration. Au bout de quelques secondes, la mémoire lui revint : Aubusson… C'était bien cela.

Dana avait été enchantée de sa trouvaille. Selon elle, c'était exactement ce qui manquait dans ce bureau. Bon… Il n'était sans doute pas si moche que ça, ce tapis. D'ailleurs, la plupart du temps, Ray ne le remarquait pas. Lorsqu'il l'examinait, en revanche, il se demandait bien ce qui pouvait pousser les gens à dépenser de telles fortunes pour un tapis qui avait déjà l'air usé à l'achat. Toutefois, Dana avait été si heureuse le jour où elle l'avait déroulé devant lui, qu'il n'avait pu que s'extasier à son tour, allant même jusqu'à préciser, l'hypocrite, que c'était le tapis dont il avait toujours rêvé.

A sa décharge, l'épisode remontait à leur première année de mariage, et Ray aurait laissé sa jeune épouse tapisser son bureau de papier rose à pois verts si ça lui avait fait plaisir. C'était toujours vrai, d'ailleurs, s'il réfléchissait bien. Malheureusement, ces derniers temps, il aurait fallu bien plus à Dana qu'un tapis d'Aubusson pour la mettre en joie. En fait, Ray ne se souvenait pas de la dernière fois où il avait vu son épouse vraiment heureuse.

Il se leva vivement. Il avait besoin d'action, même s'il ne

s'agissait que d'arpenter la pièce d'un bout à l'autre. Minuit avait sonné depuis bien longtemps, et tout était silencieux dans l'immense demeure.

Il ne s'était pas donné la peine d'allumer le plafonnier et seule la petite lampe de bureau éclairait les lieux. Cela convenait bien à son humeur du moment, d'ailleurs. Il était tellement plus agréable de ruminer dans le noir !

Il prit appui sur le manteau de la cheminée, ferma les yeux et se massa l'arête du nez, dans l'espoir d'apaiser la douleur qui s'y installait tout doucement.

Si son couple partait à la dérive, c'était sa faute. Il s'était comporté comme un véritable crétin. Il avait commis une erreur, stupide, impardonnable… qui lui avait coûté ce qu'il avait de plus cher en ce bas monde.

Comme il ouvrait les yeux, son regard tomba sur les photos disposées devant lui et il ne put réprimer une grimace. On aurait dit un musée du souvenir… Il y avait là ses parents, l'année qui avait précédé celle du décès de son père ; une photo de mariage — des plus traditionnelles, avec la traîne de la robe de Dana étalée derrière eux et le beau visage de la mariée levé vers le sien, un sourire éblouissant aux lèvres. Sur un autre cliché, pris pendant leur voyage de noces, les yeux de la jeune femme paraissaient plus bleus que la mer Méditerranée derrière elle. Quant à son visage, il irradiait la félicité.

Ça faisait si longtemps que Ray n'avait pas vu une telle expression à sa femme…

Le cœur serré, il passa à la photo suivante. Elle représentait deux jeunes garçons accompagnés d'une fille, encore plus jeune qu'eux. Tous trois souriaient au photographe, l'air canaille de compères sur le point d'exploser de rire — ce qui s'était produit sitôt la photo prise.

Ray prit le cadre avec attendrissement puis alla s'installer dans le canapé, sous la lampe, là où l'éclairage était le meilleur, pour contempler la photo et s'imprégner des joyeux moments qu'elle lui évoquait. Dieu qu'il était gamin, à l'époque ! Ils l'étaient tous, d'ailleurs. Matt et lui devaient avoir... quoi ? Vingt-deux, vingt-trois ans ? Ce qui faisait de Jessica une gamine d'une quinzaine d'années... Elle était tout en jambes, et ses yeux noisette paraissaient immenses dans son visage encore rond. Le cliché avait été pris l'été où tous trois s'étaient rendus sur la côte. Matt et Ray avaient promis à leur jeune amie de lui apprendre à surfer... Un art que devait posséder toute Californienne digne de ce nom !

Le photographe ? Le vieux Leland, bien sûr. Le grand-père de Jessie, qui avait tenu à immortaliser leur départ en leur tirant le portrait devant la vieille guimbarde de Matt, à peine visible, en arrière-plan.

Le sourire de Ray s'élargit à l'évocation de cette équipée. La radio ne fonctionnant pas, ils avaient passé le trajet à massacrer les tubes des Beach Boys dont ils inventaient à la fois les paroles et les harmonies... Fort heureusement, Brian Wilson ne pouvait pas les entendre.

La leçon de surf, en revanche, n'avait rencontré qu'un succès modéré. Jessie n'était pas parvenue à rester sur sa planche plus de cinq secondes d'affilée, de sorte que Matt et lui avaient passé la journée à la repêcher. Surtout Matt, d'ailleurs. Car Ray, lui, s'était surtout occupé de soutirer son numéro de téléphone à une magnifique rouquine en Bikini. Et s'il avait oublié le nom de la naïade depuis bien longtemps, il ne se souvenait que trop des gloussements complices de Jessie et de Matt, sur le chemin du retour.

Oui, décidément, ils avaient passé de bons moments, tous les trois... Parfois même des moments exceptionnels. Le fait que Jessie soit plus jeune qu'eux de près de huit années ne semblait avoir aucune importance. Elle avait sa place parmi eux, à mi-chemin entre l'amie et la petite sœur.

Et puis il y avait Matt. Matt qui avait toujours été le grand copain, le meilleur ami, depuis l'école primaire jusqu'à l'université et encore aujourd'hui — même s'ils ne s'étaient pas vus depuis… Depuis quand au juste ?

Ray appuya la nuque contre le dossier du canapé pour réfléchir à la question. Combien d'années s'étaient écoulées, depuis le dernier passage de Matt dans leur petite ville natale ? Trois ? Quatre ? Non ! Cinq ! La dernière fois qu'il avait vu son ami, celui-ci était rentré du diable vauvert pour être son témoin de mariage.

Cinq ans… C'était à peine croyable. D'autant que depuis lors, ils n'avaient échangé que quelques rares coups de fil. Ray avait juste reçu une demi-douzaine de cartes postales, en provenance d'endroits où aucun touriste sensé n'aurait mis les pieds. N'empêche. Ils étaient restés en contact, comme seuls les vrais amis savent le faire dans de telles circonstances.

Quant à Jessie… Si l'on exceptait un séjour de quelques années à Paris, où elle avait étudié la pâtisserie auprès d'un restaurateur de renom, Jessica n'avait jamais bougé de Millers Crossing, au contraire de Matt. Aussi Ray la voyait-il souvent… Non, de temps en temps. Là encore, il peinait à mettre une date sur leur dernière entrevue. A la célébration du 4 Juillet ? Probablement. Toute la ville était rassemblée pour l'occasion, et Dana et lui étaient tombés sur Jessie par hasard, dans la file d'attente de la baraque à *churros* — une spécialité de la communauté hispanique de la région. Ray se souvenait même avoir demandé à Jessie si elle était venue tester les produits de la concurrence…

Il y avait donc un mois de cela.

Et encore avant… il ne l'avait vue qu'aux obsèques de son grand-père, en février dernier.

Etrange, de constater la facilité avec laquelle on perdait de vue des gens qui vivaient pourtant dans la même bourgade que vous…

Ray étouffa un bâillement. Il était tard, Dana dormait à l'étage, dans le lit qu'ils continuaient de partager, envers et contre tout. Il aurait pu monter la rejoindre, bien sûr, toutefois il n'en voyait pas l'intérêt. Dana se fichait éperdument qu'il soit là ou non. Et bien qu'elle ne lui ait jamais suggéré de prendre ses quartiers dans une autre chambre, il doutait fort qu'elle se rebiffe s'il le lui proposait. Si bien qu'il ferma les yeux et s'abandonna. Que n'aurait-il pas donné pour redevenir ce gamin de vingt-trois ans, pour avoir toute la vie devant lui, pour qu'on lui donne une deuxième chance. Ç'aurait été si bon de n'avoir pour souci que celui de séduire une rousse en Bikini, sur une plage californienne.

Matt Latimer se versa une rasade de Chivas dans un gobelet en plastique. Beurk… Quel sacrilège ! Ce whisky avait vieilli en fût pendant vingt et un ans et méritait un verre digne de ce nom. « Tu aurais dû en garder au moins un, avant de donner toutes tes affaires au magasin de charité du coin », songea-t-il. Car si ça ne le dérangeait pas outre mesure de manger une pizza à même le carton d'emballage, boire un tel élixir dans un vulgaire gobelet jetable revenait à tourner le dos à la civilisation.

Résigné, il porta le liquide à ses lèvres. De toute façon, la civilisation n'avait jamais tenu ses promesses.

Une fois la première gorgée d'alcool absorbée, il embrassa du regard l'appartement qu'il habitait depuis bientôt huit ans. Habiter était un bien grand mot, d'ailleurs : il ne s'agissait pas d'un lieu de vie mais d'un endroit impersonnel où il avait pris l'habitude de se réfugier entre deux missions, ni très longtemps ni très sereinement. Ainsi, l'an passé, il n'avait pas dû y passer plus de deux semaines d'affilée, et ces derniers mois de résidence plus ou moins forcée ne l'avaient pas mieux convaincu de la chaleur ou du confort de l'endroit. Loin de là !

D'ailleurs, on n'y voyait pas trace de son passage. Pas de trous dans les murs, là où ses certificats et ses innombrables prix auraient dû être accrochés — ce qu'il n'avait jamais fait —, aucune tache ni marque d'usure sur la moquette, nulle éraflure sur les murs, pas de traces de doigts sur les poignées de la porte ou les interrupteurs… Bref, rien qui puisse indiquer que les lieux avaient été habités pendant près d'une décennie. Pire encore, Matt n'était pas encore parti que les pièces résonnaient déjà, comme si elles étaient vides depuis toujours.

Il traversa nerveusement le salon pour regarder par la fenêtre. L'un des arguments de vente de l'appartement avait été sa *vue spectaculaire et imprenable sur Elliot Bay.* C'était vrai, dans une certaine mesure : en se tenant à l'extrémité gauche de la fenêtre et à condition de pencher la tête, on apercevait effectivement la baie. Pour sa part, Matt redoutait le torticolis et se contentait donc d'une vue agréable sur Seattle.

Il était plus de minuit et, par cette nuit un peu fraîche, les lumières de la ville formaient un halo dans le brouillard. Matt avala une nouvelle gorgée de Chivas et la garda un moment en bouche, la laissa glisser doucement dans sa gorge tout en observant toutes ces lumières : combien d'autres êtres humains se tenaient ainsi comme lui, derrière leurs fenêtres, à scruter l'obscurité, histoire de retarder le moment du coucher, de peur de ce que la nuit apporterait avec elle.

Quelle ironie ! Lui qui n'avait jamais eu peur du noir, même quand il était enfant. Jamais il n'avait redouté la présence de gargouilles dans son armoire ou de monstres sous son lit. Jamais il n'avait eu peur que ses jouets mutent pendant la nuit, pour se transformer en machines infernales. Peut-être parce que son foyer comptait déjà un véritable monstre, sous la forme d'un père alcoolique susceptible d'entrer dans des rages folles à la moindre contrariété… Et voilà qu'à trente-huit ans, il se mettait à appréhender l'arrivée de la nuit…

Les cauchemars avaient débuté trois mois plus tôt, peu après sa sortie de l'hôpital. De manière occasionnelle, au début… Matt, arraché à son sommeil, se retrouvait suant, tremblant de peur, hallucinant de vagues images qui flottaient dans l'obscurité et lui paraissaient tout droit sorties d'un film d'horreur. Dans ces moments-là, il ne savait plus s'il délirait ou si sa mémoire était simplement en feu.

Il s'était efforcé de les ignorer, tout comme il ignorait la douleur persistante dans son épaule. Au placard. C'était efficace, d'ailleurs… la plupart du temps. Des journées entières pouvaient s'écouler sans incident, et au cours de ces périodes de répit — des périodes où il oubliait tout : cauchemars, cicatrice, là où cette maudite balle s'était logée —, il parvenait presque à se persuader qu'il ne faisait que prendre quelques semaines de vacances, qu'il reprendrait bientôt le collier…

Sauf que, pendant ce temps, la poussière se déposait lentement sur la sacoche de son matériel de photo et il faisait semblant de ne pas la voir.

La journée, il y réussissait assez bien. En revanche, le soir, il ne pouvait plus se mentir et la réalité nue lui apparaissait. Non, il ne s'agissait pas de vacances. Le « grand » Matt Latimer était vidé, lessivé, essoré… Le monde qu'il arpentait depuis quinze ans s'écroulait autour de lui. Lamentablement. L'appareil photo qui avait été son compagnon de tous les instants lui paraissait intouchable, à présent. Pire encore, cette ville, cet appartement, bref, tout ce qui aurait pu le rassurer lui semblait hostile et étranger.

Matt fit machinalement tourner le whisky dans son gobelet. Pas besoin d'être médecin pour établir un diagnostic. N'importe quel gamin aurait pu lui dire de quoi il souffrait : Syndrome Post Traumatique — le terme à la mode, ces derniers temps. Bref, choc à retardement…

Matt aurait pu en parler à son médecin, lui demander de lui prescrire des pilules miracles afin de le soulager. Il était même prêt à reconnaître que ça aurait été la meilleure chose à faire. Après tout, il n'avait pas retiré lui-même la balle de son épaule ! Dès lors, pourquoi vouloir à tout prix se sortir de sa déprime tout seul ?

— Parce que tu n'es qu'un stupide macho, mon vieux !marmonna-t-il à voix haute avant de porter le gobelet à ses lèvres. Tu veux bêtement rester un mec, un vrai.

Matt Latimer n'était pas du genre à se réfugier derrière une camisole chimique ! Il était au-dessus de ça. Pour preuve, il allait se conduire en homme et tourner le dos à son existence passée dans l'espoir de semer ses propres démons.

Bref, les rats quittaient le navire.

Enfin… Au moins, il s'agissait d'une fuite organisée. Pour preuve, cet empilement impeccable de cartons et autres sacs. De plus, Matt savait où aller. Deux semaines plus tôt, lors d'un entretien téléphonique, son frère aîné, Gabe, lui avait innocemment expliqué qu'il avait besoin d'aide, pour la réfection de la maison qu'il venait d'acheter. Matt s'était excusé : il devait reprendre le travail, terminer des articles restés en suspens depuis son rapatriement du Kosovo par hélicoptère. « J'ai des endroits à voir, des photos à prendre », avait-il conclu.

Gabe l'avait cru sur parole. Mais la réalité était tout autre. Le « célèbre » Matt Latimer n'avait aucun article en suspens, aucune mission, et il se fichait éperdument de savoir s'il reprendrait ou non son travail. Au tour d'un autre, de risquer sa peau pour réaliser le documentaire du siècle. De toute manière, le monde partait à vau-l'eau. Alors, pour sa part, Matt avait donné. Il était temps de passer à autre chose. Comme de rejoindre son pote Ray McKinnon sur un de ses chantiers, par exemple.

— Le lauréat du Prix Pulitzer troque sa caméra contre un fil à plomb et une truelle! grommela-t-il. C'est parfaitement naturel, comme réorientation professionnelle! Personne ne se doutera que tu déprimes complètement, vieux!

Il s'y voyait déjà. Il passerait ses journées à construire des maisons, ne s'interrompant que pour siffler les filles qui passeraient dans la rue. Il entretiendrait ses muscles et la vie au grand air lui assurerait un hâle permanent. Et puis, le travail physique lui garantirait peut-être enfin le sommeil. Il cesserait de sursauter à la moindre pétarade de tuyau d'échappement et, qui sait... Qui sait? Peut-être parviendrait-il enfin à se regarder dans la glace sans se demander ce qui se serait produit s'il...

Stop!

Il était parfaitement vain de revenir là-dessus. Avec des « si » et des « si seulement », on ne faisait que se leurrer et se torturer. Ce qui était fait était fait. La vie ne proposait pas d'oral de rattrapage.

Matt vida d'un trait ce qui restait de whisky. Il ne lui restait plus qu'à d'aller de l'avant. S'il en était encore capable, bien sûr.

Chapitre 1

Dans son manque d'empressement à regagner la Californie, Matt fit durer une bonne semaine un trajet qui aurait dû lui prendre deux jours tout au plus.

Il tenta de se convaincre qu'il profitait de ce voyage dilettante pour admirer le paysage et s'imprégner des odeurs. Mais il n'avait jamais été très doué pour se mentir : à la vérité, dès l'instant où il s'était résigné à rentrer à Millers Crossing, il avait commencé à s'interroger sur le bien-fondé de sa décision. Et plus il se rapprochait de sa destination, plus il était partagé entre l'espoir de trouver sur place la paix dont il avait tant besoin, et l'intime conviction que c'était bien le dernier endroit au monde susceptible de lui apporter la sérénité.

C'est pourquoi il parcourut la côte californienne avec autant d'enthousiasme que celui que met un gamin de cinq ans à se préparer pour la messe du dimanche.

Il s'arrêta pour admirer des panoramas qu'il regardait à peine, se sustenta jusqu'à en avoir des brûlures d'estomac de la nourriture grasse des baraques à frites, but jusqu'à l'écœurement un breuvage qui n'avait de café que le nom, et se détourna de sa route pour se rendre dans les sites dits touristiques et où le mot *vulgaire* prit pour lui un sens tout nouveau.

Malgré tout, il finit par arriver en vue de la petite ville où il avait passé les vingt-trois premières années de son existence.

Millers Crossing n'avait d'abord été qu'un lieu de passage, destiné à offrir un certain nombre de services aux fermiers de la vallée de Salinas. Un magasin de nourriture pour bestiaux, un petit supermarché muni d'une pompe à essence et un café en étaient les seuls commerces. Située un peu à l'écart de la route 101, sur une départementale plutôt agréable et menant à l'océan Pacifique, la bourgade s'était agrandie au fil du temps. Elle avait même joui d'une certaine cote, dans les années cinquante, à l'apogée de l'ère automobile, quand l'essence était encore bon marché et que tout le pays semblait passer ses vacances sur les routes. A cette époque étaient apparus un cinéma, deux ou trois motels et autant de magasins.

Au milieu des années soixante, un entrepreneur de Los Angeles avait eu une illumination : Millers Crossing était l'endroit idéal pour la romance. De cette idée était née l'Auberge du Saule, construite sur une colline, avec vue sur un terrain de golf. La bâtisse était la réplique exacte d'une mission espagnole, avec ses façades en stuc rose pâle, son toit en ardoise rouge et ses portes voûtées. Des cours intérieures, des fontaines, des grilles en fer forgé et quelques palmiers avaient été ajoutés à l'ensemble, afin de parfaire encore l'atmosphère ambiante. Les gens du coin avaient commencé par ricaner, avant de prédire à l'entreprise une durée de vie inférieure à une année. Contre toute attente néanmoins, l'Auberge du Saule, avec ses baignoires en forme de cœur et ses miroirs au plafond, avait fini par se faire une réputation de véritable nid d'amour qui lui assurait une clientèle de jeunes mariés venant en voyage de noces des endroits les plus éloignés du pays.

Les commerçants de la petite ville n'avaient pas tardé à s'apercevoir qu'une des caractéristiques des jeunes couples était de dépenser sans compter. C'est ainsi que le succès de l'Auberge du Saule avait généré l'apparition d'innombrables restaurants, salons de beauté et autres boutiques de mode. Et, quelques décennies plus tard, alors que tant de villes de la vallée commençaient à se ressentir des effets de la crise, Millers Crossing tira fièrement son épingle du jeu.

C'est dans cette atmosphère quelque peu factice que Matt avait grandi. Il s'était baigné nu dans le lac artificiel bordant le parcours de golf; avait appris à conduire sur les chemins de terre déserts qui s'étiraient de part et d'autre de la petite ville ; avait caressé pour la première fois les seins d'une fille, sous les gradins du stade. Quelques semaines plus tard, la même fille, Marcy Woodbridge, l'avait autorisé à lui retirer tous ses vêtements, et Matt et Marcy avaient fait l'apprentissage de la sexualité sur la banquette arrière de sa vieille Corvair. Bien sûr, à l'époque, Matt était convaincu d'être amoureux. Marcy, en revanche, ne s'était jamais bercée de telles illusions, et elle avait fini par le laisser tomber pour Billy Macy, dont l'ambition principale était d'entrer à Harvard pour étudier le droit. Matt s'était consolé en songeant qu'il ne serait pas facile, pour la jeune fille, d'évoluer dans la vie avec un nom aussi idiot que Marcy Macy…

Aujourd'hui, malgré le temps écoulé, le lycée avait exactement la même apparence que dans ses souvenirs, tout comme la bibliothèque où il avait passé plus de temps à « mater » les filles qu'à étudier.

Matt tourna la tête du côté de la piscine où il avait travaillé comme maître nageur et qui juxtaposait les magasins généraux où il avait passé un été à trimbaler des sacs de grain en s'efforçant d'ignorer les avances de la femme du patron.

A cette pensée, il ne put réprimer un sourire. Car s'il n'avait pas cédé aux invites de la dame, c'était plus par égard pour le physique impressionnant de Buddy Dickerson que par respect pour les sacro-saints vœux du mariage.

Il y avait du nouveau, dans le paysage, çà et là, constata-t-il. Un supermarché, à la place du bowling, une rangée de magasins d'antiquité là où s'était autrefois tenu un drugstore… Et pourtant l'ensemble restait familier. A tel point que Matt eut l'impression de revenir vingt ans en arrière.

Bon sang ! Le café du vieil Ernie !

Il leva le pied de l'accélérateur, le visage soudain illuminé d'un sourire. Il en avait passé, des heures, dans ce troquet, à manger des hamburgers-frites, à ingurgiter des milk-shakes… L'endroit était exactement tel qu'il se le rappelait et…

Ma parole ! Cette voiture… Une Mustang Classic rouge cerise… Il la reconnaissait ! Et pour cause : il avait passé la plus grande partie de son dernier été californien sous son capot, à réviser le moteur, ainsi que tout le reste, d'ailleurs.

Incroyable… Etait-ce vraiment « la » Mustang rouge cerise de Millers Crossing à laquelle il pensait ?

Non, impossible. Et même si c'était un modèle identique, Jessie avait dû se débarrasser de sa voiture, depuis le temps ! Après tout, treize années s'étaient écoulées…

Pourtant, il ralentit et alla se garer à quelques mètres de là. Gabe ne l'attendait pas, puisqu'il ne lui avait pas annoncé son arrivée. Dans son instabilité du moment, il avait voulu se donner l'illusion qu'il pourrait toujours changer d'avis au dernier moment. Bref, rien ne s'opposait à ce qu'il passe une petite demi-heure *Chez Ernie*.

— Jessica, tu as un mauvais fond et s'il y a un semblant de justice en ce bas monde, tu paieras pour tes péchés ! déclara Laurène Washington, en repoussant son assiette à dessert.

— Tu te prétends mon amie et tu me vouerais aux enfers

pour une malheureuse part de cheese-cake ? demanda Jessie qui haussa les sourcils d'un air moqueur.

— Je pensais plutôt à un séjour prolongé dans une clinique d'amaigrissement, répliqua Laurène. Ricane si tu veux ! Quand tu auras passé quelques mois à manger des viandes grillées accompagnées d'une malheureuse feuille de salade, tu trouveras ça moins drôle !

— Je ne t'ai pas forcée à avaler cette deuxième part de gâteau ! fit remarquer Jessie.

— Peut-être, seulement tu m'as tentée en la posant devant moi... Or, comme disait ma grand-tante, celui qui tente son prochain est aussi coupable que le pécheur lui-même.

— Tu ne m'as pas dit que ta grand-tante était strip-teaseuse ?

— Danseuse de french cancan, rectifia Laurène. Ce qui ne l'empêchait pas d'avoir des principes. Et crois-moi, elle en connaissait un rayon, question péchés capitaux !

Laurène ramassa du bout de l'index les miettes dispersées dans son assiette, avant de les porter à sa bouche.

— Or je persiste à dire que ce gâteau est un pur péché.

— Tu as un nom tout trouvé pour ce dessert, là, ma belle ! Péché Mignon... En admettant que tu ajoutes ce cheese-cake à ta carte, bien sûr.

Laurène la dévisagea un instant avec des yeux ronds.

— Si je veux l'ajouter à ma... Tu plaisantes ou quoi ? Je ne suis pas complètement idiote, Jessie. Bien sûr que je vais le mettre sur la carte, ce dessert ! Quand tu tiens un restaurant, ce n'est pas un péché que de détourner la clientèle du droit chemin... C'est du commerce !

Jessie s'esclaffa et, cédant à la tentation elle aussi, se coupa une minuscule tranche de gâteau. C'était vraiment une réussite, songea-t-elle tandis que la crème moelleuse lui fondait sur la langue. Peut-être même cela valait-il les heures d'exercice auxquels elle se soumettait pour perdre les kilos qu'elle prenait, à force de goûter le fruit de son travail…

A bien y réfléchir, d'ailleurs, le vrai scandale ne résidait pas tant dans le gâteau lui-même, avec ses tonnes de calories, que dans le fait qu'on la payait pour s'amuser derrière ses fourneaux.

En sa qualité de médaillée du Cordon Bleu, un célèbre établissement parisien, Jessica Sinclair aurait pu gagner des fortunes… A condition d'aller travailler à Los Angeles ou à New York et d'accepter de faire ses preuves pour un restaurateur qui ne ferait pas la différence entre crème anglaise et crème brûlée. Une telle entreprise l'aurait aussi contrainte à travailler comme une forcenée, à lutter contre la concurrence… Bref, rien que d'y songer, elle en était fatiguée d'avance.

Sa position aurait peut-être été différente si elle avait recherché un emploi dès son retour de Paris. Malheureusement, à l'époque, la santé de son grand-père commençait à décliner et, bien qu'il ne le lui ait jamais dit clairement, il avait besoin d'elle. De son côté, Jessie n'avait été que trop heureuse d'être auprès de cet homme qui l'avait prise sous son aile après la disparition de ses parents dans un accident de la route. Et elle n'avait jamais regretté sa décision.

En plus d'être son grand-père et son tuteur, Leland Sinclair avait été pour Jessie un véritable ami, et elle lui était reconnaissante des bons moments qu'ils avaient passés ensemble, au fil des ans.

Après son décès, Jessie avait vaguement envisagé de faire carrière, sans grand enthousiasme toutefois. Elle aimait la bourgade dans laquelle elle avait grandi. Millers Crossing était suffisamment petite pour qu'elle s'y sente à l'aise et assez grande pour qu'elle puisse y faire ses achats. Et lorsqu'elle avait soif de culture, elle passait le week-end à San Francisco ou même à Los Angeles, un peu plus éloignée.

Bien qu'il ne soit pas particulièrement rémunérateur, l'arrangement qu'elle avait conclu avec Laurène lui convenait à merveille. Quatre jours par semaine, Jessie confectionnait les desserts du restaurant et du rayon traiteur que son amie venait de lancer. Les deux femmes y trouvaient leur compte : Jessie adorait expérimenter de nouvelles recettes et le restaurant attirait de plus en plus de clients.

Au départ, son amitié avec Laurène n'était pas allée de soi. A part une faiblesse pour les desserts crémeux ainsi qu'un faible pour Humphrey Bogart, elles n'avaient pas grand-chose en partage. Grande, blonde, opulente, Laurène était une quinqua d'un cynisme bon enfant. Elle avait été mariée deux fois, d'abord à un guitariste de rock qui l'avait trompée sans vergogne, puis à un citoyen honorable et droit, comptable de métier. Et si cette seconde union n'avait rien de passionné, Laurène avait d'abord pensé qu'elle n'aurait pas à s'inquiéter de savoir dans quel lit son mari se prélasserait. C'était vrai, dans une certaine mesure. Car ce n'était pas sur un matelas mais sur un bureau, dans les locaux de la société, qu'elle avait finalement surpris le goujat en pleine étreinte avec sa réceptionniste…

Laurène avait alors décidé que ça suffisait comme ça. Après avoir pris la moitié des économies de son couple, elle était venue s'installer à Millers Crossing. A l'époque, elle n'avait pas l'intention d'y racheter un restaurant, ni même de rester en Californie. Et pourtant, cinq ans plus tard, elle était toujours là, à la tête de sa petite entreprise, avec Jessie comme collaboratrice.

Une fois encore, cette dernière songea que le sort l'avait gâtée. Elle avait des amis, une jolie petite maison et elle aimait son travail. C'était de la gourmandise, que d'en demander davantage et pourtant… Et pourtant elle n'était pas pleinement satisfaite. Elle attendait tellement plus de la vie ! Mais comment parvenir au but ? Parce que c'était bien beau, de décider qu'on voulait un enfant ! Encore fallait-il trouver un moyen de le concevoir et pour cela, bien sûr, il lui fallait trouver un père potentiel…

— Ouah ! s'exclama Laurène à mi-voix. Il y a des jours où je reviendrais volontiers sur ma décision de rester célibataire !

La remarque de son amie faisait tellement écho à ses réflexions du moment que Jessie sursauta. Son amie aurait-elle deviné ses pensées ? Non… Le regard de Laurène était dirigé vers la porte, et ses yeux sombres brillaient d'une telle convoitise que Jessie ne put réprimer un sourire. Par curiosité, elle fit pivoter son tabouret rouge, de manière à pouvoir observer discrètement l'homme qui venait de pénétrer dans l'établissement.

Il mesurait un bon mètre quatre-vingts et son corps élancé, sans une once de graisse, lui donnait fière allure. Il portait un jean si délavé qu'il en paraissait presque blanc, et son T-shirt gris semblait avoir vu des jours meilleurs, lui aussi. Ses épais cheveux noirs lui retombaient sur le front et dans le cou. De l'endroit où elle se tenait, Jessie ne pouvait pas voir la couleur de ses yeux, mais elle aurait juré qu'ils étaient clairs.

Bref, un splendide spécimen de mâle, qui devait avoir un succès fou !

— Grand, brun et beau. Une star, quoi ! soupira Laurène, sans se départir de son sourire. Je me demande si, dans certains Etats, ce genre d'élégance négligée n'est pas interdit par la loi. Regarde-moi cette carrure ! On dirait…

— Matt ! s'exclama Jessie, se laissant glisser de son tabouret. Matt !

Matt se figea. Aussitôt tendu, il se sentit sur la défensive et cela l'exaspéra. Combien de temps encore allait-il sursauter quand un bruit le surprenait ? Cela datait de ce reportage en Afrique… Un jour, dans un petit pays politiquement instable, où les gouvernements se succédaient sans cesse, il s'était trouvé au cœur d'un coup d'Etat sanglant. Après s'être placé un peu à l'écart, il avait entrepris de faire son métier et de shooter la scène. Une initiative qui avait bien failli lui coûter la vie — car, totalement absorbé par ce qui se passait devant l'objectif de son appareil photo, il avait mis une bonne heure à se rendre compte qu'une balle perdue avait traversé sa sacoche et s'était logée dans sa chair. C'était un sale souvenir. Un souvenir traumatisant. Mais de là à sursauter parce qu'une voix — une voix de femme, qui plus est — prononçait son nom sans qu'il s'y attende…

— Matt !

Se ressaisissant, il se concentra sur la jeune femme qui se précipitait vers lui.

Elle ? Jessie ?

Tout à l'heure, en voyant la Mustang rouge, il s'était dit que même si la voiture n'appartenait plus à Jessie, il y avait quelque chance qu'il croise la jeune femme à un moment ou à un autre, peut-être même devant Chez Ernie. Mais il ne s'était pas préparé à croiser cette jeune femme-là, cette Jessie-là. Non, il se l'était imaginée… différente.

Avec des cheveux couleur caramel, certes, d'immenses yeux noisette, et un sourire radieux aux lèvres, bien sûr. Seulement, si tous ces ingrédients étaient toujours là, l'emballage lui-même avait considérablement changé.

Considérablement…

Jessie avait pris des formes qu'il ne se souvenait pas lui avoir vues, la dernière fois. Des formes très appétissantes, d'ailleurs. Elle portait une petite jupe rose qui ne lui arrivait qu'à mi-cuisses, dévoilant des jambes aussi fuselées que hâlées.

A les regarder, Matt éprouva un émoi proche du désir… ce qui ne pouvait pas être le cas, bien sûr. Il ne désirait plus rien depuis bien longtemps !

— Que je suis contente de te voir ! s'exclama-t-elle.

Sans paraître s'apercevoir de son étonnement, la jeune femme glissa les deux mains autour de sa taille, et malgré lui, Matt s'émut de la présence de ce corps, aussi féminin qu'appétissant, contre lui.

« Du calme, vieux ! Modère tes ardeurs ! s'admonesta-t-il. C'est Jessica, que tu as devant toi ! »

La petite Jessie Sinclair, Ray, et lui-même, avaient été inséparables pendant des années. Il n'était donc pas censé s'attarder sur les formes de la jeune femme qu'elle était devenue, aussi engageantes soient-elles !

— Depuis quand es-tu là ? demanda-t-elle enfin, reculant d'un pas pour mieux le regarder.

— J'arrive à l'instant même.

Il posa ses deux mains sur les épaules de Jessica et l'examina à son tour. Pourquoi s'était-il imaginé une seule seconde retrouver la gamine dégingandée qu'il avait connue, adolescent ? Après tout, il avait encore vu Jessica cinq ans auparavant, au mariage de Ray, et même s'il n'avait échangé que quelques mots avec elle ce jour-là, il se rappelait qu'elle avait déjà pas mal mûri, à l'époque… Pourtant, l'image qu'il avait conservée d'elle était celle de la gamine d'autrefois, une grande gigue aux yeux immenses et aux dents appareillées. En clair, il n'avait pas réajusté sa représentation mentale et était sidéré de voir à quel point Jessie avait embelli au fil des ans.

— Matt ? Tu vas bien ? s'enquit-elle, le front barré d'une ride soucieuse. J'ai appris par Gabe que tu avais été blessé… Il a eu beau me dire que tu t'en étais tiré, je me suis fait un sang d'encre. Tu aurais dû revenir plus tôt !

Les mains toujours posées sur les épaules de son amie, Matt continuait de la dévisager en l'écoutant d'une oreille distraite mais attendrie. Eh bien ! Il y avait fort longtemps qu'on ne lui avait pas réservé ce genre d'accueil ! Et, même si elle avait physiquement changé, c'était bien l'adorable Jessie de ses souvenirs qu'il retrouvait : enthousiaste, vive…

Alors, il sentit un sourire se former tout naturellement sur ses lèvres et un grand rire monter, monter.

— Tu es sûr d'être complètement remis ? demanda Jessie en lui palpant doucement les épaules. Tu n'es tout de même pas descendu de Seattle tout seul, si ? Tu aurais dû prendre l'avion, ça aurait été plus sage ! Je serais venue te chercher à San José, si Gabe n'avait pas été libre. Tu es bien un homme, toi… Incapable d'appeler à l'aide quand tu en as besoin ! Tu au…

Sa tirade fut brutalement interrompue par un éclat de rire, franc et viril. Jessie leva les yeux vers Matt et sentit sa tension s'évanouir. Il avait eu l'air si grave, quelques minutes plus tôt… Son regard si vide et si méfiant… L'espace d'un instant, elle avait eu l'impression d'avoir affaire à un inconnu. A présent qu'elle l'entendait rire de si bon cœur, elle retrouvait le Matt de ses souvenirs. Encore que… Même s'il avait toujours été d'un naturel moins enjoué que Ray, Matt lui paraissait… hanté. Oui, c'était le terme. Avant qu'il ne s'esclaffe, Matt Latimer lui avait paru hanté, pour ne pas dire perdu.

Cela dit, c'était peut-être un effet de son imagination, et elle se recula, de manière à pouvoir mieux l'examiner.

Il n'y avait plus rien de hanté ou de perdu dans l'expression de l'homme qui lui souriait à présent.

— Quelle bavarde je fais ! fit-elle remarquer, vaguement contrite.

— Tu as la palme ! confirma-t-il d'un ton solennel.

— A ma décharge, tu es la dernière personne que je m'attendais à voir aujourd'hui !

Elle sentait les battements réguliers de son cœur, sous la paume de sa main, la chaleur de sa peau, à travers son T-shirt. A sa grande surprise, elle s'aperçut que ce contact lui était des plus agréables.

— Sérieusement, Matt, reprit-elle, comment vas-tu ?

— Bien, je t'assure !

Puis, lisant le doute dans ses yeux, il crut bon d'ajouter :

— Ce n'était qu'une égratignure, tu sais. Pas de quoi en faire une montagne !

— Gabe m'a dit que tu avais été rapatrié du Kosovo par hélicoptère, fit-elle remarquer, l'air soucieux. Et il paraît que tu as perdu beaucoup de sang !

Un peu gêné par la sollicitude de la jeune femme, Matt se dégagea d'elle, se surprenant au passage à regretter la sensation de sa main fine sur son torse.

— Plus de peur que de mal, affirma-t-il. On m'a recousu et je suis comme neuf, à présent !

Jessie ne paraissait toujours pas convaincue. Toutefois, au grand soulagement de Matt, elle n'insista pas davantage. De toute manière, il n'aurait pas pu lui en dire beaucoup plus. Il ne se souvenait que très vaguement des jours qui avaient suivi l'incident. En revanche, il ne se rappelait que trop les moments qui l'avaient précédé.

Histoire de se changer les idées, il jeta un rapide coup d'œil autour de lui. Le café avait été rénové, depuis l'époque où il passait des heures au comptoir, avec Ray, à regarder les filles en sirotant une bière. Le lino jaunâtre qui datait de Mathusalem avait été remplacé par un carrelage blanc et noir du meilleur effet ; les banquettes, autrefois rouges et rapiécées de toutes parts, étaient à présent turquoise et chrome. Par contre, l'immense miroir placé derrière le comptoir n'avait pas bougé. Pas plus que la vieille collection de photos dédicacées, au-dessus du juke-box. Le vieil Ernie en avait été fier, en son temps, et, de là où il se tenait, Matt aperçut quelques célébrités oubliées depuis belle lurette.

— Ernie a revendu son affaire il y a cinq ans de cela, expliqua Jessie, suivant son regard. La dernière fois que je l'ai vu, il était en partance pour le désert Mojave où il avait décidé de vivre en ermite.

— Grand bien lui fasse ! On ne peut pas dire qu'il ait beaucoup aimé la compagnie de ses pairs ! commenta Matt.

Le vieux briscard n'avait jamais caché le fait que même sa clientèle constituait pour lui une intrusion insupportable.

— Grand-père disait de lui qu'il avait élevé la goujaterie au niveau de l'art !

A l'évocation de Leland Sinclair, le sourire de Matt s'évanouit. Il prit doucement la main de Jessie qui, de nouveau, s'émut de la chaleur de ses doigts.

— Désolé de n'avoir pu assister aux obsèques, murmura-t-il. Quand j'ai appris qu'il était décédé, l'enterrement avait déjà eu lieu.

— Ne t'en fais pas pour ça, fit-elle avec un sourire forcé. J'ai reçu ta carte, c'est l'essentiel. Pour le reste, tu sais bien que grand-père n'était pas très à cheval sur les principes.

— N'empêche que j'aurais aimé être là pour te soutenir !

En entendant ces paroles toutes simples, Jessie sentit ses yeux la piquer. D'aussi loin qu'elle s'en souvienne, Matt s'était toujours montré plus fiable et compatissant que Ray. Bien que bourré de bonnes intentions, ce dernier avait tendance à se laisser distraire, à oublier ses promesses ou leurs rendez-vous. Matt, lui, n'oubliait jamais rien et, à maintes reprises, il avait pallié les manquements de son copain.

— Tu as vu la Mustang, sur le parking ? s'enquit Jessie pour changer de conversation. Je l'entretiens bien, n'est-ce pas ? Je l'ai encore fait lustrer la semaine dernière.

— Bien sûr, que je l'ai vue ! C'est même pour cela que je me suis arrêté. Je n'en reviens pas, que tu conduises toujours cet engin !

— Cet *engin*, comme tu dis, est une Mustang de collection, à présent ! se récria Jessie d'un ton faussement indigné. Fabriquée en 1967 et remise en état par le dévoué Matt Latimer en personne !

— Dévoué, tu peux le dire ! renchérit Matt, un brin de nostalgie dans la voix. Quand j'en ai eu terminé avec ce fichu moteur, j'avais les mains dans un état lamentable. Et je ne te parle pas de mes genoux !

— Eh bien, tu vois, ça n'a pas été en vain ! Tu as fait du bon boulot : elle démarre au quart de tour et ne m'a jamais déçue.

Jessie commençait à prendre la mesure de la joie qu'elle éprouvait à revoir Matt. Il avait joué un rôle majeur, dans son existence, et elle se sentait la gorge nouée d'émotion.

— Viens ! dit-elle, se ressaisissant. Que je te présente mon amie Laurène. C'est elle qui a racheté le café. Elle a même réussi à extirper à Ernie la recette de son fameux *chili con carne* ! Tu te rends compte ?

Matt se laissa entraîner vers le comptoir en s'efforçant d'ignorer le doux frottement des seins de Jessie contre son bras. Il se sentait vaguement coupable, d'associer ainsi les mots *seins* et *Jessie* dans la même pensée. Le stress, sans doute. Trop de nuits sans sommeil… C'était la seule explication possible. Sa seule excuse aussi. Pour lui, Jessie aurait dû être une sorte d'ange, sans sexe.

— Matt ? Voici Laurène Washington. Laurène, je te

présente Matt Latimer, un de mes meilleurs amis. C'est lui qui m'a appris à conduire. Et il n'a hurlé de terreur qu'une petite dizaine de fois.

— Une fois, rectifia Matt. Une seule fois. Et encore, par réaction à une tentative d'assassinat en règle.

Jessie lui décocha un regard lourd de reproches.

— Une tentative d'assassinat, rien que ça ! A t'entendre, on croirait que c'est un platane que j'ai heurté.

— Ce n'était peut-être pas un platane, mais moi, je l'ai trouvé impressionnant, cet arbre ! J'ai cru ma dernière heure arrivée, répliqua Matt.

Sur ces paroles lapidaires, et ignorant le sifflement indigné de son amie, il tendit la main à la maîtresse des lieux.

— Ravi de faire votre connaissance, Laurène ! Alors comme ça, vous avez réussi à obtenir la recette du *chili con carne* du vieil Ernie ? Comment vous y êtes-vous prise ? Par la torture ou grâce à une drogue quelconque ?

Laurène partit d'un rire joyeux.

— Ni l'un ni l'autre. Cela dit, il m'a fait jurer de ne jamais l'appeler, une fois l'accord de vente signé. Sous aucun prétexte !

— En clair, il ne s'est pas arrangé avec l'âge.

— Non. A moins qu'il ait entamé sa carrière en tirant sur la clientèle ! répondit-elle en s'appuyant paresseusement contre le comptoir.

Laurène aurait pu profiter de ce que son café était désert pour faire ses comptes ou se mettre à jour dans ses papiers. Cependant, si elle avait appris une chose, au cours de ces cinq dernières années, c'était qu'il était préférable de prendre sa pause quand l'occasion s'en présentait.

— Ernie m'a affirmé que la recette de son *chili* valait plus cher que le restaurant lui-même. Il paraît qu'une célèbre fabrique alimentaire voulait la lui acheter pour la mettre en boîte et la commercialiser.

— Ça ne m'étonnerait pas plus que ça, vous savez, répliqua Matt. J'ai fait équipe avec un reporter, à Beyrouth. Il avait passé quelque temps dans notre région pour y faire un papier, et le seul souvenir qu'il en gardait, c'était les hamburgers au *chili* du vieil Ernie.

— Je prendrai cela pour un compliment — même si je ne compte pas m'appuyer sur le fait qu'on parle de mon restaurant jusqu'au Liban pour faire ma publicité ! Asseyez-vous donc, Matt ! Puisqu'on en parle, je vais vous concocter un des célèbres burgers du vieil Ernie, avec toutes les garnitures d'usage !

Matt n'avait pas vraiment prévu de manger, mais son estomac lui rappela soudain que son dernier repas était bien loin.

— Comment refuser une proposition pareille ? demanda-t-il en prenant place sur le tabouret voisin de celui de Jessie.

Peut-être avait-il bien fait de revenir à Millers Crossing, après tout !

Laurène reprit sa place favorite, derrière le comptoir, et considéra Jessie d'un air sévère.

— Dis donc, toi ! Je croyais que tu étais mon amie, lança-elle !

Matt venait de repartir et Jessie regardait en direction de la porte, d'un air rêveur. Elle avait éprouvé un tel plaisir à le revoir ! Elle était tellement plongée dans ses pensées qu'elle mit quelques secondes à enregistrer le commentaire de son amie.

— Bah, oui ! Pourquoi dis-tu cela ? demanda-t-elle, surprise.

Laurène tapotait le zinc de ses ongles vernis.

— Les amies ne se font pas de cachotteries, il me semble !

— Des cachotteries ? Quelles cachotteries ?

Laurène jeta un regard entendu vers la sortie, et Jessie souleva les sourcils.

— Tu veux parler de Matt ? En quoi constitue-t-il une cachotterie, au juste ?

— Remarque, je te comprends ! insista Laurène, ignorant ses protestations. Si je comptais un homme pareil parmi mes proches, je ne serais pas disposée à le partager !

Jessie éclata d'un rire franc.

— Le partager ? Matt n'est pas... Je veux dire... Matt, c'est Matt ! Rien de plus !

— Rien de plus ? s'écria Laurène, indignée. Ce type est la perfection faite homme ! Ne me dis pas que tu ne l'as jamais remarqué !

— Il n'est pas mal de sa personne, je te l'accorde.

— *Pas mal de sa personne ?* Tu plaisantes, j'espère ! Il est beau comme un dieu grec !

— Si tu le dis...

Pourquoi se sentait-elle si mal à l'aise, subitement ? Laurène ne critiquait pas Matt, bien au contraire.

— Allez, raconte ! Je veux tout savoir ! Dans les moindres détails !

Son regard brillait d'une telle curiosité que Jessie ne put réprimer un petit rire nerveux.

— Il n'y a pas grand-chose à raconter, tu sais, marmonna-t-elle en jouant avec une salière pour s'occuper les doigts. Je connais Matt depuis l'âge de huit ans. Quand mon grand-père a mis fin à sa carrière de professeur, il s'est dans lancé la conception de jardins et la mère de Ray...

Elle cessa de jouer avec le sel et regarda son amie.

— Ray McKinnon, je veux dire… Tu vois de qui je parle ?

— Bien sûr ! Un grand blond, pas mal non plus d'ailleurs. Marié à une femme splendide. Une ancienne Miss Amérique, d'après ce que j'ai compris !

— Troisième dauphine, rectifia Jessie.

Elle prit le temps de se reprocher cette mesquinerie avant de poursuivre.

— Bref, Mme McKinnon avait demandé à mon grand-père de revoir l'agencement de ses jardins. Et comme il avait déjà commencé quand je suis allée vivre chez lui, après la mort de mes parents, il m'emmenait avec lui. C'était l'été, il n'y avait pas d'école, et Ray était souvent dans les parages. Matt et lui étaient inséparables à l'époque, et j'ai dû leur faire pitié, car ils m'ont prise sous leur aile.

A cette évocation, Jessie eut un petit sourire mélancolique.

— J'ai dû les rendre dingues, les pauvres. Et pourtant, avec eux, je n'ai jamais eu l'impression d'être de trop. Ça va peut-être te paraître étrange, vu la différence d'âge, mais j'avais vraiment le sentiment d'être leur amie.

— Parfois, l'âge n'a aucune importance ! commenta Laurène.

— Il faut croire.

D'un mouvement brusque, Jessie rassembla le sel éparpillé, le mit dans sa paume et le versa dans l'assiette vide de Matt.

— Toujours est-il que nous sommes restés amis. Je ne les voyais pas très souvent, bien sûr. Ils sont partis pour l'université quand j'étais encore au collège… Pourtant, nous ne nous sommes jamais perdus de vue… Bref, l'été de mes seize ans, mon grand-père m'a acheté ma voiture. Matt et Ray l'ont complètement réparée… Surtout Matt, d'ailleurs.

Son sourire s'élargit.

— Je ne sais pas comment il a tenu le coup, cet été-là. J'étais surexcitée à l'idée d'avoir ma première voiture, surtout une Mustang… J'ai dû rendre Matt fou, à tourner autour de lui comme une mouche, à le harceler de questions, à lui proposer mon aide et à lui demander quand je pourrais enfin conduire mon carrosse…

— Il m'a tout l'air d'un type bien, ton Matt, dis-moi ! Je m'étonne que tu ne sois pas tombée raide amoureuse de lui !

— J'étais déjà…

Elle s'interrompit, le temps de ravaler les paroles qui avaient failli lui échapper.

— Je l'ai toujours considéré comme un ami. Je sais qu'il est attirant, mais je ne l'ai jamais vraiment vu comme un homme.

La discussion fut interrompue par le son cristallin du carillon. Une famille de cinq personnes s'engouffra dans le café et Laurène se redressa pour leur apporter les menus.

— Tu veux un conseil, ma belle ? dit-elle. Mets des lunettes. Parce que si ce n'est pas un homme qui vient de sortir d'ici, je veux bien être transformée en citrouille !

Elle passa une main dans ses cheveux et conclut :

— Si je n'avais pas juré d'arrêter les frais, dans ce domaine, j'aurais même tenté ma chance, figure-toi !

Vaguement contrariée, Jessie se laissa glisser du tabouret pour débarrasser l'assiette de Matt et son propre verre. Elle n'avait pourtant aucune raison de s'offusquer des commentaires de Laurène ! Bien sûr, qu'elle était consciente des attraits de Matt Latimer ! Elle ne l'avait jamais envisagé comme… un amant possible pour elle, voilà tout. Et à présent que c'était le cas, elle se sentait quelque peu mal à l'aise.

Elle emporta les plats dans l'arrière-cuisine. Qu'est-ce que ça pouvait bien lui faire, que Matt soit un adonis ou qu'il ressemble à Quasimodo ? L'important, c'était qu'il était de retour au pays.

Matt avait grandi dans l'une des maisons d'un petit lotissement coquet de Millers Crossing. Son père travaillait pour la Caisse d'Epargne de Crédit de la ville, sa mère se cantonnait au rôle traditionnel de femme au foyer. Elle s'occupait de la maison, veillait à ce que les repas soient prêts à l'heure, lavait et repassait le linge de la famille. Son père se rendait au bureau en costume cravate, payait scrupuleusement ses factures, tondait la pelouse le dimanche matin et faisait régulièrement réviser la voiture. Le couple avait les deux enfants réglementaires, des garçons, nés à quatre années d'intervalle. Bref, en surface du moins, tout paraissait normal.

Matt n'aurait su dire avec précision à quel moment il avait découvert que les mères normales n'ingurgitaient pas une demi-bouteille de vodka par jour et que les pères normaux ne se défoulaient pas systématiquement sur leurs enfants à coups de ceinturon.

Il n'évoquait que très rarement cette triste époque de son existence. Il se contentait de se dire qu'il ne devait sa survie, mentale, émotionnelle et peut-être même physique, qu'à son frère aîné.

Car Gabe avait été son seul soutien. Il avait toujours été là en cas de besoin, et c'était sans doute la raison pour laquelle il venait se réfugier chez lui en cette période troublée.

Il n'avait encore jamais vu la nouvelle demeure de son frère, ce dernier ne l'ayant achetée qu'un an auparavant. Située sur une petite route qui sillonnait les collines, à une dizaine de kilomètres au nord de la ville, la propriété comptait cinq bons hectares de terrain, en pente pour la plupart. La maison en elle-même avait été construite dans les années soixante par une communauté hippie. Malheureusement, le terrain n'avait pas satisfait leur désir d'autarcie. Une coulée de boue avait commencé par emporter le poulailler, puis un incendie avait ravagé les lieux. Et si la maison avait été épargnée, toutes les voitures, ainsi qu'une camionnette et plusieurs dépendances étaient parties en fumée. De guerre lasse, les hippies avaient regagné San Francisco et ses commodités.

En trente ans, l'endroit était passé entre les mains d'un bon nombre de propriétaires, dont un couple particulièrement entreprenant qui avait trouvé le terrain idéal pour y planter de la marijuana. La plantation et la propriété avaient été confisquées par les autorités à qui Gabe les avait rachetées. Connaissant son frère, Matt supposait que c'était l'isolement de l'endroit plus que la maison en elle-même qui l'avait séduit.

Gabe sortit sur la terrasse pour l'accueillir. Les deux frères ne se ressemblaient guère. Avec son mètre quatre-vingt-quatre, Matt était déjà plus grand que la moyenne ; mais Gabe mesurait encore une bonne tête de plus que lui. Par ailleurs, alors que les cheveux de Matt étaient presque noirs, ceux de son frère étaient châtain clair. Un jour, Gabe avait déclaré que les traits de son visage lui paraissaient bancals, et cette description était assez fidèle. Gabe avait le nez trop long, la bouche de travers et les yeux profondément enfoncés dans leurs orbites.

Matt se sentit étrangement ému en le voyant. S'il avait un chez lui quelque part en ce bas monde, c'était ici. Pas dans cette maison qui, d'après ce qu'il pouvait en voir, était à deux doigts de s'écrouler, mais chez cet homme, son frère, qui l'avait toujours accueilli à bras ouverts.

Gabe savait-il à quel point il lui en était reconnaissant ? Il en doutait fort.

— Je ferais peut-être bien de miner l'allée, en fin de

compte ! déclara ce dernier en descendant les trois marches qui le séparaient du terrain. On ne sait jamais qui on risque de trouver sur le pas de sa porte, de nos jours !

— Si ça peut te consoler, j'ai accroché mon silencieux, dans une ornière, sur le chemin. Tu n'as jamais envisagé de le faire goudronner ?

— Pas la peine ! J'ai un abonnement chez le garagiste.

Gabe s'approcha de lui, les sourcils froncés.

— Bon sang ! Tu as une mine abominable, vieux ! s'exclama-t-il.

— Merci. Moi aussi, je suis content de te voir ! répliqua Matt avant d'ouvrir la portière pour attraper son sac, sur la banquette arrière. Tu as toujours besoin de main-d'œuvre gratuite ?

— Et comment !

Si Gabe se demandait ce qui avait décidé son frère à rentrer au pays, finalement, il n'en laissa rien voir. Il attrapa le sac par la bandoulière, et le jeta négligemment sur son épaule.

— Tu as faim ?

— Non. Je me suis arrêté *Chez Ernie*, tout à l'heure. J'ai pris un hamburger.

— On est bon pour le lavage d'estomac, alors ! commenta sèchement Gabe.

— J'en ai vu d'autres !

Le crépuscule tombait et le chant des criquets commençait à se faire entendre dans le chaparral.

— J'ai croisé Jessie.

— Normal. D'après ce que j'ai compris, c'est elle qui prépare les desserts de la nouvelle patronne.

Gabe ouvrit la porte grillagée et se baissa par réflexe avant de passer le seuil.

— C'est ce qu'elle m'a expliqué. J'ai même eu le plaisir

de goûter le gâteau qu'elle venait d'apporter ! Ça m'a fait tout drôle, de la voir adulte, tu sais !

— Elle était déjà adulte quand tu es parti ! lui fit remarquer Gabe.

— Sans doute, oui ! grommela Matt, se demandant au passage pourquoi cette idée le perturbait.

L'intérieur de la maison n'était pas beaucoup plus reluisant que l'extérieur. Les planchers étaient enfoncés, tous les tours de fenêtres étaient de guingois et l'âtre n'avait plus de cheminée que le nom.

Gabe emporta le sac de voyage de son frère de l'autre côté du chambranle d'une porte inexistante.

— J'ai commencé par la plomberie et l'électricité, de sorte qu'il y a de l'eau chaude et de la lumière. La salle de bains est presque finie et j'envisage de m'atteler à la cuisine.

— Tant qu'il y a de l'eau chaude et à manger, tout va bien ! l'assura Matt en le suivant jusqu'à une petite chambre, meublée d'un lit rudimentaire et d'une vieille commode.

Il n'y avait pas de rideaux aux fenêtres et un tapis miteux était étiré sous le lit. Rien de bien luxueux ni de très hygiénique. Pourtant, Matt n'avait pas vu d'endroit aussi accueillant depuis bien longtemps.

— Merci, frangin ! marmonna-t-il, la gorge si serrée qu'il dut toussoter pour s'éclaircir la voix. C'est exactement ce qu'il me faut.

— Ne me remercie pas ! J'ai la ferme intention de te faire trimer, en échange de ton gîte et de ton couvert ! répliqua Gabe.

Là-dessus, il lui tapota l'épaule et sortit.

Matt resta planté au beau milieu de la chambre poussiéreuse pour s'imprégner de sa nouvelle réalité.

Il était de retour au bercail.

Chapitre 2

Dana McKinnon avait toujours su ce qu'on attendait d'elle. Du plus loin qu'elle puisse se souvenir, sa mère ne lui avait jamais demandé qu'une seule chose : sourire pour le compte des photographes. A dix ans à peine, ce diktat était devenu une rengaine. Il y en avait eu d'autres, bien sûr. « Ne salis pas ta jolie robe. » « N'ébouriffe pas tes cheveux. » « Ne fronce pas les sourcils. » « Ne cours pas »...

Ce n'était qu'à l'âge adulte qu'elle avait compris l'impact de tous ces interdits sur sa personnalité. Pire encore, elle avait conscience de s'y être soumise, presque de son plein gré.

Sa mère avait été une femme au talent inversement proportionnel à une ambition démesurée. Une femme qui avait vu dans sa dernière-née une façon de satisfaire sa soif de gloire.

Roxane Andrews était assez jolie, et dotée d'un mari anodin qui lui avait fait deux enfants raisonnablement mignons. Puis, comme par miracle, il y avait eu Dana, une enfant d'une beauté telle qu'on en avait littéralement le souffle coupé.

Roxane avait su saisir l'occasion qui se présentait à elle et, dès l'âge de six mois, sa fille illustrait une publicité pour petits pots. A deux ans, Dana était mannequin pour une gamme de vêtements pour enfants, très chère et très en vogue.

Le premier coup dur, pour Roxane, avait été de constater qu'elle pouvait faire prendre tous les cours possibles et imaginables à sa fille, celle-ci ne deviendrait jamais la nouvelle Jodie Foster. Abandonnant alors tout espoir d'assister, en tailleur Chanel, à la remise du premier oscar de Dana, elle s'était engouffrée dans un créneau moins ambitieux : celui des concours de beauté.

C'est ainsi qu'à l'âge où les autres fillettes faisaient du modelage et de la peinture avec leurs copines, Dana avait appris le maintien et la danse classique. Elle n'avait jamais eu le droit ni de jouer ni de courir, de peur qu'une chute ne la défigure à vie. Elle passait des heures devant son miroir, à travailler un sourire parfait. Bref, toute son existence tournait autour de sa plastique et des ambitions maternelles.

Intuitivement, Dana avait toujours su que sa mère ne l'aimait que pour sa beauté. Pire encore, Roxane l'aimait davantage lorsqu'elle remportait un concours. Du coup, la fillette avait fait en sorte de rafler tous les prix. A la force du poignet.

Elle voyait à peine ses deux aînés, son père n'était qu'un visage indulgent, une main distraite qui lui tapotait le crâne d'un air satisfait. Tout, dans son monde, dépendait du plaisir qu'elle procurait à sa mère. Or, l'amour maternel ne reposait que sur son apparence, sur son aptitude à gagner des médailles et des couronnes.

Bref, Dana avait vite compris que son physique exceptionnel était son seul atout. Aussi, lorsque Ray McKinnon l'avait demandée en mariage, ne s'était-elle fait aucune illusion. Ray était un bel homme, accompli et charmant, du genre auquel aucune femme ne résistait. S'il l'avait choisie, elle, c'était parce qu'elle était belle. Elle avait accepté cette idée sans ressentiment, tout simplement parce que de son côté elle était éperdument éprise de lui. Et aussi parce que, pour la première fois de sa vie, sa beauté allait lui apporter ce qu'elle voulait, *elle.*

Dana eut un sourire amer. A en croire la sagesse chinoise, on devait faire attention à ce qu'on souhaitait, en ce bas monde.

En soupirant, elle se versa une dose de scotch dans un verre en cristal.

Elle entrevit son reflet dans le miroir accroché derrière le bar. Ses doigts se crispèrent autour de son verre, et elle résista difficilement à l'envie furieuse de le jeter à la figure de la femme qui la dévisageait. Elle ferma les paupières, inspira profondément et expira lentement, comme elle avait appris à le faire avant de monter sur scène pour un concours. Lorsqu'elle rouvrit les yeux, elle put étudier son reflet avec détachement.

Il n'y avait dans cette étude aucune vanité. Dana avait passé la moitié de son existence à être examinée sous toutes les coutures par sa mère, par ses concurrentes, par les organisateurs. Elle était donc capable de disséquer son physique avec une impassibilité quasiment clinique. Et si, à bientôt trente-quatre ans, elle n'avait plus la fraîcheur suffisante pour les concours, elle n'en demeurait pas moins une belle jeune femme.

Ses cheveux avaient une couleur subtile que certains qualifiaient parfois de blond champagne. Lorsqu'elle ne les attachait pas, ils retombaient en cascade sur son dos. En général, elle avait plutôt tendance à les remonter en un chignon négligé, comme c'était le cas aujourd'hui. Cette simplicité mettait encore en valeur l'ovale de son visage. Ses yeux, d'un bleu profond, étaient bordés de cils naturellement épais et naturellement sombres. Elle avait un petit nez droit et une bouche pleine, à la forme harmonieuse. Bref, une beauté classique et parfaite, intemporelle, indémodable.

Malheureusement, cela ne suffisait pas, et les lèvres pulpeuses de la jeune femme s'étirèrent en un rictus amer. Sa beauté plastique ne lui avait pas permis de remporter le titre de Miss Amérique, tant convoité par Roxane. Elle ne lui avait pas non plus assuré un mariage heureux.

En clair, ce visage parfait n'avait pas tenu ses promesses.

Elle entendit des pas dans le couloir et, portant son verre à ses lèvres, noya les larmes qui lui serraient la gorge dans une rasade de whisky. Lorsqu'elle se fut ressaisie, elle leva la tête vers l'homme qui venait de pénétrer dans le salon.

Ray. Son mari…

Même après cinq années de mariage, et malgré tout ce qui s'était passé entre eux, elle sentait toujours son cœur s'emballer à sa simple vue. A une époque, elle s'était délectée de ce genre d'émoi, du plaisir qui s'emparait d'elle à la pensée que cet homme était son mari. A présent, la colère et la vexation l'emportaient sur le reste, et elle dut détourner le regard, de peur de ce qu'il pourrait lire dans ses yeux.

Elle eut un subtil mouvement de rejet, et Ray le perçut immédiatement. Son cœur se serra, mais il se força à traverser la pièce comme si de rien n'était, comme si Dana l'avait accueilli avec le sourire, ce qu'elle aurait fait quelques mois plus tôt encore.

Il s'admonesta. Tout cela était sa faute. Si elle refusait de le regarder dans les yeux, il n'avait qu'à s'en prendre à lui-même.

— Alors ? Ça s'est bien passé, ce déjeuner ? demanda-t-il, faisant mine d'ignorer la manière dont elle s'y était prise pour que son baiser lui effleure la joue plutôt que la bouche.

L'odeur florale de son parfum léger lui monta à la tête et

il dut se faire violence pour ne pas l'attirer à lui et la serrer dans ses bras.

Il devait lui laisser le temps. Il s'était juré d'attendre aussi longtemps qu'il le faudrait.

— C'était assommant ! déclara Dana, se forçant à desserrer ses doigts toujours crispés autour du verre.

Elle était impliquée dans l'action d'un bon nombre d'associations caritatives, depuis son mariage. Elle n'avait aucune qualification et n'était animée par aucune ambition. En revanche, l'idée de se rendre utile lui plaisait beaucoup. Un jour, Ray lui avait fait remarquer qu'elle avait passé tellement d'années à expliquer aux jurys des concours qu'elle voulait œuvrer pour la paix dans le monde qu'elle avait fini par y croire.

A ce souvenir, et surtout à celui de l'air enjoué de son mari à ce moment-là, Dana éprouva une nostalgie sans pareille. Lorsqu'elle prit la parole cependant, ce fut d'une voix calme et parfaitement modulée — encore un héritage de ses années sous les projecteurs.

— Margaret Docherty veut revoir le budget de construction à la baisse, figure-toi. A cet effet, elle a eu une idée de génie : réduire le nombre de salles de bains de moitié. Elle semble convaincue que les sans-abri seront déjà trop contents d'avoir enfin un toit sur leur tête ; ils ne trouveront rien à redire au fait d'avoir à faire la queue lorsqu'ils voudront prendre une douche.

— Intéressant... Surtout quand on songe à la maison de quatre chambres et six salles de bains que je lui ai construite, il y a un an ou deux !

Ray se glissa derrière le bar et tira une bouteille d'Evian du réfrigérateur. Au passage, ses yeux se posèrent sur la bouteille de whisky et il préféra ne pas se demander si le verre que sa femme tenait en main était le premier de la soirée. Encore une nouveauté, ce penchant pour les alcools forts. A moins, bien sûr, que ce soit un effet de son imagination et qu'il voie un problème là où il n'y en avait pas.

— A mon avis, Margaret redoute par-dessus tout que ce refuge soit trop confortable et que ses occupants finissent par avoir des demandes déraisonnables.

Dana ne tenait pas en place. Elle fit le tour du salon, époussetant vaguement un abat-jour, redressant un tableau. Elle avait conscience que Ray l'observait, qu'il se posait une multitude de questions auxquelles elle ne pouvait répondre.

Des questions qu'il n'était pas en droit de poser, d'ailleurs, à bien y réfléchir!

Surprise par son propre courroux, elle ferma les yeux, le temps de refouler la rage qui l'animait de plus en plus souvent, ces derniers temps. Elle était injuste et elle le savait. Elle avait elle-même affirmé à Ray que tout était oublié. A l'époque, ça avait d'ailleurs été son vœu le plus cher : mettre l'incident dans un placard et refermer la porte pour ne plus y penser. Dès lors, comment reprocher à son mari sa propre incapacité à oublier?

— Alors? Qu'est-ce que vous allez faire? Vous ranger à l'avis de Margaret? demanda ce dernier.

Dana dut faire un effort pour se concentrer sur la conversation. Elle vida son verre d'un trait et s'imprégna de la douce chaleur qui s'emparait enfin d'elle.

— Non. J'ai fait remarquer à l'assemblée que la qualité du produit fini serait notre image de marque, et que pour ma part, je ne voulais pas voir mon nom associé à un taudis.

— Bien joué! fit Ray, levant sa bouteille d'eau comme pour porter un toast.

Il s'était nonchalamment installé sur l'accoudoir d'un fauteuil. Ainsi, avec son jean et son vieux T-shirt, les pieds nus et les cheveux ébouriffés, il était terriblement séduisant, terriblement viril.

Ce qui eut pour effet d'exacerber encore la rancœur de Dana.

— C'est le genre d'argument qui marche à tous les coups !

— Surtout avec une femme comme Margaret !

Dana retourna vers le bar où elle se versa un autre verre. Lorsqu'elle se redressa, elle surprit le regard de son mari.

— Tu ne trouves pas qu'il est encore un peu tôt pour boire ? demanda-t-il d'un ton léger, qui contrastait étrangement avec l'inquiétude qui se lisait sur son visage.

Dana prit un malin plaisir à lever son verre et à en avaler la moitié du contenu avant de tourner la tête vers l'horloge posée sur le manteau de la cheminée.

— Non. Il est presque 19 heures à New York !

Ray se crispa visiblement et Dana regretta aussitôt ses paroles. Elle aurait préféré leur donner une tonalité plus insouciante.

— Dana, je…

Le carillon de la porte d'entrée empêcha Ray de continuer. Il jeta un coup d'œil exaspéré en direction du couloir et Dana comprit qu'il n'avait pas l'intention d'ouvrir. Pour sa part, elle n'était que trop heureuse de cette interruption qui lui donnerait l'occasion de reprendre son sang-froid. Elle fit mine de se lever. Mais Ray se redressa aussitôt.

— J'y vais, grommela-t-il, manifestement irrité.

Dana laissa échapper un petit soupir de soulagement quand il quitta la pièce.

La colère s'était emparée d'elle par surprise, comme c'était souvent le cas. Cependant, c'était une chose que de ressentir des émotions et une autre, tout à fait différente, que de les montrer. Dana avait appris à ne jamais rien laisser transparaître de ce qui l'animait.

Elle baissa les yeux vers son verre avec une moue désabusée.

On lui avait appris à ne jamais perdre le contrôle d'elle-même. A ne jamais rire trop fort, à ne jamais pleurer en public, et surtout, surtout, à ne jamais se mettre en colère. Même lorsqu'une autre fille remportait la couronne pour laquelle elle avait tant travaillé.

Alors, même si Ray l'avait trompée, elle ne réussissait pas à exploser de colère.

Les pouces enfoncés dans ses poches avant, Matt passa d'un pied sur l'autre devant la porte close. Peut-être aurait-il dû téléphoner avant de venir.

L'immense demeure était telle que dans son souvenir, avec ses deux étages, sa façade en stuc blanc bordée de bleu et son toit de tuiles rouges. Ce style architectural, vaguement espagnol, était aussi fréquent en Californie que les palmiers mexicains qui bordaient la rue ou que l'immense eucalyptus qui prodiguait une ombre opportune à la cour avant.

A une époque lointaine, Matt aurait tout simplement ouvert la porte et se serait introduit dans la maison sans plus de cérémonie. Quand Ray et lui-même étaient adolescents, cet endroit était quasiment sa seconde demeure, celle dans laquelle il aurait voulu être né. Bill et Libby McKinnon, eux, représentaient les parents idéaux qu'il n'avait pas eus.

Hélas, bien des choses avaient changé, depuis lors. Le père de Ray était décédé presque dix ans auparavant et, à la surprise générale, sa mère était partie ouvrir une crèche à

Santa Fe. Elle se portait comme un charme, du moins aux dernières nouvelles.

Etrange, de constater à quel point tout lui semblait familier, malgré tout…

Matt se reprochait de nouveau de ne pas avoir prévenu de sa visite lorsqu'il entendit un bruit de pas, de l'autre côté de la lourde paroi. Trop tard pour repartir, à moins de plonger dans le buisson touffu qui grimpait le long de la terrasse.

L'instant d'après, la porte s'ouvrit, le visage de Ray passa de l'étonnement le plus total à une joie sans mélange, et Matt sut que sur ce plan-là au moins, rien n'avait changé.

— Alors, vieux! Comment vas-tu? demanda Ray, une fois son ami installé dans l'un des deux fauteuils disposés devant la cheminée.

L'intérieur de la maison présentait beaucoup plus de changement que l'extérieur. La moquette avait disparu au profit d'un magnifique plancher de chêne, et le mobilier, autrefois éclectique, était dorénavant constitué de meubles aux teintes chaudes, assortis à l'âtre en carrelage mexicain et aux draperies à fleurs accrochées aux immenses fenêtres.

— Bien, bien! fit Matt.

Dana lui tendit une bière bien fraîche qu'il accepta avec gratitude.

— Merci, murmura-t-il.

Elle lui sourit en retour et il cligna des yeux, quelque peu bouleversé par tant de beauté.

Il se trouvait en Afghanistan, lorsqu'il avait reçu l'invitation au mariage de Ray et s'était précipité dans le premier avion en partance pour les Etats-Unis. Il n'avait pas eu le temps de se débarrasser des images de mort et de sang qu'il laissait derrière lui pour s'adapter aux fleurs et à la perfection de la cérémonie à laquelle il était venu assister. Oh, bien sûr, il avait joué son rôle! Il n'avait pas oublié les anneaux, avait porté le traditionnel toast aux jeunes mariés, discuté et plaisanté avec de vieux amis. Pourtant, tout au long de la journée, il avait eu le sentiment d'être à part, de se regarder jouer dans une comédie romantique, presque déplacée. La beauté sans pareille de la mariée ne lui était apparue que comme un autre élément de la fête, tout aussi irréel, presque surréaliste.

Or, aujourd'hui, Dana ne lui paraissait pas plus réelle qu'en ce jour lointain. Dans sa robe fourreau de lin bleu pâle, avec ses longues jambes cuivrées et ses sandales, elle lui évoquait Grace Kelly dans ses premiers rôles. Aussi adorable, aussi inaccessible, aussi distante.

— Depuis combien de temps es-tu de retour parmi nous? lui demanda-t-elle d'une voix bien placée et aussi lisse que son apparence.

— Deux jours. Je suis arrivé samedi.

— Tu vivais à Seattle, ces derniers temps, non? poursuivit Dana, s'asseyant face à lui avec grâce. La chaleur a dû te faire un choc, dis-moi!

On aurait dit qu'elle prenait la pause… Son attitude élégante manquait tellement de naturel que Matt se demanda s'il arrivait à son hôtesse de se détendre un tant soit peu.

— Le simple fait de voir le soleil constitue un choc, après un séjour à Seattle, répliqua-t-il un peu plus sèchement qu'il ne l'aurait voulu.

— En tout cas, tu m'as l'air en pleine forme, pour un homme qui se remet d'une blessure par balle, commenta Ray, sans doute pour mettre fin aux politesses d'usage.

Une bouteille d'eau à moitié vide en main, il s'assit sur l'accoudoir du fauteuil qu'occupait sa femme, et posa négligemment son bras sur le dossier.

— C'était une toute petite balle... Une balle de rien du tout.

Si seulement les gens avaient pu oublier cette blessure ! De son côté, Matt ne voulait rien tant que passer à autre chose.

— Qu'est-ce qui s'est passé, au juste ? demanda Ray.

Matt haussa légèrement les épaules.

— Ce n'était pas mon jour. J'étais au mauvais endroit au mauvais moment et je n'ai pas plongé assez vite.

En gros, la réponse qu'il faisait à tout le monde, depuis le départ, qu'il s'agisse du rédacteur en chef ou des innombrables médecins qui l'avaient examiné...

D'une certaine manière, c'était la vérité. Du moins dans la version qu'il se sentait en mesure de donner. Aussi Matt fut-il surpris lorsqu'il se rendit compte qu'il avait envie d'en dire plus, subitement ; de se livrer totalement à son ami d'enfance. S'ils avaient été seuls, peut-être...

Toutefois, ça n'était pas le cas, et ça valait sans doute mieux ainsi. Il était rentré à Millers Crossing pour oublier le passé, pas pour l'analyser à la loupe.

— Et vous ? Comment vous portez-vous ? demanda-t-il, conscient que sa tactique pour changer de sujet n'était pas des plus subtiles.

Il connaissait Ray et savait que ce dernier ne saisirait peut-être pas la perche. Et en effet, il dut passer à autre chose.

Ils avaient beaucoup à se raconter. Ray mit son ami au courant des derniers événements de leur entourage immédiat : les mariages, les divorces, les déménagements et les retours au pays ; les naissances et les départs pour l'université de Los Angeles. En cinq années, Dana avait fait la connaissance de la plupart des gens que mentionnait son mari et elle ajouta les quelques précisions qu'elle jugeait utiles.

A les écouter, Matt se sentit soudain douloureusement conscient de son âge. Il approchait de la quarantaine et avait le sentiment de ne pas avoir accompli grand-chose. Son existence se résumait à quelques prix auxquels il n'avait jamais accordé d'importance ; à du matériel photo d'une valeur de plusieurs milliers de dollars et qu'il ne pouvait plus se résigner à approcher ; à un impact de balle dans l'épaule droite et à une collection de miles aériens suffisamment importante pour lui assurer un aller-retour en navette spatiale.

Pendant qu'il traversait des jungles ou se gelait dans les endroits les plus reculés du monde, qu'il photographiait des enfants faméliques ou tirait le portrait de dictateurs mégalomanes, les gens avec qui il était allé à l'école s'étaient mariés, avaient fait des enfants… s'étaient construit une vie digne de ce nom.

Cela dit, le mariage n'était pas la panacée, apparemment. Du moins est-ce ce que songea Matt en examinant le couple installé face à lui. Ils semblaient presque trop beaux pour être vrais, tous les deux. Ray, avec ses cheveux châtains, ses yeux verts, sa vague ressemblance avec Paul Newman, comme l'avait remarqué une fille du lycée, autrefois ; Dana, avec sa blondeur et sa froide perfection… En un éclair, il se vit prendre la photo du siècle. Il l'aurait intitulée « Le couple idéal ».

Pourtant, plus il les regardait, plus il avait l'impression que quelque chose clochait.

Non que ce soit évident, loin de là. Son intuition s'appuyait principalement sur des détails. Comme le fait qu'ils évitent de se toucher et de se regarder.

Mais cela ne voulait peut-être rien dire, après tout… Il y avait de grandes chances pour que, tout simplement, sa visite soit mal tombée. Et si problème il y avait, il pouvait être insignifiant. Peut-être Dana et Ray s'étaient-ils disputés ? Cela arrivait aux couples les plus unis… Encore que… Quel genre de dispute pouvait expliquer la sale mine de Ray ? Dana pouvait s'abriter derrière son maquillage et son sourire impeccables, mais Matt connaissait suffisamment Ray, son ami d'enfance, pour deviner quand tout n'allait pas pour le mieux.

— Tu te souviens de Bull Mueller ? lui demanda soudain Ray, l'interrompant dans sa réflexion.

— Bien sûr ! C'était l'avant gauche de l'équipe de rugby, quand nous étions à l'UCLA. Je n'ai jamais vu un être aussi impressionnant, sauf dans un zoo, ajouta-t-il, un rictus ironique aux lèvres. Ni aussi féroce, d'ailleurs !

— Il est sorti du placard, l'an dernier. Il vit à Long Beach, avec un pépiniériste répondant au doux nom de Chuck.

— Ça devait être un sacré placard ! railla Matt.

— Immense ! renchérit Ray. Hé ! Tu sais ce que nous devrions faire ? Organiser une soirée, histoire de faire savoir à tout le monde que tu es de retour !

— Je n'ai pas l'intention de repartir de sitôt ! J'arriverai bien à renouer avec les vieilles connaissances pendant mon séjour, va !

C'était un demi-mensonge. A la vérité, Matt se souciait comme d'une guigne de revoir ou non les gens que Ray et Dana venaient d'évoquer. Et s'il n'avait aucune intention de les éviter, il n'irait pas les chercher non plus.

— Une soirée ! Voilà ce qu'il nous faut, poursuivit Ray, passant outre les vagues protestations de son ami. Qu'en penses-tu, ma chérie ? On pourrait organiser ça, non ? Samedi soir prochain ?

— Bien sûr ! répondit Dana, toujours sans le regarder.

— Ne vous donnez pas cette peine ! fit Matt, bien que

parfaitement conscient de ce qu'il ne serait pas écouté, cette fois-ci non plus.

— Penses-tu ! fit Ray, avec la belle assurance d'un homme qui n'avait jamais rien organisé de plus élaboré qu'une soirée entre potes, à l'université. Nous n'aurons qu'à nous faire préparer des plats par la copine de Jessica. Tu sais que le café d'Ernie a été repris par une femme ? Elle fait même traiteur, à ses heures.

— Laurène Washington, oui… Je suis passé Chez Ernie le jour de mon arrivée, précisa Matt, devant l'air surpris de Ray.

— Tu avais besoin de ta dose de *chili* ?

— Disons plutôt que j'ai remarqué la Mustang devant le café et que je me suis arrêté. J'étais convaincu que Jessie l'avait revendue depuis belle lurette, cette charrette ! Mais non !

Matt secoua la tête pour bien montrer son incrédulité.

— Dire qu'elle conduit toujours cet engin… Je n'en reviens pas !

— Alors comme ça, tu as déjà revu notre Jessie ? commenta Ray, un sourire chaleureux aux lèvres.

— Oui. Elle m'a paru en pleine forme.

« En pleines formes, plutôt », songea Matt, non sans un certain agacement à l'idée de ses jambes immenses et de l'émoi que lui avait causé le frottement de ses seins contre son bras.

Il n'y avait pensé que trop souvent, ces deux derniers jours. Bon sang ! Il s'agissait de Jessie ! Pas de n'importe quelle pin-up prête à lui ouvrir sa couche !

— J'étais vraiment content de la voir ! fit-il, au terme d'un petit toussotement.

— Ouais ! On a du mal à croire que c'est la même fille

que le petit crapaud qui ne nous lâchait pas d'une semelle, non ?

— Je ne te le fais pas dire, répondit Matt.

— Quand elle est partie pour Paris, je me suis dit qu'elle nous reviendrait avec une de ces toques que portent les chefs, et qu'elle passerait le restant de ses jours à nous concocter des éclairs au chocolat et de la soupe à l'oignon.

Matt essaya de se représenter la scène, en vain. Les toques avaient toujours paru légèrement pompeuses, et il ne parvenait pas à s'imaginer Jessie affublée d'un tel couvre-chef.

— Tu te souviens de la fois où elle nous a convaincus de l'emmener camper et qu'elle est tombée dans la rivière dès le premier jour ? demanda Ray, se penchant vers lui.

— Tout comme le lendemain, d'ailleurs, répliqua Matt, avec un grand sourire. Si ma mémoire est bonne, elle a même réussi à passer par-dessus la balustrade et à atterrir dans un champ d'orties.

— Tu parles d'une poisse ! s'esclaffa Ray. Après ça, notre seul but a été de la ramener chez elle en un seul morceau !

Matt secoua la tête.

— Malheureusement, elle s'est tordu la cheville sur le chemin qui nous ramenait à la voiture, de sorte que nous avons été obligés de la porter jusqu'au bas de la montagne.

— Quel âge avait-elle, à l'époque ? Onze ou douze ans ? C'était encore une gamine, en tout cas. Pourtant, jamais elle ne pleurnichait. Moi, j'étais à deux doigts de m'asseoir et de me mettre à hurler, et elle continuait à plaisanter, comme si de rien n'était !

Il y avait une nuance d'admiration dans la voix de Ray. Soudain, Dana se leva, la bouche étirée en un vague sourire, le regard glacial.

— Il faut que j'aille préparer le repas… Matt, si tu veux

rester dîner, tu es le bienvenu. Nous avons largement assez pour trois !

— Je te remercie, Dana. Je dois vous laisser. J'ai promis à Gabe de faire quelques courses, sur le chemin du retour.

— Dans ce cas, je t'appellerai pour la soirée de samedi, dit-elle, avant de sortir du salon, sans un regard pour son mari.

Matt observa ce dernier à la dérobée avant de détourner la tête. Il était gêné devant la vulnérabilité toute nue qu'il décelait chez son vieux copain.

Et soudain, son instinct lui indiqua que la tension ambiante cachait autre chose qu'une simple querelle d'amoureux.

— Je ne me souvenais pas qu'elle était aussi belle, commenta-t-il au bout d'un moment, pour combler le silence gêné qui avait suivi la sortie de Dana.

— Je n'arrive toujours pas à croire qu'elle ait accepté de m'épouser, répondit Ray en secouant la tête. Avec un physique pareil, elle aurait pu séduire n'importe quel homme !

— Tu dis ça comme si tu étais un raté, lui fit remarquer Matt, d'un ton sec. Or, et bien que je n'aie jamais très bien compris pourquoi, les femmes t'ont toujours trouvé à leur goût, non ?

Indifférent à ce compliment détourné, Ray fit glisser son bras du dossier du fauteuil jusqu'au coussin sur lequel Dana avait été assise.

— Elle aurait pu séduire n'importe qui, répéta-t-il.

— Peut-être que c'est toi, qu'elle aime, suggéra Matt avec légèreté. On a déjà vu plus étrange !

— Il faut croire…

Ray laissa sa phrase en suspens. Matt envisagea un instant de l'encourager à continuer pour renoncer presque aussitôt. D'instinct, et aussi parce qu'il connaissait son ami depuis plus de vingt-cinq ans, il savait qu'il n'aurait pas eu grand mal à amener ce dernier à lui faire des confidences.

Car il en était sûr à présent, Ray avait un souci. Et il n'avait jamais été très doué pour garder ses angoisses pour lui-même.

Six mois auparavant, Matt lui aurait extorqué la vérité.

Cela dit, six mois auparavant, il n'avait pas tant de secrets lui-même.

Il avala la dernière gorgée de sa bière et se leva.

Il était à Millers Crossing pour un bon moment.

Tôt ou tard, Ray finirait par se confier à lui.

Chapitre 3

Allongé sur la balancelle de la terrasse, Matt se laissait bercer par la chaleur de cette fin d'après-midi qui semblait guérir ses blessures et l'alanguir. S'il avait passé un bon bout de temps dans les pays chauds, au cours des quinze dernières années, il n'avait jamais eu le loisir d'y apprécier les vertus d'une bonne sieste. C'était plutôt normal, d'ailleurs. On ne somnolait pas en pleine révolution sanglante !

La tête bien calée contre un coussin, il se balançait doucement. Il n'aurait su dire à quand remontait sa dernière sieste du genre. Certes, pendant son séjour à l'hôpital, il avait dormi tout son soûl, mais ça ne comptait pas. On ne se reposait pas du sommeil du juste, sur un lit d'hôpital, même si on passait son temps à dormir. Pire, depuis le début des cauchemars, Matt n'attendait plus la venue du sommeil comme une bénédiction, bien au contraire.

Pourtant, dans ce coin perdu de l'immense Californie, sous la caresse des derniers rayons du soleil, dans cet environnement calme et sain, il se sentait prêt à s'abandonner…

Depuis son retour, une semaine auparavant, il n'avait pas fait un seul cauchemar. Il n'osait pas encore s'en réjouir : après tout, il avait fourni un travail physique intense et, bien qu'il ait toujours mis un point d'honneur à entretenir son corps, il y avait une sacrée différence entre soulever quelques poids au gymnase et ramper sur un toit pour réparer des tuiles ou se glisser sous la porte d'un placard afin d'en ajuster les étagères.

Matt avait passé la semaine à parer au plus pressé, et il n'avait pas manqué d'ouvrage, loin de là. Le soir venu, il s'écroulait sur son lit, fourbu et heureux de l'être, les muscles en feu, le dos rompu. Et si son épaule le faisait toujours souffrir, cela restait du domaine du supportable. Le médecin l'avait prévenu : la balle avait traversé le muscle, abîmé les chairs, et Matt ne devait pas s'attendre à ne plus s'en ressentir avant un bon moment. L'essentiel restait que ce souvenir d'une guerre lointaine ne l'avait pas empêché de dormir, et pour la première fois depuis des mois, il se sentait reposé, presque serein.

Il entendit le téléphone sonner, quelque part dans la maison, mais ne bougea pas. Le répondeur se chargerait de prendre le message si, comme il le pensait, Gabe n'avait rien entendu. Une fois que ce dernier avait ouvert son ordinateur portable et posé ses doigts sur le clavier, le reste du monde cessait d'exister. Une armée tout entière aurait pu traverser la propriété, Gabe ne l'aurait pas remarquée.

Les paupières toujours closes, Matt eut un petit sourire félin. La sortie du premier ouvrage de Gabe Latimer avait beau remonter à une bonne dizaine d'années, Matt avait toujours du mal à s'imaginer son frère aîné en auteur à succès. Et pourtant… Ses livres pour enfants, dont l'héroïne, dotée de pouvoirs surnaturels, portait le nom farfelu de Sassafras Grundel, avaient remporté un succès immédiat. A deux reprises, Sassafras Grundel avait été en lice pour le prestigieux prix Newberry, et Gabe avait admis du bout des lèvres avoir reçu des propositions en vue d'une adaptation cinématographique.

L'ironie du sort... Alors que leur enfance avait été un véritable désastre, Gabe gagnait sa vie en inventant des histoires dans lesquelles le bien l'emportait toujours sur le mal, et où les enfants avaient leur mot à dire quant à leur devenir...

Quoi qu'il arrive, chaque après-midi, Gabe installait son ordinateur sur la table de la cuisine et, durant quatre bonnes heures, il se plongeait dans son monde féerique.

Les premiers temps, Matt avait évité d'entreprendre la moindre tâche susceptible de déranger l'artiste dans son inspiration. Au bout de deux ou trois jours cependant, il lui était devenu évident que, si Gabe avait une muse, elle était sourde à tout événement extérieur. Du coup, Matt travaillait sans relâche et sans se soucier du bruit qu'il faisait.

Sauf cet après-midi... Aujourd'hui, il avait succombé sans vergogne à l'attrait de la chaise longue. Il était un peu en vacances, après tout... Vacances qu'il n'avait jamais prises de son existence, d'ailleurs, à bien y réfléchir. Jusque-là, il n'en avait jamais éprouvé le besoin. Il voyageait énormément pour son travail, et l'idée de prendre des congés pour rester chez lui à tourner en rond entre quatre murs ne l'avait jamais inspiré. A présent qu'il était plus ou moins en congé forcé, cependant, il commençait à voir l'aspect positif de la chose. Lorsqu'il reprendrait son activité, il s'efforcerait de s'accorder un peu de temps libre, de temps à autre.

S'il reprenait un jour son activité, bien sûr.

Matt se renfrogna. Sa douce léthargie l'abandonnait, subitement. Il ne voulait pas penser à son travail. Il avait rangé son matériel photo dans un placard, sous son sac de voyage. Il pouvait bien y rester pour un temps encore, même si, en son for intérieur, il savait qu'il devrait prendre une décision, un jour ou l'autre.

Il fut tiré de sa réflexion par le bruit d'une voiture remontant péniblement l'allée escarpée. Heureux de pouvoir penser à autre chose, il tourna la tête sur le côté sans la lever du coussin, et sourit paresseusement. La Mustang rouge cerise de Jessica avançait doucement, sa conductrice évitant comme elle le pouvait les ornières et autres écueils. Lorsqu'elle fut garée devant la maison, Matt se leva pour l'accueillir.

— A quel endroit as-tu perdu ton silencieux ? demanda-t-il en descendant les marches de la terrasse.

— Au premier fossé, je crois.

Elle avait accroché ses cheveux blond cendré avec deux pinces dorées et, comme l'autre jour Chez Ernie, portait une petite robe des plus seyantes. Verte à pois blancs, cette fois, et taillée dans un tissu soyeux qui lui collait au buste avant de partir en godets bien trop courts au goût de Matt.

Il se détestait vraiment, de fixer ainsi ses jambes interminables. De même, il se reprochait son regard lubrique sur les formes de la jeune femme. Bon sang ! Encore une fois, il connaissait cette fille depuis l'enfance !

Le problème était que, depuis lors, elle avait grandi.

— Tu veux boire quelque chose ? J'ai préparé un broc de limonade ! dit-il, dans l'espoir de se changer les idées.

Jessie s'assit sur la première marche de la terrasse, tandis que Matt entrait dans la maison.

C'était peut-être idiot, mais elle se surprit à savourer cet intermède. Elle voulait retrouver son calme, étrangement mis à rude épreuve par le simple fait de voir Matt l'air un peu endormi, les cheveux ébouriffés, et exhalant une virilité sans égale.

« C'est la faute de Laurène, aussi ! », songea-t-elle avec une pointe d'agacement.

Si son amie n'avait pas ainsi chanté les louanges de Matt, jamais Jessie n'aurait ouvert les yeux sur son physique.

Elle ne put réprimer un sourire désabusé. La faute de Laurène ? Vraiment ? Comme si n'importe quelle femme adulte pouvait contempler sans s'émouvoir un homme aussi séduisant que Matt…

La porte grillagée s'ouvrit et le laissa de nouveau passer. Il avait deux verres à la main.

— J'espère que tu vas apprécier, parce qu'un bon nombre de citrons du jardin ont été sacrifiés pour la fabrication de ce nectar ! Gabe est légèrement pointilleux en matière de limonade. Il a une recette bien éprouvée !

— C'est tout à son honneur !

Jessie porta le verre à ses lèvres et avala une gorgée du liquide glacé.

— Hm ! On a beau dire ce qu'on veut, ça n'a rien à voir avec la limonade en poudre !

— Toi, tu as le palais corrompu par ton séjour dans cette école de cuisine française ! Ce que vous pouvez être snobs, mon frère et toi ! La limonade en poudre est une véritable tradition américaine, je te rappelle !

— Au même titre que la tarte aux pommes et la dinde de Thanksgiving ? railla Jessie.

— Je pensais plutôt à ce qui fait la grandeur de notre cuisine nationale. Tu sais, la pizza, les hamburgers et les frites bien grasses…

Jessie lui décocha un sourire complice et continua à siroter, en s'efforçant de ne pas le fixer du regard.

— Gabe n'est pas là ? s'enquit-elle, bien que sa vieille camionnette soit garée à côté de la jeep de Matt.

— Si. Il écrit.

— Le nouveau Sassafras Grundel ?

— Tu es une de ses fans, on dirait ! fit remarquer Matt, amusé par la curiosité qui luisait dans ses yeux.

— J'ai, dans ma bibliothèque, un exemplaire dédicacé de chaque livre de la collection ! admit-elle. Livres pour enfants ou non, lorsque le dernier est sorti, j'ai passé une nuit blanche. Je n'ai pas fermé l'œil ! Ton frère a vraiment un don, quand il s'agit de décrire le monde magique des enfants !

— Tu peux le dire ! répliqua Matt, se demandant une fois de plus comment Gabe avait acquis cette capacité, après avoir vécu une enfance aussi dépourvue de magie que la leur…

Un long silence s'ensuivit, sans qu'aucune gêne ne s'installe. Matt se cala plus confortablement sur la balustrade. C'était ce qu'il avait toujours apprécié, chez Jessie. Sa capacité à rester là, tranquille, sans se sentir obligée de combler le silence par un babillage incessant. Il ne l'avait pas revue, depuis le jour de son arrivée à Millers Crossing. Ça faisait des années qu'ils n'avaient pas passé un moment ensemble, et pourtant, ni l'un ni l'autre ne semblait éprouver le besoin de se tenir au courant de ce qui s'était passé entre-temps.

Il se demanda vaguement s'il y avait une raison particulière à sa visite. Quoi qu'il en soit, il n'était pas pressé de savoir. La température devait avoisiner les trente degrés et il n'y avait pas un souffle de vent. Un aigle à queue rouge tournoyait dans le ciel sans nuages. La sérénité régnait.

— Que c'est calme, ici ! murmura Jessie, comme si elle avait lu dans ses pensées.

— Oui. La maison est en ruine, l'allée ne pourrait pas être plus délabrée et le terrain est en pente raide, mais je comprends tout à fait Gabe, dans son désir de vivre ici.

— A vous deux, vous parviendrez bien à remettre les lieux en état !

Matt n'eut pas besoin d'ouvrir les yeux pour savoir que

ceux de Jessie brillaient de malice. Il l'entendait dans sa voix et, de nouveau, il se surprit à sourire de béatitude.

— Ton frère est du genre à se féliciter que l'état de son allée décourage les visiteurs ! Et à moins qu'il ne se mette à l'agriculture, ce dont je doute, l'inclinaison du terrain ne représente pas un obstacle majeur !

— Tu es une espiègle, toi ! répliqua Matt. Je me souviens que Ray le disait souvent…

Le sourire de la jeune femme vacilla. Elle détourna les yeux avant de répondre.

— Ray a toujours aimé me taquiner. Si j'avais été cynique ou pessimiste, il m'aurait titillée aussi.

— Il y a des chances, oui ! Tu viens à la soirée qu'il organise avec sa femme, samedi soir ?

— Oui. Pas seulement en tant qu'invitée, d'ailleurs. Je suis chargée de confectionner les desserts !

— C'est vrai ? s'exclama Matt, incapable de dissimuler son enthousiasme.

— Quel gourmand tu fais ! Tu aimes toujours autant les gâteaux ?

— Disons que mon palais est sensible aux substances sucrées, corrigea-t-il d'un ton faussement dédaigneux qui fit s'esclaffer son invitée.

— Je te croirais sur parole si tu n'avais pas élevé les barres de chocolat au rang de perfection culinaire !

— Elles sont parfaites ! C'est la faute du gouvernement, si elles n'ont pas été reconnues comme essentielles à une alimentation équilibrée !

Il dit cela d'une voix geignarde, que vint contredire un petit rire complice.

— Oh, Matt ! Tu m'as manqué ! déclara soudain Jessie,

lui posant une main sur le genou. Je suis tellement heureuse que tu sois revenu !

— Moi aussi, je suis content d'être rentré.

« Et encore plus de sentir ta main sur mon genou… », aurait-il pu ajouter. Presque aussitôt, il repoussa cette pensée. Décidément, la chaleur ne lui réussissait pas. C'était Jessie, personne d'autre ! Jessie qui lui marquait ainsi son affection, rien de plus.

Il n'en fut pas moins soulagé lorsqu'elle retira sa main.

— Je suis allé boire un verre avec Ray, hier soir, déclara-t-il, changeant de position.

Par pure coïncidence, ce mouvement mettait Matt hors de la portée de Jessie. Et inversement.

— Je ne l'ai pas vu depuis un bon bout de temps, répondit Jessie, ramenant son hôte à la réalité. Comment va-t-il ?

Matt haussa les épaules et le regretta aussitôt. Cette fichue blessure n'était pas encore guérie, loin de là !

— Ça va ! Les affaires ont l'air de marcher.

Un geai se posa sous le vieux sycomore pour fouler les feuilles mortes d'un air important. Matt l'examina en débattant intérieurement du bien-fondé d'en dire plus. De manière générale, il évitait de colporter des ragots. La déformation professionnelle, sans doute… La nuance entre une information et une rumeur était parfois ténue et l'une des choses que Matt avait toujours appréciées, dans sa position de photographe, c'était qu'elle lui évitait d'avoir à rapporter des événements.

D'un autre côté, Ray était l'amie de Jessie, au même titre que le sien. Or, de toute évidence, quelque chose le tourmentait.

— En fait, depuis son mariage, je ne le vois plus que

très rarement, reprit la jeune femme, mettant ainsi fin à ses tergiversations.

Matt fronça les sourcils. Jessie ne savait donc pas plus que lui ce qui se passait chez les McKinnon.

— Que penses-tu de Dana ? demanda-t-il néanmoins.

« Ce que j'en pense ? songea Jessie. En voilà une question ! » Dans sa position, on ne pouvait pas lui demander d'être objective.

Elle baissa les yeux, de peur de ce que Matt pourrait y lire. Il avait toujours eu le chic pour deviner les sentiments les mieux dissimulés.

— Pas grand-chose. Elle me paraît un peu froide… Un peu distante, peut-être…

Matt acquiesça lentement.

— C'est peut-être un effet de mon imagination, Jessie, mais elle m'a plutôt semblé… seule.

— Normal. Aucun homme ne résiste à ses grands yeux effarouchés ! rétorqua Jessie, d'un ton moins léger qu'elle ne l'aurait voulu.

Matt allait penser qu'elle était jalouse, à présent ! Pire encore, il aurait raison ! Jessie porta son verre à ses lèvres et avala une longue gorgée de limonade, dans l'espoir de dissimuler le rouge qui lui montait au visage.

Elle changea brusquement de conversation.

— J'ai quelque chose à te demander, Matt.

— Ah bon ? Et moi qui croyais que tu étais venue jusqu'ici rien que pour le plaisir de me voir ! fit Matt d'un ton railleur.

— Et puis quoi encore ? rétorqua sèchement Jessie.

Elle lui jeta un bref coup d'œil avant de détourner la tête. Matt remarqua qu'elle se mordillait la langue et eut l'impression qu'elle était légèrement anxieuse… Tout, plutôt que se demander quel effet cela lui aurait fait de mordiller lui-même ces lèvres pleines…

— Mon grand-père écrivait un livre, lorsqu'il est mort, annonça-t-elle. Un ouvrage sur les roses en général et sur sa roseraie en particulier. Il était assez connu, dans le milieu botaniste, tu sais !

— Oui. Je me souviens même de disputes mémorables avec la mère de Ray sur la manière de tailler les rosiers ! répondit Matt avec une pointe de nostalgie.

Jessie se détendit à ce souvenir. C'était d'autant plus ridicule qu'il n'y avait aucune raison d'être tendue à l'idée de parler à Matt !

— J'ai même cru qu'ils allaient en venir aux mains, une fois ou deux !

— Tu imagines, le duel ?

— Très bien. A coups de sécateur…

Le visage de la jeune femme s'assombrit soudain. Le vieux Leland, avec ses coups de gueule et ses préceptes, semblait lui manquer cruellement.

— En tout cas, reprit-elle, et malgré leurs querelles incessantes, grand-père respectait énormément Mme McKinnon. Il a beaucoup souffert de son départ pour Santa Fe !

— Tout comme tu souffres de ne plus l'avoir auprès de toi, lui fit remarquer Matt.

— C'est vrai ! soupira-t-elle, avant de lever vers lui des yeux un peu trop brillants. Mon grand-père était mon meilleur ami, tu sais !

Oubliant toute résolution de tenir ses distances, Matt se pencha vers Jessie pour lui prendre la main.

— C'était un type extraordinaire. J'étais dans sa classe, la dernière année où il a enseigné. J'avais l'intention de me laisser vivre, de ne faire que le strict nécessaire pour réussir l'examen, et il a réussi à me faire adorer les œuvres que nous avons étudiées. Sacré prof! Sacré bonhomme!

— Il aurait été drôlement fier, de t'entendre dire cela, tu sais! murmura Jessie, ravalant ses larmes.

Ils restèrent immobiles quelques minutes, la main dans la main, à se rappeler des jours plus heureux.

— Alors? Parle-moi un peu de ce livre! demanda Matt, rompant le silence.

Jessie lui expliqua alors que Leland Sinclair avait eu à cœur de laisser derrière lui un ouvrage donnant tous les conseils nécessaires à l'entretien d'une roseraie. Mieux encore, il y avait ajouté un chapitre destiné aux habitants de la vallée de Salinas, avec son climat très particulier et son sol aride. Ce qu'il avait voulu rédiger cependant était plus qu'un simple recueil de trucs et astuces. Il avait eu pour ambition d'écrire un genre de mémoire sur ses soixante années d'amour pour les roses.

— Il avait quasiment terminé, lorsqu'il… lorsqu'il est tombé malade. Et comme il a laissé des notes détaillées sur ce qu'il lui restait à écrire, je suis presque certaine de pouvoir terminer son œuvre. J'ai même reçu un courrier d'une petite maison d'édition de San Franscico, qui semble intéressée… Bien sûr, ce n'est pas le genre d'ouvrage qui fera recette, néanmoins la personne à qui j'ai eu affaire, au téléphone, semblait penser que l'on pouvait en vendre un certain nombre d'exemplaires, surtout si on s'appuie sur l'aspect régional de cette culture… Grand-père avait rêvé de voir ce livre publié. Aussi, et bien qu'il ne soit plus là pour le voir, je me suis mis en tête de mener sa tâche à bien… Tu comprends, Matt?

— C'est une idée merveilleuse! s'exclama Matt, sans lui lâcher la main. Je serai le premier acheteur! Dès le livre sorti de la presse!

— Pour tout t'avouer, j'attendais de toi une collaboration plus... poussée !

Se souvenant alors que la jeune femme était venue lui parler d'un problème spécifique, Matt la considéra d'un air interrogateur.

— Je me demandais si tu accepterais de te charger des photos de l'ouvrage, enchaîna-t-elle précipitamment.

Elle le regardait à présent, d'un air anxieux, les yeux écarquillés et les joues légèrement roses.

— Je sais que c'est beaucoup demander. D'autant que, bien que grand-père ait laissé de l'argent pour terminer son projet, je doute fort de pouvoir te payer au tarif que peut exiger un photographe de ta renommée ! Et puis ça n'a rien de bien excitant, comme travail. Ni d'important, d'ailleurs. Enfin... C'est important pour moi, mais ça n'a rien de comparable avec ce que tu as l'habitude de faire. Je... Je ne veux pas que tu te sentes obligé d'accepter, Matt ! Je pourrais facilement trouver quelqu'un d'autre, si tu refusais ! Je...

Matt n'écoutait plus que d'une oreille distraite. Jessie parlait sans discontinuer, passait du coq à l'âne, faisait les questions et les réponses.

Comme lorsqu'elle était mal à l'aise.

— Sans compter que tu ne pourrais pas finir ta tâche, poursuivait-elle. J'ai besoin de photos de la roseraie sur une année entière. Je dois montrer le jardin en toute saison, sous tous ses aspects. Seulement si tu pouvais au moins en prendre quelques-unes, ce serait super... Il est bien entendu que si tu refuses, je ne me froisserai pas. Je n'aurais jamais songé à te demander ça, tu sais. Seulement l'autre fois, Chez Ernie, tu as expliqué à Laurène que tu étais entre deux reportages en ce moment, et je me suis dit...

Elle n'acheva pas cette dernière phrase. Elle releva vers

lui ses grands yeux noisette, et attendit sa réponse dans un mélange d'espoir et d'incertitude.

Matt lui lâcha la main et frotta sa paume moite sur la jambe de son pantalon.

Entre deux reportages, lui ? C'était vraiment ce qu'il avait dit, ce jour-là ? Il y avait des chances, hélas… L'explication en valait bien une autre et avait au moins le mérite de lui éviter d'avouer son désarroi du moment.

De toute évidence, il n'était pas en mesure de reprendre son matériel photo. Cette simple idée lui donnait des sueurs froides. Ce qui était parfaitement ridicule, d'ailleurs… Jessie lui demandait de prendre en photo une simple roseraie, pas un charnier humain !

Dire qu'une demi-heure auparavant, il avait songé que cette semaine de labeur physique avait fait des merveilles pour son moral ! La partie était loin d'être gagnée, s'il en jugeait par sa réaction à la requête de son amie d'enfance…

Malheureusement pour lui, il fallait qu'il donne une réponse. Et tout de suite. Elle était là, la petite Jessie Sinclair, assise devant lui et espérant avec anxiété.

Alors, non… Il ne pouvait pas lui avouer la vérité. Et la vérité était qu'il n'avait pas pris une seule photo depuis des mois. Et, pire encore, qu'il ignorait s'il s'y remettrait un jour.

Un sourire forcé aux lèvres, il lui fit la seule réponse dont il était capable.

— Je vais réfléchir à la question, Jessie.

Le cauchemar débutait toujours de la même manière. Matt se tenait au milieu d'une route, ou d'une rue, ce n'était pas très clair. Une route étrange, ancienne, conçue pour accueillir charrettes et chariots, ainsi qu'un bon nombre de piétons. Etrangement, elle était particulièrement étroite, et encombrée de gravats, de part et d'autre.

Matt savait que, quelques semaines auparavant encore, ces gravats avaient été des habitations, qu'ils avaient hébergé des générations entières, que des enfants y avaient grandi, s'y étaient mariés pour devenir parents puis grands-parents à leur tour avant de mourir. De tout cela, il ne restait rien d'autre que de vagues pans de murs et d'immenses trous calcinés à la place des fenêtres et des portes.

La lumière hivernale renforçait encore le sentiment de désolation qui régnait sur l'endroit et, dans son rêve tout comme il l'avait fait dans la réalité, Matt analysait les jeux d'ombres pour choisir le meilleur angle sous lequel il immortaliserait le drame ambiant.

Il sentait le poids de l'appareil dans ses mains, si familier qu'il était presque devenu une extension de lui-même. Le Nikon n'était pas son appareil le plus récent, ni même le plus perfectionné, mais c'était celui dont il s'emparait toujours en premier. Il lui tenait bien en main, et répondait au doigt et à l'œil aux pressions de son index sur le déclencheur. Le boîtier était légèrement rugueux, et Matt hésitait à changer d'objectif. Peut-être un grand angle rendrait-il mieux le spectacle apocalyptique auquel il faisait face.

Il tendait la main vers la sacoche accrochée à son épaule, sans se hâter, toujours aux prises avec sa réflexion. Ce n'était qu'en entendant des voix autour de lui, qu'il se rendait compte du silence qui l'avait entouré jusqu'alors. Le cri d'épouvante de la femme s'élevait dans les airs, aigu, tranchant. D'autres s'ensuivaient. Des voix masculines, rauques, furieuses. Matt ne comprenait pas ce qui se disait. Etrangement, même dans le rêve, cela restait le cas. En revanche, il avait pleinement conscience de la violence qui l'entourait, de la haine environnante.

Il se retournait, en un mouvement très lent, et les voyait entraîner la jeune femme au milieu de la rue… Quatre soldats et la femme. Ou plus exactement la gamine, à peine sortie de l'adolescence. Il lui était impossible de dire à quoi elle ressemblait. Son visage était trop distordu par l'effroi.

Soudain, le paysage grisâtre disparaissait sous des couleurs plus agressives les unes que les autres. Rouge sang, noir geai. Vert aussi… Le vert cru des uniformes sous le bleu pâle du ciel.

Des couleurs… trop nombreuses, trop violentes, qui l'aveuglaient et le poussaient à reculer.

A ce point-là, le cauchemar se mettait à varier. Parfois, Matt restait figé sur place et regardait la scène à travers son objectif. Sous ses yeux effarés, les soldats entraînaient la fille au milieu de la rue, la forçaient à s'agenouiller, lui posaient un revolver sur la nuque. Et Matt continuait à mitrailler machinalement.

D'autres fois, il laissait tomber son appareil photo qui faisait un tel vacarme en tombant qu'il n'entendait plus les hurlements de la fille. Il baissait alors la tête vers le Nikon en morceaux dans la rue sale, la pellicule s'en échappant comme une langue noire, hideuse. Et il s'avançait vers les soldats, la bouche ouverte sur un cri qui refusait de sortir. Il avait mal à la gorge, voulait hurler, en vain. Et soudain, un son lui déchirait le larynx…

Aaaahh…

Matt se redressa d'un bond dans son lit, les oreilles résonnant toujours de la détonation. Son cœur battait la chamade et il ne respirait qu'à grandes goulées menaçant de se transformer en sanglots. Son corps était couvert de sueur et, malgré la tiédeur ambiante, il tremblait de tous ses membres.

Avait-il vraiment crié ? Il n'en était pas certain.

Quand les cauchemars avaient commencé, ses propres hurlements le réveillaient. Cela lui avait paru d'autant plus ironique que, dans son rêve, il avait souvent la gorge nouée... A présent, il faisait moins de bruit, il le savait, et se réveillait souvent une fraction de seconde avant de crier. Dommage qu'il n'ait pu se conditionner pour ne pas rêver du tout !

Il se leva vivement. D'expérience, il savait qu'il ne devait se rendormir sous aucun prétexte. Si jamais il se laissait gagner par le sommeil, le cauchemar reviendrait inévitablement.

Il sortit de la chambre à tâtons et traversa la cuisine. Les fenêtres étaient restées entrouvertes et, après avoir soulevé le loquet de la porte grillagée, il se glissa sur la terrasse. Et s'il ne portait que le boxer dans lequel il avait dormi, tant pis. Il n'y avait aucun voisin à trois kilomètres à la ronde ; et, même s'il y en avait eu, ils auraient probablement dormi à poings fermés, à cette heure tardive.

L'air était toujours tiède et paisible. Bien qu'on approchât du mois de septembre, rien ne laissait présager l'arrivée de l'automne, dans cette partie du monde. La chaleur durerait encore un mois ou deux, avant de céder la place aux pluies, à la renaissance de la végétation, aux promesses d'un avenir meilleur.

Le hululement d'un hibou, non loin de la maison, fut suivi par un bruissement de feuilles, tendant à indiquer qu'un petit animal venait de se terrer dans le buisson.

Matt prit appui sur la rampe et se força à respirer lentement, avec régularité.

Envers et contre tout, les choses commençaient à se tasser. Du moins, c'est ce dont il essayait de se convaincre. S'il se sentait si mal, c'était sans doute parce qu'au terme d'une semaine entière sans cauchemar, il s'était complu à croire qu'il avait trouvé la solution à tous ses problèmes.

Il entendit la porte grillagée gémir. C'était Gabe. Celui-ci déposa une tasse devant lui, sur la balustrade.

— Tiens, murmura-t-il. Un peu de tisane… C'est infect, mais c'est censé avoir un effet apaisant.

Matt hocha la tête et s'empara de la tasse. Aussitôt il se sentit réconforté.

Au grincement qui suivit, il comprit que Gabe s'était assis sur la balancelle et l'avait mise en mouvement.

— Tu as envie de parler ? demanda ce dernier, au bout de quelques secondes.

— Pas particulièrement, non.

Peut-être avait-il crié sans s'en rendre compte, après tout. Sinon, Gabe avait été guidé par un instinct vieux de trente ans. Matt ne se souvenait que trop du nombre de fois où Gabe s'était glissé dans sa chambre, quand ils étaient enfants. A l'époque, il restait là, sans rien dire, pour partager simplement avec lui la douleur suscitée par la dernière crise de rage de leur père.

Comme prévu, Gabe accepta sans broncher sa décision de garder le silence.

— Comme tu veux, dit-il tout bas.

Jamais Gabe n'insisterait, Matt le savait. Tout comme il savait qu'il n'avait qu'à demander, en cas de besoin.

Sa tasse serrée entre les mains, il prit appui sur la balustrade. Gabe avait raison : ce breuvage avait le goût amer de mauvaises herbes bouillies. Mauvaises et vieilles, d'ailleurs ! Le léger apaisement qu'il commençait à éprouver était sans doute plutôt dû à la tiédeur de la nuit et à la présence silencieuse de Gabe.

Tout comme Jessie, ce dernier n'éprouvait jamais le besoin de remplir le silence par des bavardages inutiles.

— Tu savais que le vieux Leland Sinclair écrivait un livre de jardinage ? demanda Matt, à brûle-pourpoint.

— Oui. J'ai même lu une partie du manuscrit. Il avait un certain style, notre professeur préféré ! D'après Jessie, un éditeur de San Franscico semble intéressé.

— C'est ce qu'elle m'a dit, en effet, grommela Matt. Elle m'a aussi demandé si je pouvais prendre quelques photos.

— Je ne vois pas ce qui t'étonne là-dedans, vieux ! Tu es le meilleur dans ta profession, et tu es son ami depuis toujours. Tu vas le faire ?

— Je ne sais pas encore.

Soudain agité, il reposa sa tisane et se tourna pour faire face à son frère.

— Les roses ne sont pas vraiment mon sujet de prédilection, tu sais. Je ne fais pas dans l'esthétique. Ah, bien sûr, si Leland Sinclair avait été le tortionnaire du siècle, s'il avait fait souffrir mille morts à ses chers rosiers, on aurait pu discuter, murmura-t-il, prenant soudain conscience d'une douleur sourde dans son épaule blessée.

Malgré l'obscurité, il vit Gabe hocher la tête.

— Il est certain que ça n'a rien à voir avec ce que tu fais habituellement. Cela dit, le changement n'est pas forcément une mauvaise chose.

— Tu en as d'autres, des maximes pareilles ? demanda Matt, non sans agacement. Tu as trouvé ça sur un emballage de Carambar ou quoi ?

— Il y a des chances, oui ! répliqua Gabe. Dis-moi, frérot… Ça fait combien de temps que tu n'as pas touché à ton appareil photo, au juste ?

La question prit Matt par surprise. Et pourtant… Il aurait

dû savoir que Gabe l'avait percé à jour. Peu de choses lui échappaient.

— Depuis que j'ai été blessé, avoua-t-il au bout d'un long moment. Je ne suis même pas sûr de vouloir m'en resservir un jour.

— Tu ne veux vraiment pas m'expliquer ce qui s'est passé ? s'enquit Gabe, dans un souffle.

Matt prit une longue inspiration.

— Non, répéta-t-il enfin.

— Et bien sûr, tu n'en as parlé à personne d'autre, hein ?

Sans attendre la réponse, Gabe secoua la tête.

— Tu as toujours été têtu comme une mule ! conclut-il.

— C'est ce qui fait mon charme, ironisa Matt.

— Prends ton temps… Je suis là, si jamais tu changes d'avis, déclara Gabe en se levant.

Là-dessus, et après avoir tapoté le dos de son frère, il retourna se coucher.

Chapitre 4

Matt était à Beyrouth, lors de la première réunion des anciens élèves du lycée de Millers Crossing. Pour la suivante, il se trouvait en Iran, où il couvrait les conséquences d'un tremblement de terre. Et s'il avait eu quelques regrets de ne pouvoir saisir cette occasion de revoir ses anciens camarades de classe, cette soirée chez Ray semblait avoir été organisée pour lui permettre de rattraper le temps perdu.

Pour autant qu'il puisse dire, tous ses anciens camarades de lycée avaient été invités. Bien sûr, la plupart d'entre eux ayant assisté au mariage de Ray et de Dana, le choc fut moins grand que s'il ne les avait pas vus depuis vingt ans, encore que…

— Qui est cette rouquine, avec de gros… Avec des avantages, demanda-t-il à Ray, à mi-voix. Celle qui est en grande conversation avec Randy Harris…

Ray suivit son regard et se tourna vers une femme aux formes opulentes. Il prit le temps d'avaler l'huître qu'il venait de porter à sa bouche et répondit, un sourire complice aux lèvres :

— Lizzie. Lizzie Bradford.

Les sourcils froncés, Matt s'efforça de remettre un visage

juvénile sur ce nom. Lorsque la mémoire lui revint, il considéra Ray d'un air interrogateur.

— Attends ! La Lizzie Bradford toujours en tête de classe ? Celle qui passait son temps devant son ordinateur ? Le chouchou des profs ?

— Elle-même, en personne !

— Impossible, fit Matt en secouant la tête. Lizzie était maigre comme un clou. Cinquante kilos toute mouillée, des cheveux poil de carotte, des dents de lapin et de grosses lunettes. Un véritable épouvantail à moineaux !

— Etonnant, ce qu'un peu de silicone, un bon coiffeur, un bon orthodontiste et une paire de lentilles peuvent faire, non ?

— C'est le moins qu'on puisse dire !

Matt secoua la tête, toujours incapable de voir en cette femme épanouie, l'adolescente gauche de ses souvenirs.

— Qu'est-ce qui lui est arrivé ?

Ray se trancha une part de gâteau et mordit dedans de bon cœur.

— Elle s'est mariée, a divorcé, et s'est lancée dans l'informatique. Au bout de quelques années, elle a ouvert sa propre entreprise et a fait fortune. Elle en a profité pour se faire opérer des seins et redresser les dents. Elle s'est remariée, a divorcé pour la deuxième fois… Elle est devenue consultante, a tout aussi bien réussi que la première fois… et si ma mémoire est bonne, c'est à cette période que sont apparus les cheveux flamboyants et qu'elle a troqué les lunettes contre des lentilles. Remariage, re-divorce… Nouvelle affaire, sur internet cette fois, et opération des lèvres.

— Opération ?

— Des injections de collagène, expliqua Ray, se tapotant

la bouche. Tu es trop loin pour le remarquer, mais de près, ce n'est pas terrible.

Matt laissa échapper un petit rire complice.

— Si tout se passe comme d'habitude, elle est prête pour son quatrième mari. D'ailleurs, puisque tu m'en parles, tu devrais te mettre en lice, vieux ! Elle est riche comme Crésus et si tu joues finement, tu n'auras plus jamais besoin de travailler !

— Bonne idée, fit Matt, d'un ton sec. J'ai toujours eu envie de devenir gigolo. Je trouve ça intéressant, comme plan de carrière.

— Une fois marié, on ne te qualifie plus de gigolo. Et puis, il me semble que vous étiez plutôt bons amis, tous les deux, non ?

— Arrête ! Nous faisions équipe en biologie, en terminale. J'ai surtout le souvenir d'une véritable langue de vipère qui n'arrêtait pas de critiquer ma manière de prendre des notes.

— Mince ! Moi qui croyais que vous aviez flirté comme des fous entre deux dissections de grenouille !

Cette fois, Matt partit d'un rire franc. Que c'était bon, d'être ici ! Ça faisait bien longtemps qu'il ne s'était pas amusé d'un rien, comme aujourd'hui. Il avait passé un trop grand nombre d'années à regarder l'horreur en face, dans l'espoir futile de l'immortaliser… Au point d'en oublier qu'il existait un autre monde, un monde où la famine et la guerre n'étaient qu'un vague concept. Et ça lui faisait un bien fou de s'en apercevoir.

Il n'avait jamais particulièrement apprécié ce genre de raouts. Trop de gens, trop de bruit, trop d'alcool, une nourriture médiocre… bref, il préférait rencontrer les gens en petit comité. Ce soir pourtant, il n'éprouvait aucun malaise, sans doute parce que Dana McKinnon avait tout fait pour éviter les écueils habituels.

Bien que la moitié du comté ait été conviée, on n'étouffait pas, dans l'immense demeure. Les baies vitrées étaient grandes ouvertes, de façon à ce que les invités, attirés par la douceur de la nuit, se sentent libres de gagner le patio pour se rassembler autour de la piscine. Les meubles du salon avaient été repoussés, dégageant un espace libre pour la danse. Jusqu'à présent, la musique avait consisté en de vieux classiques du rock'n roll et du disco, sur lesquels quelques couples se déhanchaient avec plus ou moins de grâce.

— Il devrait y avoir une loi interdisant un mets aussi délicieux ! fit remarquer Ray.

Matt baissa les yeux vers le morceau de gâteau au chocolat que contenait l'assiette de son ami, et hocha la tête avec conviction.

— Tout à fait d'accord. Une pure merveille. J'en reprendrais un morceau, si j'étais sûr que mes artères résistent à un tel excès de sucre.

Ray porta une nouvelle cuillère du gâteau à ses lèvres et soupira de plaisir.

— C'est mortel, je te l'accorde. Qui aurait cru que notre petite Jessica deviendrait aussi perverse, en grandissant ?

Matt reprit son sérieux et chercha la jeune femme du regard.

— Qui aurait cru qu'elle grandirait tout court ? marmonna-t-il.

Elle était là, de l'autre côté de la pièce, avec Gabe qui semblait apprécier sa conversation.

Et elle portait encore une robe. Noire, ce soir, et si moulante qu'elle semblait avoir été cousue sur elle, de manière à épouser ses formes. Et quelles formes! Des courbes féminines et chaudes qui donnaient à Matt des idées coupables.

Bon sang! songea-t-il, exaspéré. Elle n'avait donc ni pantalons larges ni jupes longues, dans sa garde-robe?

— J'ai toujours du mal à croire qu'il s'agit de la même Jessie que celle qui nous a filé le train pendant des années. Tu te souviens? On aurait dit Fifi Brindacier! ajouta Ray, comme s'il avait lu dans ses pensées.

Il ne restait plus qu'à espérer qu'il n'ait pas tout deviné.

Jessie avait dû sentir le regard de Matt rivé sur elle car, se tournant vers lui, elle lui décocha un sourire radieux. Elle prononça quelques mots à l'oreille de Gabe, et Matt leva son verre en direction du couple.

Il aurait volontiers parié que son frère pensait déjà au moment où il pourrait décemment repartir. Aux yeux de Gabe, ce genre de rassemblement avait autant d'attrait qu'un rendez-vous chez le dentiste. S'il avait accepté de passer, c'était uniquement parce que la soirée avait été organisée en l'honneur de son petit frère.

Jessie se pencha vers Gabe, lui tapota le bras et se dirigea vers Matt qui en oublia tout le reste.

Elle ne pouvait pas porter de soutien-gorge, sous cette robe fine. C'était tout bonnement impossible.

Aussitôt, il se reprocha ses débordements. Il avait suffisamment de mal à passer outre les jambes de son amie d'enfance. Il n'allait pas faire une fixation sur ses sous-vêtements, en plus!

— Tu es cruelle, Jessie! lança Ray lorsqu'elle arriva près d'eux. Je dirais même plus… Tu es le diable en personne!

Jessica jeta un coup d'œil en direction de l'assiette qu'il tenait toujours en main et lui sourit sans complexe.

— Ce n'est pas ma faute si tu n'as aucune volonté, mon vieux!

— J'envisage d'avoir recours à un exorciste.

— Pour qui? Pour moi ou pour mes gâteaux?

— S'il s'agit vraiment de la nourriture du diable, intervint Matt, Jessie mérite l'exorcisme!

Devant la mine atterrée de ses compagnons, il leva une main.

— Désolé. Vous n'avez rien entendu...

— Je préfère ça, en effet! grommela Ray.

Jessie considéra tour à tour ses deux amis et constata que la sensation de vide qui l'habitait depuis la mort de son grand-père s'était faite moins forte. Sans doute parce que Matt et Ray étaient un peu ses grands frères, même si aucun des deux ne lui était lié par le sang.

Ray reposa son assiette avec un petit soupir de satisfaction. L'instant d'après, il se tourna vers Jessie, d'un air de reproche.

— Avec toutes ces calories, je vais être obligé de rallonger mon jogging d'une bonne vingtaine de kilomètres, la semaine prochaine, moi!

— Pauvre chou! murmura la jeune femme avec une compassion que contredisait son sourire narquois.

Ray leva un sourcil réprobateur.

— Pour ta punition, tu vas m'aider à perdre quelques grammes! Il n'y a pas de raison pour que je sois le seul à expier!

— Si tu penses à m'emmener faire un jogging avec toi, n'y compte pas. La dernière fois, je suis tombée et j'ai déboulé le sentier d'une falaise.

— C'était une petite corniche de rien du tout.

— Tu parles ! Un mois après, j'avais toujours mal aux genoux ! Donc, même si je veux bien t'accorder que ce gâteau est un peu riche, il est hors de question que j'aille courir avec toi !

— Ce n'est pas ce que j'avais en tête, Jessie. Je ne pensais pas à un jogging mais à…

Sans achever, il se tourna vers le salon où l'on dansait maintenant sur *Locomotion*. Jessie écarquilla les yeux avant de secouer la tête.

— Encore moins ! s'exclama-t-elle avec véhémence. Je n'ai aucune envie de me ridiculiser, figure-toi !

— Pas de chichis, Jessie, dit Ray, lui prenant la main pour l'attirer vers la piste. Tu me dois bien ça ! D'autant que si tu ne m'aides pas à me débarrasser de ces fichues calories, je m'achète une nouvelle garde-robe et je t'envoie la facture !

— Ça fait des années que je n'ai pas dansé, Ray. Je ne sais plus comment on fait.

— Taratata. C'est comme le vélo, ça ne s'oublie pas !

— Tu ne préfères pas qu'on fasse un peu de vélo, justement ? Matt, aide-moi, je t'en supplie !

— Je peux toujours venir regarder ! répondit ce dernier, avant de leur emboîter le pas.

— Traître ! grommela Jessie.

Malgré tout, ce fut le sourire aux lèvres qu'elle se laissa entraîner jusqu'à la piste improvisée, au moment précis où les premières notes d'un air connu s'élevaient dans la pièce.

Matt l'entendit même rire de bon cœur, tandis que Ray la faisait tournoyer dans ses bras.

Ce n'était pas la première fois qu'il les voyait danser ensemble, loin de là : il avait assisté plus souvent qu'à son tour à leurs répétitions. Seulement cela remontait à une bonne dizaine d'années, et Matt prit soudain conscience de la sensualité, pour ne pas dire plus, de cette danse. Quel idiot il faisait ! Ça ne s'appelait pas *Dirty Dancing* pour rien !

Il vit Ray poser les mains sur la taille fine de Jessie, l'attirer à lui de manière à ce que leurs hanches se touchent et, à sa grande surprise, il dut résister à l'envie d'arracher la jeune femme à l'étreinte de leur ami commun.

Qu'est-ce qui lui prenait ? Maintenant qu'il ne s'interrogeait plus sur les sous-vêtements de Jessie, il en voulait à Ray de poser ses grosses pattes d'homme marié sur elle…

— Quelle synchronisation ! On dirait qu'ils n'ont fait que ça toute leur vie ! murmura une femme, à côté de lui.

Matt n'avait pas vu Dana approcher. Il se tourna vers elle et fut frappé par la perfection de ses traits, une fois de plus. Il n'y avait rien de concupiscent, dans cette constatation, cependant. A ses yeux, la beauté de Dana était un peu comme celle d'un coucher de soleil ou d'une œuvre d'art. Il ne songeait pas à ce qu'elle pouvait porter sous sa robe, elle.

— C'est normal, répondit-il en essayant de chasser ses pensées. Ray lui a appris cette danse. A l'époque, il était amoureux d'une fille qui idolâtrait l'acteur de *Dirty Dancing*… Patrick… Patrick quelque chose.

— Swayze, précisa Dana, sans lâcher le couple des yeux.

— C'est ça. Bref, Ray s'était mis en tête d'impressionner sa belle par ses talents de danseur. Comme il avait besoin d'une partenaire pour se faire valoir, il a pris Jessie.

Ray renversa Jessie dans ses bras jusqu'à ce que ses cheveux balayent le sol, puis la redressa et la serra un moment contre lui. La jeune femme passa gracieusement ses bras autour de ses épaules, et son visage radieux se retrouva à un souffle de lui. L'assemblée réunie en cercle autour du couple applaudit à tout rompre. Matt, de son côté, dut faire un effort pour ne pas pester et pour rester là où il se tenait. Ce n'était qu'une danse, après tout ! Un moment de détente, bien innocent ! Pourquoi réagissait-il si mal ?

— Et il est parvenu à ses fins ? s'enquit Dana.

— Pardon ? balbutia Matt, comme réveillé.

— Avec la fille… Celle qui faisait une fixation sur Patrick Swayze ?

— Oh, elle ! Oui, bredouilla-t-il. Pour s'apercevoir presque aussitôt qu'elle dansait particulièrement mal.

Dana eut un petit sourire inexpressif. Matt tourna la tête vers la piste de danse juste à temps pour voir Ray faire tournoyer Jessie, la ramener à lui, et la serrer de nouveau dans ses bras sur les dernières notes du morceau. Tous deux restèrent ainsi quelques secondes avant de se séparer, sous les applaudissements. La main dans la main, ils s'inclinèrent devant l'assemblée avant de quitter la piste.

— Il n'y a pas à dire, tu es fort, Ray ! fit remarquer Jessie, encore tout essoufflée. Je n'aurais jamais pensé que je me prêterais de nouveau à ce genre d'exercice un jour !

— C'est comme le vélo, je te dis. Ça ne s'oublie pas ! répliqua Ray.

Il enroula un bras autour de ses épaules et lui déposa un baiser sur la tempe.

— La preuve : tu ne m'as marché sur les pieds que trois ou quatre fois, poursuivit-il.

Toujours souriant, il se tourna vers sa femme.

— Tu m'accordes cette danse, ma chérie ?

Dana hésita et, l'espace d'un instant, Matt crut voir de la tristesse dans ses yeux.

— Non, dit-elle finalement. Il faut que j'aille voir ce qui se passe en cuisine. Et puis, je ne pourrais jamais égaler votre performance ! J'étais plus douée pour le bâton de majorette, et ça n'a pas beaucoup de succès, dans ce genre de soirée, me semble-t-il !

Sur ces paroles, la jeune femme se détourna. Ray laissa retomber la main qu'il lui avait tendue et la regarda s'éloigner. Il y avait dans ses yeux tant de peine que Matt en fut désolé. Tout naturellement, il regarda Jessie… et lut sur le visage de la jeune femme qu'elle était bouleversée. Elle contemplait Ray avec un air… avec l'air… l'air d'une femme qui…

Alors, en un éclair, il comprit ce qui se passait.

Jessie était amoureuse de Ray.

Secoué par cette révélation — plus qu'il n'aurait voulu se l'avouer —, Matt se concentra. Décidément, il avait passé trop de temps à observer le monde à travers un objectif et pas suffisamment à prêter attention à ce qui se passait sous son nez.

Installée dans la jeep, la tête bien calée contre le dossier de cuir, Jessie chantonnait d'une voix. En se tournant légèrement, elle pouvait contempler les mains de Matt sur le volant. De belles mains, d'ailleurs… Avec de larges paumes et des doigts longs. Le genre de mains qui vous donnaient un sentiment de sécurité… De toute manière, elle s'était toujours sentie en sécurité, auprès de Matt. Elle avait bien de la chance, d'avoir un ami comme lui.

Il était plus de 1 heure du matin et la route était déserte. Millers Crossing n'était pas réputée pour son activité nocturne, même le samedi.

— C'est gentil de me raccompagner, déclara-t-elle, rompant le silence pour la première fois depuis le moment où Matt l'avait portée jusqu'à la voiture, avant d'attacher sa ceinture et de fermer la portière.

— Ça me paraît normal.

— Je n'ai pas bu tant que ça, tu sais ! Deux ou trois verres de vin, c'est tout. Je ne supporte pas l'alc… l'alc…

Décidément, le mot refusait de sortir. Jessie fronça les sourcils avant de reprendre avec application.

— L'alcool. Je ne supporte pas l'alcool. C'est de famille, je crois.

Elle contempla ses ongles.

— Un peu comme avoir les yeux en amande, les cheveux bouclés ou de petits pieds, poursuivit-elle. Nous sommes tous plus ou moins victimes de notre hérédité… Je suis même prête à parier que tu me ramènes chez moi parce que le gène de la gentillesse gouverne ta personnalité… De même, ajouta-t-elle en bâillant, j'aurais pu passer la nuit chez Ray. Ça ne l'aurait pas dérangé outre mesure. Il a un gros potentiel de gentillesse, lui aussi.

Matt sentit ses doigts se crisper sur le volant et dut faire un effort pour se relâcher. Il ne se sentait pas d'humeur particulièrement « gentille », bien au contraire. Il avait plutôt l'impression d'osciller entre la frustration et l'agacement. En plus, il se sentait trahi.

En un mot, il réagissait comme un idiot.

Bon sang ! Depuis combien de temps Jessie était-elle amoureuse de Ray ? Avec le recul, il songea que, de tout temps, il avait cru noter une certaine attirance de la part de la jeune femme pour leur ami commun. Ray, par contre, n'avait pas semblé s'en apercevoir.

Le doute n'était pourtant pas permis. Matt connaissait la maxime selon laquelle les yeux sont les miroirs de l'âme, et les yeux de Jessie plus que d'autres.

Depuis quand aimait-elle Ray ? Depuis quand était-ce devenu davantage qu'un béguin d'adolescente énamourée ? N'avait-elle donc jamais cessé de l'aimer ?

C'était cette dernière pensée qui le dérangeait le plus. Matt tremblait à l'idée que son amie d'enfance ait passé des années et des années à se consumer pour un amour impossible. Une telle perte de temps, d'énergie, de…

De quoi au juste ?

De toute façon, et même si son couple battait de l'aile, Ray n'éprouverait jamais autre chose pour Jessie qu'une franche amitié. Sans quoi, il n'aurait pas dansé avec elle de cette manière, ce soir. Il n'aurait pas posé ses pattes sur elle et ri de bon cœur.

De nouveau, Matt dut décrisper les doigts.

Il avait lu quelque part que les gens souffrant de syndrome post-traumatique avaient une fâcheuse tendance à l'exagération. C'était peut-être ce qui se passait à présent. Comme chaque fois qu'il voyait Jessie, ces derniers temps, d'ailleurs.

Tiens, c'était intéressant, comme idée ! Et si son état moral expliquait la fixation qu'il faisait sur les jambes de son amie d'enfance ? Ou le fait qu'il pense constamment à elle, à ce qu'elle portait ou ne portait pas sous ce simulacre de robe ?

Mais non. Tant qu'il y était, il n'avait qu'à mettre ça sur le compte de la coupure qu'il s'était faite, le matin même, en se rasant… Ou même sur l'état de la situation internationale, pourquoi pas ?

Jessie s'était remise à fredonner lorsqu'il s'engagea dans sa rue. Il arrêta la jeep devant la petite maison et coupa le moteur.

— Nous y sommes déjà ? s'écria Jessie, comme si leur arrivée à destination constituait une merveilleuse surprise.

Elle se tourna vers lui, et il se perdit dans son adorable sourire.

— Merci, Matt. Merci infiniment de m'avoir ramenée à bon port. C'est très…

— Gentil, je sais, coupa-t-il. Je suis victime de mes gènes.

Comme elle se débattait avec sa ceinture de sécurité, il se pencha vers elle pour l'aider, et descendit de voiture. Il contourna la jeep, conscient de ce que la sérénité ambiante avait une autre qualité que celle qui régnait chez Gabe.

Car si aucune lumière ne brillait derrière les fenêtres des maisonnettes bordant la rue, on n'en percevait pas moins la présence d'habitants. Ici, le ronronnement discret de l'air conditionné, là le ronflement d'un réfrigérateur…

Matt ouvrit la portière de Jessie et, sans attendre qu'elle descende du siège surélevé, la prit dans ses bras pour la reposer sur le trottoir. Elle vacilla sur ses talons hauts et se rattrapa à lui. Lorsqu'elle fut stable, elle leva son minois vers lui et lui décocha un autre sourire et un regard un peu vague.

— Merci de…

— T'avoir ramenée. Tu me l'as déjà dit. Allez viens, ma belle. Je te raccompagne jusqu'à ta porte, répliqua-t-il, la guidant doucement dans l'allée.

— C'est vrai ?

Son extase était telle que Matt se surprit à sourire, malgré son agacement… Ou sa frustration… Ou ce qu'il éprouvait en ce moment même, sans pouvoir mettre des mots sur ses sentiments.

Il prit la jeune femme par le coude.

— Oui. C'est ce fameux gène de gentillesse, dont tu m'as parlé tout à l'heure. Je ne peux pas m'empêcher de faire ma BA quotidienne, que veux-tu…

— Toi, tu te payes ma tête ! dit-elle, sans paraître prendre ombrage, cependant.

Elle avait laissé la lumière de la terrasse allumée, et ses cheveux s'en trouvaient comme auréolés. Les roses qui grimpaient sur la treille, contre l'un des flancs de la maison, dégageaient une odeur enivrante dans la nuit tiède.

— Je suis vraiment heureuse que tu sois revenu, Matt, murmura Jessie en fouillant dans sa pochette, à la recherche de sa clé. C'est encore chez soi qu'on est le mieux, tu sais !

— Merci, docteur ! fit-il.

Il lui prit la clé des mains pour ouvrir la porte qu'il poussa de quelques centimètres.

Jessie lui jeta un regard voilé.

— Merci. Tu es vraiment gen…

Et là, soudain, presque malgré lui, Matt posa sa bouche sur celle de son amie. Il n'avait pas anticipé son propre geste. S'il l'avait fait, il se serait convaincu que ce n'était pas une bonne idée, se serait rappelé toutes les raisons qu'il avait de tenir ses distances.

Malheureusement, le « mal » était fait, et Jessie était là, dans ses bras, ses lèvres pleines offertes à lui.

Ce n'était qu'un baiser. Un simple baiser.

Matt avait déjà embrassé Jessica Sinclair. Sur la joue, pour son anniversaire ; sur le front pour la féliciter de son courage, le jour où Ray et lui avaient dû la porter pour redescendre de la montagne parce qu'elle s'était foulé la cheville. Ah, et… oui ! Une fois sur la bouche ! Elle venait d'obtenir son permis de conduire et, dans l'euphorie du moment, elle s'était précipitée dans ses bras, les yeux brillants, et l'avait embrassé sur la bouche.

Un baiser bien innocent, cependant, et qui avait pris fin presque aussitôt. Bizarre, tout de même, songea Matt, de se remémorer cet instant en cette minute cruciale.

Néanmoins, Jessie lui parut aussi innocente que dans son souvenir. Une fois sa surprise passée, elle se laissa aller et Matt fit glisser sa langue sur sa lèvre inférieure, doucement, gentiment, pour l'inciter à s'ouvrir à lui. Lorsque ce fut le cas, il approfondit son baiser, se délectant au passage du parfum de son haleine. Un mélange étrange, ridicule, mais qui lui sembla d'un érotisme fou.

Matt sentit les mains de la jeune femme remonter au col de sa chemise tandis qu'elle s'abandonnait, le taquinant du bout de la langue en un délicieux va-et-vient qui le mit en émoi.

Ignorant la voix intérieure qui lui criait de faire marche arrière, il se donna pleinement. Sans toucher Jessie. Il lui restait suffisamment de jugeote pour savoir que s'il effleurait, ne serait-ce qu'un centimètre de sa peau soyeuse, il ne pourrait résister à l'envie de découvrir ce qu'elle portait sous sa robe. Si elle portait quoi que ce soit, d'ailleurs…

Ce fut cette envie folle de glisser la main dans son décolleté et de refermer ses mains autour de ses seins qui poussa Matt à battre en retraite.

Allons, il était face à Jessie. La petite Jessie, avec sa chevelure caramel et ses jambes de sauterelle. Des jambes auxquelles mieux valait éviter de songer, d'ailleurs. Sans quoi, il ne tarderait pas à les imaginer enroulées autour de ses hanches. Et alors…

Alors quoi ? Le plus sûr était encore de ne penser à rien, de mettre fin à ce baiser et de s'enfuir en courant.

Jessie laissa échapper un petit soupir de regret lorsqu'il se détacha d'elle. Un soupir qui mit les nerfs de Matt à rude épreuve.

Il lui prit le poignet pour l'obliger à lâcher le col de sa chemise. Elle rouvrit doucement les paupières et le dévisagea comme dans un songe.

Matt se fustigea. Elle avait un peu trop bu, et si elle le

regardait de cette manière, c'était probablement parce qu'elle était grise.

Il chercha quelque chose à dire, une phrase anodine et susceptible de redresser la situation... En vain. Il était bien trop bouleversé pour se tirer de ce mauvais pas par une pirouette. Le mieux était encore de se taire.

Posant les mains sur les épaules de la jeune femme, il la fit pivoter sur elle-même et la poussa doucement vers la porte qu'il ferma derrière elle.

Une fois Jessie hors de portée et, surtout, hors de sa vue, Matt s'attarda sur la terrasse et respira profondément. L'odeur des roses lui parut plus entêtante que jamais ; son corps plus tendu qu'il n'aurait dû l'être. Il n'avait pas le droit de désirer Jessica Sinclair. Encore moins depuis qu'il la savait amoureuse de son meilleur ami. Soudain, il se sentait très las...

Il glissa la main dans ses cheveux sombres. Cette idée de retour au pays n'était peut-être pas si géniale que ça, en fin de compte.

Chapitre 5

La cuisine de Gabe avait besoin d'être refaite. C'était même le moins qu'on puisse dire. Il manquait des portes aux placards, on ne savait pas où poser les ustensiles ni le petit électroménager… L'équipement se réduisait au strict nécessaire : four à micro-ondes, grille-pain des années cinquante, cuisinière datant du mandat d'Eisenhower, réfrigérateur imposant et aussi bruyant qu'un vieux climatiseur. L'évier, composé d'un unique bac, était suffisamment profond pour y baigner un énorme chien et très abîmé. Un antique lino couvrait le sol.

En arrivant, Matt ne s'était pas ému outre mesure de la situation. Au lendemain de la soirée des McKinnon, en revanche, alors qu'il se levait les jambes en coton et après une mauvaise nuit, il aurait volontiers troqué tout ce bric-à-brac contre une machine à café automatique, de préférence programmable, dont se serait échappé un arôme accueillant.

Aussi, tout en mettant de l'eau à bouillir, décida-t-il qu'avant le coucher du soleil, il aurait fait l'acquisition d'une cafetière digne de ce nom. Avec du café en grains, pendant qu'il y était. Ses années à Seattle avaient laissé quelques traces, dont une aversion profonde pour le café moulu.

Gabe pénétra dans la cuisine torse nu, en pantalon de jogging usé jusqu'à la trame.

— Tu as mis un café en route ? demanda-t-il.

— Si on peut dire, oui ! répondit Matt d'un ton sombre. Dans les pays civilisés, on appelle ça du jus de chaussettes !

Gabe s'empara d'une tasse avant de se tourner vers son frère, l'air vaguement surpris. Si Matt n'avait jamais été du matin, il ne se montrait pas aussi grognon d'habitude.

— Ton petit Starbucks matinal te manque, vieux ?

Matt marmonna un vague « oui » en regardant d'un œil mauvais le café qui s'écoulait lentement à travers le filtre. Gabe attendit qu'ils soient servis pour reprendre la parole.

— Tu t'es bien amusé, hier soir ?

— Ouais.

— C'était sympa de revoir Ray et Jessie, non ?

— Ouais.

Gabe ajouta une cuillerée de sucre à son café et le remua lentement. Il prit appui contre le comptoir et, les jambes croisées, dévisagea son cadet.

— Si je ne te connaissais pas, je dirais que tu as une sacrée gueule de bois, mon gars.

Matt haussa les épaules et baissa la tête sans répondre. Gabe savait aussi bien que lui que son humeur morose n'était pas due à d'éventuels excès. Si les deux hommes avaient appris une chose, pendant leur jeunesse, c'était de se méfier des boissons alcoolisées. Gabe était totalement abstinent, et Matt se contentait généralement d'une ou deux bières. Alors, non, il ne pouvait pas mettre son humeur de dogue sur le compte de l'ivresse.

— Tu as encore mal dormi, cette nuit…

Gabe ne cachait pas son inquiétude et Matt comprit que, bien qu'il ne lui ait pas parlé de ses cauchemars, son frère n'avait pas oublié l'épisode de la semaine précédente, sur la terrasse.

Pourtant, cette fois-ci, ce n'était pas ses mauvais rêves qui l'avaient tenu éveillé jusqu'à l'aube, mais l'image de Jessie.

Jessie dévisageant Ray avec adoration… Jessie le regardant, lui, Matt, les yeux écarquillés de surprise, les lèvres encore gonflées par son baiser passionné…

— Désolé, frangin. Je me suis levé du pied gauche, c'est tout.

Gabe hocha la tête, l'air de se satisfaire de cette piètre explication. Matt savait que son frère n'était pas du genre à insister. C'était d'ailleurs l'une des raisons pour lesquelles il s'était réfugié chez lui.

— Qu'as-tu l'intention de faire de la vieille Chevrolet qui dort dans l'appentis, au fond du jardin ? demanda-t-il après s'être servi, à son tour.

— Dans le garage, tu veux dire ?

— Tu as la folie des grandeurs, vieux ! Ton garage, comme tu l'appelles, ressemble à un poulailler.

— C'est sûrement ce qu'il était à l'origine, répliqua Gabe avec bonhomie. Pour répondre à ta question, la voiture était déjà là quand j'ai acheté la maison. C'est un véritable tas de tôles. Je ne suis même pas certain qu'elle soit complète… Il doit manquer des pièces. Quant à te dire ce que c'est, comme voiture…

— Une Chevrolet Bel Air, année 1956. Deux cent vingt-cinq chevaux, huit cylindres en V, trois vitesses. Elle possède un moteur…

Matt s'interrompit. Gabe ne l'écoutait plus : aux yeux de son frère, le seul intérêt d'une voiture résidait dans le fait qu'elle puisse le transporter d'un point à un autre.

— J'essaierais bien de la remettre en état, avoua Matt.

— A ta guise ! lança Gabe en sortant de la cuisine. Tout

ce que je te demande, c'est de ne pas me tenir au courant de l'évolution de ton entreprise.

— Je me verrais bien en violet, avec peut-être une mèche d'une autre couleur. Vert pomme… ou bien rose fluo, qu'en penses-tu ?

— Hm ?

Jessie passa l'index sur le comptoir moucheté pour le débarrasser d'une miette invisible. Les seuls clients présents, en ce lundi après-midi, étaient un jeune couple enlacé dans un des boxes, et dont les assiettes refroidissaient joyeusement.

Jessie les avait entendus expliquer à la serveuse qu'ils étaient en voyage de noces à l'Auberge du Saule. Explication tout à fait inutile, d'ailleurs. Il suffisait de les regarder. A l'évidence, ils étaient très amoureux l'un de l'autre et envisageaient leur avenir avec bonheur. Un bonheur si flagrant que Jessie se sentit soudain à la fois très vieille et très seule.

— Je te demande ce que tu penses de mon idée de me teindre les cheveux en violet avec une mèche vert pomme, répéta Laurène, acerbe.

Le ton attira l'attention de Jessie. Elle cligna des yeux et tourna la tête vers son amie qui la dévisageait d'un air renfrogné, de l'autre côté du bar.

— Qu'est-ce que tu dis ?

— Bien sûr, avec ce genre de coiffure, il faudra que je revoie mes accessoires, poursuivit Laurène. Peut-être un ou deux piercings et les dents taillées en pointe ?

— Qu'est-ce que tu racontes, Laurène ? demanda Jessie, sidérée.

Les sourcils impeccablement épilés de son amie se soulevèrent au-dessus d'immenses yeux noirs qui brillaient d'amusement.

— Rien. Je voulais simplement savoir si tu étais avec moi. Tu me sembles un tantinet distraite, aujourd'hui !

— Pardonne-moi, fit Jessie, se redressant sur son siège en faisant l'effort de redescendre sur terre. Qu'est-ce que tu disais ?

— Quoi ? Tu ne penses pas que le violet m'irait à merveille ? demanda Laurène, enfouissant une main dans ses cheveux blonds.

Jessie plissa les paupières.

— Non. A mon avis, tu serais mieux en noir geai, avec peut-être une crête blanche… Tu sais, genre Cruella D'enfer… En revanche, je laisserais tomber les piercings, à ta place. Trop… trop communs, à mon sens.

— Tu as raison. Je ne veux pas tomber dans le commun. Un tatouage, peut-être ?

— Un tatouage ! C'est beaucoup mieux, beaucoup plus… raffiné !

Les deux amies se regardèrent un instant avant d'éclater d'un rire complice.

— La soirée des McKinnon a été un succès pour tes pâtisseries, déclara Laurène, lorsqu'elles eurent repris leur sérieux. J'ai même eu deux autres commandes. L'une pour un mariage, l'autre pour une soirée d'anniversaire.

— J'ai entendu plusieurs personnes s'extasier devant la qualité de ton buffet, confirma Jessie.

— Mais tes desserts ont fait fureur. Une des invitées a tenté de me soudoyer pour que je lui donne la recette de ton crumble aux pommes. C'est tout juste si elle ne m'a pas proposé son mari en échange… A moins qu'il ne se soit agi d'une tentative pour se débarrasser de lui, bien sûr.

— C'est une possibilité, en effet.

— Il paraît que tu as fait des merveilles sur la piste de danse, avec le maître des lieux ?

Jessie rougit légèrement avant de secouer la tête.

— Tu parles… Du travail d'amateur ! Ray et moi n'avons jamais eu la grâce de Ginger et Fred, loin s'en faut. C'est même un miracle que nous nous en soyons sortis, l'autre soir ! Nous n'avions pas dansé ensemble depuis des années !

— Ce n'est pas ce qu'on m'a rapporté. D'après ma cliente, la commère en question, vous étiez superbes, tous les deux. Bien sûr, ce n'est pas difficile, avec un homme comme Ray McKinnon, ajouta Laurène avec un sourire vaguement lascif. Il est splendide, celui-là !

Jessie acquiesça vaguement. Pour une raison qui lui échappait, elle se sentait coupable d'être d'accord avec son amie.

— Cela dit, l'autre est encore mieux !

— Quel autre ?

— Ton ami d'enfance… Celui qui est passé ici, avec son corps d'athlète, ses cheveux noirs et ses yeux bleus. Et je ne te parle pas de sa bouche…

— Matt, murmura Jessie, de plus en plus mal à l'aise.

Elle n'avait aucune envie de penser aux yeux de Matt, à son corps musclé ou à sa bouche. Surtout pas à sa bouche, d'ailleurs, qui ne lui rappelait que trop le goût de leur baiser et la mettait en émoi.

Elle s'était efforcée de le chasser de son esprit, depuis le samedi précédent, ce qui signifiait, en clair, qu'elle n'avait pensé qu'à cela. A lui et à ce maudit baiser qu'elle avait revécu en pensée une bonne centaine de fois sans parvenir à en comprendre le sens profond. Peut-être n'y avait-il rien à comprendre, d'ailleurs. Après tout, les gens s'embrassaient fréquemment et sans raison particulière, de nos jours !

Sauf que Matt, lui, ne l'avait encore jamais embrassée. Et

que, maintenant que c'était fait, la jeune femme était assaillie par une multitude d'idées plus folles les unes que les autres.

— Tu n'as jamais regretté de ne pas avoir d'enfants? demanda-t-elle à brûle-pourpoint.

Si Laurène fut décontenancée par la question, elle ne s'offusqua pas outre mesure. Au contraire, elle s'empara de son Coca light, le sirota lentement et réfléchit à la question.

— Pas vraiment, répondit-elle finalement. J'y ai pensé à une époque… J'aurais même franchi le pas, si je n'étais pas allée d'échec conjugal en échec conjugal. Seulement mon premier mari était un véritable gamin et il n'aurait pas apprécié la présence d'un bébé sous notre toit. Quant à mon deuxième époux, il était tellement occupé à faire les comptes de notre ménage — et à frayer avec sa secrétaire — qu'il n'aurait pas eu le temps d'assumer ses responsabilités. Quand j'ai divorcé, j'avais trente ans bien sonnés et j'entendais profiter de ma liberté retrouvée. Les années ont passé, j'ai racheté ce bar et je n'ai plus eu une minute à moi… Entre-temps, j'avais passé l'âge et… Mais pourquoi me demandes-tu cela? Tu commences à y songer toi-même?

Jessie haussa les épaules.

— De temps à autre, oui, répondit-elle aussi innocemment qu'elle put.

— Comme nous toutes, j'imagine…

Laurène dévisagea attentivement sa cadette.

— Ce ne sont pas les possibilités qui manquent, de nos jours, tu sais. Je veux dire…

Jessie laissa échapper un soupir. Elle avait beaucoup réfléchi à la question, ces derniers temps.

— Je sais… Tu connais Pamela Sue Jenkins?

— Pammie Sue? répéta Laurène. La blonde aux yeux de pékinois? Celle qui n'arrête pas de glousser?

Jessie s'esclaffa devant cette description qu'elle trouvait assez fidèle.

— Celle-là même. Je suis tombée sur elle, par hasard, au supermarché, il y a une ou deux semaines. Elle est enceinte. Ce sera son troisième.

— Eh bien, j'espère que ce bébé sera moins pénible que ses deux gamines ! La dernière fois qu'elles sont venues déjeuner ici, on aurait cru qu'un troupeau de gnous en folie avait traversé mon restaurant !

Elle s'interrompit et considérera Jessie d'un air de doute.

— Tu ne vas tout de même pas me dire que c'est le fait de voir Pammie et ses monstres qui t'a donné des envies de maternité ?

— Non. Si... Enfin pas exactement... Comment t'expliquer ? Ce n'est pas Pamela elle-même... C'est le fait de l'avoir vue enceinte, avec ses petites filles.

— Bon, d'accord, elle a des enfants. Seulement tu as vu son mari ? On ne comprend rien à ce qu'il raconte... Et puis avec ses cheveux gominés en arrière... On dirait qu'il les coiffe à l'huile d'olive... Quand je le vois, j'ai envie d'y ajouter un peu de vinaigre et de le balancer dans une de mes salades...

Jessie secoua la tête en riant.

— Ce serait mauvais pour tes affaires, Laurène !

— On ne sait jamais. On est en Californie... Qui sait si ça ne ferait pas fureur, au contraire ?

Reprenant son sérieux, Laurène se pencha vers son amie pour lui effleurer la main.

— Le fait que je n'aie aucun regret ne signifie pas que tu n'en auras pas toi non plus, d'ici à une dizaine d'années, Jessica. Alors, si tu veux un enfant, fais-le. Sans tarder !

Fais-le...

Jessie se sentit parcourue par un frisson d'excitation.

Il y avait peut-être une solution à son problème du moment.

Peut-être…

Les notes d'un concerto de Tchaïkovski s'échappaient du lecteur CD, à l'autre bout de l'établi. Matt avait décidé de s'en remettre au vieil adage selon lequel la musique adoucissait les mœurs. Au pire, elle aurait un effet lénifiant sur ses nerfs mis à rude épreuve ces derniers temps.

Il contempla un instant les pièces étalées sur l'établi bancal et se demanda s'il avait toute sa tête à lui. Pourquoi s'acharner à réparer un tacot vieux de près d'un demi-siècle ? Certes, il aimait les voitures, et il lui arrivait de se rendre au Salon de l'automobile, mais il n'était pas mordu à ce point-là ! Pour preuve, la dernière fois qu'il avait fait sa vidange lui-même remontait à une bonne dizaine d'années… Et pourtant il se tenait là, dans ce que son frère appelait pompeusement un garage, à essayer de faire le tri entre les pièces manquantes, celles qui étaient encore utilisables et celles qui ne l'étaient plus.

Enfin ! Ça le changeait de ses tâches habituelles, dans la maison de Gabe. Et puis ça lui évitait de se poser d'autres questions, plus dérangeantes. Comme de savoir pourquoi Jessie l'avait invité à dîner ce soir, par exemple.

Elle lui avait paru si nerveuse, au téléphone ! Aussi nerveuse qu'il l'était lui-même à l'idée de la revoir…

Ces derniers jours, il avait fait de son mieux pour ne pas penser à elle. Avec succès, d'ailleurs ! Il n'avait pas songé un seul instant à la manière dont elle regardait Ray, pas plus qu'il n'avait évoqué ses jambes.

Plus remarquable encore, Matt n'avait pas revécu le baiser qu'ils avaient échangé. Il avait oublié jusqu'au souvenir du goût de ses lèvres sur les siennes, de son souffle… Bref, il avait parfaitement réussi à écarter la jeune femme de ses préoccupations du moment.

N'empêche...

Pourquoi l'avait-elle invité à dîner chez elle ?

— Tu écoutes toujours ta musique d'intello ?

Matt se tourna vers l'entrée du « garage », une main en visière au-dessus du front pour se protéger de la lumière du jour.

— Excuse-moi d'avoir du goût, vieux !

— Et quel goût ! s'exclama Ray, s'avançant vers l'établi. Tu essaies de remettre cette épave en état de marche ?

Le ton était plus que dubitatif et Matt ne put réprimer un sourire.

— J'y songe, oui. Pour l'instant, j'essaie de voir ce que ce petit bijou a dans le moteur. Ensuite, je prendrai ma décision. Ça fait un bon bout de temps que je ne me suis pas attaqué à ce genre de besogne !

— Ça risque de te prendre des mois ! fit remarquer Ray.

Son intonation était porteuse d'une question à laquelle Matt n'était pas prêt à répondre. Il ignorait encore combien de temps il resterait à Millers Crossing.

— Je viens de te dire que je n'avais encore rien décidé, répéta-t-il en haussant les épaules.

Ray hocha la tête avant de se pencher sur la Chevrolet. Avec ce jean délavé et un vieux sweat-shirt gris, les cheveux ainsi ébouriffés, il ressemblait davantage à un marginal un peu paumé qu'au fringant patron d'une entreprise de construction florissante.

Matt s'empara d'un chiffon pour essuyer ses mains pleines de graisse.

— Tu sèches le bureau, aujourd'hui ?

— Plus ou moins, oui. A quoi ça me servirait d'être patron si je ne pouvais pas prendre la tangente, de temps à autre ?

Matt se renfrogna. Son ami semblait sur la défensive, et il comprit que le moment de vérité était arrivé. Il savait depuis le départ que Ray ne tarderait pas à se confier. Celui-ci n'avait jamais su garder un secret très longtemps. Au point qu'il était arrivé à Matt de se demander si sa propension à s'épancher venait de la manière dont il avait été élevé, ou si elle était innée.

— Sympa, la soirée de samedi ! lança-t-il, peu pressé d'entrer dans le vif du sujet.

— Oui ! J'étais content de revoir tout le monde !

Ray s'empara d'une clé à molette qu'il reposa aussitôt, machinalement.

— Dana te remercie pour les fleurs que tu as fait livrer.

— Je suis heureux qu'elle les ait appréciées. Ta femme a bien fait les choses… C'était très réussi !

— Mm, fit Ray, prenant une bougie qu'il étudia une fraction de seconde avant de la reposer à son tour tout aussi machinalement que la clé.

Matt laissa échapper un soupir, posa son chiffon et s'appuya contre l'aile froissée de la Chevrolet.

— O.K. Tu craches le morceau, ou tu veux que je te l'extirpe à coups de cric ?

Ray lui jeta un regard surpris, faillit protester… puis se ravisa, résolu. Quelques secondes plus tard, il se jetait à l'eau.

— Est-ce qu'il t'est déjà arrivé d'agir de manière totalement crétine et autodestructrice ?

En un éclair, Matt revit ses cauchemars, ce qui les avait provoqués puis, par un étrange cheminement d'idées, pensa au baiser qu'il avait échangé avec Jessie à l'issue de la soirée des McKinnon. Si *autodestructeur* était exclu dans ce contexte, *crétin* lui paraissait approprié.

Il toisa son ami, les bras croisés, un rictus aux lèvres.

— Oui. Je peux affirmer sans crainte de me tromper que

je suis très doué pour ça. Qu'est-ce que tu as fait comme bêtise, *Kinno*?

Ray eut un vague sourire en entendant ce surnom, surgi de son enfance. L'instant d'après, il parut si vulnérable que Matt s'attendit à tout.

— J'ai trompé Dana.

Les mots résonnèrent dans l'appentis. Matt se contenta de hausser un sourcil. Il ne s'agissait pas de réagir à froid, par un commentaire déplacé. Aussi réfléchit-il un instant, dans l'espoir — vain ? — d'associer la nouvelle à cet homme qu'il connaissait depuis toujours.

— Tu m'étonnes. J'aurais pourtant juré que tu étais du genre fidèle…

— Je le suis ! se récria Ray. Ça ne s'est produit qu'une fois. Une fois. Une seule nuit plutôt ratée, d'ailleurs… et j'ai réussi à détruire mon couple.

Sa voix s'était faite rauque, ses yeux étaient rougis, et Matt ne put soutenir ce regard. Baissant la tête, il se plongea dans la contemplation de ses baskets. En théorie, il acceptait volontiers l'idée qu'un homme puisse pleurer. De nos jours, c'était devenu normal, semblait-il. Malheureusement, en pratique, c'était beaucoup moins facile à accepter.

Une fois son aveu formulé, Ray se livra sans retenue. L'histoire était d'une banalité affligeante : Dana était partie à New York, participer à l'élaboration d'un catalogue sur les anciennes reines de beauté. Au même moment, Ray avait dû se rendre à Los Angeles pour affaires. La signature du marché s'était conclue par une soirée bien arrosée, à laquelle il avait retrouvé une vague connaissance.

— Je sais que ce n'est pas une excuse, seulement j'avais bu et elle… elle s'est quasiment jetée sur moi, poursuivit Ray avec honte et révolte à la fois. Depuis, j'ai essayé d'analyser ce qui s'est passé. Elle était en plein divorce et son mari était là, avec une autre femme. Peut-être a-t-elle voulu le punir, se venger… Comme je te l'ai dit, nous nous étions déjà rencontrés sans qu'il se soit jamais rien passé entre nous. Elle ne manque pas de charme, loin de là, mais je n'aurais jamais… Oh, puis m… !

Il s'interrompit et ferma les paupières.

— Je n'ai aucune excuse. J'ai couché avec elle, point. Je l'ai regretté presque aussitôt, seulement il était trop tard.

— Et la première chose que tu as faite, c'est de l'avouer à Dana, murmura Matt.

Ray le dévisagea avec stupéfaction.

— Comment aurais-je pu faire autrement ? Je lui devais au moins ça ! Si je ne lui avais rien dit, j'aurais eu l'impression de lui mentir !

Matt secoua la tête.

— L'honnêteté n'est pas toujours une vertu, *Kinno*. Surtout lorsqu'elle fait mal.

— Tu penses que j'aurais dû garder cette mésaventure pour moi ?

— Ce n'est pas à moi de te le dire, Ray. Je ne suis pas expert en matière de couple.

— Moi non plus, de toute évidence.

Il se détourna et, les épaules affaissées, enfonça les mains dans les poches de son jean.

— Dana m'a pardonné mon incartade. Je ne le méritais pas, et pourtant, elle m'a pardonné. Elle n'a pas fait de scène, ne m'a pas jeté hors de notre chambre. Rien de tout cela… Elle m'a simplement demandé si ça risquait de se reproduire. Lorsque je lui ai répondu que non, et que je regrettais amèrement ma conduite, elle m'a assuré que tout était oublié.

Matt dévisagea son ami, vit toute la misère du monde sur son visage, et se souvint du vide et de la solitude qu'il avait perçus dans le regard de Dana. De toute évidence, la suite n'avait pas été si simple que ça. Dana n'avait pas pu passer l'éponge. Même avec la meilleure volonté du monde, la mémoire n'était pas arrangeante…

Ray prit une longue inspiration et se tourna vers son ami, avec un sourire triste.

— Merci de ton écoute, vieux. Ça m'a fait du bien, de parler. Même si j'ai bien conscience de ne rien pouvoir changer au passé.

— Certes, murmura Matt. On ne peut jamais revenir en arrière.

Jessie inspecta soigneusement la salle à manger. Elle était passée experte en matière d'arts de la table. Le décor comptait autant que la nourriture elle-même. Tout, de la nappe à l'argenterie en passant par les verres, avait son importance. Or, ce soir, elle voulait que les choses soient parfaites dans les moindres détails. Parce qu'il se pouvait que cette soirée soit la grande soirée de sa vie.

A moins qu'elle ait tout simplement confirmation de la stupidité de son plan…

Elle gagna la cuisine en soupirant. Sans doute se faisait-elle du souci pour rien. C'était à Matt qu'elle allait s'adresser, pas à un parfait inconnu ! A un vieil ami, avec qui elle avait toujours pu aborder tous les sujets et qu'elle connaissait depuis l'enfance… A Matt, dont elle ne connaissait la capacité à la mettre en émoi par un simple baiser que depuis très peu de temps.

Baiser dont elle entretenait la mémoire comme un talisman, comme la preuve que son idée folle avait un sens.

La jeune femme s'appuya contre la cuisinière pour passer ses préparatifs en revue. Tout était prêt. Elle avait mis un soin tout particulier à composer le menu. Une longe de bœuf sous une croûte d'herbes et de moutarde, une salade de champignons et d'endives accompagnée d'une vinaigrette aux truffes puis, pour finir, son fameux crumble aux pommes. La longe était prête à enfourner, le reste des plats attendait sagement sur le comptoir. Bien que Matt ne boive quasiment pas, Jessie avait ouvert une bonne bouteille de merlot californien, et il restait une bonne dose du cognac préféré de son grand-père dans le bar du salon.

Une pensée dérangeante s'imposa soudain à elle : tout cela avait un petit air de dernier festin d'un condamné à mort…

Matt se laissa aller contre le dossier du fauteuil du salon. Il avait toujours aimé cette pièce, cette maison tout entière. Leland Sinclair y avait vécu plus de cinquante ans et l'endroit respirait la sérénité. Les parquets de chêne lustrés par le temps reflétaient la lumière douce des lampes tamisées par les abat-jour. Le mobilier avait été choisi pour son confort et il était difficile de résister à l'invitation des nombreux coussins moelleux. Et si l'âtre de la cheminée était vide, à cette époque de l'année, Matt avait le souvenir du chaleureux craquement du bois dans le foyer, et de l'odeur de pin et d'eucalyptus qui s'en dégageait.

Il s'était inquiété à tort, avant de venir ici. Jamais il n'aurait dû craindre qu'un simple baiser n'altère la nature de sa relation avec Jessica. Certes, en arrivant, il s'était senti vaguement mal à l'aise. Après tout, Jessie était peut-être encore sous le coup de cette étreinte fugace, et il avait même envisagé qu'elle l'ait invité dans le but qu'ils en reparlent. Il aurait dû savoir qu'il n'en serait rien. Jessie était… Jessie. Bien trop sensée pour réagir sottement… Et si Matt éprouvait une vague vexation à l'idée qu'elle ait oublié leur moment d'égarement, c'était probablement dû à sa fragilité du moment, rien de plus.

La soirée s'était déroulée de la manière la plus plaisante qui soit. Le repas avait été somptueux et, après avoir refusé le verre de vin que lui proposait son hôtesse, Matt s'était laissé tenter par un fond de cognac. A présent, il tenait le verre serré dans le creux de sa main pour le réchauffer, et laissait l'arôme puissant du liquide ambré lui monter aux narines avant même qu'il l'ait goûté.

Une fois passé le moment de gêne initiale, Jessie et lui s'étaient mis à discuter, comme ils l'avaient toujours fait, de tout et de rien. Jessie ne lui avait pas reparlé du livre de son grand-père, pas plus qu'elle n'avait cherché à savoir s'il avait pris une décision en ce qui concernait les photos. De son côté, Matt s'était bien gardé d'aborder le sujet. Il ne se sentait pas prêt à reprendre son matériel, et il commençait à se demander s'il le serait jamais.

Cela dit, il y avait manifestement une raison cachée à cette invitation surprise. Matt connaissait trop bien Jessie pour ne pas le deviner. En effet, depuis qu'ils avaient quitté la table de la salle à manger, la jeune femme n'arrêtait pas de parler et il la trouvait nerveuse.

Matt la regarda réarranger un bouquet de roses avec le plus grand soin, puis se rasseoir. Au moins ce soir, elle n'était pas en robe ! Encore qu'il n'était pas certain que ce caleçon noir enfilé sous une chemise de soie bleu pâle change grand-chose à l'affaire. Jessie avait décidément des jambes extraordinaires.

— Alors ? Tu vas te décider à me dire ce qui m'a valu cette charmante invitation ? lança-t-il, dans l'espoir de penser à autre chose.

Jessie tourna vivement la tête et le dévisagea avec surprise.

— Comment ça ?

— Disons que lorsqu'une femme se donne la peine de

cuisiner un tel repas pour un homme avant de l'installer dans son meilleur fauteuil, un cognac à la main, elle a généralement une idée derrière la tête…

Il avait atténué la franchise de son propos par un sourire. Mais cela n'empêcha pas son hôtesse de rougir jusqu'aux oreilles et de se crisper.

Le moment fatidique était arrivé, et Jessie se trouva soudain partagée entre l'envie impérieuse de poser sa question sans plus tarder, et celle de dire à Matt qu'il se faisait des idées et qu'elle n'attendait rien de lui.

Malheureusement, cela aurait constitué un mensonge grossier. Elle attendait bel et bien quelque chose de son invité. Quelque chose de vital, et qu'il était sans doute le seul à pouvoir lui donner.

C'était à Matt qu'elle avait décidé d'avoir recours, se répéta-t-elle pour la énième fois ce jour-là. Matt, son ami le plus cher. Un ami à qui elle pouvait parler de tout.

Un ami à qui elle pouvait demander n'importe quoi…

— En fait, tu as raison. Je voulais te parler de…

Elle sentit un semblant de calme lui revenir. Matt lui paraissait si proche… si fidèle à lui-même.

— C'est un peu délicat. Peut-être même incongru et assez personnel.

— Ça tombe bien, je me suis spécialisé dans ce genre de problème ! lança-t-il d'un ton léger.

Jessie ne sourit même pas. Elle continua de le dévisager, les yeux grands ouverts, l'air presque apeuré.

— Vas-y, Jessie ! Qu'est-ce que tu risques ? l'encouragea-t-il avec un sourire affable. Je ne peux rien te refuser, tu le sais.

— C'est ce que j'ai pensé moi aussi, murmura-t-elle.

De nouveau, elle arrangea son bouquet de roses, puis regarda son invité droit dans les yeux.

— Qu'est-ce qu'il y a, Jessie ? insista Matt d'une voix douce. Qu'est-ce que tu attends de moi ?

— Un bébé, lança-t-elle enfin.

Elle reprit sa respiration et répéta, d'un ton plus ferme :

— Je veux un enfant.

Chapitre 6

Matt la dévisagea un instant sans rien dire. Il devenait fou… Il entendait des voix, à présent. C'était la seule explication possible. Trois gorgées d'alcool, et il perdait la tête, imaginait des choses incroyables, comme Jessica Sinclair lui annonçant qu'elle voulait un enfant.

De lui, apparemment…

C'était sans doute ce cognac. Trop vieux, trop fort. Cinquante degrés… Il y avait de quoi avoir des hallucinations, non ? Même aussi farfelues que celle-ci… Que son amie d'enfance lui demandant de…

— Pardon ?

— Je sais. Ça doit paraître fou, comme ça, a priori, répondit nerveusement Jessie. Seulement, si on y réfléchit bien, c'est la solution idéale.

A présent qu'elle avait franchi le pas, elle se sentait plus confiante. Matt la dévisageait comme si elle avait perdu la raison, mais une fois qu'elle se serait expliquée, il se rendrait à l'évidence.

Il ne l'avait encore jamais déçue et, d'instinct, elle savait que ce ne serait pas le cas ce soir non plus. Tout ce qu'elle avait à faire, c'était de s'expliquer, de lui faire comprendre ce que la maternité représentait à ses yeux. Et de lui montrer qu'elle n'agissait pas sous l'impulsion du moment, bien au contraire.

— Je comprends ta réaction, dit-elle plus calmement. Néanmoins, j'ai beaucoup réfléchi, et l'idée n'est pas si folle qu'elle le paraît.

Matt continuait à la fixer du regard, sans rien dire. Manifestement, il ne s'était pas encore remis de sa surprise.

— C'est tout simple, en fait, poursuivit-elle. Je…

Elle s'interrompit et se leva. Dans l'état de nervosité où elle se trouvait, il lui était impossible de rester assise. Tous les discours qu'elle avait préparés lui paraissaient vains, à présent. Il ne lui restait plus qu'à improviser.

— Je sais que c'est un vieux cliché, Matt, seulement je ne rajeunis pas…

Elle s'approcha de la fenêtre pour tirer un peu le rideau.

— J'ai vingt-neuf ans et je suis toujours seule. Je ne peux pas attendre le prince charmant plus longtemps.

Elle ne précisa pas que son prince à elle était déjà marié à une autre femme.

Elle observa Matt. Il semblait absorbé dans la contemplation de son verre et indéchiffrable. Si seulement il avait dit quelque chose, histoire de lui donner une idée de ce qu'il pensait de tout cela! Mais non. Il restait là, immobile dans son fauteuil, silencieux. A l'écouter.

Du moins elle l'espérait.

— Bien sûr, j'aurais préféré une démarche plus traditionnelle, précisa-t-elle. Un mari, une véritable famille, deux voitures et un jardin propret, délimité par une clôture blanche…

Elle laissa échapper un petit rire affecté.

— Malheureusement, on n'a pas toujours ce qu'on veut dans la vie. Bien sûr, je peux toujours mettre une clôture devant mon jardin, mais sans mari, je n'ai pas vraiment besoin d'un deuxième véhicule et…

Elle se mordit la lèvre. Elle racontait vraiment n'importe quoi… Elle devait se contenir, coûte que coûte. Sinon, Matt penserait qu'elle avait perdu la raison. Il était toujours muré dans un silence qui se faisait pesant, maintenant. Si bien que Jessie se mettait à douter. Son idée lui avait paru tout à fait raisonnable, jusqu'alors, et pourtant, à entendre ses propres paroles résonner dans la quiétude de la pièce, elle commençait à s'interroger. Car ce n'était pas un banal service qu'elle demandait à son ami d'enfance, cette fois-ci ! On était loin des leçons de conduite et autres photos de la roseraie…

— Bref… Tout bien considéré, je me suis dit qu'il n'y avait aucune raison pour que je ne réalise pas au moins une partie de mon rêve, conclut-elle. Je serais une bonne mère, je le sais. De nos jours, les parents isolés ne sont plus considérés comme des parias… Alors, même si ça te paraît un peu fou, comme idée, c'est ainsi. Je veux un enfant, Matt.

Formulée ainsi, la déclaration était crue. D'un autre côté, les dés étaient jetés. Jessie ne pouvait plus revenir en arrière. D'ailleurs, pourquoi l'aurait-elle fait ? C'était à Matt qu'elle s'adressait. Matt qui avait pansé ses genoux écorchés, qui avait retapé sa voiture et l'avait si souvent fait rire aux larmes… Matt sur qui elle avait toujours pu compter. Alors, bien sûr, ce qu'elle lui demandait sortait de l'ordinaire mais…

— Tu veux un enfant, dit-il d'un ton étrangement monocorde.

Jessie retint son souffle. Enfin ! Il réagissait ! Mais il évitait encore de la regarder.

Elle hocha la tête, se força à parler d'une voix qu'elle aurait voulue moins étranglée.

— Oui, Matt. Plus que tout au monde.

— Et qu'attends-tu de moi, au juste ? demanda-t-il, toujours aussi impassible.

Jessie marqua un temps d'arrêt. Elle avait pourtant eu l'impression d'être claire !

Claire, songea-t-elle alors, mais pas explicite. Matt devait vouloir s'assurer qu'il avait bien compris.

— Je voudrais que tu…

Jessie ne put terminer sa phrase. Pire encore, elle sentit le rouge lui monter au visage. La requête lui parut soudain si… personnelle, si intime.

— Je me suis dit que nous pourrions… Je n'ai pas encore réfléchi aux détails, seulement peut-être que toi et moi pourrions… Enfin… Nous…

Matt posa son verre sur la table avec bien trop de précautions puis leva la tête. Son regard s'était fait glacial.

— En clair, tu me demandes de te mettre enceinte…, déclara-t-il froidement. En cloque.

Jessie eut envie de disparaître sous terre.

— Ce n'est pas le terme que j'aurais choisi…

— Ah bon ? Et quel terme choisirais-tu ? Tu préfères que je fasse plus poétique ? Genre : « Tu me demandes de t'engrosser » ?

— C'est… sans doute ça… Encore que je n'avais pas envisagé les choses sous cet angle.

— Tu n'avais pas envisagé les choses sous cet angle… Parce que tu vas me dire que tu as réfléchi, peut-être ? lâcha-t-il en se levant vivement.

Jessie réprima à grand-peine sa surprise tant Matt semblait en colère. En dépit de la distance qui les séparait, il lui paraissait presque menaçant.

— J'ai…

— Comment as-tu pu imaginer une seule seconde que

j'allais accepter de faire une chose pareille? gronda-t-il, se détournant d'elle comme s'il ne pouvait plus supporter de la regarder. Bon sang, Jessie! Il n'y a jamais rien eu de plus entre nous qu'une franche amitié. Comment as-tu pu te raconter que je serais d'accord pour… pour…

Il s'interrompit, incapable de poursuivre et, l'espace de quelques secondes, le désarroi sembla prendre le pas sur la colère.

— Ne m'accable pas, Matt… Tu m'as embrassée, l'autre soir… Un baiser plutôt fervent, me semble-t-il. Alors je me suis dit…

Matt se tourna de nouveau vers elle, furieux, et elle se recroquevilla.

— C'est ce malheureux baiser qui t'a donné cette idée débile? Je t'ai embrassée, et pour toi, la suite logique serait que je te fasse un enfant?

— Non! Enfin oui. Ou plutôt… il n'y a pas que ça, répondit-elle, de nouveau prête à défendre son point de vue. Je réfléchis à la question depuis un bon moment. Alors quand tu es rentré, j'ai pensé…

Jessie baissa la tête. Son idée lui avait décidément paru beaucoup plus sensée avant qu'elle ne la formule à voix haute.

— Tu as pensé que j'étais tout à fait le genre de type à mettre une femme enceinte et à repartir tranquillement, sans me préoccuper du devenir de mon propre enfant. C'est bien ça?

La colère froide l'emportait de nouveau en lui. Jessie l'observa, à la fois choquée et honteuse. Elle n'avait pas cherché si loin. Pas un seul instant elle n'avait pensé à ce qui se passerait ensuite, au rôle de Matt, dans toute cette histoire.

— Non, bredouilla-t-elle. Pas du tout… Dans mon esprit, il n'est pas question que tu disparaisses… Tu pourrais voir cet enfant… autant que tu le voudrais. Je ne te tiendrais pas à l'écart… Sous aucun prétexte…

Soudain, c'en fut trop. Sa propre bêtise lui apparut dans toute son évidence. Comment avait-elle pu s'aveugler ainsi ? Ne penser qu'au fait qu'elle voulait un enfant et que Matt pouvait lui en faire un ? Tout ce qu'elle avait vu, c'était un bébé qu'elle bercerait, qui ferait ses premiers pas dans le jardin, qui entrerait à l'école… Elle était même allée jusqu'à songer avec angoisse à la période de l'adolescence et, au-delà, au jour où son fils ou sa fille quitterait la maison, d'ici à une vingtaine d'années.

En revanche, elle n'avait pas accordé une seule pensée à ce que Matt pourrait éprouver envers le petit être qu'il aurait conçu avec elle. Si elle avait réfléchi à la question, ne serait-ce qu'une seconde, elle aurait compris que son ami d'enfance ne se contenterait jamais d'avoir servi de géniteur.

Son idée « lumineuse » s'écroulait comme un château de cartes…

Néanmoins, elle aurait tout le temps de réfléchir à cela plus tard. Pour l'instant, le plus urgent était de réparer les dégâts qu'elle venait de causer.

Elle se força donc à affronter Matt. Celui-ci se tenait toujours debout, face à elle, les mains sur les hanches, résolu. Il avait toujours été son ami, et le fait qu'ils ne se voient que sporadiquement ne changeait rien à la question. Malgré la distance, elle avait toujours su qu'elle pouvait compter sur lui. Elle ne voulait pas perdre une telle amitié.

Elle ne voulait pas le perdre, lui.

— Je te demande pardon, Matt, dit-elle.

C'était bien peu, au vu de l'offense qu'elle lui avait faite, mais elle n'avait rien de mieux à lui offrir. Elle fit le tour de la table pour aller le rejoindre, attendit qu'il la regarde plus calmement et, lorsque ce fut le cas, s'efforça de ne pas flancher.

— Je te demande pardon, vraiment. Tu as raison, je n'ai pas réfléchi.

— C'est le moins qu'on puisse dire, répondit-il froidement.

Elle voulut poser la main sur son bras mais il recula d'un pas pour se mettre hors de sa portée. Ce rejet brutal lui fit l'effet d'un coup de poignard dans le cœur.

Matt vit immédiatement qu'il l'avait blessée. L'espace d'un instant, il fut tenté de la rassurer, de la prendre dans ses bras. Hélas, il était trop tôt et il ne se faisait pas confiance. Pas maintenant, pas quand la rage lui brûlait les entrailles.

— Il faut que je sorte d'ici, grommela-t-il.

Les yeux de Jessie brillaient de larmes mais il se sentait incapable de la réconforter dans l'immédiat. Aussi tourna-t-il les talons et, sans rien ajouter, quitta la pièce, sentant le regard de la jeune femme dans son dos.

Gabe fut réveillé en sursaut par des coups. On frappait à la porte. Ou plus exactement, on tambourinait avec rage et régularité. Il se tira à contrecœur de sa léthargie et consulta l'horloge, sur la table de chevet. Presque 1 heure du matin. Qui pouvait faire un boucan pareil à une heure aussi tardive ? Matt ? Il se frotta les yeux et chercha à déterminer la provenance de ce bruit infernal.

Il s'assit sur le bord du lit, chercha à tâtons le vieux pantalon de jogging dont il s'était débarrassé quelques heures plus tôt. Quelques heures qui ressemblaient davantage à quelques malheureuses minutes, d'ailleurs, songea-t-il en bâillant. Il ramena ses cheveux en arrière et gagna la porte, pieds nus. Le bruit continuait, s'interrompant de temps à autre pour reprendre de plus belle, si fort que le plancher en tremblait sous ses pieds.

Apparemment, Matt était de retour et, pour une raison ou pour une autre, il s'était dit que c'était la bonne heure pour couper du bois.

Au-dehors, la lune pleine éclairait de ses rayons pâles les collines couvertes de luzerne. Plus près de la maison, le halo blanc de la lampe halogène se déversait sur la cour. Au centre de ce cercle de lumière, Matt débitait consciencieusement des billots. La nuit était tiède, et il avait retiré sa chemise qui gisait à ses pieds. Son jean noir lui collait aux hanches, son torse luisait de sueur.

Gabe le regarda caler une bûche d'eucalyptus et s'emparer de la hache qu'il brandit un instant au-dessus de sa tête avant de la laisser retomber avec force. Il répéta le geste, et la bûche se fendit en un bruit assourdissant, dans la tranquillité de la nuit.

A le voir s'échiner ainsi, Gabe éprouva une douleur intense. Même enfant, Matt avait toujours dissimulé ses émotions les plus douloureuses. Il pouvait compter sur les doigts d'une seule main le nombre de fois où il avait vu son frère cadet pleurer, au cours de leur cauchemardesque enfance. Celui-ci semblait s'être entouré d'un mur destiné à le protéger des coups de ceinturon de leur père et de l'indifférence éthylique de leur mère. Il avait recours à des moyens très personnels pour exorciser ses démons. Sur le terrain de football, par exemple, où il s'épuisait, comme si sa sueur avait le pouvoir d'emporter avec elle ses angoisses.

Contre quels démons Matt luttait-il, cette nuit ?

Gabe attendit que son frère s'interrompe, la hache ballante, le souffle court après l'effort.

— Tu sais, frangin… La plupart des gens se contentent

de compter les moutons, quand ils n'arrivent pas à dormir! lança-t-il d'un ton neutre.

Matt pivota lentement sur lui-même. Il ne paraissait pas surpris le moins du monde de le voir là.

— Je ne suis pas d'humeur à faire sauter de petites boules de laine par-dessus une barrière.

De sa main libre, il tâta précautionneusement son épaule blessée. Prenant soudain conscience de son épuisement et de sa douleur, il laissa tomber l'outil et se baissa pour ramasser sa chemise dont il se servit pour s'éponger la poitrine.

— Laisse-moi deviner, reprit Gabe. Jessie avait confectionné un de ces desserts dont elle a le secret, et tu crains pour ta ligne de jeune homme...

A la simple évocation de Jessie, Matt se braqua.

— Pas vraiment, non!

— Alors qu'est-ce qui te prend? Tu crains que l'hiver ne soit particulièrement froid, cette année? s'enquit Gabe, désignant du menton les bûches empilées aux pieds de son frère.

Matt haussa les épaules et grimaça de douleur. Il songea vaguement qu'il avait présumé de ses forces, qu'il était encore en convalescence, et oublia aussitôt la question. Puis il remonta les marches avec lassitude, conscient de ce que son frère l'observait en se posant une multitude de questions qu'il ne formulerait pas. C'était tant mieux, d'ailleurs, car Matt n'avait aucune intention de parler de ce qui venait de se produire.

— Jessie veut un enfant, se surprit-il pourtant à déclarer dans la seconde qui suivit.

Comment ces mots imprononçables avaient-ils réussi à franchir ses lèvres? Bon sang! Encore une fois, il ne voulait pas parler de la folle requête de Jessie. Il ne voulait même pas y penser!

— Pardon?

— Oui. Elle veut un enfant. Et elle voudrait que j'en sois le père.

En d'autres circonstances, Matt se serait sans doute réjoui de voir Gabe, d'ordinaire si flegmatique, littéralement bouche bée. Ce soir cependant, il n'avait aucun sens de l'humour.

— Tu peux me répéter ça, vieux? demanda Gabe.

— Elle me demande de jouer les étalons, voilà! déclara Matt, tout de go. C'est plutôt flatteur, non?

Ses poings se refermèrent sur sa chemise qu'il chiffonna nerveusement.

— Une occasion inespérée, tu ne trouves pas? poursuivit-il avec amertume. Je lui fais un gamin et je repars tranquillement... Par les temps qui courent, on ne me fait pas souvent de pareilles propositions!

Gabe secoua lentement la tête.

— Non. A moi non plus, d'ailleurs... Tu... Tu as l'intention de t'exécuter? s'enquit-il, impassible.

Matt releva vivement la tête, les yeux écarquillés.

— Tu es malade ou quoi? Tu t'imagines peut-être que je pourrais quitter Jessie comme ça, si elle portait mon enfant? Tu crois que je pourrais me désintéresser totalement du sort de ma progéniture?

— Non, bien sûr que non, grommela Gabe en détournant la tête. En revanche, tu peux toujours lui faire une contre-proposition.

— On n'est pas en train de parler de la fusion de deux entreprises, là! Jessie veut que je la mette enceinte, bon sang de bonsoir! C'est clair, non?

— Et toi, frangin? Qu'est-ce que tu veux?

Matt releva la tête, pris de court.

Ce qu'il voulait?

Sans prévenir, l'image de Jessie, le ventre arrondi par la

grossesse, par la vie en germe de *leur* enfant, lui vint à l'esprit. C'était si fort et si inattendu qu'il en eut le souffle coupé.

— Je… Je la connais depuis qu'elle est haute comme ça, murmura-t-il, sans bien savoir où il voulait en venir.

— Elle a bien grandi, depuis, Matt. Et la manière dont tu la regardais, l'autre soir, chez Dana et Ray, ne m'a pas échappé.

— Qu'est-ce que tu racontes ?

— Quand Ray l'a fait danser, j'ai bien senti que tu n'avais qu'une envie : lui casser la figure, à ton vieux copain, poursuivit Gabe, sans ménagement, malgré sa voix posée.

Matt baissa la tête. Il devait bien se rendre à l'évidence. Oui, il en avait voulu à Ray, de serrer ainsi Jessie contre lui. Et ça avait dû se voir…

— J'ai trouvé la conduite de Ray… déplacée.

Déplacée. C'était exactement le terme qui convenait. Pourquoi Ray était-il allé poser les pattes sur la taille de Jessie alors qu'elle était…

Et Jessie, pourquoi s'offrait-elle à lui alors qu'elle était amoureuse de leur meilleur ami ?

— Tu as une suggestion précise ? demanda-t-il, foudroyant son frère du regard sous la lumière crue de la lampe halogène. Tu penses que je devrais lui donner ce qu'elle veut ? Un enfant ? *Mon* enfant ?

— Rien de tel, répondit Gabe sans se départir de son flegme. Je pense simplement que tu ferais bien de réfléchir sérieusement à la question et à ce que tu attends de ton existence, avant de prendre une décision.

— Ce que tu peux m'agacer, quand tu joues les philosophes à deux balles ! explosa Matt. Tu n'as pas la carrure de Confucius. Tu es trop baraqué, trop balourd pour ça. Si tu as un avis, donne-le-moi, c'est tout !

Gabe quitta la rambarde sur laquelle il s'était appuyé.

— Tu m'excuseras, mon gars. Ma qualité de philosophe à deux balles m'empêche d'émettre une opinion d'aucune sorte. Tout ce que je peux faire, c'est te conseiller. Et mon conseil, c'est de réfléchir à ce que tu veux. A ce que tu veux, *toi* !

Là-dessus, il poussa la porte grillagée pour retourner se coucher.

Et Matt resta là, aussi furieux que frustré.

Réfléchir à ce qu'il voulait... La belle affaire... Comme s'il le savait lui-même !

Jessie dormit très mal, cette nuit-là. Elle ne cessait de revivre sa conversation avec Matt, et de penser à tout ce qu'elle aurait pu lui dire... Ou plutôt à ce qu'elle aurait *dû* lui dire. Son désir d'enfant était tel qu'elle n'avait pensé qu'à elle, dans cette affaire. C'était la triste vérité et, à présent, elle était moins contrariée par l'effondrement de son rêve que par la déception et la colère de son ami d'enfance. Parce qu'il était inutile de se voiler la face : en plus de le mettre en colère, elle l'avait blessé. Au plus profond.

Elle était pâlotte et avait les yeux gonflés lorsqu'elle sortit enfin de son lit. Elle prit sa douche et, constatant que la journée allait être caniculaire, enfila un short rose et un chemisier léger.

De toute façon, elle se fichait bien d'être jolie, aujourd'hui. Quelle importance ? Un peu de goudron et des plumes auraient tout aussi bien fait l'affaire. D'ailleurs, à présent qu'elle y pensait, où allait-on chercher les plumes, quand on infligeait ce châtiment étrange ? C'était le genre de question qu'elle aurait volontiers posée à Matt, autrefois. Il se serait esclaffé, lui aurait répondu qu'elle réfléchissait trop et, trois jours plus tard, il serait venu la voir avec la réponse trouvée dans une encyclopédie quelconque.

Ce qui la ramenait à Matt…

Matt qu'elle avait offensé en tant qu'ami et en tant qu'homme.

En temps normal, elle ne serait jamais allée se coucher sans avoir rangé la cuisine, même à 11 heures du soir. La veille, cependant, elle n'avait pas eu le cœur à l'ouvrage. Tant mieux, d'ailleurs, car tous ces plats sales lui donnerait de quoi s'occuper un bon moment. A défaut de lui éviter de penser…

Elle avait du vague à l'âme, songea-t-elle en chargeant le lave-vaisselle. Drôle d'expression, là encore… Et si elle ne l'avait jamais vraiment comprise jusqu'à présent, c'est sans doute ce qu'elle avait ressenti en voyant Matt quitter sa maison, la veille au soir. Un sentiment de perte, de dévastation. Une vague qui déferle sur l'âme, dévastant tout sur son passage. Ou bien l'âme vague… Ou…

Il fallait qu'elle parle à Matt, qu'elle fasse amende honorable, même si elle n'avait aucune idée de la manière dont elle pourrait s'y prendre.

Une fois le plan de travail et le comptoir nettoyés, le lave-vaisselle chargé et lancé, Jessie se planta au milieu de la cuisine. Elle n'avait plus rien à faire, et il n'était même pas 10 heures du matin. Elle envisagea de consacrer un peu de temps à la roseraie où il y avait toujours de quoi s'occuper, entre les roses fanées à étêter, les mauvaises herbes à arracher et les arroseurs à vérifier. Malheureusement, la température était déjà trop élevée pour travailler dans le jardin. L'idée de se pencher sur l'ouvrage inachevé de son grand-père ne la tentait pas davantage. Cela la ramènerait immanquablement à Matt, qui ne lui avait toujours pas donné de réponse concernant les photos. Il est vrai qu'il n'avait pas eu le loisir de lui en reparler, vu qu'elle…

Et c'était reparti ! Une fois encore, elle pensait à Matt. Elle envisagea de monter le voir chez son frère, afin d'en finir une bonne fois pour toutes...

Impossible, là encore. A la seule idée d'affronter Matt, elle sentait son estomac se serrer. Et puis, que lui dirait-elle ? Qu'y avait-il à dire ? Pouvait-elle prétendre que ses mots avaient dépassé sa pensée ? Qu'elle était un peu ivre ?

Jessie se laissa tomber sur une chaise, devant la table et, la tête dans les mains, affaissée sur la surface de bois, elle continua de réfléchir à la manière de se tirer de ce mauvais pas.

Le carillon de la porte d'entrée la fit se redresser vivement. Une petite visite lui changerait les idées, même s'il s'agissait de Mme Felderman, la voisine, venue se plaindre des éboueurs ou de la dernière décision du gouvernement. Mme Felderman, une grande insatisfaite, se plaignait constamment. Et si, pendant des années, Jessie avait fait son possible pour l'éviter, ce matin, ses jérémiades seraient les bienvenues.

Elle en était à ce point de ses réflexions lorsqu'elle ouvrit la porte.

— Matt ? dit-elle d'une voix étranglée, avant de s'éclaircir la gorge pour réessayer, sur un ton plus naturel. Matt...

Il se tenait devant elle, le visage de marbre, les yeux cernés, le regard indéchiffrable. Il portait un jean noir délavé et un T-shirt du même bleu que ses yeux. Elle déglutit péniblement et, prenant sur elle, ouvrit plus grand la porte.

— Tu veux entrer ?

L'invitation lui paraissait quelque peu formelle mais, après le fiasco de la veille, Jessie pouvait difficilement agir comme si de rien n'était.

— Oui, merci.

Le corridor paraissait étroit, subitement. Jamais encore Jessie ne s'était sentie aussi petite devant Matt. Peut-être était-ce dû à son propre malaise… Elle croisa les bras et s'adressa à lui d'une voix timide.

— Je peux t'offrir… Tu veux un café ?

Aussitôt, elle se reprocha sa stupidité. Il faisait une chaleur infernale au-dehors, et un café était sans doute la dernière chose que voulait boire son visiteur.

— Je préférerais quelque chose de frais, si tu as, répondit-il, l'ombre d'un sourire aux lèvres.

Leurs regards s'enchaînèrent et Jessie ne put se taire plus longtemps.

— Je suis désolée, Matt. Vraiment. Je ne sais pas ce qui m'a pris, hier soir.

Sans réfléchir, elle tendit la main vers lui. Il la prit dans la sienne et elle sentit les larmes monter.

— Je… Je veux un enfant depuis si longtemps, tu comprends… J'ai retourné le problème dans tous les sens et je ne sais pas très bien par où commencer… Et puis tu es revenu, et Laurène m'a fait remarquer à quel point tu es séduisant, ce qui est vrai, d'ailleurs, même si je ne t'avais jamais vu… sous cet angle jusqu'alors… Et puis il y a eu ce baiser et…

Jessie eut vaguement conscience de ce que Matt l'entraînait dans la cuisine ensoleillée. A présent qu'elle avait commencé, elle ne pouvait plus s'arrêter. Il fallait qu'elle s'explique. Même si son discours était des plus confus.

— D'une certaine manière, poursuivit-elle, ça a commencé avec Pamela Sue Jenkins. Je l'ai croisée au supermarché, quelques jours avant ton retour. Elle portait un horrible pantalon de grossesse, et elle en était tellement fière… C'est idiot, bien sûr, et je le sais… Seulement ça m'a fait prendre conscience que j'en voulais un, moi aussi.

— Un affreux pantalon de grossesse ? railla gentiment Matt, profitant de ce qu'elle reprenait son souffle.

Il ouvrit les placards, finit par trouver les verres et sortit un broc du réfrigérateur, le tout avec l'aisance d'une vieille connaissance.

Jessie se détendit légèrement. Matt ne lui aurait pas versé un verre de thé glacé, ne se serait pas souvenu qu'elle prenait une cuillerée de sucre et n'aimait pas le citron, s'il était venu lui annoncer qu'il ne voulait plus jamais entendre parler d'elle.

— Bien sûr que non ! répondit-elle en riant. Un bébé ! Quand j'ai vu Pammie, je me suis rendu compte que je ne rêvais que de ça, moi aussi.

Elle baissa la tête vers la table et, poussant un gros soupir, fit glisser son index sur les rainures du chêne.

— J'ai toujours voulu un enfant. Plusieurs, même. Quand j'ai vu Pammie, l'autre jour, je me suis dit que ça risquait de ne jamais m'arriver. Nous avons le même âge, elle et moi, tu comprends… Et elle a beau être hyper agaçante, elle a fondé une famille avec un mari pas terrible et… ça a l'air de la rendre heureuse.

— Quoi ? La famille ou le mari pas terrible ? s'enquit Matt.

Il posa un verre devant elle avant d'aller s'accouder contre le comptoir.

Jessie prit une gorgée.

— Les deux, je suppose ! Pammie est une experte, en matière d'autosatisfaction.

— Il faut bien être doué pour quelque chose ! fit remarquer Matt.

— Tu as sans doute raison…

Jessie commençait seulement à mesurer combien elle avait été tendue, jusqu'à présent. Les choses allaient s'arranger, elle en était sûre, à présent. Tout, dans l'attitude de Matt, indiquait qu'il ne lui en voulait pas outre mesure. Elle inspira profondément et leva les yeux vers lui, un sourire craintif aux lèvres.

— Encore une fois, je suis navrée, Matt. Je n'aurais jamais dû te demander de… de… Bref, ce que je t'ai demandé. Je n'ai pas pensé à ce que tu ressentirais… si nous avions…

Elle s'interrompit, à court d'arguments. Elle avait senti ses joues s'empourprer et Matt ne pouvait que le remarquer.

— Ce… Bref… L'idée était aussi « sotte que grenue », comme aurait dit mon grand-père. Je n'aurais jamais dû t'en faire part… Essayer de t'entraîner dans mon rêve…

Matt ne réagit pas immédiatement. Il avait veillé jusqu'à l'aube, étendu sur son lit, à se demander, comme Gabe le lui avait conseillé, ce qu'il voulait vraiment.

La réponse l'avait surpris au plus haut point.

Jessica Sinclair.

C'était elle qu'il voulait. Envers et contre tout. Sa propre existence était un véritable champ de ruines et, pourtant, il commençait à croire qu'il avait pris une sage décision, en revenant à Millers Crossing. Peut-être commençait-il simplement à se reconstruire, même s'il avait encore du chemin à faire.

Evidemment, il ne s'attendait pas à craquer pour Jessica. Une amie d'enfance. Une femme elle-même éprise d'un autre homme… et pas n'importe lequel. Ray, bon sang! Son meilleur ami. *Leur* meilleur ami!

Le scénario idéal pour un mauvais feuilleton télévisé…

N'empêche…

Gabe lui avait demandé de réfléchir à ce qu'il voulait et, tandis qu'il gisait dans l'obscurité, les yeux rivés au plafond de la chambre, l'évidence s'était imposée à lui.

C'était Jessie, qu'il voulait.

Personne d'autre.

Il aurait été bien en peine de dire ce qui l'animait. Tout ce qu'il savait, c'est qu'il voulait partager son existence avec elle. Et — honte à lui —, l'avoir dans son lit. Il rêvait d'enfouir les mains dans sa chevelure dorée. Il voulait sentir ses jambes enroulées autour de sa taille… Il voulait caresser tout son corps, lui donner du plaisir dans la moiteur de leur chambre. Quant à la pensée de la voir enceinte de lui… Cela le bouleversait.

Ils s'assiéraient sur la terrasse, dans la nuit chaude, pour se laisser bercer par le chant des criquets. Ils déambuleraient sous la pluie hivernale, et Matt regarderait Jessie éviter les flaques d'eau en sautillant, comme la gamine qu'elle était restée. Il s'endormirait à côté d'elle et, à son réveil, la trouverait blottie dans ses bras.

Son désir était si intense, si tangible, qu'il se demandait comment il avait pu l'enfouir pendant tant d'années et ne jamais en prendre conscience.

Ça ressemblait à de l'amour… Ou à un besoin désespéré de redonner un sens au monde qui l'entourait, pour se sentir vivant. En tout cas, ils avaient quelque chose à se donner l'un l'autre. Elle lui avait demandé un enfant… le plus beau cadeau qu'on puisse faire à une femme, lui semblait-il. En retour, il voulait aimer et construire.

— Jessica ? dit-il soudain comme elle attendait qu'il parle, presque tremblante. Si tu veux vraiment un enfant, je vais faire tout mon possible pour te le donner.

Jessie dévisagea Matt. Le choc était si grand que, l'espace de quelques secondes, un grand vide se fit en elle.

Matt était vraiment beau. Ses incroyables yeux bleus semblaient plus lumineux que jamais. Des yeux rivés à elle, à présent, dans l'attente d'une réponse, d'une réaction à ce qu'il venait de dire…

A ce qu'elle avait dû mal comprendre.

— Qu'est-ce que tu dis ?

— Tu m'as très bien entendu, Jessie, fit-il avec un large sourire. Je suis prêt à te faire un enfant, Jessie.

— Tu... Je... Oh, mon Dieu !

La bouche soudain sèche, Jessie porta son verre à ses lèvres. Les glaçons se mirent à cliqueter joyeusement. Elle aurait dû être soulagée... Excitée... Matt lui proposait de réaliser son rêve !

Le tout était de savoir comment réagir, à présent.

— Merci, fit-elle piteusement.

— Ne me remercie pas tout de suite, Jessie. Il y a une condition.

— Je t'écoute. Je comprends...

Elle fut parcourue par un frisson d'excitation. Un enfant... Elle allait avoir un enfant. Devenir mère... Mère de l'enfant de Matthew Latimer.

— Nous pouvons décider d'un droit de visite, si tu veux. Je n'ai pas l'intention de t'empêcher de...

Matt secoua la tête.

— Ce n'est pas un droit de visite que je veux, Jessica.

— D'accord ! fit-elle, un peu déstabilisée.

Matt avait l'air si sérieux, si... macho, brusquement !

— Je veux que tu m'épouses.

Chapitre 7

— Que je… Que je t'épouse ? répéta Jessie d'une voix blanche.

Il plaisantait, bien sûr… Il lui rendait la monnaie de sa pièce, se vengeait de leur conversation de la veille… Pourtant, il avait l'air sérieux. Il la regardait fixement, et Jessie sentit son cœur battre très vite.

Matt parlait sérieusement.

Son souffle se coinça dans sa gorge et, l'instant d'après, contre toute attente, elle éclata de rire.

— Je… Je croyais que c'était moi, qui commettais une folie, dans l'histoire, mais tu es encore plus fou que moi !

— Je ne vois pas ce qu'il y a de fou là-dedans. Ma proposition est peut-être… inopinée, mais elle n'a rien de fou.

Matt quitta le comptoir d'un mouvement brusque qui démentait son calme apparent.

— Il s'agit plutôt d'un arrangement. Tout à fait sensé, si tu veux mon avis.

— Un arrangement ?

Jessie se remit à rire, puis secoua la tête.

— Tu me parles de mariage, Matt. Pas d'un arrangement. Le mariage est un *engagement*. A vie !

— Tout comme le fait de mettre un enfant au monde. Or, c'est ce que tu t'apprêtes à faire !

— Peut-être, seulement j'y ai longuement réfléchi !

— Dans ce cas, réfléchis à ma proposition.

Il fit quelques pas nerveux avant de se tourner vers Jessie, les yeux toujours brillants.

— Moi non plus, je ne rajeunis pas, tu sais… J'approche de la quarantaine, et la relation la plus sérieuse que j'aie eue avec une femme a duré six mois. Il y a dix ans de cela. Et encore, quand je dis six mois, c'est en comptant les quatre que j'ai passés à l'étranger. Quand je suis rentré, elle m'a dit qu'elle ne pouvait pas vivre ainsi et elle a fait sa valise. Avec ma bénédiction, d'ailleurs.

Dans cette posture, les jambes solidement plantées dans le sol, les pouces coincés dans les passants de sa ceinture, Matt était la détermination faite homme. Jamais Jessie ne l'avait vu si résolu.

— Quant à toi, à presque trente ans, tu es toujours seule, poursuivit-il. Hier soir, tu m'as dit que tu rêvais d'une maison, d'une famille. Epouse-moi et nous aurons tout cela.

— Matt ! Matt ! Du calme ! Je ne sais pas…

Elle se serait levée pour prendre un peu de distance si elle avait été certaine que ses jambes la portent encore. Aussi resta-t-elle assise sur sa chaise à essayer de dominer son vertige.

— Moi, je sais, Jessie.

S'avançant vers elle avec sa grâce toute virile, il tira une chaise et s'assit à son tour, si près d'elle que leurs genoux se touchaient. Si près que Jessie voyait les détails de ses iris… Si près qu'elle sentait la chaleur de son corps. Il dégageait une odeur de savon et d'autre chose de chaud et de viril qui la mit en émoi. Le mélange était si impressionnant qu'elle dut résister à l'envie de fermer les yeux pour s'évader, pour ne pas se jeter dans les bras de Matt et tomber d'accord avec tout ce qu'il lui demanderait.

Elle le désirait, tout simplement. A un point… désespérant. Et bien qu'un peu choquée par cette révélation, elle comprit immédiatement d'où provenait sa réaction. Matt était le rêve de toute femme ! La seule véritable surprise était qu'elle ait mis si longtemps à s'en rendre compte.

D'un autre côté, on n'épousait pas un homme pour la simple raison qu'on avait envie de lui.

Il se pencha encore un peu plus vers elle, et elle déglutit péniblement.

— Réfléchis, Jessie, murmura-t-il. Nous sommes amis. Nous nous apprécions et nous nous connaissons. Ce n'est pas trop mauvais, comme départ. Nous pourrions construire ensemble. Avoir des enfants…

Jessie ferma les paupières.

« Réfléchis, Jessie… » La proximité de Matt ne lui rendait pas la tâche facile. Etait-il possible qu'il ait toujours irradié une telle sensualité sans qu'elle s'en soit jamais aperçue ?

— Et ton travail ? demanda-t-elle, se raccrochant à ce qui lui restait de bon sens. Tu passes les trois quarts de ton temps à l'étranger !

— J'arrête tout, déclara-t-il.

Soudain, toute la tension qui habitait Matt depuis son retour à Millers Crossing s'évanouit. Comme si le fait d'avoir formulé sa décision le libérait.

— J'arrête, répéta-t-il. Je démissionne. Je ne veux plus parcourir le monde et photographier des horreurs. Si tu m'épouses, c'est un mari sans emploi dont tu hériteras.

Un large sourire illumina son visage. Il se sentait insouciant, tout d'un coup. Délivré…

— Je peux faire autre chose. Changer de profession... J'ai pas mal d'argent de côté, vu que je n'ai jamais eu l'occasion de dépenser ce que je gagnais. Un éditeur m'a proposé de faire un livre, avec mes photos. Et puis...

Il s'interrompit et partit d'un rire franc.

— Et puis si tu m'épouses, tu as un photographe tout trouvé, pour l'ouvrage de ton grand-père !

C'en était trop pour Jessie. Elle ne parvenait pas à suivre.

— Ne dis pas n'importe quoi, Matt ! Je ne vais tout de même pas t'épouser simplement pour que tu prennes la roseraie en photo !

— Dans ce cas, épouse-moi pour avoir un enfant, murmura-t-il, reprenant son sérieux.

Il lui prit le visage entre ses mains. Ses yeux étaient si bleus qu'elle craignit un instant de se noyer dans leurs profondeurs.

— Epouse-moi pour ça...

Avec une douceur infinie, sa bouche se posa sur celle de la jeune femme. Il lui mordilla la lèvre avec délice avant de faire glisser sa langue entre ses dents.

Et Jessie se rendit. Malgré elle, elle sentit ses mains remonter sur les hanches de Matt pour se poser sur ses poignets et s'accrocher à lui, tandis que le monde entier tournoyait autour d'eux.

Ce baiser fut aussi délicieux que le premier — celui qu'elle avait d'abord tenté d'oublier, avant de se dire qu'un ami qui embrassait si bien ne pourrait être qu'un merveilleux amant et l'homme idéal pour lui faire un bébé.

Matt glissa une main derrière la nuque de Jessie, l'immobilisant pour mieux se délecter de la douceur de sa bouche. La jeune femme avait tressé ses cheveux et il envisagea de les dénouer pour enfouir les doigts dans ses boucles folles. Il la voulait dans ses bras, voulait sentir le poids de son corps sur le sien.

C'était cette femme qu'il voulait, et aucune autre.

Maintenant, et pour toujours.

Lentement, à contrecœur, il finit par se détacher d'elle, le corps tendu de désir, et conscient de ce que Jessie ne quittait ses lèvres qu'à regret, elle aussi. Le souffle court, il attendit qu'elle rouvre les yeux. Lorsqu'il vit la langueur qui les emplissait, il éprouva un sentiment profond de fierté masculine. Manifestement, il n'était pas seul à chavirer de désir.

— Epouse-moi, Jessie, murmura-t-il de nouveau d'une voix rauque. Epouse-moi et faisons un enfant. Plusieurs, même… Fondons une famille… Tu ne le regretteras pas.

Jessie battit des paupières. Elle avait besoin de réfléchir. Ce n'était pas le genre de décision qu'on prenait à la légère.

Surtout pas sous l'emprise d'un désir purement charnel.

Elle s'étonna elle-même de cette pensée : elle désirait Matt… Depuis longtemps, apparemment, et sans jamais…

De nouveau, elle s'égarait. Ce n'était pas l'essentiel, pour l'instant. Elle devait aviser, réfléchir à un certain nombre de questions. Le tout était de savoir lesquelles, car malheureusement, sa lucidité lui faisait faux bond.

— C'est vraiment ce que tu souhaites? demanda-t-elle, en désespoir de cause.

— Plus que tout au monde, répondit-il, lui prenant doucement les mains pour les serrer entre les siennes. Ça peut marcher, Jessie. Nous y arriverons. J'en suis convaincu!

Jessie n'était plus sûre de rien. Même pas de son identité, qu'elle n'aurait pu décliner sans crainte de se tromper.

Elle se détourna, dans l'espoir de retrouver ses esprits. Certes, lorsque Matt l'embrassait, elle sentait ses jambes se dérober… Certes, il lui proposait de l'aider à réaliser son rêve le plus cher…

Néanmoins son avenir était en jeu, et elle devait aborder la question avec calme, prendre une décision rationnelle et ne pas se laisser influencer par les battements fous de son cœur ou par le bleu intense du regard de l'homme qui se tenait devant elle.

Il se pencha et lui donna un autre baiser. Son souffle était doux ; son geste, presque une caresse.

— Dis-moi oui, Jessie. Dis-moi que tu acceptes de m'épouser.

La réponse lui échappa presque malgré elle, comme un soupir de reddition.

— Oui… Oui, Matt. J'accepte de devenir ta femme.

Le sourire qu'il lui offrit alors fut si lumineux qu'on aurait dit que le soleil venait de pénétrer dans la pièce.

Incapable de résister, elle lui sourit en retour. En son for intérieur, cependant, elle n'était pas certaine de ne pas être en train de commettre la plus grosse erreur de sa vie.

Matt fut sidéré de constater la vitesse à laquelle on pouvait réorganiser toute une existence. Deux existences, même, en l'occurrence.

Lorsqu'il repartit ce jour-là, la date du mariage était fixée, et Jessie et lui avaient décidé qu'il emménagerait chez elle. La propriété léguée par Leland Sinclair faisait presque deux mille mètres carrés. La roseraie occupait pratiquement tout le terrain. La maison elle-même était haute de deux étages et, si elle n'était ni très spacieuse ni particulièrement élégante, elle possédait le charme indéfinissable des lieux habités avec bonheur pendant des années. Il y avait même un petit sous-sol — chose rare en Californie — qui, de l'avis de Jessie, ferait un labo photo idéal. A condition, bien sûr, que Matt se remette un jour au travail.

Oui, c'était l'endroit de rêve pour vivre en famille.

Sa famille…

Le feu passa au rouge et Matt en profita pour poser la tête sur le volant. Et si, par une sorte d'alchimie bizarre, sa blessure à l'épaule avait affecté son raisonnement ? Même si c'était tiré par les cheveux, cela aurait expliqué qu'il fonce tête baissée dans le mariage et la paternité… qu'il ait décidé de fonder un foyer… Parce qu'il fallait être réaliste : il n'y avait encore jamais songé et il n'avait eu aucun modèle. Sa mère avait passé les trois quarts de son existence dans un brouillard alcoolique, et son père se calmait les nerfs sur les reins de ses fils.

Il n'y avait donc pas à en douter : Matt Latimer n'était pas l'homme le mieux préparé du monde à la vie de famille.

Quant à Jessie, elle avait l'impression d'avoir été enlevée par la vague d'un tsunami pour être rejetée — saine et sauve mais changée à jamais — sur une plage inconnue.

Après le départ de Matt, elle alla errer dans la roseraie. Le soleil dardait ses rayons dans un ciel sans nuages. La chaleur était à la fois oppressante et apaisante.

Le jardin était divisé en quatre carrés. Au centre s'élevait un théier australien déformé par les ans, et que son grand-père avait bichonné avec amour. Sous l'arbre, se trouvaient un banc et une fontaine qui se déversait dans un petit bassin carrelé.

Les roses commençaient à faner, en cette fin d'été, même s'il restait une multitude de boutons, nichés dans les feuillages. Jessie en prit un entre ses doigts et inhala longuement la fragrance qui en émanait. C'était un mélange épicé, presque masculin et en contraste total avec la couleur veloutée du bouton.

Bien que chaque plant soit soigneusement étiqueté, Jessie ne regardait jamais aucun nom. Son grand-père, qui les connaissait par cœur, n'aurait pas manqué de lui préciser si ce qu'elle tenait en main était une églantine ou une alba. Il aurait même ajouté de quelle hybridation elle provenait. En le poussant un peu, Jessie aurait pu apprendre un détail intéressant sur une variété ou l'autre.

La jeune femme ferma les yeux pour refouler les larmes qui menaçaient de nouveau. Que n'aurait-elle donné pour pouvoir discuter avec le vieil homme du tournant inattendu que son existence venait de prendre ! Leland Sinclair était un homme placide, qui pesait ses mots avant de parler. En dépit des deux générations qui les séparaient, Jessie avait toujours suivi ses conseils. D'autant plus volontiers qu'il ne les prodiguait que très rarement.

Qu'aurait-il pensé de son mariage avec Matt ? Elle essaya de s'imaginer sa réaction, à l'annonce d'une union à mi-chemin entre l'amour et la raison avec, pour seules bases, une solide amitié et un désir ardent... En fait, se souvint-elle, Leland Sinclair avait toujours apprécié Matt. Ray aussi, bien sûr, mais il avait plus d'affinités avec Matt.

En un éclair, Jessie se revit l'été de ses onze ans. Elle avait attrapé les oreilllons et l'idée d'être frappée par une maladie infantile l'avait mortifiée au plus haut point. Matt et Ray étaient rentrés de l'université pour les vacances ; chacun à leur tour, ils étaient venus lui rendre visite. Elle gardait l'image de Ray, planté au beau milieu de sa chambre, l'air aussi malheureux qu'elle et la rassurant du bout des lèvres. Dès qu'elle serait sur pied, il l'emmènerait boire un soda chez le vieil Ernie, c'était promis. Quelques jours plus tard, alors qu'elle se remettait péniblement, Matt était passé, lui aussi. A peine arrivé, il l'avait portée jusqu'au rez-de-chaussée pour qu'elle puisse regarder la télévision. Allongée sur le canapé, elle s'était assoupie tandis que Matt faisait une partie d'échecs avec son grand-père.

Une abeille voletait sans but dans le feuillage, sans doute trop assommée par la chaleur pour trouver le pollen des fleurs enfouies sous les branches. L'espace d'une seconde, Jessie s'identifia à l'insecte. A ceci près que ce n'était pas la chaleur qui l'avait mise dans le même état de torpeur. C'était bien autre chose — juste la perspective de voir son existence tout entière sur le point d'être chamboulée…

Le fait qu'elle ait elle-même enclenché le processus en demandant à Matt de lui faire un enfant ne changeait rien à l'affaire. Elle avait l'impression de perdre tout contrôle sur son devenir.

Elle continua à observer l'abeille puis regagna la cuisine. Elle avait besoin de parler. Elle savait que Laurène ne travaillait pas, ce jour-là, elle pouvait donc s'adresser à elle.

Laurène se renversa sur sa chaise longue, les jambes étendues sur un épais coussin violet. Une brise légère soufflait sur le petit balcon, faisant voleter la frange de l'immense parasol en toile. Laurène était la seule personne au monde à préférer rester dehors par quarante degrés à l'ombre plutôt que de se réfugier dans un intérieur climatisé. Le fait d'être née dans le Dakota du Nord, apparemment. Elle avait trop souffert des rigueurs du climat, dans son Etat natal.

En short vert et T-shirt rose vif, ses cheveux blonds ramenés en un vague chignon et ses formes appétissantes, Laurène Washington, à près de cinquante ans, n'avait rien à envier à ses cadettes.

Jessie absorba une longue gorgée de sa limonade glacée, avant de se renverser sur le dossier de son siège à son tour. La chaleur lui paraissait presque plaisante, en fin de compte ; et puis, le risque d'insolation n'était rien, par rapport au soulagement qu'elle avait éprouvé en se vidant le cœur. C'était si bon, d'être écoutée, conseillée…

— Attends, je résume, pour être certaine d'avoir bien compris, déclara Laurène, après un moment de réflexion. Tu voulais un bébé et tu t'es dit que ton ami Matt était le candidat parfait pour lui fournir les chromosomes idéaux. Je te comprends, d'ailleurs ! A priori, c'est exactement l'homme de la situation.

— Attention, Laurène ! C'est de mon fiancé que tu parles ! répondit paresseusement Jessie.

Elle réprima à grand-peine un petit rire nerveux. Parler de Matt en ces termes, prononcer les mots *mon fiancé* à voix haute rendait la chose encore plus incroyable.

— Soyons logiques ! Si tu veux un enfant, ma belle, autant commencer avec les bons ingrédients !

Cette fois-ci, Jessie partit d'un grand rire.

— On dirait que tu parles de la préparation d'un gâteau !

— C'est un peu pareil, non ? déclara Laurène, les yeux pétillant de malice. Or, il se trouve que ton Matt a tout pour lui… Cela dit, nous nous égarons. Je recommence.

Elle ouvrit la main pour compter sur ses doigts fuselés, aux ongles impeccablement vernis.

— Un, tu décides de devenir mère. Deux, tu demandes à un de tes amis d'enfance — incidemment très séduisant — s'il consentirait à te faire un bébé. Il réagit plutôt mal, part en claquant la porte ou presque… Et le lendemain, il vient t'annoncer qu'il se fera une joie de s'exécuter, à condition que tu l'épouses… Tu acceptes, et tu comptes te marier sous deux semaines. C'est bien ça ?

— C'est bien ça, confirma Jessie.

Le projet lui paraissait encore plus fou, énoncé ainsi par une tierce personne. C'était bien simple : il semblait sortir tout droit d'un roman-photo. Les gens normaux ne se comportaient pas ainsi, dans la vraie vie !

Elle se redressa d'un bond et se tourna vers son amie, les yeux écarquillés par le doute.

— Je suis complètement folle, tu ne trouves pas ?

— Pas forcément, non.

— On ne décide pas d'avoir un enfant *avant* de se marier ! En général, c'est plutôt l'inverse ! D'abord, on se marie et ensuite, on songe à fonder une famille.

— Ce n'est pas une règle d'or, tu sais ! fit remarquer Laurène, avec un calme remarquable.

— Tu ne comprends donc pas ? D'abord on tombe amoureux, ensuite on se marie et… Je ne suis pas amoureuse de Matt, confessa Jessie. Matt est juste mon ami. Tu comprends la différence ?

Laurène secoua la tête d'un air de doute.

— Ecoute, ma belle… J'ai été mariée deux fois, et chaque fois, j'étais follement amoureuse. Résultat des courses ? Dale passait la moitié de son temps à jouer de la guitare, et l'autre moitié à courir après tous les jupons qui passaient. C'était un tombeur né et, le pire, c'est que je m'en doutais avant que nous ne partions pour Vegas. Seulement j'avais vingt-deux ans, j'étais amoureuse et convaincue que nous serions heureux… Alors tu crois que j'ai écouté mon instinct ? Non ! Je l'ai épousé, bien sûr !

Elle s'interrompit pour pousser un soupir consterné en repensant à sa naïveté d'autrefois.

— Quant à Chuck, s'il n'avait pas le physique de Dale, j'ai cru qu'il était fiable, franc… Je t'en passe… Le gendre idéal, le mari parfait. Il avait même été chef scout, c'est te dire !

Bien qu'elle ait souri en disant cela, ses yeux restaient dans le flou, comme rivés à un passé lointain, à la recherche d'illusions perdues à jamais.

— Bref, je me suis prise de passion pour lui. J'ai accepté sa demande en mariage et on n'a pas lésiné, crois-moi ! Cent invités, la robe blanche, le riz, les pétales de rose, tout le tralala… Tout cela pour que, cinq ans plus tard, il demande le divorce afin de pouvoir épouser sa secrétaire qu'il avait mise enceinte…

Cette fois-ci, le doute n'était plus permis. Laurène était toujours blessée… Peut-être même ne s'était-elle jamais remise de ce deuxième échec.

Jessie secoua la tête.

— C'était un crétin. Le précédent aussi, d'ailleurs. Ils ne savent pas ce qu'ils ont perdu !

Laurène sembla faire un effort surhumain pour s'arracher à ses souvenirs.

— Ça fait un bon bout de temps que j'en suis venue à cette conclusion, tu sais ! Malheureusement, crétins ou pas, il se trouve que je les aimais vraiment, quand je les ai épousés. Pire, dans les deux cas, j'ai cru que c'était pour l'éternité…

Elle s'interrompit et laissa échapper un nouveau soupir.

— Ce que j'essaie de te faire comprendre, Jessie, c'est que l'amour ne garantit pas de beaux lendemains. J'en suis la preuve vivante !

— Non, non, bien sûr, rien n'est jamais garanti ! admit Jessie, le regard fixé sur les collines baignées par le soleil, au loin. Je ne cherche pas une garantie… Je m'inquiète simplement de l'intensité de ce désir. J'ai peur de m'aveugler…

— De quoi parles-tu, au juste ? Qu'est-ce que tu désires le plus ? Un enfant… ou Matt Latimer ?

Laurène la dévisagea si intensément qu'elle baissa la tête. Tout le problème était là, en fin de compte. Elle voulait à la fois Matt et un enfant. Cela la tourmentait. Elle avait honte de désirer Matt avec une telle intensité... tout en ayant l'impression que ce désir était dissocié de son désir d'enfant.

— Le problème, avec toi, reprit Laurène, c'est que tu réfléchis trop, ma belle. La situation est beaucoup plus simple que tu ne l'imagines, tu sais ! Matt et toi êtes amis depuis toujours. A vous de faire en sorte que votre relation soit fructueuse !

— A t'entendre, ça paraît simple comme bonjour ! fit remarquer Jessie, avec un rire forcé.

— A la base, ça l'est. Soit tu épouses Matt, soit tu ne l'épouses pas.

Elle s'empara de son verre de Coca posé à ses pieds avant d'interroger Jessie.

— A ton avis, comment te sentiras-tu, si tu ne saisis pas l'opportunité qui s'offre à toi ?

Jessie baissa la tête. *Nulle.* Nulle et minable, voilà comment elle se sentirait si elle reculait devant ce mariage. Que sa démarche soit rationnelle ou non, elle avait envie de se lancer dans l'aventure. Si elle reculait maintenant, elle savait qu'elle allait le regretter amèrement.

Et pour longtemps.

Jessie n'avait jamais été très joueuse, mais dans le cas présent, elle devait parier sur l'avenir.

Elle se tourna vers Laurène, un petit sourire penaud aux lèvres.

— Ça te dirait de t'occuper du buffet d'un mariage prévu dans deux semaines ?

Chapitre 8

Le pique-nique donné à l'occasion de la fête du Travail était toujours un événement, à Millers Crossing. Il avait lieu dans le parc municipal, une vaste étendue à proximité du quartier des affaires. Au traditionnel barbecue venaient s'ajouter un bon nombre d'œuvres caritatives en tous genres. La viande était fournie à titre gracieux par le propriétaire d'un ranch voisin, et les pompiers de la ville veillaient bénévolement au bon déroulement des opérations.

Bien qu'il n'y ait pas de droit d'entrée, de nombreux troncs étaient disposés çà et là, de manière à ce que les participants puissent faire leurs dons, à hauteur de leurs moyens. Une partie de l'argent ainsi collecté servait à couvrir les frais engagés pour la journée. Le reste allait à une œuvre de bienfaisance différente chaque année. Bref, on joignait l'utile à l'agréable, dans la meilleure tradition citoyenne.

Jessie avait toujours assisté à ces festivités. Petite, elle se joignait avec bonheur aux courses en sac ou montait à dos de poney. Devenue adolescente, elle avait trouvé là l'opportunité d'observer les garçons à la dérobée, avec ses copines. Plus récemment, elle avait pris une part plus active aux réjouissances, tantôt en préparant des gâteaux et des quiches, tantôt en tenant la buvette.

Cette année, elle apportait avec elle une dizaine de tourtes, trois gâteaux, deux salades de fruits… et un fiancé.

Non, pas *un* fiancé. Matt. *Son* fiancé ! L'homme qu'elle s'apprêtait à épouser…

Elle avait beau se le répéter sur tous les tons, elle avait toujours du mal à y croire. En revanche, elle ne considérait plus la chose comme impossible. Au cours de la semaine, elle était passée du « totalement impossible » au « difficile à croire », et du « difficile à croire » au « presque concevable ». Piètre progrès, certes, mais elle espérait bien qu'avant le jour J, cet arrangement commencerait à lui sembler un tout petit peu moins fou.

En attendant, elle était toujours en soutien-gorge et slip, et Matt venait la chercher dans moins d'une demi-heure. Nul doute qu'il s'attendrait à la trouver tout habillée, fin prête pour la journée.

Jessie examina les vêtements éparpillés sur son lit. Elle avait vidé la moitié de son armoire et n'était pas plus avancée qu'en sortant de la salle de bains. Tout était pourtant là… Depuis les pantalons de lin, pulls sans manches et hauts de soie jusqu'aux jeans rapiécés et chemises de chambray… Entre les deux, il devait bien y avoir un juste milieu, tout de même !

Elle laissa échapper un sifflement exaspéré. Cette situation était parfaitement ridicule. Comme la plupart de ses concitoyens, elle se rendait à un pique-nique, dans un parc public. Ce n'était pas pour rencontrer le Président ou recevoir un oscar qu'elle se préparait, bon sang !

Lasse de toutes ces tergiversations, elle s'empara au hasard d'un short et d'un T-shirt, tous deux d'un vert chartreuse, qu'elle n'aurait pas choisis si Laurène ne l'avait pas convaincue que ça lui allait à merveille. Ce qui était tout à fait exact, elle devait bien l'admettre. Le short était bien ajusté et assez court pour mettre ses jambes en valeur. Quant au T-shirt, il était taillé dans un coton si fin et si doux qu'on aurait cru de la soie. Le décolleté en était suffisamment plongeant pour laisser deviner sa poitrine sans rien en montrer pour autant.

Elle enfila une paire de sandales à lanières et se tint devant le miroir pour examiner l'effet produit. Aussitôt, elle fut reprise par le doute. Ce short était peut-être trop court, après tout. Et puis il la grossissait, non? Quant à cette couleur... avec son bronzage, ne lui donnait-elle pas un teint olivâtre?

Jessie porta une main à ses cheveux et se renfrogna encore davantage. Elle aurait dû se coiffer autrement. Les femmes de son âge, en passe de se marier, ne se faisaient pas de queue-de-cheval, si? Peut-être qu'une tresse...

A moins que son pantalon de toile beige...

Non! Ça n'allait pas recommencer! C'était la troisième tenue qu'elle essayait et ce serait la dernière. Tant pis si ces couleurs ne la flattaient pas ou si ces vêtements lui donnaient l'air de peser quinze kilos de plus. Si elle attendait d'être pleinement satisfaite de son apparence, c'est au pique-nique de l'année suivante que Matt et elle assisteraient! Et encore!

Jessie se détourna de la psyché en secouant la tête d'un air désabusé. Deux semaines plus tôt, elle aurait ri, si on lui avait annoncé qu'une sortie en compagnie de Matt la mettrait dans de telles affres!

Cela dit, il s'était passé beaucoup de choses, en deux semaines...

Elle descendit dans le salon et, posant la main sur la rampe, fut une fois de plus surprise par l'éclat du solitaire qui brillait à son annulaire gauche. Matt ne le lui avait offert que l'avant-veille, et elle ne s'y était pas encore habituée. Elle avait été fort surprise du cadeau, qui lui était apparu comme le symbole très traditionnel d'un arrangement pas traditionnel du tout. Elle n'avait pas protesté pour autant. Non seulement il s'agissait d'un bijou splendide, mais le fait que Matt se comporte comme un véritable fiancé l'avait touchée au plus profond.

Le carillon de l'entrée retentit au moment même où elle atteignait le pied de l'escalier. Le cœur battant la chamade, Jessie se précipita pour ouvrir.

Matt se tenait sur la terrasse, impressionnant de virilité. Il portait un jean légèrement délavé et un T-shirt blanc, tout simple, et qui mettait son teint hâlé en valeur. Un véritable adonis, que son futur mari !

Jessie eut une pensée pour les vêtements étalés sur son lit et se demanda ce que Matt aurait pensé du soin avec lequel elle avait choisi sa tenue. Presque aussitôt, elle décida de ne pas lui poser la question. Peut-être valait-il mieux qu'il ne sache pas à quel point elle avait eu à cœur de lui plaire. Ça n'avait encore jamais été le cas, et elle éprouvait quelques difficultés à se faire à la nouvelle nature de leur relation.

Matt l'examina d'un air approbateur et si pénétrant qu'elle se sentit rougir jusqu'aux oreilles. Elle ne savait pas encore comment réagir, quand il la regardait ainsi. Si elle en concevait une satisfaction purement féminine, elle ne parvenait pas à oublier pour autant qu'il s'agissait de Matt, son *ami* Matt, qui n'aurait peut-être pas dû la convoiter de manière aussi évidente.

— Tu es magnifique, murmura-t-il en lui glissant une main sur les reins.

S'il avait, lui aussi, du mal à s'adapter à leur nouvelle condition, il n'en laissait rien voir.

Jessie soupira de contentement, avant de se serrer contre lui pour s'abandonner à son baiser.

Encore une chose qu'elle n'avait pas prévue… Le fait qu'il

joue son rôle de fiancé avec un tel enthousiasme et tant de sensualité…

Qu'importe. Cet aspect inattendu de leur arrangement avait au moins autant d'attrait que le diamant qui brillait à son doigt.

Cela faisait une bonne quinzaine d'années que Matt n'avait plus participé au pique-nique de la fête du Travail. Du moins dans son pays natal.

Il songea aux célébrations similaires, en Europe par exemple. Elles avaient généralement lieu au mois de mai, en plein milieu du printemps. Aux Etats-Unis, la fête consistait principalement à marquer le changement de saison et à inciter les participants à profiter des derniers jours de l'été avant l'arrivée de l'automne. A Millers Crossing, où l'on pouvait compter sur deux mois supplémentaires de beau temps avant la saison des pluies, l'automne restait une perspective lointaine, comme la neige en Alaska ou la chute des feuilles à New York. Car il n'y avait que deux saisons, dans cette partie de la Californie : l'été, avec sa chaleur sèche ; et l'hiver, avec ses coulées de boue et ses incendies dévastateurs.

Malgré tout, la modification du rythme de vie était perceptible. L'école allait bientôt reprendre, les vacances étaient presque terminées. L'insouciance estivale disparaissait progressivement pour laisser place à une humeur plus studieuse et laborieuse. Le cérémonial du pique-nique contribuait à faire un pont entre les deux, à quitter l'un pour, bon an mal an, se résigner à cheminer vers l'autre.

Tout comme Jessie, Matt gardait de bons souvenirs des pique-niques de sa jeunesse. Si ses parents ne s'étaient jamais rendus à aucun match de hockey ni à aucune réunion parents-professeurs, ils avaient toujours pris part aux célébrations de la fête du Travail. Matt s'était demandé pourquoi, jusqu'au jour où il avait découvert que le directeur de la banque pour laquelle travaillait son père ne donnait pas d'autre choix à ses employés que d'y assister. Il y allait de l'honneur d'un sponsor, en quelque sorte. Quoi qu'il en soit, cette journée avait constitué une des rares sorties de la famille Latimer au grand complet. Et si l'expérience n'avait jamais rien eu d'exceptionnel, le petit Matt avait chéri cette occasion, la seule où il pouvait faire mine de vivre comme les autres.

Plus tard, il s'y était rendu avec Ray et leur bande de copains. A cette époque-là, les garçons étaient passés maîtres dans l'art de regarder les filles tout en feignant l'indifférence la plus totale.

La dernière fois qu'il était venu au raout annuel, peu après sa sortie de l'UCLA, il sortait avec un mannequin, une grande fille maigre dont il avait oublié le nom. Toujours est-il que, du haut de sa supériorité new-yorkaise, elle avait considéré l'événement comme une charmante kermesse rurale. Elle avait grignoté une côtelette du bout des lèvres, pour décréter presque aussitôt qu'elle avait trop mangé et qu'elle voulait rentrer, afin d'être fraîche et dispose pour sa séance de photos du lendemain matin à Los Angeles.

Matt eut un petit sourire presque nostalgique. Pour un peu, il aurait pensé que « c'était le bon temps »!

Il jeta un coup d'œil à sa compagne, assise sur le siège du passager. Il s'était passé bien des choses, ces derniers jours. Ses fiançailles, par exemple, et le fait que, contre toute logique, elles lui paraissaient… naturelles.

Sans réfléchir, il tendit la main vers celle de Jessie et la prit dans la sienne, pour caresser la bague qu'il lui avait offerte. Elle se tourna vers lui, un large sourire aux lèvres, le regard lumineux.

Au diable, la logique! songea-t-il avec sérénité. Il ne voulait que regarder l'avenir!

— Ce n'est pas Larry Bremen, là-bas, en chemise hawaiienne, avec sa femme?

Dana suivit le regard de son mari.

Un homme d'âge moyen, aux cheveux clairsemés et au visage émacié, se tenait à l'ombre d'un énorme sycomore. Sa chemise colorée dissimulait tant bien que mal un embonpoint prématuré, et ses jambes maigrichonnes émergeaient d'un short bleu roi du plus mauvais effet.

— Si! On le voit de loin!

— Je croyais qu'il était en plein divorce, commenta Ray, paresseusement étendu sur la couverture qu'ils avaient installée à même l'herbe. Or si ce n'est pas à Sally qu'il parle, c'est à sa sœur jumelle!

— Larry et Sally ont changé d'avis. Je le tiens de source sûre.

— Encore! s'exclama Ray, d'un ton railleur. C'est pourtant la troisième ou quatrième fois qu'ils se jurent une haine éternelle, non? J'étais convaincu que ce coup-ci, c'était sans appel. Il paraît qu'ils se sont donnés en spectacle, au supermarché, l'autre jour. Tu imagines la scène? Sally en plein milieu du rayon légumes, Larry la traitant de tous les noms d'une voix assez forte pour qu'on l'entende à l'autre bout du magasin… Sally qui riposte en lui jetant une pomme de terre au visage…

— Plusieurs, même, si j'en crois sa sœur, Tina. C'est d'ailleurs en essayant de les éviter que Larry a heurté l'étalage et l'a fichu par terre… Le directeur du magasin n'a pas goûté la plaisanterie, crois-moi! ajouta-t-elle, devant la mine hilare de son mari.

— Il aurait dû ! Cette histoire a dû faire grimper en flèche son chiffre d'affaires !

Ray se redressa pour tirer une bouteille de Coca de la glacière.

— Et comment s'est-il vengé ? La dernière fois qu'ils ont failli divorcer, c'était parce qu'elle avait mis sa nouvelle voiture dans la piscine et qu'il avait jeté sa bague — un diamant quatre carats tout de même — dans les toilettes… Si Sally l'a vraiment lapidé à coup de légumes au vu et au su de tout un chacun, il a dû réagir, non ?

— Gagné.

Dana s'installa plus confortablement avant de reprendre.

— Toujours à en croire Tina, il est rentré à la maison, a préparé un barbecue, et a fait un feu de joie avec la garde-robe de sa femme. Il en serait venu à bout si les voisins n'avaient pas appelé les pompiers !

— C'est l'hôpital psychiatrique qu'il fallait prévenir, fit Ray en secouant la tête. Ils sont fous à lier, ces deux-là.

— Je n'en jurerais pas, murmura Dana, le regard rivé aux les Brenem.

Larry tenait son épouse par la taille et lui souriait comme si elle était la seule femme sur terre. A les voir ainsi, il était difficile d'imaginer qu'ils aient jamais eu le moindre mot et encore moins qu'ils se soient jeté des légumes à la tête devant toute la communauté.

— Ils gardent leur folie pour eux, la plupart du temps, ajouta-t-elle. Et ils ont l'air de s'aimer.

— Si on excepte les jours où ils sont à deux doigts de s'entretuer ! fit remarquer Ray, d'un ton sec.

— Il faut bien s'occuper, dans la vie…

Ray s'esclaffa et Dana se sentit parcourue par un léger frisson de contentement. Ça faisait si longtemps qu'ils n'avaient pas ri ensemble… ou fait grand-chose d'autre, d'ailleurs. Ils cohabitaient dans une immense demeure, partageaient la même chambre, mais cela faisait des mois qu'ils n'étaient pas allés au-delà. Or, lorsqu'elle examinait son mari, Dana sentait son cœur déborder d'un mélange d'amour, de colère… et de désir refoulés.

Ray portait un jean, un T-shirt gris qui moulait son torse musclé et elle sentit ses doigts la démanger. Elle aurait tant voulu le caresser, enfoncer les ongles dans sa tignasse blonde… Un an plus tôt, elle n'aurait pas hésité un instant… elle aurait même traversé les Etats-Unis pour aller se réfugier dans ses bras. Quant à Ray, un an plus tôt, il l'aurait attirée à lui, aurait glissé le bras autour de sa taille, tout comme Larry le faisait avec sa femme…

Un an plus tôt, il ne l'avait pas encore trompée.

Oubliant le brouhaha et toute l'agitation qui l'entouraient, Dana, le menton posé sur ses genoux, se demanda pour la énième fois ce qu'elle avait fait pour pousser son mari dans les bras d'une autre femme.

Ray lui avait assuré qu'il ne s'était agi que d'un moment d'égarement, qu'il n'aimait qu'elle et qu'il ne la tromperait plus jamais. Elle l'avait cru, et elle savait que nul ne devait se tenir responsable des actes d'autrui. Malgré tout, elle passait le plus clair de son temps à douter d'elle. Qu'est-ce qui lui manquait, pour qu'il soit allé le chercher chez une autre ? De la chaleur ? De la fantaisie ? De la spontanéité ? Qu'est-ce que sa rivale avait de plus qu'elle, pour que son mari ait ainsi déserté, ne serait-ce que momentanément, le lit conjugal ?

Pas un physique exceptionnel, en tout cas. A un moment, au cours de la terrible nuit où il lui avait avoué son aventure et l'avait suppliée de le pardonner, Ray avait mentionné le nom de sa maîtresse d'un soir. Quelque temps plus tard, sous l'emprise de la jalousie, Dana s'était débrouillée pour apercevoir celle par qui le malheur était arrivé.

A sa grande surprise, elle s'était trouvée confrontée à une femme d'une bonne trentaine d'années, tout juste mignonne. Les cheveux blond filasse, des yeux bruns et un visage rond, presque poupin… Bref, plutôt l'allure d'une institutrice de maternelle que celle d'une femme fatale.

Néanmoins, cette banalité avait encore ajouté à sa peine. Dana avait toujours su que Ray avait été attiré par sa beauté avant toute chose. Le fait qu'il l'ait trompée avec une femme ordinaire l'avait déstabilisée au plus haut point. La seule chose qu'elle pouvait offrir à son mari n'avait pas pour lui l'importance qu'elle croyait. Dès lors, que lui restait-il ?

— Chérie ?

Dana sursauta et releva la tête.

— Ça va ?

La question, posée d'un ton vaguement soucieux, avait interrompu des pensées douloureuses, et elle dévisagea son mari en rassemblant toutes les défenses accumulées en elle ces derniers mois.

— Très bien ! affirma-t-elle, dissimulant derrière un sourire forcé le chagrin qui l'habitait.

Sans grand succès, apparemment, car Ray continuait de l'observer avec inquiétude. Il se redressa à son tour, voulut la toucher et elle sentit que, s'il y parvenait, elle risquait de craquer ici même, devant toutes les bonnes gens de Millers Crossing.

Aussi, faisant mine de ne pas avoir vu son geste, se pencha-t-elle pour fouiller en toute hâte son panier d'osier.

Ray resta tout bête, le geste suspendu. Puis il laissa retomber sa main sur la couverture. Il s'étonnait lui-même de constater à quel point la douleur était tenace. Quelle que soit la façon dont il s'y prenait pour l'approcher, Dana se détournait, dorénavant. Et l'histoire avait beau se répéter, il en concevait toujours autant de chagrin. Seulement, ce jour-là, pour la première fois, il se demanda *combien* de temps encore il allait faire l'effort de l'atteindre sans exploser, et combien de fois il accepterait de se voir ainsi rejeté.

Les dents serrées, il la regarda tirer une bouteille de vin du panier d'osier. Elle avait pris la précaution de l'ouvrir avant de partir, et le bouchon fit un bruit mou lorsqu'elle le tira du goulot.

— Tu ne crois pas qu'il est un peu tôt pour ça, Dana?

Si Ray avait déjà interpellé sa femme sur ce point, jamais encore il n'avait adopté ce ton réprobateur. Elle se figea, la main refermée sur la bouteille. L'instant d'après, elle dévisageait Ray avec une froide indifférence.

— Tu trouves? Moi pas.

Là-dessus, elle se servit. Dans un verre à pied! songea Ray avec un mélange de dérision et de désespoir. Jamais son élégante épouse ne se serait commise à boire dans un vulgaire gobelet de plastique!

Mais il n'y avait pas de quoi rire. Le moment était grave. Il allait être obligé de lui parler fermement de sa tendance à trop boire. Jusqu'alors, il avait fait mine de ne pas tout voir, s'était répété jusqu'à la nausée qu'il s'inquiétait pour rien. Certes, Dana n'était encore jamais tombée ivre morte dans l'escalier de leur immense demeure. Il n'en restait pas moins que, ces derniers temps, son regard se faisait moins vif, ses gestes moins précis.

— Dana?

Il attendit qu'elle se tourne vers lui avant de désigner le verre du menton.

— Il n'est même pas midi!

L'air faussement étonné, la jeune femme tendit le bras pour consulter sa fine montre en or.

— Tu as raison, dis donc ! Encore une bonne demi-heure à attendre avant que la cloche de l'église ne sonne... Nous devrions en profiter pour régler nos montres, tu ne crois pas ?

Dana vit les lèvres de son mari s'étirer en une ligne amère, ses yeux briller d'une colère rentrée, et elle en conçut une légère satisfaction. Elle préférait encore la colère de Ray à sa sollicitude. Ray n'avait plus aucun droit de s'inquiéter pour elle. Il l'avait perdue le soir où il avait couché avec cette blonde rondelette, rencontrée par le plus heureux des hasards lors d'un de ses rares déplacements.

Ironie du sort, Dana n'avait pas vraiment envie de boire. Elle ne s'était servi un verre que pour s'occuper les mains. A présent, toutefois, et devant la réprobation de son mari, elle regrettait presque de n'avoir pas bu au goulot.

Elle déglutit péniblement, dans un effort désespéré pour ravaler sa propre hargne, une hargne qui semblait ne plus avoir de limites, ces derniers temps. Dana ne voulait pas être furieuse après son mari. Elle ne voulait plus rien sentir... Oublier jusqu'à son propre nom.

Elle se força à regarder Ray dans les yeux.

— Il paraît que l'alcool prévient le vieillissement de la peau. Alors félicite-toi... tu ne te réveilleras jamais à côté d'une vieille pomme toute ridée.

Elle avait parlé d'une voix douce, que démentait un sourire mauvais.

— Ça devrait t'inciter à rester dans le lit conjugal, non ?

Ray eut un haut-le-corps et fixa Dana. La question lui avait fait l'effet d'une gifle. Depuis la nuit où il lui avait avoué son écart de conduite, c'était la première fois que Dana faisait allusion à son infidélité d'un soir. A l'époque, elle avait affirmé ne plus vouloir entendre parler de cette affaire. Ray était tombé d'accord avec elle, tout simplement parce qu'il ne demandait pas mieux que d'oublier cette lamentable histoire.

Malheureusement, et de toute évidence, ni l'un ni l'autre n'avait réussi à mettre l'incident au placard et, depuis presque un an, le spectre de la faiblesse de Ray se dressait entre eux, toujours présent, sans jamais être évoqué…

Jusqu'à aujourd'hui.

— Dana…

Mais elle ne lui prêtait plus la moindre attention. Son sourire s'était fait plus large, plus avenant, et ses yeux étaient rivés à un point derrière lui. Au bout d'un moment, elle agita la main en signe de bienvenue.

— Voici Matt et Jessie, dit-elle. J'espère qu'ils n'ont pas eu trop de mal à nous trouver, parmi tout ce monde !

Ray hésita une seconde entre le soulagement à l'idée que cette pénible conversation soit interrompue, et l'agacement le plus profond. Après tout, c'était la première fois depuis bien longtemps que sa femme tombait le masque social pour lui faire part de ses sentiments… Cela dit, ni l'endroit ni le moment n'étaient propices à une explication en règle, et il se retourna pour accueillir ses amis d'enfance.

Ils se tenaient par la main, comme s'ils formaient… Oui… un couple…

Et soudain, Ray sentit la tête lui tourner. Matt et Jessie… Ensemble… Fiancés…

Il se ressaisit presque aussitôt. Rien de plus normal à ce qu'ils se tiennent par la main… Ils faisaient probablement bien davantage que ça… Car si Ray ignorait tout de la vie privée de Jessie, il savait mieux que quiconque que Matt aimait le sexe. Au cours de leurs années à l'université, son vieux copain avait eu plus que son lot de petites amies, des jeunes femmes aussi enthousiastes que consentantes. Dès lors, pourquoi n'aurait-il pas fait l'amour à la femme qu'il s'apprêtait à épouser ?

Pourtant, et pour une raison qui lui échappait totalement, imaginer Matt et Jessie au lit le mettait mal à l'aise. Son être tout entier se refusait à accepter la nouvelle nature de leur relation. Matt était son meilleur ami. Quant à Jessie…

Il devait bien se l'avouer : quelque part, Jessie était restée pour lui la gamine qu'il avait rencontrée quelque vingt années plus tôt, toute en jambes et en bras, avec des cheveux caramel et d'immenses yeux noisette. Il avait beau faire, il ne parvenait pas à voir en elle la femme épanouie qu'elle était devenue. De toute évidence, Matt n'avait eu aucun mal à franchir le pas, lui ; ce qui constituait toute la différence entre eux deux.

Il se leva avec un grand sourire pour saluer le couple.

La vie était décidément trop compliquée pour lui.

— Jessie !

La jeune femme se retourna en entendant son nom… et réprima à grand-peine un soupir exaspéré. Pammie Jenkins fonçait droit sur elle, fendant de son ventre proéminent la foule rassemblée en petits groupes. Elle portait une robe bain de soleil d'un jaune criard, tacheté de fleurs bleu roi.

Et elle était suivie de sa petite famille modèle.

— J'espérais bien te voir aujourd'hui ! annonça-t-elle, un peu essoufflée par sa course sous le soleil brûlant.

— Comment vas-tu, Pammie ? s'enquit Jessie avec un enthousiasme modéré, malgré ses efforts.

— Je vais très bien. Nous allons très bien, corrigea-t-elle, passant une main protectrice sur son ventre. Le médecin m'a affirmé qu'il n'avait jamais vu personne traverser une grossesse avec une telle énergie… J'en étais gênée, ma foi !

A en juger par son sourire, cependant, elle était plutôt contente d'elle, et Jessie sentit son irritation augmenter d'un cran.

— Tu m'en vois ravie.

Elle jeta un coup d'œil en direction de Dana qui l'attendait pour aller voir le match de football.

— Vous vous connaissez?

— Bien sûr, murmura Dana, saluant Pammie d'un hochement de la tête. Ça fait un bout de temps que nous ne nous sommes pas vues.

— Dana! s'exclama Pammie Sue, le regard glacial. J'ai entendu dire que tu avais repris la présidence du comité de lecture de la bibliothèque, cette année?

— On m'a un peu forcé la main, avoua Dana. Quel dommage que tu y aies renoncé toi-même! Tu sais comme moi à quel point il est difficile de trouver des volontaires, pour ce genre de besogne.

Pammie émit un petit rire teinté de rancœur.

— D'autant que personne ne semble se sentir aussi concerné que moi par le devenir de la bibliothèque municipale! Cela dit, je ne pouvais, en mon âme et conscience, continuer à m'associer à une organisation qui prône l'achat d'ouvrages dépravés!

Jessie haussa les sourcils. *Des ouvrages dépravés?* Qu'avait-on acheté? Des romans pornographiques? Elle essaya de se représenter Dana en train de remplir un bon d'achat pour *La madone des sleepings* — en vain.

De toute évidence, Dana n'était pas d'humeur à ranimer une vieille polémique.

— Nous avons été désolées de te voir partir, répondit-elle simplement.

Pammie eut une grimace de dédain et pivota vers Jessie. Son sourire était légèrement crispé, et ses yeux brillaient d'indignation vertueuse.

— Figure-toi que j'ai eu vent d'une rumeur des plus invraisemblables, glapit-elle.

— C'est souvent le cas, avec les rumeurs, commença Jessie. Je…

Sans prévenir, Pammie Sue lui prit la main gauche pour l'attirer à hauteur de ses yeux. Les rayons du soleil se réfléchirent sur le solitaire qui se mit à briller de mille feux.

— C'est vrai ! C'est pourtant vrai ! s'écria Pammie, d'une voix si forte que plusieurs têtes se tournèrent et que Jessie dut résister à l'envie de se débattre. Tu t'es fiancée !

— Eh oui, que veux-tu !

Elle tenta de se dégager, mais Pammie resserra son emprise, tout en la dévisageant avec un intérêt malsain.

— Avec le délicieux Matt Latimer ?

A contrecœur, Jessica hocha la tête. Au même moment, elle se sentit rougir. Matt était *délicieux*, à présent. Un peu comme une glace… ce qui lui donnait des idées coupables qu'elle refoula aussitôt.

— Incroyable, reprit Pammie, de sa voix de crécelle. Je savais que vous étiez vaguement amis, quand nous étions à l'école, seulement Matt était bien plus vieux que nous, et je n'aurais jamais pensé qu'il y ait eu quoi que ce soit entre vous !

— A l'époque, il n'y avait rien, en effet, répliqua Jessie, dégageant fermement sa main. Nous étions amis, c'est tout.

— Donc, il est rentré au pays et t'a demandée en mariage ! tonna Pammie. Comme c'est romantique !

Jessie hocha la tête en souriant vaguement. *Romantique* n'était pas le qualificatif qu'elle aurait utilisé. *Etonnant, déstabilisant, incroyable*, oui… Tout, sauf romantique.

Pammie avait de nouveau posé les mains sur son ventre. Elle se pencha vers son interlocutrice avec une curiosité non déguisée.

— Allez ! Raconte ! Je veux tout savoir, dans les moindres détails ! C'est tellement... extraordinaire ! Je veux dire... Tu approches de la trentaine et tu vas te marier... pour la première fois, en plus ! Avec ta carrière et tout ça, j'étais convaincue que tu resterais vieille fille ! D'un autre côté, ça ne doit pas être facile de résister à un homme aussi séduisant que Matt Latimer. Je lui ai toujours trouvé des yeux à se damner. Plus beaux que ceux de Paul Newman, c'est dire ! Bien sûr, je n'échangerais Joe et nos deux petits anges pour rien au monde ! se hâta-t-elle de préciser. Ils me sont bien trop précieux pour cela.

Ce disant, elle se tourna vers sa tribu. Les deux petits anges en question se toisaient avec une férocité laissant supposer qu'une bataille rangée se préparait. Leur père, lui, semblait fasciné par une petite brune piquante, vêtue d'une robe particulièrement légère.

Ces détails avaient sans doute échappé à Pammie Sue Jenkins, car elle se remit à pépier.

— Cela dit, le fait d'être heureuse en mariage et mère comblée ne rend pas une femme aveugle ! poursuivit-elle. Je t'avoue qu'avant de rencontrer mon mari, j'ai un peu fantasmé sur Matt Latimer...

Jessie ne sut pas très bien si elle devait rire aux éclats ou prendre ombrage d'une telle déclaration. D'un côté, imaginer Matt et Pammie Sue Jenkins partageant une étreinte passionnée lui paraissait cocasse. De l'autre côté, elle trouvait déplacé que cette prétendue « amie » lui déclare sans vergogne que son fiancé l'avait fait fantasmer. En fait, il se pouvait fort bien que Pammie ait l'impression de lui faire un compliment. Un peu comme elle se serait extasiée devant sa nouvelle paire de chaussures ou un abat-jour particulièrement original...

Contre toute attente, Jessie fut sauvée par Dana qui lui effleura le bras.

— Je crois qu'ils se sont enfin mis d'accord sur le règlement. Suis-moi, si tu ne veux pas manquer le début ! Ils vont donner le coup d'envoi !

Pammie réagit aussitôt en invitant Jessie à déjeuner avec elle, un de ces jours prochains. Jessie parvint tant bien que mal à éviter de lui donner une date précise, et Dana l'entraîna vers le terrain, laissant derrière elles Pammie Sue, son mari gominé et leurs petits anges qui, entre-temps, en étaient venus aux mains.

— Le jour où elle a démissionné du comité de lecture, j'ai débouché une bouteille de champagne, murmura Dana. Il fallait que je fête ça ! Il y en a même eu, parmi nous, pour suggérer de brûler son effigie en public, mais nous avons renoncé. Ça aurait jasé dans les chaumières !

Jessie s'esclaffa. Elle connaissait Dana depuis plus de cinq ans, et c'était la première fois qu'elle éprouvait une véritable sympathie à son égard. D'un autre côté, Dana n'était jamais sortie ainsi de son indifférence polie.

— Dis-moi… Quels sont ces « ouvrages dépravés » que tu voulais acheter ? demanda-t-elle, un peu plus loin.

— Des romans d'amour…

Dana ne put réprimer un sourire devant la mine incrédule de Jessie.

— Il y a une grosse demande, figure-toi, et le comité a voté en faveur d'un budget dans ce domaine. Pammie Sue a fait tout son possible pour empêcher cela. Sa raison majeure ? Ces livres décrivent des actes obscènes entre des individus qui ne sont pas unis par les liens du mariage…

Jessie se mordit la lèvre. Ses yeux brillaient d'un amusement à peine contenu.

— Si je comprends bien, selon elle, l'obscénité est acceptable… mais dans le cadre du mariage, c'est bien ça ?

Les deux jeunes femmes partirent d'un rire complice et, malgré elle, Jessie se demanda si elle avait affaire à une nouvelle Dana ou si sa propre jalousie l'avait empêchée de la voir sous son véritable jour, jusqu'à présent.

Dire qu'il avait fallu l'intervention de Pammie Sue Jenkins pour qu'elle se pose la question !

Le match de football était l'un des moments forts de la journée. C'était pourtant un match bon enfant — pas de maillot spécial pour l'occasion, pas de juge ni de cartons jaunes, pas de coupe pour les vainqueurs. On jouait sur la pelouse centrale du parc, des buts de fortune étaient érigés de part et d'autre du terrain, délimité par de simples tonneaux. Il n'y avait pas non plus d'équipe à proprement parler ; juste de bonnes volontés participant au pique-nique et jamais les mêmes d'une année à l'autre.

Matt n'avait pas prévu de participer. Ses compétences footballistiques remontaient à ses années d'études, à l'époque où Ray et lui-même formaient un tandem magnifique sur le terrain. A présent, il était presque quadra et souffrait des séquelles d'une blessure à l'épaule. Bref, il était bien trop vieux pour taper la balle sur un terrain improvisé. Aussi fut-il le premier surpris de se retrouver au milieu dudit terrain, torse nu et suant sang et eau sous les rayons d'un soleil sans merci. C'était complètement fou, probablement peu recommandé dans sa condition présente, mais il s'amusait comme un gamin.

Sur la ligne de touche, Jessie ne pouvait détacher les yeux de la silhouette de Matt. Il se tenait à quelques mètres d'elle et, penché en avant, attendait la balle. En l'absence de maillots, l'une des équipes jouait torse nu, l'autre en T-shirt. Lorsque Matt avait enlevé le sien, Jessie avait senti son cœur s'emballer. Ça ne s'était pas calmé depuis lors. Car si ce n'était pas la première fois qu'elle le voyait ainsi, la chose ne s'était pas encore produite depuis leurs fiançailles. Dès lors, ce corps viril qui lui appartiendrait dès qu'elle le voudrait…

A cette seule pensée, sa bouche devint sèche, un frisson hérissa sa peau. Effrayant. Elle avait passé trente années à dormir seule et à trouver cela normal, ou presque, et voilà qu'elle était constamment envahie de pensées *dépravées*, comme aurait dit Pammie Sue.

Jessie avait bien du mal à réfléchir sereinement, face à ce corps musclé, à cette peau hâlée, et à la toison dont l'ombre guidait le regard jusqu'à la zone dangereuse du bas ventre. Tout cela n'aidait pas. Bref, même si elle répugnait à tomber d'accord avec l'odieuse Pammie Sue, Matt était… *délicieux*.

Ray attrapa la balle et recula, cherchant un attaquant parmi les joueurs. Jessie ne le regardait pas. Elle était concentrée sur son fiancé, aux gestes si fluides et dirigés, sur la manière dont il se déplaçait sur le terrain. Il pivota sur lui-même, intercepta la balle qui lui tomba pile entre les mains comme par enchantement. En cinq enjambées, il avait traversé la ligne pour marquer le premier but.

— Ils jouaient ensemble à l'université, je crois, non? lui cria Dana à l'oreille, pour couvrir les acclamations du public.

— Oui. Au lycée aussi, d'ailleurs! répondit Jessie sur le même ton.

Elle regarda Matt regagner son camp. Il souriait, manifestement content de lui, l'air juvénile. Son torse et ses bras étaient couverts de sueur. Elle trouva le spectacle si excitant qu'elle dut se mordre la langue pour refouler le fantasme qui l'envahit soudain. Elle ferait courir ses lèvres sur cette splendeur mâle, elle…

Se reprenant, elle toussota et se pencha vers Dana McKinnon. Il était temps de penser à autre chose.

— Mon grand-père m'a emmenée les voir plusieurs fois, quand ils jouaient à l'UCLA, lui expliqua-t-elle. Je ne suis pas folle de sport, mais ils étaient étonnants, tous les deux. On a longtemps cru qu'ils deviendraient joueurs professionnels... Ils ont même été approchés par une équipe célèbre !

— Pourquoi ne l'ont-ils pas rejointe ? demanda Dana, le regard toujours fixé sur le terrain.

— Ray s'est déboîté un genou, à la fin de leur dernière année. Du coup, l'équipe en question n'a plus voulu de lui. Pour Matt, il n'était pas question de jouer sans son vieux pote... De toute manière, à mon avis, il avait déjà la photo et les reportages en tête, à ce moment-là.

Dana croisa le regard de son mari, à l'autre bout du terrain. La tête penchée en arrière, il buvait de l'eau à la bouteille.

— Ça a dur être dur, pour Ray, de devoir renoncer, si près du rêve !

Quelque chose dans son intonation fit tressaillir Jessie. Pour la première fois, il lui apparut que, malgré sa beauté hors du commun, Dana avait dû, elle aussi, renoncer à un rêve. C'était presque une évidence, d'ailleurs, à bien y réfléchir ! Qui se souvenait des dauphines de Miss Amérique ? Qui se souvenait de Miss Amérique tout court, tant d'années plus tard ?

Plus important encore, quel effet cela faisait-il de toucher la victoire du doigt et de devoir s'incliner ?

Jessie passa d'un pied sur l'autre avant de croiser les bras. Elle n'était pas encore tout à fait à l'aise, face à cette nouvelle Dana, plus douce, plus... abordable. Il lui avait été bien plus facile de la considérer comme une femme d'un autre monde, glaciale et inaccessible.

Etait il possible qu'elle se soit laissé aveugler par pure jalousie ? Et si c'était le cas, pourquoi n'éprouvait-elle plus rien de semblable ? Elle était pourtant toujours la femme de

Ray, celle qui l'avait supplantée dans le cœur du garçon dont elle était amoureuse depuis toujours...

Elle chercha Matt des yeux. Il se tenait près de Ray, à l'autre extrémité du terrain et soudain, bien malgré elle, elle dut se rendre à l'évidence. Tiens, étrange... Aujourd'hui, alors qu'elle avait fondu à la vue de Matt, c'était à peine si elle avait remarqué Ray, torse nu, lui aussi, tout aussi musclé, tout aussi bronzé.

C'était comme si... elle n'avait jamais éprouvé le même degré de désir envers Ray qu'envers Matt ces derniers temps. Cette idée la mit mal à l'aise. Elle fantasmait sur Ray depuis l'âge de seize ans. Elle s'était imaginé leurs dîners aux chandelles, leurs promenades main dans la main le long de la plage, leur mariage, même... Et pas une seule fois elle n'avait éprouvé le besoin de poser ses lèvres sur sa poitrine pour goûter sa sueur après un match de football ?

Oubliant soudain le monde qui l'entourait, oubliant jusqu'au match en cours, elle essaya de se reprendre. Ce n'était rien... Un vague sentiment de vertige, à l'idée que Matt et elle s'apprêtaient à faire un enfant ensemble. Une réaction tout à fait normale des hormones féminines, se dit-elle pour se rassurer. Rien d'autre. Oui, c'était ça. Au moins, elle pouvait mettre sur le compte de la nature les émois tout nouveaux qui l'assaillaient depuis qu'elle avait pris sa grande décision.

Chapitre 9

Matt n'avait jamais été très doué pour se mentir à lui-même. Il lui était même arrivé d'envier ceux qui, parmi ses semblables, avaient la capacité, soit de faire fi de la vérité toute nue, soit de l'enjoliver, de manière à ce qu'elle soit plus supportable. Lui-même n'y était jamais parvenu.

Aussi ne s'était-il fait aucune illusion lorsque Jessie avait accepté de l'épouser. Elle l'adorait, cela ne faisait aucun doute dans son esprit, mais elle n'était pas amoureuse de lui.

Jusqu'ici, la situation pouvait encore lui paraître acceptable. En revanche, il demeurait perturbé par l'idée que ce soit de Ray qu'elle soit éprise.

Certes, il restait toujours la possibilité qu'il ait mal interprété ce qu'il avait lu dans les yeux de la jeune femme, à la soirée des McKinnon…

Mais dans le cas contraire — le plus probable —, la femme qu'il s'apprêtait à épouser était amoureuse de leur meilleur ami.

Matt se rembrunit davantage. Cela ressemblait à s'y méprendre à un mauvais scénario de feuilleton télévisé. Pire encore, ces ingrédients explosifs risquaient de les mener droit au désastre, Jessie et lui. Pourtant, il était prêt à prendre le risque. Tout simplement parce qu'il restait convaincu que cette union, mal engagée a priori, pouvait les rendre heureux, Jessie et lui.

A condition toutefois qu'il ne voie pas rouge chaque fois que Ray et Jessie seraient en présence l'un de l'autre. Ce type de jalousie déplacée ne serait pas seulement stupide… Elle serait dangereuse.

C'est pourquoi il décida de prendre avec philosophie le fait que ses deux vieux amis aillent ensemble, et seuls, jusqu'au lac pour nourrir les canards… Toujours dans cet état d'esprit, il regarda sans sourciller Jessie prendre la main que Ray lui tendait pour l'aider à descendre l'allée menant jusqu'au plan d'eau… Et quand Ray chuchota quelque chose à l'oreille de la jeune femme, qui partit d'un grand rire de gorge, ça ne l'ennuya pas le moins du monde non plus. Jessie et Ray étaient amis depuis toujours, non ? Leur attitude était parfaitement légitime, et Matt ne devait en concevoir aucune amertume. Aucune.

Simplement, il préférait regarder ailleurs.

Le pique-nique touchait à sa fin. Bien qu'il fasse encore jour et que la température soit redescendue à un niveau agréable, la foule commençait à s'éclaircir. Pour la plupart, les familles étaient déjà rentrées, les parents portant dans leurs bras des enfants grognons, épuisés par leur journée au grand air et par le brouhaha ambiant.

De l'autre extrémité du terrain de jeu montait le bruit sourd d'un ballon frappant le panneau de basket. Un peu plus loin, un lecteur de CD laissait échapper une vieille rengaine country…

Décidément, Matt avait bien fait de revenir à Millers Crossing. Il y avait sa place. Peut-être avait-on raison de dire qu'on n'était jamais aussi bien que chez soi. Cette ville était la sienne, avec ses bons et ses mauvais souvenirs. C'était ici qu'il ferait la paix avec son passé, ici qu'il se construirait un avenir, aussi inattendu qu'il soit.

— Comment ça va, ton épaule ?

Matt s'arracha à ses réflexions et se tourna vers Dana McKinnon, un sourire avenant aux lèvres.

Elle portait un pantalon bleu pâle et un chemisier soyeux, dont les manches courtes laissaient voir sa peau dorée. Ses longs cheveux blonds étaient retenus en une seule tresse et, un verre à la main, elle semblait tellement raffinée et sophistiquée qu'elle évoquait une publicité chic pour un nouveau cépage californien.

— Pas trop mal, merci.

Devant l'air dubitatif de Dana, Matt se mit à rire et crut bon d'ajouter :

— Un peu comme si on m'avait sauté dessus et labouré de coups de poing, si tu veux vraiment savoir.

Ce n'était pas loin de la vérité. Rien de tel que se retrouver pris dans une mêlée de corps plus musclés les uns que les autres pour vous rappeler que vous n'aviez plus vingt ans ! A un moment, un de ses coéquipiers lui avait accidentellement donné un coup de coude à l'endroit où la balle lui avait traversé l'épaule. Aussitôt, il s'était mis en touche, ce qui, au passage, prouvait qu'il n'avait pas complètement perdu la tête. Et bien que la cicatrice continue de le lancer, cette douleur lui paraissait peu cher payer, en contrepartie du plaisir qu'il avait eu à se retrouver sur un terrain de football. Comme s'il remontait le temps, ni plus ni moins.

— Tu as des antalgiques ? lui demanda Dana.

— Des antalgiques ? répéta-t-il, faussement outré. Tu veux vraiment casser mon image de marque, dis-moi ! Je suis un dur, moi… Un vrai de vrai !

Il lui sourit d'un air complice.

— J'ai pris de l'aspirine. Ça suffira largement.

Dana ne paraissait toujours pas convaincue.

— Je t'assure, Dana ! Tout va bien ! Parole de scout !

— Tu as été boy-scout, toi ?

— Non. En revanche, je suis sorti avec une girl-scout qui m'a montré toutes ses médailles !

Et pour la première fois depuis qu'il la connaissait, Matt entendit Dana rire aux éclats. Un rire presque coquin, libéré, en contraste total avec son masque social si lisse.

Subitement, elle lui parut humaine.

Du mariage, Matt n'avait gardé que le souvenir d'une femme d'une rare beauté. Et bien qu'il se soit toujours targué d'être au-dessus de ce genre de stéréotypes, il n'était pas allé chercher plus loin les raisons de l'attirance de Ray pour Dana Andrews. Soudain, il apercevait l'être humain derrière la très belle créature…

Mais le regard de la jeune femme s'éteignit aussitôt : elle venait de voir quelque chose, là-bas.

Matt se retourna et vit Jessie et Ray remonter du lac.

Ray tenait une Jessie radieuse par la main, et faisait mine de lui faire gravir la pente contre son gré. Les derniers rayons du soleil tombaient en diagonale sur son visage, donnant à ses cheveux un léger reflet roux. La chaleur et la lumière qui se dégageaient d'elle faisaient paraître Dana d'autant plus froide. Dana qui, si elle faisait tourner les têtes sur son passage, n'incitait guère au jeu et au badinage. Jessica, elle, donnait envie d'approcher, de se réchauffer à son sourire.

— Vous formez un beau trio depuis bien longtemps, fit remarquer Dana.

— Ça fait un bail que nous nous connaissons, oui.

Dana porta son verre à ses lèvres et le termina d'un trait.

— Je me suis beaucoup demandé pourquoi Ray et Jessica

ne sont jamais sortis ensemble, poursuivit-elle d'un ton neutre. Ils s'entendent pourtant très bien. Et ils sont assortis.

— Ce sont juste des amis, voilà tout, répondit Matt, le sourire crispé.

Franchement, il n'avait pas envie d'entendre ce genre de remarque.

Dana lui jeta un coup d'œil en coin, sans qu'il puisse y lire ce qu'elle pensait.

— Jessie et toi aussi, vous aviez l'air d'être juste des amis, jusqu'à maintenant, fit-elle remarquer. Or, vous vous mariez la semaine prochaine…

— Il arrive que les relations évoluent… Tout le monde évolue ! Heureusement, d'ailleurs ! répliqua-t-il en se tournant vers elle pour observer sa réaction.

Elle semblait vaguement perplexe. En outre, on lisait dans son regard une vulnérabilité qui contredisait son assurance d'ancienne reine de beauté. Etait-elle si sûre d'elle que ça, finalement ? Et pourquoi paraissait-elle soudain… blessée ? Une blessure ancienne, profonde, qui ne datait sans doute pas de l'infidélité récente de Ray.

Il se sentait tellement touché qu'il aurait voulu dire à Dana : « Ray était follement amoureux de toi », « Jamais, il ne regarderait une autre femme, pas même Jessie ». Malheureusement, cela aurait sonné faux. Ray avait déjà regardé ailleurs. Regardé, touché, goûté. Dana n'avait plus confiance en lui… C'était le prix à payer pour l'avoir trompée.

Seul le temps pourrait arranger les choses.

Et encore… Ce n'était pas une certitude.

Aussi Matt se contenta-t-il de serrer chaleureusement l'épaule de la jeune femme, avant de s'avancer vers Ray et Jessie.

— Ces canards sont guettés par l'obésité ! annonça Jessie, les joues rosies par l'excitation et un sourire radieux aux lèvres. Vous auriez vu cette foire d'empoigne, à l'atterrissage du moindre croûton ! Quand on est tombé à court de pain dur, Ray a cru qu'ils allaient nous crever les yeux à coups de bec !

Ce dernier fit mine de frissonner d'effroi.

— Vous auriez vu leurs têtes ! On se serait cru dans un film d'Alfred Hitchcock !

— Dire que Rod Taylor n'était pas là, murmura Dana.

— A mon avis, ça n'aurait pas suffi à rassurer notre pauvre vieux Ray, répliqua Jessie, toujours sur le ton de la plaisanterie. Je n'ai jamais vu personne s'enfuir aussi vite. Pourtant, la pente est rude !

— Chipie ! s'exclama Ray, lui tirant doucement les cheveux. Un peu de respect pour tes aînés, je te prie !

Matt prit la main de sa fiancée et, l'attirant à lui, lui glissa un bras autour de la taille. C'était un hasard, certes, mais le geste eut l'avantage de mettre la jeune femme hors de portée de Ray.

— Ça se gagne, le respect ! déclara-t-il en caressant les reins de Jessie. Et tu reconnaîtras avec moi qu'il est difficile de respecter un homme qui craint les canards, vieux !

— Attends ! protesta Ray. Tu n'as pas vu la manière dont ils nous regardaient !

Jessie éclata de rire en regardant Matt, les yeux pleins de malice. Il l'étreignit plus étroitement et l'embrassa sur la bouche. Aussitôt, les yeux de la jeune femme s'agrandirent de surprise.

C'était sa faute, aussi ! songea-t-il. Elle était tellement craquante, lorsqu'elle souriait ainsi qu'il n'avait pu résister à l'envie de goûter ce sourire. Et puis, ils étaient fiancés ! Tout le monde savait que les fiancés ne cessaient de se bécoter ! Dès lors, il ne faisait que respecter la tradition…

La tradition, vraiment ?

Hélas, Matt devait bien s'avouer que ce n'était qu'un beau prétexte, qu'il venait de se trouver là. En fait, il avait éprouvé le besoin impérieux d'embrasser Jessie en public pour affirmer ses droits sur elle. Il voulait croire que les sentiments de sa fiancée envers Ray ne le dérangeaient en rien, que le plus important était qu'elle l'épouse, qu'elle s'apprête à construire un foyer avec lui — malheureusement, ce n'était pas si simple et il ne pouvait pas se mentir. Pas plus qu'il ne pouvait nier que, en percevant le malaise de Ray, il avait ressenti une espèce de satisfaction.

Matt se délecta du plaisir de sentir les lèvres de Jessie s'attarder sur les siennes. Le regard de la jeune femme se voila de désir et, soudain, il regretta de ne pas être seul avec elle.

« Elle est à moi… »

Matt n'avait jamais été très possessif, ni avec les gens ni avec les objets. Aussi cette pensée le prit-elle par surprise. Sous le choc, il lâcha doucement Jessie : c'était dangereux, de désirer une femme avec une telle ferveur. Surtout une femme qui avait donné son cœur à un autre…

Tout le monde donna raison à Ray quand il proposa de ne pas mettre fin de si bonne heure à une si agréable journée. Certes, la nuit était presque tombée, à présent, mais l'humeur festive de la journée persistait. Et on avait beau approcher du mois de septembre, la température restait estivale tard dans la soirée. La tiédeur de l'air n'incitait guère à rentrer dans les foyers.

Seulement, Millers Crossing n'était pas exactement l'endroit de prédilection des noctambules. A moins de vouloir dîner dehors ou d'aller au cinéma, on trouvait difficilement de quoi s'occuper, passé 20 heures.

Le Golf-o-Rama de Jim et Shirley avait ouvert au milieu

des années soixante, à une époque où se rendre au minigolf en famille était le divertissement le plus en vogue. Si l'entreprise avait survécu aux décennies suivantes, c'était principalement grâce au sens de l'économie de Jim et de sa deuxième femme, qui, en plus d'être propriétaires du terrain, vivaient là, quelque peu chichement.

Car en 90, Shirley, atteinte d'une maladie incurable, s'était éteinte. Un an plus tard, Jim épousait une fille deux fois plus jeune que lui et investissait dans le Golf-o-Rama l'argent de l'assurance vie de Shirley. Il avait ajouté un deuxième minigolf ainsi qu'une salle de jeux vidéo.

Les bonnes gens de Millers Crossing leur avaient prédit un avenir sombre, tant amoureux que professionnel. On disait que leur entreprise allait sombrer. Or, à la surprise générale, dix ans plus tard, tout allait plutôt bien. Si on ne pouvait spéculer sur ce qui faisait tenir le couple, on devinait sans peine les raisons du succès professionnel : le Golf était le seul endroit ouvert après 18 heures.

Une fois sur le terrain, Jessie, Dana, Ray et Matt formèrent une drôle d'association. Jessie, dont l'enthousiasme compensait largement le manque d'adresse, frappait joyeusement la balle qui rebondissait sur les barrières. Ray jouait avec méthode, analysant chaque nouveau coup avec le même soin que s'il était en compétition olympique. Matt mettait ses piètres résultats sur le compte d'un manque de pratique dû à ses longs séjours à l'étranger. A l'inverse, Dana révéla un don naturel pour le jeu et une précision presque professionnelle. A la fin de la partie, son mari et elle se talonnaient, Jessie avait égaré sa carte de score et Matt répétait à qui voulait l'entendre que les tees étaient tordus.

Le déjeuner de midi était suffisamment loin pour que tous quatre s'attablent avec appétit devant d'énormes hot dogs accompagnés de frites, au son des jeux vidéo sur lesquels s'excitaient des adolescents. Matt et Ray profitèrent de l'occasion pour analyser dans ses moindres détails leur partie de football de l'après-midi.

Oui, ça avait été une bonne journée, songea Dana, allongée dans son lit, quelques heures plus tard. Cela faisait bien longtemps qu'elle n'avait pas ri aux éclats ou parlé aussi facilement avec autrui. Plus longtemps encore que Ray et elle n'avaient pas marché côte à côte, main dans la main. Et même s'ils ne faisaient que donner le change, elle en avait conçu une joie intense. Elle était même allée jusqu'à souhaiter, l'espace d'un instant, que Ray et elle puissent ainsi continuer à faire semblant de s'aimer, semblant d'être bien ensemble. Après tout, s'ils s'obstinaient, peut-être les apparences redeviendraient-elles réalité ?...

Etendue, elle écoutait Ray se préparer pour la nuit. Il y eut d'abord le tintement familier des pièces de monnaie qu'il tirait chaque soir de sa poche pour les déposer dans une coupe de bois, sur la commode. Lorsque le bruit s'interrompit, elle sut qu'il triait les centimes pour les jeter dans un gros bocal posé à même le sol. Bien qu'il ait commencé à y mettre sa menue monnaie avant leur mariage, le bocal n'était toujours pas plein, loin de là. De temps en temps, Ray disait en plaisantant que lorsque ce serait le cas, Dana et lui feraient le tour du monde. Ce à quoi elle répondait qu'au train où allaient les choses, il y avait davantage de chances pour que cet argent leur serve à payer des dentiers. Ray s'esclaffait alors, avant de lui promettre qu'il l'aimerait toujours, même édentée.

Dana sentit le matelas s'enfoncer sous le poids de Ray. Il s'était assis pour retirer ses baskets. Il se releva et elle sentit sa gorge se nouer en entendant le bruissement familier de sa fermeture Eclair, suivi de celui de son jean glissant sur ses longues jambes. Elle n'avait pas besoin de le regarder pour savoir qu'il se tenait quasiment nu, à présent. Tout près d'elle. Dans une seconde, il s'étirerait, se passerait les doigts dans les cheveux, puis, après s'être tout à fait déshabillé, il se rendrait jusqu'à la salle de bains pour y jeter son linge.

En se retournant, Dana aurait pu le regarder s'éloigner, se délecter au passage du mouvement de ses fesses musclées et faire courir son regard le long de son dos. Pourtant, elle ferma les paupières et ne bougea pas, retenant sa respiration jusqu'à ce que la porte se referme derrière lui.

A une époque révolue, elle avait adoré observer son mari, tandis qu'il se prêtait à son rituel quotidien. Toutes ces petites manies dont il avait à peine conscience, cette routine qu'elle seule pouvait connaître... A présent, ces bruits familiers la rendaient malade : elle avait de la peine, elle avait peur... et elle était frustrée.

Avant, elle attendait toujours avec impatience le moment où Ray, se glissant à côté d'elle, l'attirerait à lui. Car même lorsqu'ils ne faisaient pas l'amour, elle dormait dans ses bras, la tête posée sur sa poitrine.

A cette pensée, elle se sentit frémir de regret.

Et de désir...

Cela faisait si longtemps, presque une année entière, qu'elle ne s'était pas blottie contre lui, qu'elle n'avait pas senti ses bras puissants autour de ses épaules, son souffle sur ses cheveux. Plus encore que le sexe, c'était cette intimité qui lui manquait. Il y avait des mois que Ray n'avait pas essayé de la toucher et il arrivait que Dana se pose des questions. Après tout, il l'avait déjà trompée une fois et rien ne lui prouvait que ce n'était plus le cas, même si, en son for intérieur, elle n'y croyait pas trop.

C'était presque le plus triste, dans cette histoire sordide : ne pas croire Ray. Pourtant, même alors que la blessure était encore toute fraîche, Dana avait compris que son mari était sincère en lui promettant que ça ne se reproduirait jamais. Ce n'était donc pas par crainte d'être de nouveau trompée, qu'elle se refusait à lui et se protégeait, mais parce qu'elle avait peur d'avoir déçu son mari. Ray lui avait affirmé qu'il l'aimait, et cela ne l'avait pas empêché de coucher avec une autre femme. Une femme qui manquait singulièrement de charme, une femme ordinaire… mais une femme qu'il avait désirée au point de lui faire l'amour. Parce que Dana ne se leurrait pas… Ce « moment d'égarement » n'avait peut-être rien à voir avec un excès d'alcool ou des circonstances favorables ! Peut-être Ray avait-il simplement cherché chez une autre ce qu'il ne trouvait pas chez son épouse ! Elle se disait souvent : « Si Ray est allée voir une autre femme, c'est que je l'ai déçu. ». Tout comme elle avait déçu sa mère en ne décrochant qu'une place de dauphine au concours de Miss Amérique.

La porte de la salle de bains se rouvrit et Dana fit vite semblant de dormir. Les pas étouffés de Ray sur la moquette lui indiquaient que son mari s'avançait vers le lit conjugal. Que se passerait-il, si elle lui tendait de nouveau les bras, si elle lui rouvrait son cœur… ? Seraient-ils capables, tous les deux, d'oublier l'année qui venait de s'écouler ?

Dana aurait voulu le croire. D'un autre côté, elle ne pouvait supporter l'idée d'un nouvel échec. Elle n'y survivrait pas.

Ray se glissa entre les draps. Il aimait lire quelques pages, avant de s'endormir. En ce moment, il était plongé dans le dernier roman de Tom Clancy. Un roman qui semblait le passionner.

Pourtant, ce soir-là, il ne l'ouvrit pas.

Il la regardait. Elle sentait son regard rivé à sa nuque.

Sans réfléchir davantage, de peur de revenir sur sa décision, elle prit une longue inspiration et se tourna vers lui. Il était appuyé contre les oreillers. La lampe donnait des reflets cuivrés à la toison de son torse et à sa peau hâlée. Dana ne distinguait qu'à peine son expression, mais elle n'avait pas besoin de lumière pour se représenter son visage. Ses traits étaient gravés à jamais en elle.

Elle le contempla, le cœur battant. En elle bouillonnait un étrange mélange de peur et d'excitation. Elle savait qu'il ne viendrait pas vers elle, elle l'avait trop souvent rejeté pour cela. En revanche, si elle lui tendait la main, si elle lui annonçait qu'elle voulait trouver avec lui le moyen de briser le mur qui s'était dressé entre eux, Ray ne lui poserait aucune question. Il accepterait ce revirement, en toute simplicité.

Comme elle brûlait d'envie de le toucher, de sentir ses bras autour de ses reins ! Pas seulement pour faire l'amour… plutôt pour retrouver la confiance nécessaire et faire avec lui le premier pas dans la reconstruction de leur couple.

Inconsciemment, elle avait crispé les poings, et elle dut faire l'effort de se détendre avant de lever la main pour franchir la distance qui la séparait de son mari. Mais avant qu'elle ait pu aller jusque-là, il brisa le silence.

— Qu'est-ce que tu penses de cette histoire de fiançailles, toi ? dit-il. Entre Jessie et Matt, je veux dire…

Dana se figea et examina son mari.

— P… Pardon ?

— Matt et Jessie, répéta Ray, manifestement soucieux. Je trouve leur décision un peu précipitée.

— Ils sont assez grands pour en juger eux-mêmes ! rétorqua Dana, ravalant sa déception de n'avoir pu aller au bout de son geste. Et puis, ce n'est pas comme s'ils venaient de se rencontrer ! Ils se connaissent depuis toujours.

— Tu as sans doute raison, marmonna Ray, sans grande conviction. Cela dit, tu ne m'ôteras pas de l'idée que tout cela va trop vite. Matt est parti pendant près de quinze ans. Il revient au pays et la première chose qu'il fait, c'est demander Jessie en mariage. Je ne vois pas où est l'urgence!

Dana faillit lui rappeler que Ray et elle s'étaient mariés un mois à peine après leur rencontre, mais elle se ravisa. Vu l'état de leurs relations du moment, l'argument serait tombé singulièrement à plat.

— Fais-leur confiance, répéta-t-elle, s'appliquant toujours à garder son amertume pour elle, puisque son mari ne semblait pas du tout dans l'état d'esprit de réconciliation qu'elle aurait voulu susciter. Ce ne sont plus des gamins!

— C'est surtout pour Jessie, que je m'inquiète, expliqua-t-il.

Dana ferma les paupières dans l'espoir futile de refouler une pointe de jalousie. Ray n'était pas amoureux de Jessie. Il l'aimait beaucoup, mais ce n'était pas de l'amour qu'il éprouvait pour elle. Elle en était certaine.

Ou presque.

— Matt est beaucoup plus expérimenté qu'elle, poursuivit Ray, avec une pointe d'irritation. A ma connaissance, Jessie n'a pas eu beaucoup d'aventures, alors que Matt… Disons qu'il n'en est pas à sa première fille, loin de là!

Dana inspira longuement pour garder un semblant de calme.

— Ce n'est plus une gamine, Ray. Elle a vingt-neuf ans, l'âge de raison s'il en est. Quant à Matt, il ne m'apparaît pas comme le genre d'homme à se lancer dans une aventure aussi importante que le mariage sans avoir mûrement réfléchi.

Ray explosa.

— Matt a passé la moitié de son existence à risquer sa peau dans les endroits les plus dangereux de la planète! On ne peut pas dire qu'il brille par sa prudence!

Il se passa une main lasse sur le visage, et soupira.

— Je ne veux les voir souffrir ni l'un ni l'autre, voilà tout, conclut-il.

A moins que le fait de voir ses deux meilleurs amis ensemble n'ouvre soudain les yeux de son mari ? Qui sait si, soudain, il ne voyait pas Jessie sous un autre jour ? songea Dana.

Presque aussitôt, elle se ferma à cette idée. Elle allait devenir folle, si elle se laissait envahir par ce genre de pensées. Terriblement lasse, elle roula sur le flanc et se rallongea.

— Ne t'en fais pas, déclara-t-elle sur un ton qui indiquait que la conversation était finie. Bonne nuit.

Sur ce, elle ramena le drap sur son épaule et contint les larmes qu'elle refusait de verser.

Ray considéra sa femme un instant, la mine sombre. Il aurait tant voulu poser la main sur elle, l'attirer à lui, la caresser… Il aurait tant voulu qu'elle se blottisse contre lui, comme elle le faisait si volontiers auparavant…

A plusieurs reprises, au cours de la journée qui venait de s'achever, il avait eu le sentiment que Dana baissait sa garde. Tant et si bien qu'il s'était pris à espérer. Hélas, de toute évidence, la réconciliation n'était pas à l'ordre du jour.

Il retint un soupir, éteignit la lampe de chevet et posa la tête sur l'oreiller. Puis il resta un long moment les yeux rivés au plafond. Combien de temps encore Dana et lui allaient-ils continuer ainsi ? Leur union n'avait plus du mariage que le nom ! Ils vivaient sous le même toit sans rien partager, pas même un semblant d'intimité.

Alors, pour la première fois, il envisagea avec horreur la possibilité que cet état de choses devienne leur mode de fonctionnement permament. Et, à cette pensée, son monde s'écroulait.

*
* *

Jessie descendit de voiture et attendit que Matt contourne le capot pour la rejoindre. La nuit était chaude, tout était calme autour d'eux.

Main dans la main, tous deux remontèrent l'allée menant à la maison de Sinclair Leland.

Jusqu'à ce matin, Jessie n'avait pas vu une grande différence entre ses rapports avec Matt l'ami, et Matt le fiancé. Bien qu'elle ait déjà fréquenté deux ou trois hommes, elle n'avait encore jamais vraiment compris ce que recouvrait la notion de couple. A présent, elle voyait très bien. Tout résidait dans le regard des autres. Les autres qui vous percevaient de manière différente. Ce n'était plus Matt d'un côté et Jessie de l'autre, mais *Matt et Jessie*, presque en un seul mot.

Dorénavant, l'avenir ne lui appartenait plus en propre, il faisait partie d'un ensemble. Et si elle avait entendu dire que certains prenaient ombrage de cette perte de la liberté et de l'indépendance, Jessie, elle, la goûtait avec bonheur. Qu'il était bon de dire *nous*, plutôt que *je*! A un moment, elle avait entendu Matt expliquer à une vague connaissance qu'*ils* n'avaient pas encore décidé s'*ils* assisteraient ou non au Grand Tournoi de Bowling, le mois suivant. Jessie s'était délectée du fait que Matt considérait qu'elle avait son mot à dire en ce qui concernait leurs loisirs.

La lampe accrochée au-dessus de la porte éclairait la terrasse d'un halo pâle. Jessie glissa sa clé dans la serrure avant de relever la tête vers son fiancé, non sans une certaine timidité.

— J'ai passé une journée merveilleuse, murmura-t-elle.

Et soudain, à sa propre surprise, elle se rendit compte qu'elle avait envie que Matt l'embrasse. Il l'avait fait plusieurs fois, au cours de la semaine, posant ses lèvres sur les siennes en un geste plus affectueux qu'amoureux, et elle avait trouvé cela rassurant : le fait qu'ils soient fiancés n'avait en rien altéré leur amitié.

Ce soir, en revanche, Jessie ne voulait pas être rassurée. Elle voulait que Matt l'embrasse avec la même fougue que la première fois. Ce n'était pas de son amitié qu'elle voulait s'assurer, mais du fait qu'il éprouvait un certain élan pour celle qui, d'ici à quelques jours, partagerait sa couche.

— Moi aussi. Ça faisait bien longtemps que je ne m'étais pas autant amusé ! répondit Matt, un brin d'ironie dans la voix.

— D'après ce que j'ai vu, ça faisait également un bon bout de temps que tu n'avais pas joué au golf ! poursuivit Jessie, sur le même ton.

— Si je te dis que je t'ai laissée gagner, tu me croiras ou non ?

La jeune femme réfléchit à la question avant de secouer la tête.

— Non. Tu n'es pas doué, un point c'est tout.

— Par pitié, Jessie, fit-il en grimaçant. Un peu de respect pour mon ego de mâle dominant !

— Justement ! Je te respecte bien trop pour te mentir !

Matt partit d'un grand rire et tira doucement sur une mèche de cheveux blonds qui s'était échappée de sa queue-de-cheval.

— Chipie !

Presque aussitôt, il recula, enfonçant fermement les deux mains dans ses poches pour ne pas céder à l'envie d'attirer la jeune femme à lui. Il avait passé le plus clair de la journée à se demander ce que ce serait de lui faire l'amour. La journée… La semaine, en fait, à bien y réfléchir ! Il désirait constamment Jessie, ces derniers temps. Pour une raison ou pour une autre, depuis qu'il lui avait glissé ce solitaire au doigt, la petite fille qu'il avait connue autrefois avait disparu. Tout ce qu'il voyait à présent, c'était la femme splendide qu'elle était devenue.

Il regrettait seulement de ne pas être certain que Jessie ait franchi ce pas, elle aussi. Car si elle acceptait ses baisers, elle ne se départait jamais vraiment de sa réserve, et jusqu'à présent, leur union était restée des plus chastes.

L'air exhalait mille parfums, celui des roses qui grimpaient le long de la treille, à l'autre bout de la terrasse, se mêlant à celle de la pelouse fraîchement tondue. Un criquet chantonnait quelque part dans l'obscurité, le bruit étouffé d'une télévision montait d'une maison voisine.

— Tu ne t'es pas fait trop mal, j'espère ? s'enquit la jeune femme en posant doucement une main sur son épaule blessée.

Matt sentit ses doigts à travers le coton de son T-shirt et, n'y tenant plus, il caressa le visage de Jessie.

— Non, rassure-toi. Ce n'est pas aujourd'hui que tu me verras dans les affres de la souffrance masculine.

— *Les affres de la souffrance masculine* ? répéta Jessie. C'est un oxymore, ça, non ?

Elle lui effleurait toujours l'épaule et Matt sentait son excitation monter. Il dut faire un effort pour se concentrer sur la conversation en cours.

— Un peu comme le terme « intelligence militaire », tu veux dire ?

Les yeux de la jeune femme brillaient d'une lueur qu'il n'y avait encore jamais vue. Du désir, ou il se faisait des illusions ? Il n'y avait qu'un moyen de le savoir. Il fit remonter son pouce le long de l'oreille de Jessie et sentit autant qu'il le vit le frisson qui la parcourut.

— Oui. Ou « crevette géante ».

La tête penchée, elle s'humecta les lèvres du bout de la langue.

— On va continuer à faire de l'esprit encore longtemps comme ça, ou tu te décides à m'embrasser? demanda-t-elle soudain.

Matt la dévisagea sans rien dire. En un éclair, son désir, toujours latent lorsqu'il se trouvait en présence de Jessie, devint douloureux. Il ferma les paupières, le temps de retrouver son sang-froid. Un sang-froid qui ne lui avait encore jamais fait défaut et qui semblait soudain le déserter.

Quant à Jessie, elle sentit sa belle confiance s'évanouir devant le silence de Matt. Apparemment, il n'avait aucune envie de l'embrasser…

Aussitôt, elle se reprocha d'avoir essayé de lui forcer la main et l'incertitude l'envahit. Ça ne lui ressemblait guère, de se montrer aussi entreprenante, aussi… féminine. Elle baissa la tête et, se mordillant nerveusement la lèvre, chercha un moyen de les tirer tous les deux de cette situation pour le moins embarrassante.

— Me décider? répéta-t-il d'un ton moqueur. C'est exactement ce que je m'apprêtais à faire.

Au son de sa voix rauque, Jessie leva les yeux : Matt la regardait. Un regard brûlant.

— F… Faire quoi? bredouilla-t-elle.

— Ceci!

Là-dessus, il l'embrassa. D'abord, il lui mordilla la lèvre. Puis il la rafraîchit de sa langue. Jessie frissonna et, tandis qu'il approfondissait encore son baiser, elle se pendit au cou de Matt.

Et ce fut le bonheur… Du moins ce fut ce mot à l'esprit qu'elle s'abandonna. L'étreinte de Matt était exactement telle qu'elle l'avait rêvée. Passionnée, aussi ardente que le soir où il l'avait raccompagnée de chez les McKinnon. Elle sentit sa main se poser sur sa nuque, sa langue chercher plus passionnément la sienne...

C'était trop, subitement, et elle se dégagea pour reprendre son souffle. Mais Matt ne voulut pas en rester là et lui couvrit le visage de baisers. De nouveau, Jessie se sentie submergée par tant de chaleur, tant de désir. Le sien, celui de Matt, *le leur*, égal en intensité. Dans un effort désespéré pour surmonter son émoi, elle crut bon de les faire redescendre sur terre. Sans quoi...

— Tu as mangé de la moutarde, murmura-t-elle.

— Je ne le ferai plus. Promis! affirma-t-il, avant de l'embrasser dans le cou.

— Pourquoi? J'aime bien!

— Dans ce cas, j'en mangerai à chaque repas.

Matt s'enivra de l'odeur de Jessie. Sa peau sentait bon le soleil et le vent, et cette odeur toute particulière qui n'appartenait qu'à elle, un mélange enivrant qui monta droit au cerveau de Matt.

— Pas au petit déjeuner, quand même, si? demanda-t-elle, une note de désespoir dans la voix.

Les tempes battantes, Matt se redressa pour la contempler. Il était à la fois fou de désir, exaspéré et prêt à en rire.

— Ecoute, je peux même te promettre d'en mettre une cuillerée dans mes céréales, demain matin, si tu te tais deux minutes.

Jessie renversa la tête en arrière pour qu'il dépose d'autres baisers sur sa gorge. Matt la combla et elle s'accrocha au revers de sa chemise. Puis, elle sentit qu'il s'emparait de nouveau de ses lèvres. L'instant d'après, il l'embrassait avec la même ardeur que précédemment, et elle eut l'impression de lui appartenir tout à fait.

Jessie gémit de plaisir. Elle était toujours aussi surprise par l'intensité de son propre désir tout neuf. Comment avait-elle pu vivre jusqu'à présent sans jamais rien éprouver de semblable, sans se douter qu'un baiser pouvait l'enflammer tout entière ?

Matt s'aperçut de son abandon et continua de l'embrasser, plus fort, en se délectant de sa réaction. Ses mains se posèrent sur le bas de son dos et il l'attira plus étroitement contre lui. Aussitôt, elle se cambra, invitant d'instinct Matt à poursuivre.

Ceci vint à bout de ce qui lui restait de raison. Il poussa doucement Jessie dans l'obscurité, puis contre le mur de la maison. Là, éperdu, il glissa la main sous le T-shirt de Jessie et, enfin, il put toucher sa peau…

— Laisse-moi entrer chez toi, lui chuchota-t-il à l'oreille. Laisse-moi passer la nuit avec toi…

Jessie déglutit péniblement avant de secouer la tête. Pourquoi se refusait-elle alors qu'elle avait envie de lui ? se demanda-t-il alors. Lentement, il laissa sa main remonter jusqu'aux seins de Jessie en arabesques sensuelles. Et comme elle protestait doucement, il étouffa de ses lèvres son murmure et chercha la chair douce et ferme de sa poitrine.

— Matt…, susurra Jessie, brûlante.

Jamais elle n'aurait imaginé que les mains d'un homme lui feraient un tel effet. Celles de Matt étaient légèrement calleuses, à cause des travaux de réparation entrepris chez Gabe.

— Jessie, Jessie, murmura-t-il à son tour, tu es merveilleuse.

Sa voix était si rauque, à présent, qu'elle en était à peine reconnaissable. Jessie leva les yeux vers lui et eut le sentiment de contempler le visage d'un parfait étranger. Le désir lui tirait les traits et, dans la pénombre, elle distinguait le feu qui couvait dans ses prunelles.

— Et tellement douce, poursuivit-il, la faisant frissonner sous ses caresses. Si merveilleusement douce…

Il irradiait de virilité, tout en fermeté et en tension. Il la regarda droit dans les yeux et lui caressa les seins, en taquinant la pointe sans douceur. Jessie gémit et ferma les paupières, la tête abandonnée. Ses jambes ne la portaient plus, et si Matt ne l'avait pas maintenue, elle se serait laissée glisser sur les planches de la terrasse.

— Laisse-moi entrer, Jessie.

Elle sentit son souffle chaud sur sa gorge, puis sa langue humide qui courait sur sa peau. Jessie ne désirait rien tant que de se laisser porter jusqu'à sa chambre et voir jusqu'où leur envie pouvait les mener. Mais, paradoxalement, l'intensité de ce désir la faisait hésiter. On ne restait pas vierge jusqu'à la trentaine quand on n'avait pas peur de ses émotions…

Jessie avait embrassé d'autres hommes, qui l'avaient un peu caressée, de manière bien plus chaste — mais jamais elle n'avait voulu aller plus loin avec eux. Et voilà que, cette fois, c'était dans les bras de Matt qu'elle se trouvait pantelante, prête à succomber sur sa propre terrasse. Matt qui lui pétrissait les seins, l'embrassait à pleine bouche, ne semblait avoir aucune inhibition… C'était effrayant, après des années de chasteté…

— Je ne peux pas, murmura-t-elle d'une voix faible.

Aussitôt, elle sentit la tension de Matt augmenter d'un cran. Il lui mordilla l'oreille, sans cesser de caresser ses seins. Elle n'avait qu'une phrase à prononcer : « Je n'ai encore jamais fait l'amour », et elle était certaine qu'il s'arrêterait aussitôt. Ce ne devait pas être bien difficile ! Ça n'avait rien d'inavouable et elle n'avait aucune honte à avoir. Après tout, dans moins d'une semaine, Matt et elle seraient mariés et nul doute qu'il découvrirait alors, au cours de leur nuit de noces, son secret bien gardé ! Pourtant, elle ne réussissait pas à « avouer ». Cela lui semblait trop… Trop personnel, trop intime. Ce qui était parfaitement ridicule, vu la position dans laquelle ils se trouvaient, tous deux.

Comme elle avait peur de l'effet que Matt lui faisait, de la passion qui s'était emparée d'eux, de manière si rapide et inattendue !

— Jessie… Nous nous marions la semaine prochaine !

Il s'agissait d'une simple constatation, que Matt avait faite d'un ton légèrement enjôleur. Ses caresses rendaient la proposition presque irrésistible.

— Je préfère attendre notre mariage, déclara-t-elle, faisant fi de la voix qui la traitait de menteuse et lui disait qu'elle se réfugiait derrière un prétexte.

Car son corps, lui, ne voulait pas attendre, bien au contraire. Il voulait ce que Matt lui offrait.

Tout de suite.

Quant à Matt, il lui suffisait de regarder Jessie dans les yeux pour voir que le désir la consumait. Un désir palpable, qu'il avait provoqué de ses propres mains. Bien sûr, il aurait pu insister, convaincre sa fiancée de changer d'avis. Seulement, il n'était pas un adolescent en manque de sexe et Jessie n'était pas une gamine qu'il essayait tant bien que mal d'attirer sur le siège arrière de sa voiture. Elle avait refusé, même si tout, dans ses réactions, disait qu'elle voulait ? Eh bien, il ne lui restait plus qu'à s'incliner et à attendre qu'elle se sente prête corps et âme.

Soudain, une idée inopportune le fit tiquer. *Jessie aurait-elle dit non à Ray, s'il lui avait demandé de passer la nuit avec elle ?*

Il jura intérieurement. Il s'était promis de ne pas se laisser aller à ce genre d'interrogations ! Il ne gagnerait rien à s'inquiéter de ce que Jessie éprouvait envers Ray ! D'autant qu'il pouvait se tromper…

Il contempla de nouveau Jessie, vit le doute et le désir dans ses yeux inquiets. En cet instant, il aurait voulu la rassurer, l'allonger à même le sol et la prendre là, sans plus tergiverser. Au lieu de quoi, il ne s'autorisa qu'une légère caresse sur sa joue soyeuse.

— Ça doit être le golf… Quand je perds, je ne me contrôle plus, murmura-t-il en souriant.

Il avait dû trouver le ton juste car Jessie se détendit. Le sourire qu'elle lui décocha était toujours quelque peu équivoque, mais elle paraissait beaucoup moins nerveuse que quelques secondes plus tôt.

Matt lui prit la main et elle la porta à son visage. Jusqu'à ce jour, il n'avait encore jamais douté de son aptitude à se contrôler. Ce soir, en revanche, il était bien trop excité — l'intimité physique, l'obscurité qui les entourait, la tiédeur de la nuit… tout exacerbait ses sens. Et surtout le fait que, en dépit de ses protestations, Jessie vibrait près de lui.

Il s'en serait fallu de peu pour la soumettre, pour qu'elle se rende, de son plein gré.

La tentation était si forte… Mieux valait laisser un peu de distance entre eux. Puisque Jessie voulait attendre qu'ils soient mariés pour se donner à lui, il attendrait.

Après tout, ce n'était qu'une question de jours.

Néanmoins, la semaine risquait de lui paraître une éternité.

Chapitre 10

Le temps avait dû s'accélérer. Il n'y avait pas d'autre explication possible, vu la vitesse à laquelle avaient passé les journées séparant Jessie de son mariage. C'était bien simple, l'avant-veille encore, elle avait craint de ne jamais venir à bout de tout ce qui lui restait à faire.

Quand elle prenait le temps de réfléchir à la question, elle éprouvait quelque difficulté à se reconnaître en cette femme stressée, qui courait dans tous les sens. La véritable Jessica Sinclair avait été apprentie chez un chef cuisinier français caractériel, dont le passe-temps favori consistait à changer le menu à l'heure où les clients commençaient à arriver en masse. Pourtant, jamais elle n'avait perdu son sang-froid. Pas même la fois où le même chef avait décrété que sa bouillabaisse, pourtant préparée sous sa supervision, n'avait aucun goût. Ni le jour où, une heure avant un mariage de deux cents convives, on lui avait livré un gâteau sur lequel était écrit en lettres de sucre : « Joyeuse Bar Mitzvah, Isaac ! »

Cette Jessica Sinclair-là devait donc être tout à fait capable de mener à bien les préparatifs d'une cérémonie bien moins sophistiquée ! Les bras croisés, même… Encore qu'en l'occurrence, Jessie avait le sentiment d'avoir besoin de ses deux mains pour s'arracher les cheveux.

Matt avait suggéré que la cérémonie ait lieu à l'Auberge du Saule, qui disposait d'une petite chapelle rustique et d'une tonnelle couverte de glycine. Si la plante n'était pas en fleur en cette saison, ses feuilles vertes formaient un contraste agréable avec le sol de briques. Et comme l'avait fait remarquer Laurène, le cadre était romantique sans être mièvre.

L'auberge disposait également de salles de réception, ainsi que du personnel nécessaire au bon déroulement de la journée. Ce qui, toujours d'après Matt, simplifierait les choses.

Jessie en serait convenue avec lui… s'il ne s'était pas agi de son propre mariage et si elle n'avait pas découvert, à cette occasion, que, comme n'importe quelle future mariée, elle tenait à ce que tout soit parfait.

Bon an mal an, chaque problème avait fini par trouver sa solution, et Jessie se retrouva au milieu d'une chambre inconnue, à quelques minutes seulement du moment tant attendu.

Comme elle l'avait souhaité, tout était parfait à un détail près : la mariée envisageait sérieusement de faire le mur pour s'enfuir.

Ce qu'elle aurait peut-être réalisé s'il n'avait pas fait aussi sombre, au-dehors. Le couple devant passer sa nuit de noces dans l'une des suites nuptiales de l'auberge, il avait été décidé que le mariage aurait lieu en fin de journée. Sur le moment, Jessie avait trouvé l'idée séduisante. A présent, elle n'en était plus si sûre. Cette initiative compliquait singulièrement toute velléité de fuite. D'autant qu'avec sa chance habituelle, elle risquait de tomber dans le lac artificiel qui s'étalait sous ses fenêtres et de s'y noyer…

Avec un soupir, Jessie se détourna de la vitre, captant au passage son reflet dans l'immense miroir qui couvrait presque tout un pan du mur.

Elle cligna des yeux devant l'image que celui-ci lui renvoyait. Le maquillage, savamment appliqué, rendait son regard plus profond. Un nuage de fard à joues rehaussait son teint naturellement pâle et son rouge à lèvres couleur pêche mettait en valeur sa bouche pulpeuse.

Laurène s'était personnellement occupée de sa coiffure, ramenant ses cheveux châtains en un chignon dont elle avait tiré quelques boucles folles. Cela lui donnait un air à la fois innocent et mutin, et en tout cas, très féminin.

Jessie était descendue jusqu'à San Diego où elle avait mis deux journées entières à trouver la robe de ses rêves. Elle ne regrettait rien cependant, pas même le nombre extravagant d'essayages auxquels elle s'était prêtée. En fin de compte, elle avait choisi une tenue de satin mi-longue et fort seyante dans sa simplicité. La jupe en était supportée par deux jupons de tulle qui bruissaient doucement au moindre de ses gestes. Le style, un peu vieillot, lui convenait à merveille, et elle voyait sa couleur comme une sorte de clin d'œil, qu'elle seule pourrait comprendre. Personne, pas même son futur époux, ne s'imaginerait une seule seconde qu'elle avait choisi de se marier en blanc pour la raison la plus traditionnelle qui soit.

A se voir ainsi, Jessie dut bien reconnaître qu'elle était à son avantage. C'était d'ailleurs le propre des mariées : être belles, autant que faire se pouvait. Quant à savoir si toutes éprouvaient cette angoisse terrible, si elles redoutaient, elles aussi, de commettre une erreur… c'était une autre affaire.

La jeune femme regrettait amèrement d'avoir envoyé Laurène faire une dernière inspection dans la salle, avant la cérémonie. Avec son bon sens habituel, son aînée aurait eu sur elle un effet des plus bénéfiques.

Laurène, qui connaissait tous les dessous de l'affaire, ne semblait pas trouver cette union déraisonnable. D'un côté, c'était plutôt rassurant. D'un autre côté, avec deux divorces à son actif, on était en droit de mettre en doute son jugement en la matière…

Le regard de Jessie tomba sur le bouquet de roses couleur aurore posé sur la table. Des roses du jardin de son grand-père, bien sûr, et dont les boutons assortis à son rouge à lèvres rayonnaient de fraîcheur.

A leur vue, la jeune femme sentit les larmes lui monter aux yeux. Que n'aurait-elle pas donné, pour avoir l'avis de Leland Sinclair, ce soir en particulier ! Aurait-il considéré que sa petite-fille avait perdu la raison ou bien, au contraire, lui aurait-il donné sa bénédiction, avant de la mener jusqu'à l'autel, fier comme un paon ?

Elle fut interrompue dans ses pensées par un frappement discret à la porte. Elle sursauta avant de pivoter sur elle-même dans un frou-frou de satin. Lorsqu'elle voulut répondre, aucun son ne sortit de sa bouche et elle dut déglutir avant de réessayer.

— Entrez !

La porte s'ouvrit sur Penelope Adamson, qui avait insisté pour que Jessie l'appelle Penny. C'était une femme d'âge moyen, aux formes généreuses, aux cheveux gris et aux yeux vifs. Un personnage tout droit tiré d'un tableau de Norman Rockwell, avec ses joues roses et son sourire avenant. En surface, cependant, car sous le gant de velours se cachait une main de fer.

Penny était la maîtresse de cérémonies de l'Auberge du Saule, et Jessie savait que s'il lui restait un semblant de raison, c'était grâce aux talents d'organisatrice et à l'humeur égale de la bonne dame.

— Tout est prêt, mon petit ! déclara-t-elle. Et permettez-moi d'ajouter que vous êtes splendide !

Penny se précipita vers elle, d'un pas étonnamment vif pour une femme de son embonpoint. Son visage rond éclairé par un large sourire, elle tendit la main pour redresser un nœud de tulle, sur le corset. D'un claquement de doigts, elle intima ensuite à Jessie l'ordre de se retourner et la jeune femme s'exécuta sans discuter.

— Parfait ! s'exclama Penny, l'air sincère, tandis que Jessie pivotait de nouveau sur elle-même pour lui faire face. Vous êtes parfaite. Vous faites la plus jolie mariée qu'il m'ait été donné de voir. Sans mentir !

S'il y avait fort à parier qu'elle ait sorti la même banalité à toutes celles qui l'avaient précédée, Jessie ne fut pas moins rassurée par le compliment pour autant.

— Merci, murmura-t-elle en rougissant.

— Attendez d'avoir vu votre cher et tendre, ajouta Penny. Cet homme est tout simplement superbe. Il a de ces yeux ! C'est bien simple, il s'est penché vers moi de toute sa hauteur et j'en ai eu la chair de poule… A mon âge ! ajouta-t-elle avec un petit gloussement. Enfin… Faites attention à votre robe en passant la porte.

C'est ainsi que, sans s'en apercevoir, Jessie se retrouva sur le palier. Penny avait l'art et la manière d'escorter les fiancées terrorisées jusqu'à la chapelle.

L'air était tiède et calme. Le passage sur lequel Jessie se tenait était jonché de pétales de roses. Au loin, des guirlandes accrochées aux feuilles de la tonnelle luisaient doucement dans la pénombre.

Personne n'étant là pour la mener à l'autel, Jessie avait prévu d'entrer par la porte latérale et d'attendre Matt devant le pasteur.

Une idée des plus stupides, car elle se trouvait *devant* l'allée…

Quelques notes de violon se firent entendre.

— C'est à vous, mon petit, lui murmura Penny, la poussant d'une pression ferme de la main.

Et Jessie commença à remonter l'allée, les yeux rivés sur la tonnelle, les doigts crispés sur son bouquet, ses jambes la portant à peine, et le souffle court.

Il était toujours temps de faire machine arrière. Personne ne pouvait la forcer à dire oui, après tout ! Il lui suffisait de pénétrer dans la chapelle et d'annoncer à Matt qu'elle avait changé d'avis. Il comprendrait. Ou du moins, s'il éprouvait quelques difficultés à accepter l'humiliation, il s'en remettrait !

Jessie se détendit un peu et se laissa bercer par la musique. Matt avait engagé un quatuor à cordes, et le son des violons semblait flotter dans la nuit. Beethoven, si ses souvenirs étaient exacts. A moins qu'il ne s'agisse de Brahms ? Non. Beethoven. Elle en était presque certaine, encore que c'était difficile à dire, avec toutes ces symphonies, et ces opus qui n'avaient, en guise de nom que des numéros.

Cela le mena à penser aux Français, bien plus versés qu'elle en matière de musique classique et, soudain, sans savoir comment, elle parvint au bout du parterre de fleurs.

Des visages souriants étaient tournés vers elle. Si nombreux qu'elle eut l'impression que des milliers de personnes la dévisageaient. Intérieurement, elle se fustigea. Trente personnes, en tout et pour tout. Trente malheureux convives…

L'horreur absolue.

Les battements de son cœur étaient tels à présent qu'il lui apparut qu'elle n'aurait peut-être pas besoin d'annoncer son renoncement à Matt, en fin de compte. Elle allait mourir là, au beau milieu de cette allée, dans cette tenue incongrue. Cela lui éviterait des explications embarrassantes.

Du coin de l'œil, elle aperçut Ray. Contrairement aux autres invités, il ne souriait pas, bien au contraire. Il paraissait inquiet et il avait bien raison. Jessie se demanda s'il s'était rendu compte de sa panique ou s'il avait des doutes sur le bien-fondé de ce mariage, lui aussi…

De nouveau, elle s'admonesta. Elle était au bord de l'hystérie et devait se calmer.

Une partie des invités se tourna dans la direction opposée. Matt avait passé la tonnelle et s'avançait à présent vers l'autel derrière lequel les attendait le pasteur.

Il portait un smoking avec la traditionnelle ceinture de satin noir, sur une chemise blanche. Ses cheveux retombaient sur le col à l'arrière, et ses yeux…

Elle se souvint de ce que Penny en avait dit, quelques instants plus tôt. Et s'ils ne lui donnaient pas la chair de poule, à elle, ils l'embrasaient tout entière, lui donnaient l'impression d'être au bord d'un gouffre dans lequel elle allait tomber en une chute vertigineuse.

Soudain, Jessie eut un petit pincement au cœur. Cet homme était à elle. Du moins il le serait, dans quelques minutes, et à jamais. Avec ses yeux bleus et sa carrure d'athlète. A elle, rien qu'à elle, avec son esprit vif, son sens de l'humour dévastateur et son sourire à se damner…

La jeune femme avait déjà oublié que, quelques secondes auparavant, elle envisageait de tout annuler. Toute à ses pensées, elle avait également dû cesser d'avancer, car Matt, percevant son trouble, vint à sa rencontre.

Elle le regarda approcher, la gorge nouée, les mains moites. Il s'arrêta devant elle, si près que la jupe de sa robe frottait contre son pantalon. Il lui souriait et ce fut d'un air presque amusé qu'il lui prit la main. Jessie referma des doigts sur les siens sans le quitter des yeux.

— La jeep est sur le parking, la clé sur le contact, lui murmura-t-il à l'oreille. Au cas où nous voudrions nous enfuir. Nous serions à Fresno avant que les propriétaires de l'auberge n'aient le temps de réagir!

La dernière chose à laquelle Jessie s'attendait était bien ce genre de proposition qui lui parut à la fois si absurde et si naturelle, venant de Matt, qu'elle ne put réprimer un petit rire nerveux.

— Je n'ai pas d'autre choix? demanda-t-elle à voix basse. Je me marie ou je me retrouve à Fresno, c'est ça?

Matt hocha la tête et elle poussa un soupir faussement résigné.

— Dans ce cas, je préfère encore t'épouser.

Le sourire qu'il lui décocha alors balaya d'un coup tous ses doutes. Au point qu'elle se demanda ce qu'elle avait craint... Pas ce mariage, tout de même! Et encore moins cet homme!

Elle leva vers lui un visage radieux et, au bras de Matt, elle fut bientôt devant l'autel.

Les suites nuptiales de l'Auberge du Saule étaient réputées pour être à la fois intimes et de bon goût.

Les doigts de pieds enfoncés dans l'épaisse moquette bleu nuit, Jessie passa la pièce en revue. Dans la colonne « bon goût », elle aurait mis le canapé, d'apparence moelleuse, et les fauteuils, couverts d'un tissu fleuri qui mettait en valeur les couleurs des draperies et de la moquette. Il y avait également une cheminée dans laquelle Matt et elle auraient pu faire un feu s'il avait fait moins chaud, ainsi qu'un coin loisirs, avec un poste de télévision et un lecteur de DVD encastrés dans un pan de mur. L'ensemble était si accueillant qu'on se serait presque cru chez soi.

... A condition de ne pas tourner la tête vers le lit, bien sûr. Parce que là, on passait résolument de l'autre côté de la barrière, dans la colonne « limite mauvais goût ».

Bien que niché dans une alcôve, il était d'une taille impressionnante et couvert d'un dessus-de-lit en velours noir d'apparence si soyeuse qu'on avait envie de le caresser.

Jessie l'avait examiné de près, avant la cérémonie. Des oreillers bleus et violets étaient empilés contre la tête du lit qui, pour tout arranger, était surplombé d'un miroir.

A cette seule pensée, la jeune épousée sentait la tête lui tourner. On se serait cru dans un conte libertin. C'était une invite à la sensualité, voire à la luxure.

Le simple fait de le regarder mit Jessie dans un émoi sans pareil. Elle se détourna, se confrontant ainsi à l'image de Matt, à peine plus rassurante.

Debout devant la table basse, le corps tourné vers la fenêtre, il s'était emparé de la bouteille de champagne qui rafraîchissait dans un seau à glace. Vêtu d'un simple pantalon de pyjama qui tombait sur ses hanches, le torse nu, tout en muscles, il était follement impressionnant, lui aussi.

Jessie déglutit péniblement. Imaginer ce qui allait se produire dans cette chambre la rendait plus nerveuse que jamais. Matt était son époux, désormais. Et, à l'approche du moment fatidique, elle était en pleine panique.

Elle sursauta au bruit du bouchon de champagne.

— Je pense qu'il s'agit d'un bon millésime, déclara Matt.

De toute évidence, il l'avait entendue sortir de la salle de bains. Sans doute lui avait-il volontairement laissé le temps de se faire à l'idée qu'ils étaient seuls dans cette chambre.

— Je n'y connais rien, en matière de champagne, poursuivit-il, cependant l'étiquette semble indiquer qu'il provient de France.

Sur ce, il versa le liquide doré dans les deux flûtes posées sur la table.

— Pour tout t'avouer, je ne ferais pas la différence entre un Dom Pérignon et un vin italien. Cela dit…

Matt ne termina pas sa phrase. Il venait de se tourner vers Jessie et sa voix s'étrangla dans sa gorge.

Jessie dut résister à l'envie de resserrer la ceinture de son déshabillé de soie. Jusque-là, sa tenue était décente. Ou presque…

C'était Laurène qui la lui avait offerte. Une nuisette et un déshabillé, aussi transparents l'un que l'autre. Le tout tenait par de minuscules bretelles, et le dos en était si décolleté que la jeune femme avait l'impression d'être nue. La nuisette, coupée en biais, épousait ses hanches.

Dans l'emballage, la tenue lui avait presque paru chaste. A présent qu'elle en était vêtue, cependant, Jessie se rendait compte qu'elle moulait ses formes aussi sûrement que les mains d'un amant.

— Jessie ! Te dire que tu es craquante serait bien en deçà de la vérité, seulement je ne sais pas quoi ajouter ! déclara Matt en s'avançant vers elle.

La jeune femme fit de son mieux pour ne pas laisser son regard s'attarder sur le corps de son mari.

— Je n'en attendais pas davantage d'un homme qui ne fait pas la différence entre un vin pétillant et un champagne millésimé ! répondit-elle du tac au tac, heureuse de constater que sa voix était presque assurée.

— Vu sous cet angle…

Le sourire de Matt s'évanouit, laissant place à une autre expression, chargée de sensualité.

— Tu es très belle…

Il tendit la main vers l'échancrure du déshabillé pour en palper l'étoffe.

— Celui ou celle qui a conçu ce vêtement savait à coup sûr l'effet qu'il produirait sur un homme… Une telle transparence me paraît tout bonnement… irrésistible !

Jessie fit un effort surhumain pour lever les yeux vers Matt… et le regretta presque aussitôt. Son regard bleu acier brillait d'un désir qui faillit la mettre en transe. Personne ne l'avait jamais considérée avec une telle avidité et elle sentit son corps réagir en des endroits… inattendus. Tant et si bien qu'elle dut fermer les yeux, de peur qu'ils ne dévoilent son propre désir.

Matt lui caressa l'épaule. Il sentit la chaleur de sa peau sous la dentelle fine, ainsi que la tension qui l'animait.

Jamais encore il n'avait désiré une femme à ce point — ou bien il ne s'en souvenait pas. C'était bien simple : il était à deux doigts de perdre son sang-froid. Il ne rêvait que de débarrasser Jessie de ce déshabillé de soie pour laisser courir ses mains sur la nuisette, avant de dévêtir entièrement la jeune femme et de se régaler de sa chair. Il voulait l'entendre gémir de plaisir, perdre le souffle.

Et par-dessus tout, il voulait qu'au moment suprême, elle soit entièrement sienne, tout comme il serait à elle, corps et âme.

Jessie le désirait en retour. Son excitation était palpable. Malheureusement, la crainte qui animait la jeune femme l'était tout autant. Elle le regardait telle une biche aux abois devant son prédateur, comme s'il s'apprêtait à lui sauter dessus… Précisément ce qu'il avait en tête, il devait bien l'avouer.

Soudain, il s'interrogea sur l'expérience de sa femme en matière de sexe. Bien évidemment, elle avait eu d'autres amants. Pas beaucoup, cependant, il était prêt à le parier. Une femme expérimentée ne se serait pas tenue ainsi devant lui, tremblante et les joues cramoisies. Dès lors, il n'y avait que deux possibilités. Soit elle avait souffert de ses expériences précédentes, soit sa nervosité était due au fait qu'elle se considérait encore comme une oie blanche. Entre les deux, il préférait encore la deuxième solution. Car, à sa grande surprise, il répugnait à penser que sa Jessie ait connu beaucoup d'autres hommes que lui. C'était d'autant plus étonnant qu'il n'avait jamais éprouvé aucune jalousie auparavant.

— Ça s'est bien passé, ce soir, non ? demanda-t-elle.

— Hm…, répondit-il, laissant courir ses doigts le long de son décolleté, jusqu'à ce qu'il sente les battements de son cœur.

En descendant encore d'un centimètre, il effleurerait ses seins. Un supplice.

— Surtout le dîner, reprit-elle. Excellent. De même que la musique et… tout, quoi ! Nos invités se sont… se sont bien amusés… Du moins je le pense… Pas toi ?

— Je ne saurais te dire, ma belle. Tout ce qui m'intéresse, en ce moment précis, c'est ton odeur et le grain de ta peau sous mes doigts.

Il se pencha pour poser les lèvres sur le cou de Jessie. Son pouls battait la chamade. Elle respirait péniblement et elle était toute languissante. Profitant de son abandon, Matt entreprit de lui caresser la gorge du bout de la langue. Il fit descendre sa main vers ses seins et la sentit se raidir. Aussitôt, il lui prit la bouche avec un appétit féroce et, de sa main libre, il se fraya un chemin sous la dentelle du déshabillé. Avant de la poser sur les reins de Jessie et de l'attirer contre lui. Comme il était bon de la sentir ainsi pressée contre son sexe déjà dur…

Hélas, à la seconde, elle laissa échapper un petit cri et

se détacha de lui si vivement que Matt faillit lâcher la flûte de champagne qu'il tenait toujours. Elle baissa les yeux, les joues en feu.

Matt avait du mal à réfléchir, tant son excitation était grande. Toutefois, il comprit qu'il devait dire quelque chose pour mettre sa femme à l'aise. Tâche d'autant moins commode qu'il ne comprenait pas très bien pour quelle raison elle venait de le repousser.

— Tout ce délicieux champagne perdu… Je croyais que tu adorais ce vin !

Jessie laissa échapper un petit rire étouffé avant de se détourner. Matt posa son verre et tenta de lui prendre le sien. Elle lui résista quelques secondes puis le laissa faire, mais elle évita son regard.

Compris ! Jessie était nerveuse en diable, intimidée par la situation, par les lieux peut-être. Ce qui ne le dérangeait pas outre mesure, d'ailleurs. A force de cajoleries, il viendrait à bout de sa résistance. Après tout, il y était presque parvenu, l'autre soir, sur la terrasse de leur petite maison.

Mais Jessie se tendit encore un peu plus.

Elle allait être forcée d'avouer la vérité à Matt ! songea-t-elle. A l'instant même où elle avait senti le sexe de Matt contre son ventre, elle avait perdu tout espoir de se comporter avec naturel.

Il glissa doucement une main à la base de ses cheveux pour écarter ses boucles folles. La sensation de ses lèvres sur sa nuque la fit frissonner.

— Tu es si belle, murmura-t-il.

Tout doucement, avec une infinie délicatesse, il fit glisser le déshabillé sur ses épaules. Le vêtement tomba sur la moquette en bruissant pour former une flaque satinée aux pieds de la jeune femme.

— Matt?

— Hm ? fit-il distraitement, sans cesser de la caresser.

— Il faut que je te di…

Mais il se mit à lui mordiller le lobe de l'oreille et elle eut l'impression que toutes ses pensées s'évaporaient. Matt poursuivait son exploration.

— Matt, je t'en supplie… Je…

Toujours sans l'écouter, il lui prit les seins à deux mains. Ses pouces en effleurèrent la pointe et elle laissa échapper un gémissement plaintif. Il les pinça doucement, provoquant en elle un plaisir intense qui la submergea.

La chambre, le monde entier se dissolvaient autour d'elle. Il ne restait que le désir et le plaisir. Elle se souvenait vaguement qu'elle avait voulu dire quelque chose, quelque chose d'essentiel. Mais quoi? Et comment réfléchir, quand la bouche de Matt était posée dans le creux de son cou et qu'il la goûtait, du bout de la langue, sans cacher le plaisir qu'il y prenait?

Matt soupira de volupté. Jessie sentait merveilleusement bon! Un mélange de parfum et de féminité, d'innocence et de sensualité. Grisé, il fit courir ses mains le long des bras de sa femme. Il attendait ce moment depuis si longtemps… Il l'attendait, elle, sa femme depuis… toujours, lui semblait-il.

— Tu es si belle, répéta-t-il encore.

De nouveau, il la sentit qui frissonnait sous ses baisers. Matt était si excité que c'en était presque douloureux. Il dut faire appel à ce qui lui restait de volonté pour ne pas l'entraîner jusqu'au lit et la prendre sans plus de préliminaires. Il dut se l'interdire. Il était en présence de sa femme, dont c'était la nuit de noces. La première nuit d'une union qui durerait toute leur vie.

Aussi la fit-il pivoter dans ses bras avec toute la douceur dont il était capable, avant de poser les deux mains sur ses épaules. Jessie était sa femme, dorénavant. Il avait tout le temps de lui faire aimer l'amour physique.

— Matt …, murmura-t-elle alors, Je… C'est la première fois, pour moi.

Il lui décocha un sourire presque confus.

— Moi aussi, tu sais… C'est ma première nuit de noces ! Je suis intimidé.

— Je ne te parle pas de mariage, Matt. Je te parle de… tout ça.

Elle accompagna cette déclaration d'un geste par lequel elle désigna tour à tour la pièce, l'immense lit, puis lui-même — quasiment nu, très excité, et qui la regardait à présent avec un mélange d'inquiétude, de désir… et d'incompréhension totale.

De quoi lui parlait-elle ? Que voulait-elle lui dire ?

De son côté, Jessie n'en pouvait plus. Pourquoi n'arrivait-elle pas à prononcer le mot, tout simplement ? *Vierge… Virginité…* Ça n'avait pourtant rien de honteux !

Perdu, Matt l'obligea à relever la tête vers lui.

— Jessie ? Qu'est-ce qui ne va pas ?

Ce qui n'allait pas ? Jessie le dévisagea.

Certaines auraient estimé que tout allait très bien ! Que la situation était merveilleuse… et normale ! Pas elle. Pas de chance d'être une fille du XXIe siècle. En d'autres temps, plus reculés, jamais elle ne se serait trouvée dans cette mauvaise posture, muette et nerveuse en diable, à chercher un moyen d'avouer son inexpérience à son mari, comme s'il s'agissait d'une tare !

Et soudain, malgré elle, elle sentit la colère s'emparer d'elle. Matt n'avait qu'à la regarder pour comprendre, après tout !

Il était plus âgé, plus expérimenté qu'elle. Il n'en était pas à sa première nuit d'amour, lui ! Dès lors, il aurait dû… *savoir*, non ? Au moins intuitivement !

Au lieu de quoi, il l'attira à lui, et passa les deux bras autour de sa taille. Le geste, destiné à la rassurer, eut à peine l'effet escompté. Jessie ferma les yeux pour ne pas trop penser à cette masse de muscles, à cette virilité qui semblait prendre le pouvoir sur elle. Matt lui caressa les cheveux, lui donna un petit baiser sur la tempe.

— Dis-moi ce qui ne va pas, ma douce.

Il n'avait jamais utilisé ce terme, jusqu'alors. Personne ne l'avait jamais appelée ainsi, d'ailleurs, et Jessie se détendit un peu. Elle se sentait… chérie, aimée, soudain.

Elle se blottit contre Matt.

— C'est la première fois, Matt. La première fois que je fais ça. Tu es le premier, tu comprends ?

Matt fronça les sourcils. Elle n'avait jamais… Non… Il avait certainement mal compris. Elle n'était pas en train de lui dire qu'elle était encore…

Les yeux écarquillés, il se força à aller jusqu'au bout de sa pensée. Etait-il possible que Jessie soit…

— Tu peux être un peu plus précise ? demanda-t-il avec précaution.

Elle laissa échapper un petit rire nerveux. Lorsqu'elle releva la tête, ses yeux brillaient de larmes.

— Je n'ai jamais… fait l'amour, Matt. Et ne me demande pas pourquoi, mais je me sens aussi coupable que si je venais de t'avouer un terrible secret.

Matt ne réagit pas. Il resta là, debout, à la dévisager comme s'il ne l'avait jamais vue, ce qui accrut encore sa frustration.

— Je ne vois pas ce qu'il y a de mal à être toujours vierge, même à presque trente ans ! commença-t-elle en le défiant. Ce n'est pas courant, je te l'accorde… Ça peut même paraître un peu bizarre, mais ce n'est pas une maladie honteuse. Ça ne fait pas de moi une femme frigide. Encore que sur ce point, je n'ai aucune certitude…

Elle s'interrompit pour réfléchir à ce qu'elle venait de dire avant de secouer la tête avec impatience.

— Bref. Là n'est pas le problème. Je n'ai tout simplement jamais rencontré d'homme qui me donne envie d'aller jusqu'au bout. Pour moi, l'amour charnel n'a rien d'anodin, au contraire. Et plus je vieillis, moins ça l'est… C'est un peu comme… comme…

De nouveau, elle fit une pause. Elle cherchait une comparaison à peu près sensée.

— Comme te faire opérer des amygdales. Complètement banal à quatre ans et terrifiant quand tu es adulte. De sorte qu'il vaut mieux y passer très tôt. Sinon, c'est terriblement stressant. Je sais… J'aurais dû t'expliquer tout cela plus tôt, seulement…

Elle prit soudain conscience d'un mouvement. La poitrine de Matt se soulevait et retombait, un peu comme s'il pleurait ou si…

Sidérée, elle le dévisagea et rencontra son regard — un regard… Amusé ?

Il se fichait d'elle ! Elle lui avait livré son secret le plus précieux, s'était humiliée alors qu'elle n'avait aucune raison d'avoir honte, et lui… il se mordait les lèvres pour ne pas éclater de rire ?

Jessie se dégagea, indignée et blessée. Elle se voyait déjà sortir de la chambre en claquant la porte, partir pour ne plus jamais revenir, demander le divorce et…

Mais Matt la saisit avant même qu'elle se soit détachée de

lui. Il lui souriait. Non sans ironie, d'ailleurs ! On aurait dit une hyène, songea-t-elle, et elle se mit à le détester.

De toutes ses forces.

— Lâche-moi, lui ordonna-t-elle, avec un regard meurtrier.

Il ne sembla pas s'émouvoir outre mesure de sa colère. Resserrant son emprise, il l'attira même un peu plus. Il était toujours au bord du fou rire. Elle le voyait à ses lèvres, qu'il continuait à mordiller, à ses yeux bleus qui brillaient d'une malice déplacée ! Quand il la lâcherait enfin, elle ne manquerait pas sa sortie ! Après tout, elle était dans son bon droit. Quant à lui... il méritait une gifle. Deux, même, pour faire bonne mesure. Elle allait le lui faire ravaler, son fou rire !

— Jessie... Jessie ? reprit-il. Tu as de ces idées ! Faire l'amour et te faire opérer des amygdales... ça te semble vraiment comparable ?

— Que... Bien sûr que non ! répondit-elle, révoltée. Qu'est-ce que...

Elle n'acheva pas sa phrase et se sentit rougir jusqu'aux oreilles. On aurait pu penser, en effet, que se donner à Matt constituait pour elle une épreuve terrible. Ce qui n'était pas du tout ce qu'elle avait voulu lui dire, il le savait très bien ! Et même si c'était cocasse et un peu bête, il aurait dû s'abstenir de rire !

— C'était une manière de parler, dit-elle, s'accrochant désespérément à ce qui lui restait de dignité. J'essayais de t'expliquer pourquoi...

— Pourquoi tu es parvenue à garder ta virginité jusqu'à l'âge canonique de vingt-neuf ans, termina Matt. Et tes amygdales ? Tu les as toujours ?

Cette fois, ce fut le tour de Jessie de se mordre les lèvres pour ne pas sourire.

— Non. On me les a retirées quand j'étais petite.

— Tant mieux! fit-il avec un soulagement feint. J'avais peur que tu me demandes de m'y atteler au petit matin.

Elle lui jeta un coup d'œil mauvais. Elle ne rirait pas. Sous aucun prétexte.

— Tu es un odieux personnage, Matthew Latimer.

— Je sais, Jessica Sinclair Latimer. On me l'a souvent dit.

Sur cette constatation, il la serra dans ses bras et, lui prenant les mains pour les poser sur son torse, il la dévisagea avec une tendresse infinie.

— Tu n'as pas peur de moi, tout de même, Jessie?

Chapitre 11

— Je... Non!

Manifestement émue, elle le caressa du bout de l'index.

Matt soupira, et elle releva la tête pour guetter son expression. S'il paraissait vaguement inquiet, il semblait toujours sous l'influence du désir. La gorge nouée, Jessie détourna le regard.

— Non, répéta-t-elle d'une voix néanmoins plus assurée. Je n'ai pas peur de toi.

C'était la vérité. Ce n'était pas lui qu'elle redoutait, c'était... tout le reste. Ce qu'il attendait d'elle, ce qu'elle attendait de lui, sa peur panique de le décevoir dans un des besoins les plus fondamentaux de la nature humaine.

Jessie était terrorisée à l'idée de lui paraître gauche, stupide ou tout simplement de commettre une erreur de débutante. Au-delà de ça, elle ne parvenait pas à se départir d'une nervosité purement physique. Bien sûr, elle savait ce qui allait se produire. Elle le voulait, d'ailleurs. Seulement elle ne parvenait pas à oublier qu'elle risquait de souffrir, voire de saigner un peu.

Avec une douceur infinie, Matt prit son visage entre ses mains.

— Je te dirais bien que ce sera extraordinaire, si je ne

craignais pas de te mentir, Jessie. Mais, vois-tu, au risque de détruire ma réputation de séducteur, je dois t'avouer que je n'ai encore jamais défloré une femme.

Cet aveu, fait d'une voix rauque, amena la jeune femme à relever la tête.

— Quelle expression ridicule ! fit-elle remarquer avec un petit rire. Je ne vois pas ce qu'il y a de floral là-dedans. Je me demande qui a trouvé ça. Tu en as une idée, toi ?

Le sourire de Matt s'était transformé en rictus et ce fut d'une main tremblante qu'il lui effleura la joue.

— Pas vraiment, non. Un poète sans doute… ou bien un affreux macho. Cela dit, à bien y réfléchir, l'imagerie populaire aime recourir aux images fleuries…

— Tu as raison.

Matt s'éclaircit la gorge. Pour la première fois de la soirée, il paraissait mal à l'aise, lui aussi.

— Je… Je ne crois pas que ce que je vais te dire soit vraiment de mise dans une suite nuptiale, seulement…

De nouveau, il hésita et elle le sentit prendre une longue inspiration avant de se lancer. Ses joues s'étaient colorées d'une gêne évidente.

— Seulement j'ai une… une certaine expérience dans le domaine de l'amour et je… Aucune de mes partenaires ne s'est jamais plainte de mes performances.

Jessie le contempla. Matt avait dit cela pour la rassurer et il avait réussi. Non qu'elle ait vraiment besoin d'être rassurée, d'ailleurs, du moins sur ce point. D'instinct, elle avait toujours su que son mari serait un amant attentionné. Elle le connaissait et n'en attendait pas moins de lui. En revanche, elle n'était pas sûre d'apprécier qu'il lui mette ainsi sous le nez ses précédentes relations. Pourtant, elle réfléchit un instant et décida qu'en fin de compte, mieux valait avoir affaire à un homme doté de l'expérience qui lui faisait à elle-même si cruellement défaut. Après tout, il était plutôt réconfortant de savoir que Matt savait où il allait et ce qu'il faisait. Ou plus exactement, ce qu'ils s'apprêtaient à faire ensemble…

— Je n'ai pas peur de toi, Matt, affirma-t-elle pour la troisième fois. Je ne m'attendais pas à ce que la perspective de perdre ma virginité me mette dans un tel état de nerfs, voilà tout !

Il lui prit le menton.

— Je ne te promets pas que tu vas avoir l'impression de voir des étoiles, Jessie. La seule chose que je peux te promettre, c'est que je ferai tout mon possible pour te rendre la chose agréable…

Sur cette déclaration, il posa sa bouche sur celle de Jessie et l'embrassa si tendrement qu'elle se sentit fondre.

— Très agréable, même, poursuivit-il. Si tu me laisses faire… Toutefois, c'est à toi qu'appartient la décision. Je ne veux pas que tu agisses à contrecœur. Nous pouvons veiller toute la nuit, si tu veux. Boire ce champagne *millésimé*, comme tu dis, et regarder de vieux films sur le câble. Tu peux même dormir dans ce lit toute seule, si tu le souhaites. Je m'allongerai sur le canapé.

— Il s'agit de notre nuit de noces, murmura-t-elle.

— Justement. Nous sommes libres d'agir comme bon nous semble, Jessie ! La décision nous appartient.

Jessie s'efforça de faire le tri dans ses pensées contradictoires. Matt lui proposait de prendre son temps… Le temps de mieux le connaître ? De s'adapter à sa nouvelle condition de femme mariée ?

La sexualité était partie prenante du mariage. Si Matt et elle ne faisaient pas l'amour ce soir, ils redeviendraient de simples amis, partageant juste la même chambre — ce qu'elle ne voulait pas.

Jessie voulait un mari. Mieux encore, elle désirait Matt.

— Je ne veux pas te forcer, ajouta-t-il, renforçant son propos d'une légère pression sur ses épaules dénudées.

Il était sincère. Jessie le connaissait : il ne l'obligerait pas à remplir son devoir conjugal.

A son grand étonnement, elle lui en voulut presque. Pourquoi ne se comportait-il pas comme certains autres hommes, égoïstes et totalement insensibles aux réticences de leur épouse ? Pourquoi lui donnait-il ainsi le choix, lui laissant le soin de prendre sa décision ?

Elle lui caressa doucement la poitrine, enfonça les doigts dans ses poils frisés et le sentit frémir. Presque aussitôt, elle imagina le contact de cette douceur contre ses seins, et l'idée l'excita tellement qu'elle dut fermer les yeux. Oh oui, elle désirait Matt ! Pas parce qu'ils étaient mariés, pas parce qu'elle était lasse de dormir seule, pas même parce qu'elle voulait un enfant.

C'était beaucoup plus simple que tout ça.

Beaucoup plus primaire, aussi.

Le désir s'était emparé d'elle à son insu.

Jusqu'à présent, elle n'avait jamais eu particulièrement envie de toucher un homme. Ce soir, en revanche, elle ne voulait rien tant que caresser le corps de Matt, se délecter de sa peau ferme et sentir ses muscles rouler sous ses doigts. Plus étonnant encore, elle voulait gémir sous ses caresses, le sentir la posséder de toutes ses forces… Tout ce qu'elle avait lu, vu sur un écran, tout ce qu'elle avait imaginé dans ses rêves les plus osés et plus encore.

Avec Matt.

Matt qui attendait patiemment sa réponse.

La dernière chose à laquelle il s'était attendu était bien celle-ci. Une épouse encore innocente... Une vierge... C'était à la fois terrifiant et très gratifiant. Jessie n'avait jamais appartenu à personne et il avait beau se tancer, il trouvait l'idée d'un érotisme fou. Aucun autre homme sur terre ne connaîtrait jamais cette femme, *sa* femme, de cette façon.

Charnellement...

Il n'avait aucune intention de s'interroger sur ce qui avait motivé cette virginité. Encore moins de s'attarder sur le rôle qu'avait pu jouer Ray, dans cette affaire. Rien de tout cela n'avait aucune importance. Jessie était sienne, à présent. C'était tout ce qui comptait.

Jamais il n'avait désiré une femme comme il la désirait. Et jamais il n'avait éprouvé un tel besoin qu'une femme lui appartienne. Il voulait Jessie, corps et âme. La faire totalement sienne. Imprimer sa marque sur elle. Autrement dit, il faisait preuve d'un machisme dont il ne se serait pas soupçonné.

D'un autre côté, si elle décidait de passer cette nuit seule dans le lit nuptial, il s'inclinerait et, en adulte responsable et calme qu'il était, ravalerait sa frustration.

— Ça ira, ta blessure ? demanda-t-elle soudain, rompant le silence qui s'était installé entre eux.

Ses doigts fins remontèrent jusqu'à la cicatrice, sur son épaule. Elle la caressa avec une précaution infinie, comme si elle craignait de lui faire mal.

— Ça va...

Intrigué par la question, Matt chercha le regard de Jessie — en vain. Elle le fuyait.

— Tu ne souffriras pas ?

Elle lui caressait toujours l'épaule. Un contact doux, innocent, mais qui éveilla en lui des sensations bien moins chastes. Il sentit ses propres mains le démanger, ses pensées s'égarer. S'il s'était écouté, il l'aurait couchée sur le sol, sous lui, pour s'enfoncer en elle jusqu'à se perdre.

— Je ne m'essaierais pas à l'haltérophilie... Pour le reste, je pense que ça devrait aller. Pourquoi toutes ces questions ?

Intérieurement, il se félicita. Sa voix était posée, son ton flegmatique. Pas du tout celui d'un homme sur le point de perdre complètement la raison.

Du bout de l'index, Jessie dessina une savante arabesque sur son torse. Ce faisant, elle effleura un de ses mamelons et il retint son souffle. La sensation lui avait mis le corps en feu.

Les yeux levés vers lui, Jessie observait avec curiosité sa réaction tandis qu'elle prolongeait la caresse. Alors, Matt lui saisit la main et refusa de la lâcher. S'il la laissait continuer, il oublierait sa virginité et tout le reste pour se laisser dominer par son désir de la prendre !

L'expression de Jessie perdit de sa candeur. A en juger par son attitude, elle commençait à prendre conscience de son pouvoir de séduction et, mieux encore, à s'en délecter. Elle n'essaya pas de se soustraire à son emprise. De sa main libre, elle chercha simplement son autre mamelon, niché sous les poils. Puis, regardant Matt droit dans les yeux, elle le pinça doucement.

— Jessie, gronda-t-il, d'une voix presque suppliante.

— C'est un de mes fantasmes, murmura-t-elle sans le quitter du regard.

Le cœur battant la chamade, Matt pressa la main de Jessie. A son tour, elle frissonna, ce qui le fit sourire avec tendresse et triompher : c'était presque sûr, maintenant, il ne dormirait pas seul cette nuit.

Poussant son avantage, il porta la main de la jeune femme à ses lèvres et lui embrassa le creux du poignet. Langoureusement, du bout de la langue.

— Ça tombe bien. Je suis spécialiste, en matière de fantasmes, murmura-t-il, la voix rauque. Raconte-moi les tiens.

— Un homme brun, grand et très beau surgit dans ma chambre au beau milieu de la nuit, commença-t-elle, sans cesser de le caresser.

Matt lui rendit la pareille en lui mordillant les doigts. Le soupir qu'elle laissa échapper lui fit un effet érotique terrible.

— Que se passe-t-il ensuite ?

— Il… Il me soulève dans ses bras, me porte jusqu'à mon lit et…

Elle s'interrompit, les joues rosies par sa propre hardiesse.

— Et quoi ?

Il enfonça doucement ses dents dans le petit bout de peau qui séparait son index de son pouce. Elle chancela, cligna des paupières.

— Ensuite, Jessie ? Raconte-moi. Qu'est-ce qu'il fait, cet homme ?

Elle leva vers lui un regard timide. Sa confiance vacillait, la pression était trop forte.

— Des… des choses.

Soudain, elle partit d'un rire nerveux et se blottit contre Matt.

— Je me sens tellement… tellement…

— Novice ? suggéra-t-il.

— Pour ne pas dire complètement cruche, oui, avoua-t-elle d'une voix à peine audible à présent. En fait, je suis terrorisée. C'est d'autant plus idiot que je sais très bien ce qui va se passer. Tout comme je sais que tu ne me feras aucun mal… Malheureusement, il y a une différence entre la théorie et la pratique…

Elle s'interrompit, sembla chercher son souffle.

— J'ai vraiment envie que nous fassions l'amour. J'ai envie de toi, mais je ne sais pas comment m'y prendre et crois bien que je le regr…

Matt enfouit les mains dans son épaisse chevelure et chercha le regard de Jessie. Il posa la bouche sur ses lèvres, mettant ainsi fin à ses explications embarrassées. Puis il approfondit son baiser, forçant de sa langue tiède un passage, conscient qu'elle était à la fois pleine de timidité… et de désir.

Il fit durer le plaisir, l'embrassant avec langueur. Jessie s'accrochait à lui, tremblante, le corps pressé contre le sien. Lorsqu'il la relâcha, elle paraissait submergée par la passion, même si, au-delà du feu qui brillait dans ses yeux, subsistait de l'appréhension.

Devant une telle vulnérabilité, Matt perdit toute crainte de voir son sang-froid s'envoler. Il avait épousé la femme qui se tenait devant lui et il attendait bien davantage de leur union que la satisfaction d'un désir purement charnel. Cette première fois devait être parfaite.

Inoubliable…

Aussi, serrant Jessie dans ses bras, il lui chuchota à l'oreille :

— Vos fantasmes sont des ordres, madame Latimer!

Jessie sentit les battements de son cœur s'accélérer.

Le rire complice de Matt la détendit un peu. Matt était fidèle à lui-même. Et le fait qu'il soit devenu son mari ne changeait rien à leur profonde amitié. Alors, elle n'avait rien à redouter et, se laissant doucement aller contre lui, elle décida de s'abandonner.

Totalement.

Il ferait tout ce qu'il voudrait.

*
* *

Doucement… Il devait agir en douceur, songea Matt. Car si Jessie lui avait affirmé qu'elle voulait faire l'amour, elle n'en restait pas moins vierge. Sans doute avait-elle toujours éprouvé quelques réticences, à l'idée de se donner à un homme.

Matt voulait que son épouse se souvienne avec bonheur de cette première fois. Fort de cette pensée, il parvint à maîtriser son propre désir pour se consacrer entièrement à elle. Il y aurait bien d'autres nuits après tout, bien d'autres occasions de satisfaire le désir qui bouillait dans ses veines.

Cette nuit était celle de Jessie.

En théorie, du moins. Car Matt ne tarda pas à comprendre qu'il aurait eu la tâche plus facile si elle n'avait pas été si sensible à ses caresses, si elle n'avait pas gémi ainsi, lorsqu'il laissait courir ses mains sur son corps, par-dessus le tissu soyeux de sa nuisette. Un gémissement qui était presque un râle, d'ailleurs, et qui lui donna envie de la goûter, de l'allonger sur le lit et de prendre immédiatement ce qu'elle lui offrait avec une telle innocence.

De nouveau, il dut se raisonner. Ce soir, il ne s'agissait pas de prendre, mais de donner. Et de donner tout ce dont Jessie avait pu rêver, voire plus encore. Matt puisa sa force dans l'idée que Jessie était sienne, qu'elle n'avait jamais appartenu à aucun homme et que cela ne changerait plus maintenant.

Il se remit à l'embrasser avec ferveur, se délectant de sa réaction tandis que, du bout des doigts, il se frayait un passage sous la nuisette de soie. Elle sursauta lorsque ses mains furent enfin parvenues à la hauteur de ses hanches, mais il ne lui laissa pas le temps de protester. Il continua à faire remonter le vêtement et bientôt, elle fut entièrement nue devant lui.

Instinctivement, Jessie eut un petit mouvement de recul. Ce qui n'était pas une bonne idée, en l'occurrence, du moins si elle voulait préserver sa pudeur. Les yeux bleus de Matt coururent sur elle, l'électrisant partout où ils se posaient.

C'était elle qui avait voulu faire l'amour… Elle qui s'était livrée… Et si elle n'était pas psychologiquement préparée à se trouver ainsi nue devant lui, elle savait bien que la nudité faisait partie du jeu. Soudain, elle se rendit compte que malgré sa tension, elle attendait avec impatience l'accomplissement de ce que le regard de cet homme lui promettait.

De son côté, Matt était ébloui. Il découvrait une Jessie toute en formes délicieuses. Ses seins pleins et tendus que couronnaient de petits mamelons rose pâle, son ventre rond, le triangle presque doré qui couvrait son sexe, ses longues jambes. Il avait tant rêvé de toutes ces merveilles ! Et voilà qu'il était à deux doigts de voir ses fantasmes devenir réalité.

Il s'efforça de se ressaisir. Il devait y aller doucement, se répéta-t-il. Lentement et avec doigté. Même si ça devait le tuer.

Bien que leur silence n'ait duré qu'une poignée de minutes, Jessie eut l'impression qu'il s'éternisait. Elle reprit donc la parole, quelque peu nerveusement.

— Tu sais, la dernière fois que j'ai été nue devant quelqu'un, je devais être bébé. A l'exception d'une ou deux visites chez le médecin…

Elle se tordait les mains, comme pour résister à l'envie de se cacher.

— Et encore, même pas, puisqu'ils te donnent toujours une espèce de chemise jetable, pour te couvrir. Ce qui est idiot, quand on y réfléchit. Je veux dire quand tu penses que l'instant d'après, ils te…

Elle poussa un petit cri. Matt avait glissé un bras autour de sa taille, pour la presser contre son corps presque nu et manifestement très excité. Ses doigts longs s'enfoncèrent dans ses cheveux puis, lui soutenant la nuque, il l'immobilisa d'un baiser féroce qui la laissa pantoise. Elle eut le sentiment que ses jambes ne la porteraient pas plus longtemps, peut-être à cause du contact de cette poitrine musclée contre ses seins, et dut s'accrocher pour ne pas flancher.

Matt la dévisagea un instant, partagée entre le rire franc qui montait en lui et le feu qui le dévorait.

— Je ne veux plus entendre parler de médecins, d'amygdales ou de quoi que ce soit du genre, déclara-t-il fermement.

Jessie soutint son regard, vacillante. Les doigts fiévreux de Matt s'étaient mis à remonter le long de son dos.

— Est-ce que je peux..., commença-t-elle dans un souffle.

Mais Matt la pressa de ses hanches et, le souffle court, elle eut soudain pleinement conscience que leurs corps n'étaient plus séparés que par un simple pantalon de pyjama dont le coton, fin, n'était pas une bien puissante barrière.

— Ça me fait honte de gémir..., murmura-t-elle.

Le visage de Matt s'éclaira d'un sourire.

— N'aie pas honte, ma belle. Ce n'est pas grave, de gémir, bien au contraire. C'est même très agréable pour moi de t'entendre !

Sur ces mots, il lui passa un bras sous les fesses, l'autre autour des reins et la fit monter vers lui, de manière à avoir ses seins au niveau de sa bouche. Jessie lui enfonça ses ongles dans les épaules avant même qu'il ne se mette à suçoter un de ses mamelons. Une sensation aiguë se diffusa dans tout son corps en un mélange harmonieux. En réponse, Jessie enfouit les mains dans les cheveux de Matt et, se serrant contre lui, elle se cambra sous la caresse.

Comme elle l'avait craint, elle laissa échapper un gémissement qui électrisa Matt. Elle était si chaude, contre lui, si réceptive… Il s'attarda sur ses seins dont il savoura la chair tout en se délectant des soupirs maintenant rauques qui s'échappaient des lèvres entrouvertes de Jessie.

Il avait la tête et le corps en feu. Il la laissa enfin glisser contre lui, et chercha sa bouche pour l'embrasser avec ferveur, avant de se blottir dans ses bras.

« Doucement… doucement », se répéta-t-il.

Hélas, la voix se faisait de moins en moins audible, le conseil de moins en moins réalisable. Comment aurait-il pu se contenir davantage, quand sa délicieuse épouse s'accrochait à lui avec un désir aussi évident ?

Sa réticence initiale semblait s'être évanouie. Tous deux se dévoraient littéralement, à présent, leurs langues passionnément mêlées. Matt resserra les bras autour de Jessie et l'entendit gémir au contact de son sexe.

Si elle souhaitait s'arrêter là, c'était lui, qui se mettrait à gémir. De frustration.

A son grand soulagement, s'arrêter ne semblait pas être son intention. Du bout de ses doigts, elle tira soudain sur la ceinture élastique du pyjama.

— Retire-moi ça, chuchota-t-elle, le regard assombri.

Matt ne se le fit pas répéter. Aussitôt, le pyjama vola quelque part derrière lui, et Jessie put enfin le contempler.

Si elle avait déjà vu des hommes nus, en photo ou dans des films, jamais encore elle n'en avait vu dont le sexe soit en érection. Ses yeux s'agrandirent, puis elle passa machinalement un bout de langue sur ses lèvres charnues. Matt attendit — à quoi pensait-elle ? que se disait-elle, en cet instant ? savait-elle à quel point il se sentait brûlant de frustration ?

Soudain, elle osa. Elle fit délicatement glisser les doigts sur son sexe érigé.

Matt crut que son cœur allait exploser. Un râle monta de

sa gorge et Jessie leva les yeux vers lui pour l'observer d'un air de troublante curiosité et de séduction toute féminine. Plus assurée, elle renouvela sa caresse, toujours du bout des doigts, sans le quitter du regard.

— C'est doux, murmura-t-elle, refermant la main sur lui pour exercer une légère pression.

Matt frissonna de tout son être.

— Et tellement excitant…

Matt se mit à gémir. Elle faisait glisser sa main de haut en bas, à présent, en une caresse qui menaçait de venir à bout de sa résistance. Les dents serrées, il supporta ce petit jeu aussi longtemps que possible. Puis il n'y tint plus et lui prit le poignet.

— Arrête, gronda-t-il, se dégageant. Si tu continues comme ça, ce sera terminé avant même d'avoir commencé.

Sur ces mots, il la souleva pour l'allonger sur le lit et s'étendit près d'elle, la tête appuyée sur un coude. Son sang-froid le quittait. Il posa la main sur le ventre de Jessie, puis, déployant les doigts sur la toison de son sexe, il se fraya un chemin vers son intimité. Jessie referma instinctivement les jambes et se tendit.

— Laisse-moi te caresser, Jessie, murmura-t-il.

Sa voix était rauque, presque gutturale. Sa tension se lisait sur ses traits crispés, dans le bleu soudain électrique de ses yeux.

— Ouvre-toi à moi, ma douce.

Jessie prit une inspiration.

— Pardonne-moi, Matt. Je ne fais pas exprès de…

— Chut…

Il lui prit la bouche en un baiser presque douloureux, l'immobilisant sous lui. Puis il plongea la langue entre ses lèvres et exerça de douces pressions entre ses jambes.

Bientôt, il s'aventura un peu plus loin, la regardant réagir à ses caresses.

La jeune femme éprouvait des sensations dans tout le corps. Elle se consumait, brûlait. C'était trop, et elle se serait dégagée si le regard rassurant de Matt ne l'avait accompagnée. Impossible de se détourner, impossible de faire redescendre la tension.

— Matt…, murmura-t-elle d'une voix presque affolée. Qu'est-ce qui m'arrive ?

— Tout va bien, ma belle, lui susurra-t-il à l'oreille. Laisse-toi aller.

Mais la tension était décidément trop forte, et Jessie tenta de se redresser dans une tentative désespérée pour refouler les sensations aiguës qui montaient en elle comme une vague.

Tout en continuant de la rassurer à mi-voix, Matt poursuivit avec douceur et fermeté…

Jusqu'à ce qu'elle sente qu'il glissait un doigt à l'endroit le plus sensible.

Eperdue, elle referma ses mains crispées sur le drap et son corps s'arc-bouta malgré elle.

Et soudain, la sensation explosa. Son corps explosa. Son cerveau explosa. Tandis qu'un cri qu'elle ne s'était encore jamais entendue pousser montait de ses entrailles sans qu'elle y puisse rien.

Ce fut long et d'une puissance époustouflante, aussi profond et sombre qu'une nuit sans lune, aussi lumineux qu'un soleil en plein désert à midi.

Matt avait vu le regard de Jessie se voiler, senti son corps souple palpiter. Alors, plus que jamais, il dut se faire violence pour se maîtriser. Jamais il n'avait éprouvé autant de difficultés à retarder le moment fatidique, jamais il n'avait ressenti ce besoin impérieux de prendre une femme, de la posséder, de la faire entièrement sienne.

Il observa Jessie un long moment avant de l'aider à redescendre en douceur, par des caresses plus légères. Il attendit qu'elle se laisse aller sur le matelas, le souffle court, les yeux larmoyants. Puis il se pencha sur elle pour prendre ses lèvres tremblantes en un long baiser, se délectant du soupir qui les franchit à l'instant où il enfouit la main dans la toison de son sexe.

— Encore, murmura-t-il. Donne-toi à moi tout entière, ma belle.

Si elle avait été en mesure de parler, Jessie lui aurait répondu qu'elle n'avait plus rien à donner. Mais déjà, il lui montrait qu'elle se trompait. Elle sentit ses doigts habiles se glisser en elle, réveiller son désir, faire naître de nouveaux gémissements. Alors, il s'allongea sur elle…

Jessie s'était figée à l'instant où elle avait senti le sexe de Matt contre le sien. Pour la première fois depuis qu'il l'avait étendue sur le lit, elle sentait la peur reprendre le dessus. Elle s'intima l'ordre de se calmer. Elle était avec Matt et lui faisait confiance. Même si, de manière incompréhensible, l'homme allongé sur elle lui apparaissait soudain comme un étranger. Son excitation lui donnait une expression… presque sauvage. Ses yeux avaient pris une couleur acier qu'elle ne leur avait jamais vue.

Matt prit appui sur ses bras et, sans la quitter du regard, s'enfonça lentement en elle.

La douleur tant redoutée fut immédiate, semblable à celle qu'aurait provoquée un couteau s'enfonçant dans sa chair, lui sembla-t-il. Au-delà, cependant, Jessie avait conscience de l'intimité extrême de l'instant, de cette première fois où elle se donnait à un homme. Et soudain, la douleur lui parut très secondaire, comparée au bonheur incroyable de sentir Matt en elle. Malgré elle, sa respiration prit un rythme plus rapide, elle eut envie de s'accrocher aux épaules de son mari et, telle une noyée, elle s'abandonna enfin.

La sensation de cette chair qui s'ouvrait à lui eut sur Matt un effet torride. Le sexe de Jessie était comme un fourreau étroit, moelleux, qui épousait le sien dans la plus intime des étreintes. Le plaisir était si intense qu'il en était presque douloureux. Matt luttait contre le besoin impérieux de s'enfoncer plus profondément en Jessie, de la posséder plus totalement. Il savait que, pour l'instant, elle oscillait entre plaisir et douleur, il le voyait dans ses yeux, le devinait à la façon dont elle enfonçait les ongles dans ses muscles tendus. Pourtant, elle ne lui demandait pas d'arrêter, n'essayait pas de se soustraire à son étreinte. Le corps de Jessie était soudé au sien, songea-t-il, ils s'épousaient. C'était un moment extrême et presque intenable.

Jessie cherchait son souffle. La douleur refluait et elle prenait conscience en elle de cette présence dure, ferme et qui lui donnait l'impression de combler bien davantage que son propre sexe.

Matt ne bougeait plus, mais elle savait qu'il n'avait pas encore pris son plaisir. A cette idée, ses dernières réticences s'évanouirent. Elle se souleva doucement et, resserrant des muscles dont elle venait de découvrir l'existence, elle l'attira plus profondément en elle. Matt se tendit, ses poings se crispèrent sur le drap.

— Non, souffla-t-il d'une voix rauque. Jessie, arrête. Cesse de… bouger… comme ça.

Elle l'observa un instant, à la lumière tamisée de la lampe

de chevet. Il était fou de désir. Un désir qu'il éprouvait pour elle, Jessica... Cette pensée la transcenda. Elle avait le pouvoir. C'était elle qui l'avait mis dans cet état de dépendance. Fascinée, elle s'arc-bouta et se mit à bouger doucement.

— Comment? Comme ça, tu veux dire?

— Jessie, par pitié! Arrête... Je ne peux pl...

Elle ne saurait jamais ce qu'il avait voulu dire car sa phrase se termina par un gémissement de supplicié. Elle fit glisser ses mains jusqu'aux reins de Matt puis prit ses fesses.

— Bien sûr que si, chuchota-t-elle, enivrée.

Elle remonta ensuite les jambes, les enroula autour des hanches de son époux et, se redressant un peu, elle déposa de petits baisers tout le long de son cou, puis, plus bas, jusqu'à prendre un mamelon dans sa bouche, qu'elle se mit à mordiller.

Matt laissa échapper un long râle et, tendu comme un arc, donna une dernière poussée.

Puis il se laissa retomber. Comme lui, elle était pantelante.

— La prochaine fois, murmura-t-il. La prochaine fois, je ferai durer le plaisir toute la nuit. Ce soir, je ne pouvais pas. Ça fait trop longtemps que j'ai envie de toi. Bien trop longtemps...

Là-dessus et sans prévenir, il la reprit de manière si farouche qu'un cri lui échappa, plus fort que les précédents. Matt hésita alors, la dévisagea attentivement. Ce qu'il vit dut le rassurer car, un sourire de prédateur aux lèvres, il se mit à aller et venir en elle, à un rythme régulier, envoûtant, excitant.

Jessie le rejoignit, en cadence, pour le prendre en elle tout autant que lui la prenait, s'abandonnant et se donnant avec ardeur. Son plaisir montait de nouveau, trop intense pour être contenu. Son regard devint vague, des soupirs rauques montèrent de nouveau du fond de ses entrailles. L'explosion n'était plus très loin, elle le sentait, maintenant qu'elle connaissait la sensation. Matt n'était plus très loin de craquer non plus, d'ailleurs, mais il l'attendait. Il voulait la voir jouir sous ses poussées. Avant lui.

Les secondes s'écoulaient maintenant avec une lenteur presque insupportable.

Et soudain, tous deux chavirèrent ensemble.

Matt se laissa retomber doucement sur le corps comblé de Jessie, étourdi par la violence de son propre orgasme. Il avait perdu sa virginité à l'âge de quinze ans, et au cours des vingt-cinq années qui s'étaient écoulées depuis lors, il avait eu un bon nombre de relations, peut-être même plus que la moyenne. Si on lui avait posé la question, il aurait avoué sans aucune honte qu'il avait presque tout essayé et pratiquement tout aimé. Pourtant il n'avait encore rien éprouvé de semblable, ne s'était jamais senti ainsi vidé de toute substance.

Le corps de Jessie était moite sous le sien. Chaque inspiration apportait avec elle un mélange d'odeurs plus excitantes les unes que les autres, et il comprit bientôt, en un mélange d'étonnement et de satisfaction purement masculine, qu'il la désirait encore.

Il n'était pas remis des suites de l'orgasme le plus puissant de son existence qu'il ne pensait déjà qu'à recommencer.

Il dut faire un effort pour se relever, tant ses bras lui paraissaient faibles. Il contempla un instant la femme étendue entre ses bras, avec ses joues encore roses, ses paupières humides. Et soudain, il vit une larme s'en échapper. Elle dessina une ligne argentée sur sa tempe avant de disparaître dans ses mèches folles.

Le cœur serré, il se mit à l'embrasser doucement, goûtant

au passage le sel de ses larmes, avant de se poser sur sa bouche enflée par les baisers.

— Jessie ?

La jeune femme battit des cils. Elle le contempla depuis sa torpeur, toujours alanguie de leur étreinte.

— Ça va, ma chérie ? Je ne t'ai pas fait trop mal ?

— Non… Enfin, si.

Elle déglutit péniblement et secoua la tête, la bouche étirée en un sourire incertain.

— Au début, surtout. Quand la douleur s'est arrêtée, ça a été…

Elle chercha ses mots, en vain. Il lui était impossible de décrire ce qu'elle avait éprouvé, ce que Matt lui avait apporté. En désespoir de cause, et au risque de tomber dans le cliché, elle alla au plus simple.

— Tu m'as vraiment comblée, Matt.

D'une main tremblante, Jessie lui effleura le visage, passant le bout de ses doigts sur ses joues puis sur sa mâchoire.

— Merci, ajouta-t-elle dans un souffle.

Matt avait changé d'expression. Son visage exprimait des sentiments qu'elle n'avait encore jamais vus chez un homme et qui la firent rougir. Il paraissait ému, lui aussi. Emu et confiant…

Il était toujours en elle, et elle comprit soudain que son corps ne lui appartiendrait plus jamais en propre.

— Tout le plaisir a été pour moi, ma belle, l'assura-t-il d'une voix rauque. Et puis, tu me connais… Je ne suis pas du genre à refuser un service à une vieille amie !

Elle rit — d'un petit rire de gorge qui éveilla en lui une montée de désir. Il se sentit bander en elle et laissa échapper un soupir rauque.

— Encore, murmura-t-il.

Et Jessie lui donna ce qu'il désirait si ardemment.

Jessie contempla les draps emmêlés, sentit l'odeur musquée de sueur et de sexe, autour d'elle.

Ainsi, c'était ce qu'on ressentait, au lendemain de sa nuit de noces… Cette douleur sourde et diffuse, rappel tangible des événements de la nuit… Cette sensation de renouveau, cette conviction irrationnelle d'avoir changé, d'être différente…

Un aspirateur ronronnait non loin de là. La femme de chambre nettoyait une chambre voisine, et Jessie se demanda vaguement quelle heure il pouvait être. Tard, à ne pas en douter. L'aube s'annonçait déjà lorsque Matt et elle s'étaient enfin endormis.

Jessie ne s'était jamais considérée comme une femme passionnée et Matt lui avait prouvé qu'elle se connaissait mal. La nuit avait tenu ses promesses et plus encore.

Elle plissa les yeux et aperçut son reflet dans le miroir qui surplombait le lit. Cette vision acheva de la réveiller. Le lit était un véritable champ de bataille, les couvertures gisaient sur la moquette, à côté de deux ou trois oreillers…

Au cours de la nuit, levant timidement les yeux vers ce miroir, elle avait vu le dos tendu de Matt, ses muscles roulant puissamment tandis qu'il allait et venait en elle. A ce souvenir, elle sentit son visage s'empourprer.

Son regard se porta sur le reflet de son mari toujours allongé près d'elle et elle sentit sa bouche s'étirer en un sourire félin. Cet homme étendu sur le ventre, à côté d'elle, un bras autour de sa taille… Cet homme lui appartenait, désormais.

Il paraissait plus jeune, dans son sommeil, comme si toute tension l'avait déserté. Jessie observa la cicatrice, sur son épaule. La balle avait traversé, laissant une boursouflure. Et bien que Matt ait esquivé toute question concernant la gravité de l'impact, il ne fallait pas être médecin pour comprendre qu'il avait frôlé la mort.

Elle frémit à cette pensée et reprit son examen. Le drap avait glissé, exposant les reins de Matt, ses fesses. Elle laissa remonter son regard : des lignes rosées lui lacéraient les omoplates. A son grand embarras, elle comprit qu'il s'agissait des traces de ses propres ongles.

Cette constatation la laissa perplexe. Elle ne parvenait pas à croire qu'elle s'était laissée aller au point de le griffer comme une… comme une chatte en fureur. Cela ne lui ressemblait guère. La Jessica qu'elle connaissait était d'un naturel réservé, tranquille. Maîtresse d'elle-même au point d'avoir étouffé sa libido pendant des années. Pas du tout le genre de femme à laisser de telles marques sur le dos d'un homme dans un moment de passion ! Pas du genre à avoir des moments de passion tout court, d'ailleurs, à bien y réfléchir.

Un peu déstabilisée par la découverte de cette facette inconnue de sa personnalité, Jessie détourna les yeux pour s'examiner dans le miroir. Elle eut du mal à se reconnaître en cette femme aux cheveux déployés sur l'oreiller, et dont les yeux sombres brillaient d'une assurance qu'elle n'y avait jamais vue. Elle avait l'air… épanouie…

Oui, *épanouie* était le mot, pensa-t-elle en souriant.

Son sourire se dissipa soudain. Et si elle était déjà enceinte ? Un peu gênée, elle songea que bien que son désir d'enfant ait été à l'origine de cette aventure, elle n'y avait pas beaucoup pensé, depuis le jour où elle avait accepté d'épouser Matt… Quel sens cet oubli avait-il ?

— Tu cherches des signes de débauche ? demanda Matt, d'une voix encore ensommeillée.

Surprise, Jessie se tourna vers lui. Il l'observait les paupières mi-closes, et son regard se réchauffa lorsqu'il se posa sur ses seins nus. Le premier réflexe de la jeune femme fut de remonter le drap sur sa poitrine, mais Matt fut plus rapide qu'elle. Il s'empara du tissu satiné et tira d'un coup sec.

Elle tira à son tour, il refusa de céder. Elle lui fit les gros yeux, il lui sourit, d'un air mutin.

— C'est petit, de se servir de sa force pour parvenir à ses fins ! déclara-t-elle.

Il lui était difficile de paraître sentencieuse, dans cette position, les seins nus et exposés… entièrement nue, en fait. Malgré tout, elle s'efforça de donner à sa déclaration un semblant de solennité.

— Ce n'est pas du tout mon avis ! protesta Matt. Pour ma part, j'ai toujours pensé qu'il était plus judicieux d'utiliser tous ses atouts.

Sur ces mots, il tira une dernière fois sur le drap, les yeux rivés sur ses seins. Lorsqu'il les releva vers elle, elle y lut un désir désormais familier.

— En amour comme à la guerre, tout est permis, murmura-t-il, se penchant vers elle.

— Surtout à la guerre ! fit-elle remarquer avant de rouler vers l'autre extrémité du lit, dans l'intention d'aller se réfugier dans la salle de bains.

Encore une fois, Matt la devança. Il la rattrapa pour l'attirer contre lui sur le lit défait. S'ensuivit une partie de chahut ponctuée d'éclats de rires, et qui vit le reste des oreillers rejoindre les premiers tandis que le drap housse, cédant à leurs assauts, finissait de se détacher.

Jessie se retrouva à califourchon sur son mari dont elle tenait les deux mains au-dessus de la tête.

— Alors ? Tu t'avoues vaincu ?

— Me rendre alors que l'ennemi est moins fort que moi ? s'écria Matt d'un ton moqueur. Tu rêves !

— Attends ! C'est moi qui te tiens, là, me semble-t-il ! Tu es coincé, mon vieux !

La seconde d'après, et avant qu'elle comprenne ce qui lui arrivait, il la renversait et se glissait entre ses jambes. Jessie laissa échapper un petit gémissement, tandis qu'il la prenait avec force.

— J'ai gagné, ma belle, murmura-t-il alors.

Et elle était trop bien pour songer à contester cette victoire.

Chapitre 12

Jessie avait laissé à Matt le soin de s'occuper de leur lune de miel. Cela lui avait paru plus sûr, attendu l'état dans lequel l'avaient mise les préparatifs du mariage en lui-même. Si elle avait dû en plus se soucier de la suite, elle aurait probablement fini avec une camisole de force, dans une cellule capitonnée.

Matt, donc, avait choisi un site touristique, sur la péninsule de Monterey, au sud-ouest de Carmel. Niché dans une forêt de pins battue par les vents de l'océan, le complexe hôtelier était composé d'une dizaine de bâtisses de bois, de deux étages tout au plus. Leur style dépouillé se mariait à merveille avec la beauté sauvage de l'environnement.

Une promenade de bois serpentait au milieu d'immenses dunes de sable. Au bout de la promenade, un large portail ouvrait sur les bouillonnements du Pacifique. Le décor n'avait rien à voir avec les plages de sable fin, immortalisées par les Beach Boy, bien au contraire. Il était tout en rochers et en criques, en petits bassins et en vagues déferlantes avec, de loin en loin, de petits carrés de sable blanc parsemés d'algues et de bois mort.

Les biches vagabondaient dans les dunes, s'arrêtant parfois de brouter pour observer les êtres humains qui remontaient l'allée. Ils paraissaient vaguement étonnés, au spectacle de ces bipèdes aussi inoffensifs que bizarroïdes.

Le lendemain de leur arrivée, Jessie et Matt furent récompensés de leur ascension par la vision de deux otaries jouant dans une des criques.

La jeune femme, aux anges, s'émerveillait de tout. Des otaries, des cerfs et des biches, des arbres déformés par les intempéries, du luxe discret de leur chambre et de la vue splendide qu'ils avaient de leur balcon. C'était bien simple, si on lui avait demandé de décrire l'endroit rêvé pour une lune de miel, elle aurait répondu que c'était celui-là. Cela dit, sa nouvelle vision du monde ne tenait ni à la présence de la faune, ni au spectacle de l'océan déchaîné, et Jessie aurait passé un moment tout aussi fantastique si Matt l'avait emmenée dans un motel miteux de la Vallée de la Mort.

— Matt ? Matt ? Réveille-toi !

— Impossible. Je dors à poings fermés, marmonna-t-il, la tête enfouie sous l'oreiller.

Il sentit le matelas s'enfoncer. Jessie venait de s'asseoir près de lui.

— Menteur ! Quand on dort, on ne parle pas.

— Je parle dans mon sommeil.

— Tu mens dans ton sommeil, tu veux dire ! rectifia-t-elle, d'un ton de reproche.

Là-dessus, ignorant ses protestations étouffées, elle tira les couvertures.

— C'est l'heure de se lever.

— Pourquoi ? Quelle heure est-il ? demanda-t-il, posant un autre oreiller sur sa tête, les yeux toujours fermés.

— 6 heures.

— Du matin ? demanda-t-il d'un ton incrédule.

— Du matin ! confirma-t-elle. Allez ! Debout, fainéant… Tu me l'as promis !

— Je me suis laissé berner, marmonna-t-il, repoussant les oreillers pour la foudroyer du regard. Quand tu as dit 6 heures, je croyais que tu parlais du soir.

Jessie tenait une forme incroyable. Mieux, elle était radieuse.

— Allez ! Lève-toi et fais comme le soleil… Brille !

Elle était à deux doigts de l'euphorie totale ! Matt poussa un grognement et se laissa retomber sur l'oreiller, dévisageant sa femme d'un air mauvais.

Assise au bord du lit, elle portait une longue jupe de coton bleu, et un épais pull-over blanc qui tombait sous ses hanches. Ses cheveux caramel étaient ramenés en arrière par deux barrettes bleu vif… L'ensemble était des plus charmants et Matt la considéra avec un intérêt renouvelé.

— J'ai mal dormi, déclara-t-il, prenant une mine suffisamment défaite pour lui faire comprendre qu'il souffrait d'un énorme manque de sommeil. Je n'ai pas arrêté de me réveiller.

— Ce n'est pas ma faute ! répliqua Jessie d'un ton sévère, malgré le rouge qui lui montait au visage.

— Tu plaisantes ?

Il lui attrapa la main pour l'attirer contre lui.

— Qu'étais-je censé faire, quand je me suis réveillé à 3 heures du matin, une femme adorable roulée en boule sur moi comme un petit chat ?

— Qu'est-ce que tu racontes ? Jamais de la vie ! se récria Jessie, tentant de se soustraire à son emprise. C'est toi qui m'as réveillée, avec ton… Bref… C'est toi qui m'as réveillée. Et à deux reprises, en plus !

— Trois, rectifia-t-il, sentant son intérêt, entre autres

choses, se raviver. Tu as une objection valable à une quatrième édition ?

— Matt ! se récria-t-elle, les joues empourprées, sans doute au souvenir de leurs ébats nocturnes. Tu es vraiment insatiable !

— C'est ma lune de miel, tout de même ! s'exclama-t-il, d'un air innocent.

Un sourire mutin aux lèvres, il essaya une nouvelle fois d'attirer la jeune femme à lui. Après tout, s'il devait vraiment se réveiller à une heure aussi incongrue, autant en profiter !

— Il en va de la tradition la plus élémentaire !

— Matt ! Vraiment, tu… Oh !

Il mit fin à ses protestations en la serrant contre lui.

Pendant quelques minutes, à l'exception de quelques soupirs et d'un gémissement langoureux, tout fut calme dans la chambre.

Matt commençait à penser que ce genre de réveils matinaux avait du bon, en fin de compte, lorsque Jessie se dégagea de lui.

— Arrête ! fit-elle fermement. Cette fois-ci, tu n'arriveras pas à me distraire de mon but. Hier, nous n'avons pas mis le nez dehors avant midi !

Là-dessus, elle se dégagea et se leva d'un bond.

— Ce n'est pas ma faute si tu me trouves irrésistible ! répondit Matt. Allez, Jessie. Reviens te coucher. L'océan sera toujours là dans quelques heures, tu sais !

— Peut-être, seulement les cerfs, eux, auront peut-être disparu.

Tout en parlant, et comme malgré elle, la jeune femme laissait courir ses yeux sur le corps de son époux, s'attardant un moment sur son torse puissant, avant de suivre la toison qui descendait sur son ventre et disparaissait sous le drap enroulé autour de ses hanches. Elle fit les gros yeux, à la vue de l'excitation qu'il ne faisait aucun effort pour dissimuler, mais elle ne détourna pas la tête pour autant.

Ce mélange d'intérêt franc et de timidité donna à Matt l'envie de la prendre sans plus attendre. Cela dit, au cours des jours qui venaient de s'écouler, il avait découvert que le moindre des gestes de Jessie lui donnait ce genre d'envie. C'était d'autant plus surprenant que durant leur longue amitié, pas une seule fois il n'avait eu envie d'elle. A présent, il ne pensait plus qu'à une chose : lui faire l'amour.

Encore et encore…

Il estima mentalement la distance qui les séparait et jugea qu'il était trop loin d'elle pour l'attraper. Il allait devoir trouver une autre tactique, plus subtile.

— C'est dur, pour un homme, de se retrouver dans un tel état d'excitation sans avoir de… d'exutoire !

La mine défaite avec laquelle il la dévisageait ne provoqua chez elle qu'un petit rire méprisant.

— Bien essayé, Latimer… Dis-moi, poursuivit-elle impitoyablement. Tu te souviens de l'été où tu nous as surpris, Billy Thompson et moi, en train de flirter dans le belvédère de mon grand-père ?

— Le type qui avait la tête rentrée dans les épaules ?

Elle hocha la tête et Matt se renfrogna. S'il se souvenait ? Que oui ! Avec une précision étonnante, et au point d'en concevoir une certaine contrariété, aujourd'hui encore.

— Il essayait de glisser les mains sous ton chemisier, marmonna-t-il.

— C'est possible, cependant il n'avait encore rien fait de tel, répondit Jessie, une nuance de regret dans la voix. Et pour ta gouverne, Billy faisait de l'haltérophilie. C'est pour cela qu'il avait un cou aussi court.

— Tu avais à peine quinze ans, et lui, dix-huit… Un peu vieux pour toi, non ?

— C'est exactement ce que tu m'as dit ce jour-là, Matt. Avant d'embrayer sur autre chose. Tu te souviens ?

— Pas très bien, non, dit-il précautionneusement.

— Une fois que tu as eu menacé ce pauvre Billy de tous les maux de l'enfer, tu m'as fait asseoir pour m'expliquer le genre de ruses que les garçons sont susceptibles d'utiliser quand ils veulent coucher avec une fille. Ça y est ? La mémoire te revient tout doucement ?

Matt baissa la tête d'un air piteux.

— Tu m'as expliqué qu'en aucun cas, je ne devais croire un garçon qui prétendrait qu'être excité sans rien pouvoir faire pour y remédier… risquait de devenir impuissant.

Elle le considéra un instant d'un air innocent.

— Tu ne m'aurais pas menti tout de même, Matt !

Pris à son propre piège, Matt s'éclaircit la gorge.

— Je ne t'ai pas menti, non… Seulement une fois que tu es mariée, ce n'est plus pareil…

Jessie haussa un sourcil dubitatif.

— Il se produit une réaction chimique, chez un homme lorsqu'il…

Elle l'interrompit d'un petit gloussement amusé. De toute évidence, elle ne se laisserait pas mener en bateau aussi facilement.

— Bon ! marmonna-t-il. Ne me crois pas si tu veux ! Quand je me tordrai de douleur sur le plancher, tu le regretteras !

Cette fois-ci, la jeune femme partit d'un rire franc. Ses yeux pétillaient de malice, et Matt dut faire un effort pour continuer à faire mine de bouder…

… Tout en se rapprochant d'elle, de manière presque imperceptible.

— Encore une fois, Matt, bel essai… Non transformé, cependant. Je sais très bien que tu ne…

Soudain, il bondit vers elle, lui arrachant un petit cri aigu. Un bras enroulé autour de sa taille, il la renversa sur le lit, dans un bruissement de tissu. Et si elle avait tenté de protester, il n'en sut jamais rien car il l'embrassa avec autant de passion que d'autorité. Lorsqu'il s'interrompit, le seul son que Jessie fut en mesure d'émettre fut un gémissement de plaisir. Il en profita pour glisser les mains sous son pull-over.

— Tu m'avais promis qu'on se lèverait de bonne heure! dit-elle dans un souffle.

Malheureusement pour elle, tout dans son attitude démentait sa déception. Elle se lovait déjà contre lui, presque offerte. Il dégrafa son soutien-gorge et la débarrassa de son pull-over pour pouvoir la contempler à loisir.

— Si je te laisse t'échapper, ma chérie, je risque de péter les plombs.

— Pas question de passer la matinée au lit, déclara-t-elle, pourtant pantelante.

La bouche de Matt sur ses seins était comme un supplice.

— Je peux faire vite, si tu veux! Cinq minutes…

— Je ne suis pas certaine que ce soit une bonne idée, murmura-t-elle d'une voix à peine audible.

Les mains de Matt remontèrent sous sa jupe. Elle entendit le bruit d'une déchirure et, bientôt, son slip — ou ce qu'il en restait — atterrit sur le plancher.

— Je veillerai à ce que ce soit très bon, lui promit-il en s'allongeant sur elle.

Et ce n'était pas une promesse en l'air.

Cela dura bien plus que cinq minutes. Toutefois la matinée était loin d'être finie quand ils quittèrent enfin la chambre.

Matt, qui continuait à penser qu'ils auraient dû rester dans leur lit douillet, plutôt que d'aller se balader sur cette plage austère et rocheuse, ne manqua pas une occasion de rappeler à sa femme, de la manière la plus probante qui soit, qu'il y avait des manières bien plus agréables de passer une lune de miel.

Il commença par l'embrasser dans la cage d'escalier, puis sur les marches de leur lodge. Une fois sur la promenade, il la plaqua contre le tronc d'un vieux pin tout déformé pour essayer de la convaincre, avec force caresses, de regagner leur chambre. Il fit une dernière tentative dans un petit passage entre deux bâtiments, lui expliquant que les cerfs, les dunes de sable… tout cela était très surfait, en fin de compte!

Lorsqu'ils prirent enfin place à la table du petit déjeuner, dans une salle donnant sur l'océan, Jessie était toute décoiffée. Elle avait les joues écarlates, la respiration courte, mais elle avait tenu bon.

Une fois sa commande passée, elle dévisagea son mari, assis face à elle. Il portait un jean délavé et un sweat-shirt blanc, ses cheveux sombres retombaient sur son front, légèrement ébouriffés. Il s'était peigné avant de partir et, bien qu'elle eût préféré mettre ça sur le compte du vent, elle se souvenait parfaitement avoir enfoncé les doigts dans ses mèches sombres pendant qu'il lui volait d'innombrables baisers.

A l'observer, pendant qu'il commandait à son tour, elle sentit une douce chaleur s'emparer d'elle… et se demanda si elle n'avait pas eu tort d'insister pour qu'ils sortent de si bon matin. Après tout, les cerfs n'étaient pas une espèce en voie de disparition et il leur restait deux jours pour…

— C'est ta faute! C'est toi qui as voulu jouer les randonneuses, commenta Matt, avec un sourire suggérant qu'il avait lu dans ses pensées.

Jessie soupira, dans l'espoir vain de faire croire à Matt que rien de tel ne lui avait traversé l'esprit.

— Avoue que ce serait dommage d'être dans un endroit aussi magnifique et de ne pas profiter de toute cette beauté !

— J'avais l'impression de faire tout mon possible pour profiter d'une des beautés de l'endroit, au contraire ! répondit-il en se reculant pour permettre au serveur de poser son café, ainsi qu'une corbeille remplie de muffins, devant lui.

Jessie s'efforça de ne pas rougir, ni sous le compliment, ni sous le regard de Matt. C'était d'autant plus absurde que, depuis qu'elle le connaissait, elle n'avait pas le souvenir qu'il l'ait fait rougir une seule fois. Aujourd'hui, il lui suffisait de hausser les sourcils ou de lui sourire d'un air complice pour que ses joues s'empourprent comme celles d'une collégienne… C'en était gênant, à la fin !

Histoire de changer de sujet, elle désigna d'un doigt la bandoulière accrochée au siège de sa chaise.

— Je suis contente que tu aies pris ton matériel. A quoi bon épouser un photographe de renommée mondiale, si c'est pour rentrer de lune de miel sans aucune photo, tu ne trouves pas ?

Elle avait été occupée à beurrer un muffin en disant cela, et le regard interdit de Matt lui échappa. Il palpa les contours familiers de l'étui de l'appareil. C'était inconsciemment qu'il l'avait emporté avec lui. De tout temps, l'objet avait fait partie de ses bagages, et il l'avait machinalement jeté dans sa valise, en même temps que ses sous-vêtements et son nécessaire de rasage. Il n'y avait pas repensé depuis qu'il l'avait rangé au bas de l'armoire de leur chambre d'hôtel et, ce matin, pour une raison qui lui échappait, il s'en était emparé, au moment de partir, comme il l'avait fait des milliers de fois, dans d'autres chambres d'hôtel, à travers le monde.

Il examina Jessie, toujours absorbée.

Le restaurant, ceinturé de baies vitrées, offrait une vue de 360° sur la mer, les dunes et les futaies. Le soleil déversait ses premiers rayons dans la salle, faisant briller le sol de bois et les nappes blanches, donnant un reflet roux et or aux boucles folles de Jessie.

Et soudain, Matt se rendit compte qu'il avait envie de prendre sa femme en photo. Pieds nus sur la plage, les cheveux au vent. Ou encore se tournant vers lui, avec son sourire radieux.

— Je m'étonne que tu aies résisté à l'envie pendant si longtemps ! déclara-t-elle entre deux bouchées.

Elle mâcha longuement et lui sourit.

— Cette presqu'île est tellement somptueuse que ça a dû te démanger, de passer un peu de temps à jouer avec tes objectifs !

— Ce ne sont pas les occupations qui m'ont manqué, répliqua Matt d'un ton léger.

Il aurait pu ajouter que son expérience résidait principalement dans la photo de guerre, la mort et la dévastation, pas dans celle des paysages maritimes de la basse Californie. Il n'en fit rien, toutefois. De toute manière, ce n'était pas au paysage qu'il pensait, en ce moment précis.

Pourtant, à la fin de la journée, Matt avait mitraillé. Pour faire plaisir à Jessie, il avait pris quelques photos des cerfs dans les dunes, d'autres des vagues s'écrasant sur les rochers et du tronc tordu d'un cyprès apparemment très vieux.

Pour se faire plaisir à lui, il avait photographié Jessie, resplendissante, avec en arrière-fond les dégradés de bleu que formaient le ciel et la mer. Un peu plus tard, elle se trempait les pieds dans l'écume glacée du Pacifique, les yeux levés vers les mouettes qui criaient au-dessus d'eux.

Le maniement de l'appareil lui était resté familier, et Matt avait à peine conscience de le tenir entre ses mains. Il le portait à ses yeux sans réfléchir, cadrait l'image, tournait une molette ou l'autre, et prenait sa photo.

Pour la première fois depuis bien longtemps, il se sentait entier, comme s'il avait retrouvé une part perdue de son âme, en quelque sorte.

Cependant, cette nuit-là, et pour la première fois depuis qu'il avait demandé Jessie en mariage, il fut réveillé en sursaut par son cauchemar habituel.

Assise en tailleur au milieu du lit, Jessie regardait fixement le rai de lumière, sous la porte de la salle de bains. Dans quelques minutes, Matt viendrait la rejoindre et, de manière inexplicable, elle se sentit soudain tendue.

C'était parfaitement ridicule. Ils étaient mariés depuis une semaine, à présent, ils partageaient la même couche et y passaient même une bonne partie de leur temps. A cette pensée, elle eut une petite bouffée de désir, qui ne soulagea pas sa tension pour autant. Les choses lui paraissaient différentes, ici, dans cette chambre qu'elle occupait depuis sa petite enfance.

A long terme, le couple projetait de s'installer dans la chambre de Leland Sinclair, plus spacieuse, plus lumineuse aussi. Malheureusement, celle-ci n'était toujours pas débarrassée des affaires du vieil homme, et Jessie rechignait à s'atteler à la tâche. Cela dit, si elle avait su à quel point l'installation de Matt dans sa propre chambre la perturberait, elle s'y serait mise, malgré la nostalgie que ça n'aurait pas manqué d'éveiller en elle.

— Tu sais que je sortais avec Angela Delveccio, quand j'avais seize ans !

Perdue dans ses pensées, Jessie n'avait pas entendu la porte s'ouvrir. La voix de Matt la fit sursauter.

— Nous étions dans le même groupe, en algèbre, et chaque semaine, j'allais chez elle pour… travailler.

Il se tenait contre le chambranle de la porte, une serviette jaune autour de la taille. Il paraissait immense, viril en diable et… vaguement dangereux.

— Ses parents nous autorisaient à monter dans sa chambre, à condition que la porte reste grande ouverte. Ils devaient penser que ça nous empêcherait de faire des bêtises.

— Et ça a marché ?

— Tu sais, même à seize ans, il n'est pas facile de conter fleurette à une fille dont la mère risque de débouler à n'importe quel moment !

A en juger par son sourire, toutefois, Jessie soupçonna qu'il avait « conté fleurette » à Angela Delveccio ailleurs que dans sa chambre.

— Ce qui ne m'empêchait pas d'entretenir un certain nombre de fantasmes sur cette chambre.

— La chambre d'Angela, tu veux dire ?

— Oui.

Pieds nus, Matt s'avança jusqu'à la coiffeuse. Ses longs doigts se posèrent tour à tour sur les objets éparpillés sur le bois poli. Il s'interrompit pour porter à son nez une bouteille de parfum, avant de s'attarder sur une houppe.

Jessie l'observait, sentant une chaleur familière monter en elle. Matt lui semblait presque agressif de virilité, à étudier ainsi ses effets personnels, une simple serviette autour des hanches.

Il y avait autre chose, toutefois. Elle le désirait… Il n'y avait pas d'autre mot pour exprimer le besoin qu'elle éprouvait. Cette chaleur diffuse, cette envie de le sentir près d'elle… C'était du désir.

Comme s'il avait senti son regard, Matt se retourna. Il

s'appuya paresseusement contre la coiffeuse et fixa Jessie de ses yeux bleus en croisant les bras.

Jessie sentit sa bouche s'assécher.

— La chambre d'Angela était rose, très… fille. Elle sentait bon la poudre et le parfum.

Il décroisa les bras, passa nonchalamment la main sur son torse. Puis, mine de rien, cette main descendit plus bas, sur son ventre — elle faillit en oublier de respirer.

— Une odeur très féminine. Je rêvais d'être seul avec elle dans cette chambre, et de l'allonger sur son dessus-de-lit à fleurs.

Il glissa un pouce dans la serviette dont le nœud commença à céder. Elle ne dissimulait plus grand-chose, à présent.

— Mon… Mon dessus-de-lit est à fleurs, lui aussi, fit remarquer Jessie d'une voix rauque.

Il ne l'avait pas encore touchée que, déjà, elle sentait son corps s'embraser.

— J'ai remarqué, oui, fit-il avec ce sourire charmeur qui ne manquait jamais de la faire fondre. Tu n'aurais pas envie de m'aider à réaliser un vieux fantasme, par hasard ?

La serviette tomba. Jessie se mordilla la lèvre. Elle dut reprendre un peu ses esprits avant de répondre.

— Je ne suis pas Angela Delveccio.

A ces mots, Matt traversa la pièce en trois enjambées et, d'un geste ferme, renversa Jessie sur le couvre-lit. Son corps était tendu comme un arc lorsqu'il s'étendit sur elle.

— Angela *qui* ? demanda-t-il contre ses lèvres.

A en croire les témoignages, les premières semaines d'un mariage constituaient souvent une épreuve, les jeunes mariés devant s'adapter à leur nouvelle condition. Matt en avait suffisamment entendu parler pour imaginer que Jessie et lui-même n'échapperaient sans doute pas à la règle et qu'il y aurait quelques tensions, quelques disputes, voire quelques larmes. Pour sa part, il était censé éprouver des difficultés à accepter le fait de ne plus être un célibataire libre de ses mouvements et de séduire qui il voulait. Pourtant, il lui paraissait difficile de regretter sa liberté dans de telles circonstances et un tel décor. Comment aurait-il pu déplorer la perte de son appartement impersonnel de Seattle, face à la chaleur et au confort de la maison du vieux Leland Sinclair et de son jardin de rêve ? Ou songer avec nostalgie aux plateaux-télé en solo et aux expéditions nocturnes jusqu'au restaurant fast-food le plus proche, quand Jessie prenait un tel plaisir à faire la cuisine ? Enfin, comment aurait-il pu s'attrister de renoncer à toutes les jolies femmes de la terre alors qu'il vivait désormais avec la plus belle d'entre elles ?

Oh, bien sûr, quelques détails l'irritaient. Par exemple, l'habitude horripilante qu'avait Jessie de se réveiller aux aurores, et de bonne humeur, en plus. Toutefois, il y avait pire au monde qu'être tiré du sommeil par une femme prête pour l'étreinte et dont la peau douce le rendait fou. Et puis il y avait la musique…

Matt avait un goût prononcé pour les grands classiques, comme Tchaïkovski ou Rachmaninov, avec une petite exception pour Sheryl Crow et quelques morceaux de bon vieux rock'n roll. Jessie, elle, préférait Hank Williams et Michael Jackson. Aussi, tous deux durent-ils faire preuve de tact et de diplomatie au moment de mélanger leurs CD, ce qui se traduisit parfois par des négociations puériles et souvent par de grands éclats de rire. Il leur arrivait même de mettre fin aux hostilités en faisant l'amour à même le sol, devant la cheminée.

Bien qu'il se soit remis à prendre des photos, Matt n'était toujours pas certain du tour que prendrait sa vie professionnelle, le moment venu. Tout ce qu'il savait, c'est qu'il ne retournerait pas sur le terrain. A d'autres, l'immortalisation des malheurs du monde, des tragédies et de la douleur. Pour sa part, il n'avait plus le cœur à s'y atteler. Il avait suffisamment d'argent de côté pour réfléchir à la question et, dans l'intervalle, il décida de photographier la roseraie. Jessie en fut ravie et lui aussi. Cela lui donnerait l'occasion de s'essayer à quelque chose d'entièrement différent.

Lorsqu'il avait besoin de s'occuper, Gabe était toujours disposé à lui fournir du travail. Et quand il ne réparait pas un placard quelconque, il mettait le nez dans le moteur de la vieille Chevrolet. Au rythme où il y allait, la restauration du véhicule risquait de lui prendre une bonne vingtaine d'années, ce qui ne le dérangeait nullement.

Bref, Matt se sentait bien, entre sa jeune épouse et son nouveau chez-lui. Un nouveau départ, en quelque sorte. Une vie agréable, paisible.

Tout aurait donc été pour le mieux sans ces fichus cauchemars qui l'avaient repris avec une force renouvelée. Il avait cru en voir la fin, s'était imaginé que son esprit torturé guérissait à la même vitesse que son épaule. Or, à son grand dam, il se trouvait de nouveau sous leur emprise. Il se demandait ce qui avait provoqué leur retour. Peut-être simplement le fait de se remettre à la photo… A moins que ce ne soit le prix à payer pour un bonheur trop facilement gagné…

Quelle qu'en soit la raison, trois ou quatre fois par semaine, il se réveillait en sursaut, trempé de sueur et le cœur battant, l'esprit embrouillé d'images, de souvenirs et d'éléments oniriques si intimement mêlés qu'il ne parvenait pas à distinguer le vrai du faux. Il restait allongé des heures, dans l'obscurité, à écouter la respiration de Jessie auprès de lui, à se rappeler que cette présence-là, au moins, était bien réelle. L'autre monde, celui qu'il voyait dans ses cauchemars, avait disparu. Tout cela appartenait au passé.

Désormais, sa vie était ici et il n'avait aucune intention de repartir un jour.

Une maille à l'endroit, deux mailles à l'envers... ou l'inverse ? Jessie observa attentivement son ouvrage. A la mercerie, on lui avait affirmé qu'il suffisait d'examiner les mailles pour savoir si elles étaient à l'endroit ou à l'envers. En un sens, la mercière avait raison : les mailles n'étaient pas pareilles. Le problème demeurait entier cependant, car Jessie ne les distinguait pas les unes des autres. La maille endroit était-elle celle qui formait une petite boule ou celle qui formait un creux ? D'ailleurs, maintenant qu'elle y réfléchissait, était-elle censée les croiser, un rang sur deux ou non ?

La langue coincée entre ses dents, elle plongea son aiguille dans la maille suivante et enroula la laine autour, avant de la faire glisser. A l'endroit ou à l'envers, elle avait bel et bien tricoté une nouvelle maille, et elle leva son ouvrage pour l'examiner à la lumière. C'était normal, ces petits trous, çà et là ? Elle tira doucement sur l'un d'entre eux, plusieurs rangs plus bas, en s'efforçant de se souvenir ce qu'elle devait faire dans un cas semblable.

L'instant d'après, elle laissait retomber le futur pull-over pour se dégourdir les doigts. La vendeuse de *La Tricoterie* lui avait juré ses grands dieux que ce modèle était parfaitement adapté à une débutante. A l'entendre, il n'y avait quasiment rien à faire. Tout juste si on ne pouvait pas le tricoter d'une seule main. C'était peut-être ce qu'elle aurait dû faire, d'ailleurs, songea Jessie, découragée.

Ça lui apprendrait à ne pas laisser son imagination vagabonder ainsi. Dans la boutique, au milieu de toutes ces pelotes disposées en un arc-en-ciel de couleurs, elle s'était imaginée assise au coin du feu, se laissant bercer par le doux cliquetis des aiguilles tandis que Matt lisait le journal… Et tant pis si le temps, en cette mi-octobre, était toujours trop clément pour faire un feu ou si Matt ne lisait le journal que le matin, au petit déjeuner. Dans sa représentation romantique de la vie domestique, Jessie avait dépensé une somme folle pour acheter cette laine et tricoter un pull à son mari.

Avec un peu de chance, elle parviendrait à le convaincre que les trous faisaient partie du modèle…

Elle leva les yeux vers lui et ne put que s'attendrir en le voyant. Matt s'était endormi sur le canapé, un pied sur le sol, l'autre sur l'accoudoir. Son livre ouvert était posé sur le dossier, abandonné. Ce soir-là, c'était lui qui avait choisi la musique et un air classique s'échappait des haut-parleurs. Il lui avait dit de quoi il s'agissait, mais Jessie ne s'en souvenait déjà plus. Un nom plein de voyelles, à consonance russe. Cela dit, et bien qu'elle continue de le taquiner sur ses goûts musicaux, elle devait bien admettre qu'elle commençait à s'y faire. Elle n'aurait pu jurer, sans crainte de se tromper, qu'il en allait de même pour lui, lorsqu'elle écoutait les disques de Nirvana ou d'Aretha Franklin. Cependant, Matt les tolérait sans trop grimacer.

Son T-shirt gris, remonté sur son ventre, laissait voir quelques centimètres de sa peau hâlée. L'espace d'une seconde, elle envisagea d'y faire glisser la langue. Peut-être même plus bas, d'ailleurs. Avec un peu de chance, elle parviendrait à ouvrir le jean de Matt avant qu'il se réveille et…

Se ressaisissant, elle s'arracha au spectacle pour reprendre son tricot. Bien que plus de six semaines se soient écoulées depuis leur mariage, Jessie n'était toujours pas vraiment à l'aise avec sa sexualité passionnée. Elle continuait de trouver vaguement choquant le fait qu'à la simple vue de Matt, il lui vienne à l'esprit tout un tas d'idées plus dévergondées les unes que les autres. Idées qu'elle avait déjà mises en pratique, d'ailleurs, avec la bénédiction enthousiaste de son mari.

De même, elle ne se remettait pas de la vitesse à laquelle étaient survenus tous ces changements. L'année, qui avait commencé avec la mort de son grand-père, s'achevait avec son mariage et la promesse d'une existence toute nouvelle. Car bien qu'elle ne soit pas encore enceinte, cela ne tarderait plus, à présent, elle en était convaincue ! En tout cas, Matt et elle faisaient tout leur possible pour que son rêve devienne réalité !

Un peu confuse, la jeune femme planta son aiguille récalcitrante dans la maille suivante. Elle n'avait pas beaucoup pensé à ce fameux bébé, ces derniers temps. Bien qu'elle désire toujours un enfant, sa façon d'appréhender les choses avait changé, elle aussi. Dorénavant, le bébé tant attendu faisait partie d'un tout, qui incluait le couple qu'elle formait avec Matt et l'avenir radieux qui s'ouvrait devant eux.

Une vie entière auprès de Matt… cette pensée la fit tressaillir. La facilité avec laquelle il était passé du statut d'ami à celui de mari et d'amant la laissait toujours aussi incrédule. Plus étonnant encore, elle aurait pu compter sur les doigts d'une seule main les fois où elle ne l'avait pas désiré rien qu'en le regardant, celles où elle n'avait pas senti ses mains sur son corps, pendant la nuit.

Elle fit un faux mouvement et perdit deux mailles. En grommelant, elle s'efforça de les rattraper. Un jeu d'enfant, avait dit la vendeuse… Tu parles ! Un jeu d'enfant doté d'un diplôme de génie mécanique, oui !

— Tu veux que je te dise, Jessie ? J'ai vu des démineurs opérer d'un air moins crispé que toi face à ce tricot ! fit remarquer Matt, la voix enrouée par le sommeil, le ton malicieux.

— Le cliquetis des aiguilles est censé procurer un sentiment de sérénité, l'informa-t-elle, sans lever le nez de son ouvrage.

— Je vois… C'est pour cela que les jointures de tes doigts sont blanches de crispation, et que tu grinces si fort des dents que je t'entends jusqu'ici !

— C'est une question d'habitude, murmura-t-elle, toujours à sa tâche.

— Et de musculation, apparemment ! ajouta-t-il.

Jessie s'esclaffa et laissa retomber ses mains pour le contempler d'un air faussement outré.

— Tu n'as donc aucun respect pour la créativité ?

— Aucun. Surtout lorsqu'elle a l'air si laborieuse, répliqua-t-il d'un ton toujours endormi.

— Le tricot me paraissait tellement… Je ne sais pas, moi. Domestique. C'était d'ailleurs l'occupation préférée des femmes de pionniers !

— Quand elles ne dépiautaient pas des écureuils pour la soupe du soir, lui rappela-t-il. Tu as l'intention de nous concocter quelque chose du genre, prochainement ?

— Non. J'ai loupé le cours, quand j'étais à Paris. Je n'ai pas les dosages et j'ignore combien d'écureuils il faut pour obtenir un bon ragoût.

— Ça doit dépendre de la taille des bestioles !

Matt redressa l'oreiller pour s'installer plus confortablement.

— Ça me rappelle que je voulais te parler de Thanksgiving, poursuivit Jessie. J'ai envie de faire dans la plus pure tradition culinaire.

— C'est-à-dire ? De l'écureuil rôti ? N'y compte pas, ma belle ! Je ne veux même pas en entendre parler !

La jeune femme partit d'un grand rire.

— Ce n'était pas mon intention, rassure-toi. Encore que je ne serais pas très surprise d'apprendre que les Puritains en ont tué plus d'un, à l'occasion du premier Thanksgiving.

Elle s'empara de son modèle, un peu plus loin sur le siège, et le posa sur la table, à côté de la pelote de laine.

Matt la contemplait à travers ses paupières mi-closes. Elle portait un caleçon noir et un pull-over rouille bien trop grand pour elle et qui, en plus de lui descendre à mi-cuisses, avait une fâcheuse tendance à lui glisser sur l'épaule. Avec ses cheveux ainsi détachés et ses pieds nus coincés sous ses fesses, elle faisait penser à un farfadet.

— J'ai déjà invité Gabe à se joindre à nous. Et comme Laurène n'a pas de famille dans le coin, je me suis dit que nous pourrions lui proposer de venir, elle aussi.

Elle lui jeta un coup d'œil et sourit en le voyant acquiescer.

— On pourrait aussi demander aux McKinnon s'ils sont libres. J'ai cru comprendre que la mère de Ray ne bougerait pas de Santa Fe, de sorte qu'ils risquent d'être seuls, ce jour-là. Tu sais à quel point Ray déplore l'absence de sa famille, au moment des fêtes !

— Pas de problème, déclara Matt, refoulant la pointe de jalousie qu'il avait éprouvée en l'entendant formuler ainsi ses inquiétudes pour le moral de Ray McKinnon.

Il était parfaitement normal qu'elle s'inquiète : Ray était son ami, après tout. *Leur* ami, même !

— Je me suis dit que j'allais cuisiner quelque chose de tout à fait traditionnel, répéta-t-elle. Rien de grandiose, cependant…

Les yeux dans le vague, elle réfléchit un instant à son menu.

— J'ai une délicieuse recette de dinde cuite dans un sac

de toile, avec une sauce au cidre et une pincée de thym. A moins que j'en essaie une autre, qui consiste à la saisir à 200° avant de…

Matt referma les yeux. Il n'avait pas beaucoup dormi, la nuit précédente — celle d'avant non plus, d'ailleurs — et il se sentait agréablement engourdi, allongé ainsi, à écouter Jessie d'une oreille distraite. Ce qui ne l'empêcha pas d'approuver les mérites des huîtres en entrée, surtout accompagnées de riz sauvage, de noix de pécan et de champignons divers.

La dernière fois qu'il avait fait un véritable repas de Thanksgiving, cela remontait aux calendes grecques, lui semblait-il. La plupart du temps, il était à l'étranger et même lorsqu'il était de ce côté-ci du globe, il ne se donnait pas la peine de chercher où passer la journée. La perspective de dîner seul dans un restaurant lui avait toujours semblé plus déprimante que celle de manger un plat décongelé devant un match de football.

Le dernier Thanksgiving dont il se souvenait vraiment remontait à son enfance, avant le départ définitif de son père. Cela n'avait pas été une réussite, loin de là. Pour Matt, il s'était agi d'une longue suite de plats, consommés en silence, un œil sur son père qui luttait pour conserver son calme, l'autre sur sa mère dont le sourire absent et les yeux embués laissaient penser qu'elle avait ingurgité suffisamment de vodka pour être dans un monde auquel personne n'avait accès. Il n'y avait eu ni rires ni conversations animées, uniquement cette tension larvée, qui avait fait le lot quotidien des frères Latimer, pendant leur petite enfance. Matt ne se rappelait même plus ce qu'ils avaient mangé. Le plus important, à l'époque, avait été d'en finir aussi vite que possible, pour pouvoir enfin sortir de table.

Bref, rien qui constitue de quoi entretenir une nostalgie quelconque !

Jessie en était au dessert et débattait des mérites d'une goutte de bourbon dans la tarte au potiron, à moins qu'elle se lance dans une tarte aux pommes, plus classique. Ou encore dans une crème brûlée, histoire de contenter tout le monde… Matt laissa échapper un vague grognement, dans l'espoir qu'elle prendrait cela pour un accord.

Il lui aurait volontiers dit que, de toute manière, ce qu'elle préparerait serait délicieux, si elle n'avait pas pris un plaisir aussi évident à imaginer plusieurs menus. Et tant qu'elle n'attendait pas de lui un avis éclairé, il ne voyait aucun inconvénient à l'écouter. C'était agréable, d'être étendu ainsi, face à elle, à l'entendre faire des projets pour leur premier Thanksgiving ensemble…

Il était à mi-chemin entre le sommeil et l'état de veille lorsqu'il se rendit compte qu'elle venait de lui poser une question.

— Quoi ? demanda-t-il, faisant de son mieux pour paraître tout à fait alerte.

— Je disais qu'à présent que nous sommes mariés, tu t'endors quand je te parle ! lui fit-elle remarquer d'un ton sec.

— Pas du tout ! se récria Matt avec un sourire néanmoins penaud.

Il se redressa, vaguement groggy. Décidément, le manque de sommeil commençait à se faire sentir.

— Je t'écoutais avec attention, au contraire ! Tu vas nous faire une dinde au bourbon, avec une farce aux potirons.

Jessie fit une petite moue faussement outragée.

— Tu serais bien attrapé, si je te prenais au mot ! marmonna-t-elle.

— Je mangerais tout, jusqu'à la dernière miette, au contraire ! fit-il, ravi du sourire que son mensonge provoqua chez elle. Tu m'as posé une question ?

— Oui. Je t'ai demandé si tu ne voulais pas inviter ta mère.

Comme elle n'avait pas levé les yeux de son tricot, elle ne vit pas le sourire de son mari s'évanouir, tandis que son regard se durcissait.

— On n'a pas pris le temps de l'inviter au mariage et, bien que tu m'aies affirmé que ce n'était pas important, je me sens un peu coupable. Nous n'avons pas eu de ses nouvelles depuis lors, et je ne peux pas m'empêcher de penser qu'elle s'est vexée… De sorte qu'en l'invitant à…

— Non.

Sa réponse sèche fit sursauter Jessie qui leva vers lui un regard surpris.

— Non… Non quoi ?

— Je refuse d'inviter ma mère pour Thanksgiving. Ou pour n'importe quelle autre occasion, d'ailleurs.

Sidérée par sa réaction, Jessie laissa retomber son ouvrage sur ses genoux. Elle savait que le père de Matt et Gabe était parti de la maison lorsqu'ils étaient encore adolescents, et elle avait déjà compris que les deux hommes n'étaient pas beaucoup plus proches de leur mère. Sans quoi, Matt n'aurait pas balayé ainsi sa proposition de retarder leur mariage pour lui donner le temps d'arriver de Floride. Toutefois, ayant elle-même passé son existence à regretter le décès de sa propre mère, elle éprouvait quelques difficultés à comprendre une telle indifférence. D'ailleurs, ce qu'elle lisait dans l'expression de Matt, en ce moment même, n'était pas de l'indifférence, loin s'en fallait. On aurait dit… Oui… De la haine.

— Ecoute, je sais que vous n'êtes pas… très proches, seulement vous ne vous êtes pas vus depuis longtemps et… Tu ne crois pas qu'il est temps d'oublier le passé pour…

Matt se leva avec une telle brusquerie que Jessie laissa échapper un petit cri.

— Arrête avec ça, Jessica!

Les mains enfoncées dans ses poches, Matt se détourna d'elle, le temps de contenir la colère qui bouillait dans ses veines. Où Jessie était-elle allée chercher cette idée saugrenue? Elle ne pouvait pas comprendre. On ne comprend pas l'incompréhensible.

Il prit une longue inspiration et pivota de nouveau sur lui-même.

— Ne me parle plus de cette histoire, Jessie, ordonna-t-il d'un ton aussi calme que possible. Ma mère ne mettra jamais les pieds dans cette maison, c'est bien compris?

— Non. Je veux dire… Je ne vois pas ce qui te met dans cet état.

Après avoir abandonné son tricot sur la table basse, elle se leva pour lui faire face.

— Je sais ce que c'est, que d'avoir perdu ses parents, figure-toi… De passer sa vie sans pouvoir parler aux gens qui t'ont fait venir au monde. J'ignore ce qui s'est passé entre ta mère et toi, néanmoins il te reste une chance de…

— Je n'en veux pas, coupa-t-il d'un ton sec.

Il perdait vraiment patience. Le manque de sommeil, sans doute, songea-t-il, essayant désespérément de retrouver son calme. Tous ces cauchemars, ces coups de feu et ces cris, cette sensation d'arriver trop tard.

Toujours trop tard…

Cela dit, Jessie n'y était pour rien.

— Qu'est-ce que tu racontes, Matt? Tout le monde rêve d'avoir une chance de réparer, déclara Jessie d'une voix douce. Peut-être devrais-tu…

— Et toi, tu ferais mieux de t'occuper de tes oignons! explosa-t-il.

Il vit les yeux de sa femme s'écarquiller sous le choc, mais il était trop tard là aussi. Il ne pouvait pas revenir en arrière, pas plus qu'il ne pouvait retenir le flot de paroles qui lui montèrent aux lèvres.

— Je ne veux pas voir ma mère. Je ne veux pas lui parler et je ne veux pas parler d'elle. Encore moins la voir ici. Par ailleurs, je n'ai pas de leçon à recevoir de toi ou de qui que ce soit d'autre sur les vertus de la famille. On est dans la vraie vie, Jessica. Pas dans un épisode de *La Petite Maison dans la Prairie*!

Il la dévisagea un instant, hors d'haleine. Elle paraissait effrayée, à présent.

Ce fut cette peur qui vint à bout de la colère de Matt, qui lui fit prendre conscience du fait qu'il s'était mis à hurler. En un éclair, il se revit enfant, tremblant devant un père qui, ivre et furibond, lui hurlait dessus.

Honteux d'avoir ainsi perdu son sang-froid, il fit mine de tendre la main vers sa femme, avant de la laisser retomber avec lassitude.

— Pardonne-moi, fit-il d'une voix rauque. Je ne voulais pas…

Il laissa sa phrase en suspens, à court de mots.

— Matt…

Jessie fit un pas vers lui mais il recula.

Ils se dévisagèrent un long moment, sans savoir quoi faire. Ce fut Matt qui réagit le premier, en reculant d'un deuxième pas.

— J'ai besoin de prendre l'air… Je reviens… plus tard.

Sans attendre la réponse de sa femme, il tourna les talons et sortit de la pièce.

Jessie resta où elle était. Elle l'entendit prendre ses clés, sur la table de l'entrée. L'instant d'après, la porte se fermait derrière lui. Le bruit du moteur de leur voiture finit par s'éloigner dans la nuit. Alors, et alors seulement, elle retourna s'asseoir sur le canapé, une question obsédante en tête : que s'était-il passé pour que, à la simple évocation de sa mère, Matt entre dans une telle colère ?

Chapitre 13

Gabe imprimait le chapitre qu'il avait rédigé dans l'après-midi lorsqu'il entendit le bruit d'un moteur qui remontait l'allée. Il jeta un coup d'œil à l'horloge murale, par-dessus ses lunettes : 22 heures… S'il n'était pas très tard, c'était une heure inconvenante pour une visite surprise.

Il ne tarda pas à reconnaître le bruit familier de la jeep et fronça les sourcils d'un air perplexe. Qu'est-ce qui pouvait bien amener Matt à une heure pareille ? Sans doute avait-il oublié quelque chose, encore qu'il ne voyait pas bien ce qui pouvait être suffisamment important pour le faire monter jusqu'ici si tard.

Gabe retira ses lunettes de lecture et les déposa sur la table. De toute manière, il avait suffisamment travaillé pour aujourd'hui. Les mots commençaient à danser sur l'écran et il n'avait pas pris le temps de dîner. Un plat tout préparé l'attendait dans le réfrigérateur — encore un cadeau de sa petite belle-sœur qui lui faisait régulièrement monter son repas du soir par l'intermédiaire de Matt, en cours de journée. Au passage, il songea qu'il devrait féliciter son frère d'avoir épousé une cuisinière aussi accomplie.

Il se leva, s'étira paresseusement, puis fit quelques mouvements de torsion pour venir à bout des tensions causées par toutes ces heures avachi devant son ordinateur. Il avait la main sur la poignée du réfrigérateur lorsqu'il entendit la jeep s'arrêter au-dehors. Peut-être pousserait-il l'hospitalité jusqu'à partager avec Matt le repas envoyé par Jessica le matin même… Tout dépendait de ce que contenait la boîte, bien entendu. Parce que s'il s'agissait du fameux bœuf bourguignon « *à la Sinclair* », Matt pouvait saliver tant qu'il voudrait en le regardant manger, rien n'y ferait. L'amour fraternel avait ses limites et, en l'occurrence, il prenait fin avec le bœuf bourguignon de Jessica.

Quelques minutes plus tard, il refermait la porte du four à micro-ondes et pressait sur le bouton pour réchauffer un plat qui portait l'étiquette « *Pasta quatro fromagi* ». Une version élaborée des simples macaronis au fromage, et qui sentait divinement bon. Si sa belle-sœur continuait ainsi, jamais plus il ne pourrait se contenter d'une pizza froide, avalée distraitement devant la télévision.

Matt n'ayant toujours pas fait son entrée, Gabe s'aventura jusqu'à la porte. La jeep était bel et bien garée devant chez lui, difficile à manquer, avec sa carrosserie flamboyante.

De son frère, en revanche, il ne vit aucun signe. Il fronça les sourcils et, pensant que Matt s'était rendu directement dans la pièce où il avait travaillé ce jour-là, s'apprêtait à rentrer lorsqu'il aperçut une lueur provenant du garage délabré.

De plus en plus étonnant! Vu la cadence à laquelle Matt travaillait sur la Chevrolet, il était peu probable qu'il se soit mis en tête de venir chercher une des pièces du moteur pour pouvoir la remplacer à l'identique dès le lendemain matin!

Après un moment d'hésitation, Gabe s'empara d'une vieille veste accrochée derrière la porte d'entrée et enfila en toute hâte une paire de vieux mocassins de cuir. La dernière fois que Matt avait ainsi éprouvé le besoin de travailler au beau milieu de la nuit, il se passait les nerfs sur la pile de bois. Il y avait donc fort à parier que si son frère était monté jusqu'ici, c'était parce qu'il était contrarié. Ne restait plus qu'à savoir pourquoi…

La porte du garage, légèrement sortie de ses gonds, s'ouvrit avec un grincement sinistre.

Matt se tenait devant l'aile gauche de la Chevrolet, les yeux rivés sur le moteur démantibulé. Il avait enfoncé les mains dans les poches de son jean et, les épaules voûtées pour protéger ses bras nus de la fraîcheur ambiante, paraissait presque prostré.

Avec un soupir, Gabe retira sa veste. Il portait une chemise de flanelle qui devrait suffire, à condition bien sûr que tous deux ne passent pas la nuit dans ce gourbi.

— Tiens ! Enfile ça, grommela-t-il avant de lancer le vêtement à son cadet.

Celui-ci l'attrapa par réflexe, le considéra un instant d'un regard vide puis s'en revêtit.

— Merci, murmura-t-il.

— Tu peux me dire ce qui ne va pas ? s'enquit Gabe. Parce que tu ne me feras pas croire que tu as fait tout ce chemin pour te recueillir devant cette épave. Tu t'es disputé avec Jessie ?

— Pas vraiment, non.

Matt était sincère.

A ses yeux, une dispute était un genre d'échange. L'un disait des choses idiotes à l'autre qui répondait de manière tout aussi agressive. A la fin, tous deux tombaient d'accord sur le fait que leurs propos avaient dépassé leurs pensées, chacun s'excusait et l'affaire était classée. Alors non ! Jessie et lui ne s'étaient pas disputés… Matt avait explosé… Pire, il avait élevé la voix au point de faire peur à sa femme. Pourrait-elle jamais lui pardonner son éclat ? Se le pardonnerait-il lui-même ? Rien n'était moins certain.

— Jessie voulait inviter maman pour Thanksgiving,

expliqua-t-il finalement, se tournant vers Gabe pour observer sa réaction.

— Mam... Notre mère, tu veux dire? demanda ce dernier, incapable de dissimuler sa surprise. Qu'est-ce qui lui a pris?

— Jessie voit en notre génitrice un membre à part entière de la famille, expliqua Matt d'un ton lourd de sens. Or, pendant les fêtes, les familles doivent être réunies.

— Je vois...

Gabe enfonça les mains dans ses poches, tout en réfléchissant.

— Je suppose que tu n'as pas pris la peine d'expliquer à ta femme ce que nous avons enduré pendant notre enfance...

— Qu'est-ce que tu veux que je lui dise? répliqua Matt d'un ton sec. « Au fait, Jesse, je ne t'ai pas encore parlé du passe-temps préféré de mon paternel... Il adorait battre ses enfants. Quant à ma mère, c'était une poivrote qui passait ses journées à écluser des bouteilles de vodka. » C'est ça? Tu voulais que je lui explique ça, comme ça, un soir, au retour du travail?

— Je t'accorde que ce n'est pas le genre de sujet qu'on aborde à l'heure du repas, concéda Gabe. En revanche, tu pourrais peut-être lui expliquer tout cela à un autre moment, non?

Matt donna un grand coup de pied dans une des roues de la jeep.

— Et pourquoi ferais-je une chose pareille? Je n'ai pas envie de parler de nos parents. Pas plus que d'y penser, d'ailleurs. Ils nous ont gâché notre enfance, tu le sais aussi bien que moi... Je ne vois pas l'intérêt de revenir là-dessus.

— Moi si... Ça donnerait au moins à ta femme une idée de la raison pour laquelle tu as réagi ainsi. Jessica a cru bien faire, mon gars. Pire encore, elle a dû avoir du mal à comprendre que tu ne sois pas enchanté par son idée!

Matt revit l'expression choquée de Jessie, repensa à la timidité avec laquelle elle avait tenté de le calmer.

Il sentit ses poings se crisper.

— Ne me dis pas que tu ne t'es pas expliqué !

Devant le mutisme de son frère, Gabe crut bon d'insister.

— Matt ? Tu t'es expliqué, oui ou non ?

— Je... Rien qu'à la pensée de voir cette... notre mère sous mon toit, j'ai...

Il déglutit péniblement avant de relever la tête pour regarder enfin son frère dans les yeux.

— J'étais convaincu d'avoir mis tout cela derrière moi. Convaincu d'avoir cessé d'en souffrir... Apparemment, ce n'est pas le cas et...

Il laissa sa phrase en suspens et secoua la tête, vaincu.

— Qu'est-ce que tu as dit à Jessica ?

— Rien, fit Matt en détournant le regard. Je me suis mis en colère. Je lui ai dit de se mêler de ses oignons. J'ai même ajouté qu'on n'était pas dans un épisode de *La Petite Maison dans la Prairie.*

— Ah ! La vertu des bons vieux feuilletons ! fit remarquer Gabe. Toujours utiles, quand on est à court de références !

Matt ne put réprimer un sourire un peu forcé. Sortant les mains de ses poches, il s'appuya sur le toit de la Chevrolet.

— Tu sais ce que j'ai remarqué, ce soir, pour la première fois ? J'ai les mêmes mains que lui.

Gabe n'eut pas besoin de précisions. Il savait exactement ce que son frère essayait de lui dire.

— Exactement les mêmes, Gabe ! répéta Matt, les yeux rivés sur ses mains comme s'il les voyait pour la première fois. Alors... Dis-moi... Qu'est-ce que j'ai pu hériter d'autre ?

Sa voix était devenue presque inaudible et, l'espace d'un

instant, il eut l'air si vulnérable que ce fut au tour de Gabe de se détourner.

— Tu as frappé ta femme ?

Il avait posé la question d'un ton si neutre que Matt ne la comprit pas immédiatement. Lorsque ce fut le cas, il se redressa aussi vivement qu'un serpent à sonnette.

— Non ! se récria-t-il, horrifié. Bien sûr que non ! Bon sang, Gabe ! Tu me connais, tout de même ! En aucun cas, je ne lèverais la main sur Jessie !

— Dans ce cas, qu'est-ce que ça peut te faire, d'avoir les mêmes mains que le vieux ? Je sais aussi bien que toi que tu es incapable de frapper une femme. Alors ? Qu'est-ce que tes paluches viennent faire là-dedans ?

Matt observa un long silence et, les yeux toujours fixés sur ses mains, tenta de remettre de l'ordre dans ses pensées.

A en juger par le vocabulaire utilisé par son frère, celui-ci commençait à perdre patience. Comment lui expliquer ce qu'il ressentait ? Comment lui faire comprendre ses craintes alors même qu'au fond de lui, il savait bien qu'elles n'étaient pas fondées ?

— Je me demande parfois si on n'a pas tort de penser qu'on peut échapper à son atavisme, commença-t-il d'un ton morne.

Il vit que Gabe allait protester et leva les bras en l'air pour l'arrêter.

— Attends ! Laisse-moi parler ! Je ne te parle pas de ressemblances physiques... Je te parle de ta naissance... De la façon dont tu es élevé. Ça laisse forcément des traces, tu ne crois pas ?

— D'accord, soupira Gabe. Nous avons eu une enfance abominable. Nos parents étaient tous les deux alcooliques, le vieux passait ses nerfs sur nous de la manière la plus violente qui soit… Bref. Inutile de te faire un dessin, tu t'en souviens aussi bien que moi. Je t'accorde également qu'on ne sort pas indemne d'un tel traitement. Seulement si tu t'es mis en tête que tu risquais de suivre leurs traces, tu es encore plus bête que je le pensais !

— Merci ! ironisa Matt.

Il baissa les yeux vers ses mains une dernière fois, avant de les glisser dans les poches de sa veste et de se tourner vers son aîné.

— Seulement comment peux-tu être certain que je n'ai pas ça en moi ? Qui te dit que nous n'avons pas hérité, l'un comme l'autre, des pires défauts de nos parents ?

— Un peu comme une bombe à retardement, tu veux dire ? demanda Gabe, d'un ton extraordinairement léger, vu les circonstances. De quoi as-tu peur, au juste ? De te transformer en père abusif ?

— Non ! se récria Matt.

L'instant d'après, il haussait les épaules, défait.

— Encore que… Je sais que ça paraît idiot. Je sais que je ne battrais jamais un enfant… N'empêche que je me demande si j'ai bien fait d'accepter le marché de Jessie. Je ne suis peut-être pas fait pour être père, en fin de compte.

— A mon avis, le simple fait que tu te poses la question constitue déjà une réponse.

Gabe s'était mis à pianoter sur un bout de ferraille, d'un air songeur.

— Toutefois, en admettant que vous ayez un enfant, et que tu te révèles le digne fils de notre cher vieux papa… Comment crois-tu que Jessie réagirait, si elle te voyait attraper ton ceinturon pour t'en prendre à sa progéniture ?

Matt le dévisagea longuement, puis sa bouche s'étira en un rictus.

— Elle m'arracherait la tête et me la servirait sur un plateau !

— C'est bien ce que je pensais ! fit Gabe avec un sourire en coin.

Un sourire qui s'évanouit bien vite, cependant. Son regard s'assombrit et Matt comprit qu'il était assailli par les souvenirs, lui aussi. Néanmoins, lorsqu'il reprit la parole, son ton était neutre, dépourvu de tout sentiment.

— Parce que si c'était le vieux qui tenait la ceinture, notre… *mère* le laissait faire, Matt. Elle aurait pu s'interposer, prévenir les autorités et elle n'en a jamais rien fait. Elle était tout aussi coupable que lui, dans cette affaire. Alors encore une fois, je ne te vois pas en bourreau d'enfant, mais si c'était le cas, Jessie ne te regarderait pas faire les bras croisés, elle. Tu peux me croire !

— Non. Tu as raison.

Matt prit une longue inspiration et expira lentement.

Il avait passé deux heures à rouler au hasard des rues, à se répéter qu'il était ridicule de penser qu'il pouvait ressembler un tant soit peu à son père… Pour entendre presque aussitôt l'écho de sa propre voix quand il s'en était pris à Jessie, et revoir la frayeur qu'il avait lue dans ses yeux.

Deux heures à se fustiger, à s'accuser de tous les maux de la terre. Pourtant, Gabe avait raison. Il pouvait faire confiance à sa femme. Jamais, sous aucun prétexte, Jessie ne regarderait, les bras croisés, un homme martyriser ses propres enfants.

En clair, jamais elle ne ressemblerait à sa mère.

Gabe vit les épaules de son frère se détendre, discerna un certain soulagement dans la profondeur de ses yeux.

— Tu es vraiment crétin, par moments, frangin ! commenta-t-il.

— Je ne te le fais pas dire, répliqua Matt avec amertume. La différence avec toi, c'est que ça ne se voit pas à l'œil nu!

— Je te l'accorde!

Un large sourire aux lèvres, Gabe s'avança pour passer un bras autour des épaules de son frère qu'il étreignit maladroitement.

— Pour résumer, tu as le physique et moi l'intelligence! reprit-il.

— Dommage que tu ne saches pas t'en servir! railla Matt.

— Ne commence pas! l'avertit Gabe, l'entraînant vers la porte. A ce petit jeu, tu risques de perdre ta chemise. Bien! A présent, tu vas me faire le plaisir de remonter dans ta voiture. Je me mettrais volontiers à table pour déguster le plateau-repas de Jessica, moi!

— Un *plateau-repas*, dis-tu? Je ne crois pas que l'appellation la ravirait! lança Matt en fermant la porte tant bien que mal. Je crois que c'est un truc français.

— Avec un nom comme « *Pasta quatro fromaggi*? » ironisa Gabe.

Les deux frères marchèrent côte à côte jusqu'à la jeep. Matt ouvrit la portière, sans monter pour autant. Le halo de la lampe extérieure projetait des ombres sur son visage.

— Merci, vieux!

— Je t'en prie!

Tous deux savaient que Matt le remerciait pour bien autre chose que la conversation qu'ils venaient d'avoir.

— Et maintenant, fiche-moi le camp. Si ça continue, je vais être obligé de miner l'allée, moi! grommela Gabe. Toutes ces visites impromptues... ça me perturbe, à la fin!

Matt se glissa derrière le volant en riant sous cape. Gabe

claqua la portière et, après avoir levé une main en signe d'adieu, regagna sa maison.

Matt attendit qu'il ait disparu avant de tourner la clé de contact. Puis il fit demi-tour et redescendit l'allée cahoteuse.

Il avait bien des choses à se faire pardonner, ce soir!

Jessie préparait de la pâte à beignets quand elle entendit le bruit de la porte d'entrée, suivi du cliquetis des clés que Matt reposait sur la tablette, dans l'entrée.

Elle se figea, le cœur battant la chamade. Sa première pensée fut que son mari était de retour, sain et sauf. Elle ne put réprimer un soupir de soulagement. Matt était parti depuis trois heures à présent, assez longtemps pour qu'elle ait eu le temps d'envisager toutes les catastrophes possibles et imaginables.

Presque aussitôt, néanmoins, le soulagement fit place à la colère. Comment Matt avait-il osé lui faire une telle frayeur? Pire encore, comment était-elle censée réagir, à présent?

Ils s'étaient disputés… du moins si on pouvait appeler ça une dispute. La suite logique était une réconciliation, qui lui apparaissait comme d'autant plus difficile que Jessie se demandait toujours ce qui avait provoqué l'éclat.

Une chose était certaine cependant : il n'était pas question qu'il la trouve là, debout, à l'attendre les bras ballants. Elle s'empara donc du rouleau à pâtisserie qu'elle posa sur la pâte, l'air aussi détaché que possible. Dans sa nervosité du moment, elle appuya si fort sur le rouleau qu'elle déchira tout un morceau de pâte. Elle reposa l'ustensile et entreprit de réparer les dommages, d'un geste beaucoup moins assuré qu'elle ne l'aurait voulu.

Jessie n'eut pas besoin de se retourner pour savoir que Matt venait de passer le seuil de la cuisine. Abandonnant tout espoir de paraître calme, elle se lança dans des explications précipitées.

— J'avais l'intention de me lever de bonne heure, demain matin, pour préparer les desserts de Laurène, mais j'ai pensé que j'avais intérêt à m'y mettre tout de suite… Tu sais, le gâteau au citron que j'ai fait, la semaine dernière… Il est parti en moins d'une heure ! Du coup, j'en ai préparé deux autres, avec une goutte de rhum… ça devrait être une réussite !

Elle se remit à pétrir sa pâte en petits mouvements saccadés.

— Et puis Laurène m'a commandé deux tartes… C'est de saison, apparemment. Les fêtes approchent et les gens en commandent davantage… J'ai pensé à une recette que je voulais essayer depuis un bon bout de temps… Chocolat blanc et crème fouettée… Et comme le four était chaud, j'en ai profité pour m'avancer un peu… J'ai préparé des cookies aux pépites de chocolat… Là, je m'attaque aux sablés. Je me suis dit qu'on pourrait les utiliser pour décorer le sapin. Je sais, il est encore un peu tôt pour penser à Noël, mais je peux les congeler et je…

Les mains de Matt se posèrent sur ses épaules, mettant fin à sa logorrhée. Jessie enfonça les ongles dans la pâte qu'elle avait pourtant si soigneusement réparée. Puis elle sentit un sanglot lui nouer la gorge.

— Je te demande pardon, Jessie. Je suis désolé.

Matt baissa la tête et, lui caressant les bras, l'attira à lui.

— Tu peux l'être, murmura-t-elle.

Elle résista à l'envie de s'abandonner complètement, sans pouvoir se résigner pour autant à se dégager.

— Je te demande pardon, ma chérie, répéta Matt. Je ne sais pas ce qui m'a pris. Je n'aurais pas dû hurler. Et je n'aurais pas dû partir ainsi.

— Tout à fait d'accord avec toi !

Il la fit pivoter sur elle-même et, si elle ne lui opposa aucune résistance, elle garda la tête baissée. Elle craignait ce qu'il pourrait lire dans ses yeux et, plus encore, ce qu'elle risquait de voir dans les siens.

— Ça ne se reproduira pas, je te le promets, murmura-t-il tendrement.

— Ça vaudrait mieux, en effet.

Sa voix se brisa et Matt l'étreignit de nouveau. Elle se laissa faire et, la tête posée contre sa poitrine, écouta les battements fous de son cœur. Elle se sentait si bien, ainsi réconciliée avec lui, qu'elle aurait pu rester ainsi pendant des heures…

La minuterie du four interrompit l'intimité du moment.

— Mes cookies !

Profitant de l'occasion pour essuyer discrètement ses larmes, elle se précipita à l'autre bout de la cuisine.

Matt la regarda tirer le plat du four. Une odeur alléchante de chocolat noir et de sucre brun envahit la pièce. Il attendit patiemment qu'elle ait transféré ses gâteaux sur une grille. En temps normal, il aurait volontiers risqué de se brûler les doigts pour chiper un ou deux cookies encore brûlants. Ce soir, il avait d'autres soucis en tête.

Jessie mit la grille à refroidir au-dessus de la cuisinière et contempla autour d'elle les résultats de son labeur de la soirée.

Il n'y avait plus de place nulle part. Le comptoir disparaissait sous les tartes et les gâteaux au citron ; deux fournées de cookies attendaient sur une autre grille. Deux sachets de farine tenaient en équilibre précaire à côté des bocaux de sucre et d'un sac de pépites de chocolat à moitié vide. Le plan de travail était jonché de détritus divers : coquilles d'œufs, morceaux de beurre, tranches de citron, pots de crème et flacons de vanille vides.

Jessie jeta à son mari un coup d'œil en coin et haussa les épaules.

— J'ai une fâcheuse tendance à cuisiner, quand j'ai un souci, avoua-t-elle.

Matt regarda d'un air éloquent le comptoir et la table, avant de hausser les sourcils d'un air moqueur.

— C'est vrai ? Je n'aurais pas deviné !

Son sourire fut si spontané que Matt se détendit un peu. Les choses allaient s'arranger. Jusqu'à l'instant où il avait glissé la clé dans la serrure, il n'avait eu qu'à moitié conscience de sa propre inquiétude à l'idée d'avoir définitivement sabordé son couple. A présent, il était rassuré. Jessie le pardonnerait.

Du moins pour cette fois.

Il se débarrassa de la veste que Gabe lui avait prêtée, et la posa sur le dossier d'une chaise.

— Je vais t'aider à nettoyer tout ça, annonça-t-il.

— Tu n'es pas obligé, tu sais !

— C'est ma faute, si tu t'es lancée dans la cuisine à cette heure-ci. J'ai ma part de responsabilité, dans ce désordre, non ?

Jessie hésita un instant avant de hocher la tête. Le désordre ambiant lui importait peu, cela dit. Elle voulait comprendre ce qui avait provoqué cette scène, savoir ce qu'elle avait pu dire pour que Matt s'énerve ainsi.

Néanmoins, cela pouvait attendre, du moins dans l'immédiat.

Ils travaillèrent dans un silence étonnamment convivial. Jessie rangea tous les ingrédients pendant que Matt rinçait les saladiers et autres ustensiles pour les mettre dans le lave-vaisselle. Lorsque tout fut en ordre, les dernières tensions s'étaient évanouies.

Il était passé minuit et la maison était calme. Au-dehors, un chien se mit à aboyer. Plus loin, une chouette hululait. Jessie commençait à se demander s'il ne valait pas mieux oublier l'incident du début de la soirée, en fin de compte. Elle n'était pas certaine que Matt et elle gagnent grand-chose à en reparler.

— Tu as connu ma mère ? lui demanda-t-il soudain, la faisant sursauter.

Elle hocha la tête.

— Je l'ai vue une fois. Je devais avoir douze ou treize ans. Mme McKinnon m'avait emmenée faire des achats pour la rentrée des classes, et nous sommes tombées sur ta mère, chez *Penney*.

Elle s'interrompit, les yeux plissés, le temps de se remettre l'entrevue à la mémoire.

— Je ne me souviens pas très bien d'elle. Elle n'a pas dit grand-chose… En revanche, je me souviens avoir eu l'impression que Mme McKinnon ne…

— Ne l'aimait pas beaucoup ? suggéra Matt, comme elle ne terminait pas sa phrase.

— Heu, oui…, dit Jessie, manifestement gênée. Elle ne m'a rien dit de semblable, bien sûr. Ça m'a paru… évident, c'est tout. Je crois que je n'avais encore jamais compris que, tout comme les enfants, les adultes pouvaient s'opposer, voire se détester. Ce doit être pour cela que ça m'a marquée. En tout cas, je ne crois pas que ta mère se soit aperçue du malaise.

— S'il était plus de midi, Liddy McKinnon aurait pu lui cracher à la figure sans qu'elle en prenne ombrage ! fit remarquer Matt, d'un ton sec.

Devant la mine confuse de Jessie, il laissa échapper un

soupir. Décidément, il détestait parler de son enfance. Pendant des années, il s'était répété qu'elle appartenait au passé, que ce n'était plus son problème.

De toute évidence, il s'était trompé.

— Ma mère était alcoolique, Jessie. Je ne suis même pas certain de l'avoir jamais vue vraiment sobre, même si elle parvenait généralement à passer la journée sans que son ivresse soit trop évidente.

Il vit les yeux de sa femme s'agrandir de surprise et détourna la tête avant d'y lire la pitié avec laquelle ce genre de propos était généralement accueilli. Les bras croisés, il prit appui sur le comptoir et, comme lorsqu'il était enfant, se força à l'indifférence.

— Je…, commença Jessie avant de s'interrompre pour chercher ses mots.

Matt avait beau feindre le détachement le plus total, il ne fallait pas être psychologue pour percevoir sa souffrance, derrière son masque d'indifférence.

— L'alcoolisme est une maladie, murmura-t-elle enfin.

— Je n'en disconviens pas. Et j'aurais sans doute plus de sympathie pour ma mère, si elle avait essayé d'arrêter. Ce qu'elle n'a jamais fait, répliqua-t-il d'un ton rendu cassant par une colère rentrée. Elle préférait voir le monde à travers son brouillard. Je suppose que ça l'aidait à penser à autre chose, pendant que son cher mari battait ses enfants à coups de ceinturon.

Jessie laissa échapper un petit cri. Matt passa outre et poursuivit d'une voix monocorde.

— La boisson préférée de mon père était le whisky, encore qu'en cas de pénurie, il ne disait pas non à un verre de bourbon. Peut-être même aurait-il bu la vodka de ma mère, s'il avait réussi à trouver l'endroit où elle planquait ses réserves…

— Tu as été un enfant battu… Oh, Matt!

Jessie se laissa tomber sur une des chaises.

— Je ne savais, pas, murmura-t-elle, atterrée. Je ne savais pas…

— Personne ne savait. Ou presque. Libby, la mère de Ray, soupçonnait la vérité, je crois. A plusieurs reprises, elle a essayé de me faire parler, en vain. J'ai sans doute eu tort… Si je m'étais confié à elle, si je lui avais expliqué la situation, elle aurait contacté les services sociaux, j'en suis sûr.

— Pourquoi n'as-tu rien dit ? Si tu ne voulais pas parler à la mère de ton meilleur copain, tu pouvais toujours te tourner vers quelqu'un d'autre, non ? demanda Jessie, tremblante.

— Je n'étais qu'un gamin, Jessie. Je n'avais aucune vision d'ensemble. Notre vie quotidienne était un enfer, mais c'était tout ce que j'avais. En plus de l'impression que, quelque part, c'était ma faute.

— *Ta faute ?* se récria Jessie, indignée.

Matt leva une main pour la calmer.

— C'était une façon de me protéger, je crois. Je me disais que si j'étais… mauvais… si j'avais mérité ce qui m'arrivait… Comment t'expliquer ? C'était moins terrifiant que de reconnaître que j'avais des parents indignes !

Jessie dévisagea son mari un long moment, sans rien dire. Elle essayait de se représenter ce que ça pouvait signifier, que de grandir dans un tel climat. Alors même qu'elle s'était trouvée prématurément orpheline, elle conservait le souvenir de parents aimants et attentifs.

— Je suis navrée, Matt… Sincèrement navrée.

— C'est du passé, répondit-il. Et puis tout n'était pas si noir… J'avais Gabe. Gabe qui a toujours fait tout ce qu'il pouvait pour moi… Oh, bien sûr, quand nous étions petits, tous les deux, il ne pouvait pas grand-chose. Quand il a atteint l'âge de seize ans, en revanche, les choses ont changé du tout au tout. Un soir, il rentrait de l'entraînement de basket lorsqu'il a surpris le vieux en plein exercice. Il me tapait dessus à bras raccourcis, je ne sais plus pour quelle raison, d'ailleurs... Bref, ça a dû être la goutte d'eau qui a fait déborder le vase, parce que Gabe lui a arraché le ceinturon des mains, avant de lui dire que s'il recommençait, il le lui ferait bouffer, avec la boucle et les œillets. Le vieux l'a pris au sérieux, apparemment, car quelques jours plus tard, il est parti au travail et on ne l'a jamais revu.

— Tu... Tu n'as pas eu de peine quand il est parti ? demanda Jessie, d'une voix hésitante. Je veux dire... Même s'il te battait, c'était ton père !

— Et « tu honoreras père et mère » ? C'est ça ? rétorqua Matt d'un ton railleur.

— Non ! Ce n'est pas ce que je veux dire. Simplement ce n'est pas parce qu'il était... violent que tu ne l'aimais pas... Je veux dire, l'amour n'est pas toujours logique, loin s'en faut ! termina-t-elle gauchement.

— J'ai été soulagé, c'est tout. Quand j'ai compris qu'il était parti pour de bon, j'ai eu l'impression de voir le soleil pour la première fois de ma vie. Dans mon esprit, tout allait changer... Le monstre était parti et nous allions vivre tous les trois, ma mère, mon frère et moi, comme une vraie famille... Quelle naïveté !

Sa voix était teintée d'amertume, et une colère longtemps refoulée brillait dans ses yeux. Il se redressa d'un mouvement brusque qui fit tressaillir Jessie.

Elle ne l'avait jamais vu ainsi, n'avait pas perçu la rage qui l'habitait.

De ses deux amis, Ray avait toujours été le plus versatile. Prompt à plaisanter, prompt à s'énerver... Matt lui était toujours apparu comme un garçon équilibré, sur qui on pouvait compter, dans n'importe quelle circonstance.

— J'étais convaincu que ma mère serait contente, elle aussi, reprit Matt. Même si, pour autant que je sache, il ne s'en était jamais pris à elle, ils n'arrêtaient pas de se chamailler, tous les deux… Mon père n'a jamais caché le mépris qu'il lui portait… Alors j'ai cru qu'une fois débarrassée de lui, elle arrêterait de picoler pour redevenir une vraie mère…

Il s'avança vers la baie vitrée, d'un pas nerveux, dépourvu de sa grâce habituelle. Pendant quelques minutes, il regarda dans l'obscurité, les épaules voûtées. Jessie résista à l'envie d'aller vers lui, de glisser ses bras autour de sa taille et de lui conseiller d'oublier tout cela. Ces souvenirs ne lui faisaient aucun bien. Pourtant, instinctivement, elle savait que son mari avait besoin d'en passer par là, moins parce qu'il lui devait des explications que parce qu'il avait gardé ses secrets pour lui bien trop longtemps. Il était donc plus sage de le laisser aller au bout de son récit.

— Quand elle a compris qu'il ne reviendrait jamais, elle est entrée dans une rage folle, reprit-il, le dos toujours tourné. Tu veux savoir pourquoi ?

Jessie secoua la tête, se rendit compte qu'il ne la voyait pas et, la gorge nouée, murmura :

— Pourquoi ?

— Parce que, dans son esprit, c'était la faute de Gabe. Il l'avait fait fuir, tu comprends ?

Il pivota sur lui-même, le visage tendu et barré d'un sourire sans joie.

— Elle lui a reproché d'avoir menacé son père. Je crois même me souvenir qu'elle l'a traité d'enfant dénaturé… Pour elle, c'était la faute de Gabe, si le vieux était parti, la laissant seule… Autrement dit, ses fils comptaient pour du beurre…

Il s'interrompit et dut déglutir à deux reprises avant de pouvoir continuer.

— Le pire, dans cette histoire pitoyable, c'est qu'elle n'avait pas besoin de l'argent qu'il rapportait à la maison pour survivre. Elle avait hérité d'une vague tante et avait largement de quoi subvenir à nos besoins. Les siens et les nôtres, j'entends. Tu comprends ce que ça signifie, Jessie ? Tout simplement qu'elle n'avait même pas l'excuse d'être restée avec ce… ce fumier parce qu'elle se serait retrouvée sans ressources. Si elle a accepté cette existence, c'est parce qu'elle préférait être mariée que célibataire. Le fait qu'il martyrise ses enfants était tout à fait accessoire, à ses yeux.

Jessie cherchait vainement quelque chose à dire pour éclaircir ce sombre tableau. Quoi qu'elle ait fait, Mme Latimer restait la mère de Matt. Or, Jessie avait été élevée dans le respect de la famille des autres : on ne critiquait pas. Malgré cela, elle ne pouvait que se rendre à l'évidence.

— Une belle égoïste, en quelque sorte. Une marâtre…

Matt eut d'abord l'air surpris, puis sa bouche s'étira en un large sourire. Sincère, cette fois.

— C'est le mot. Et elle n'a probablement pas changé. Je ne l'ai pas vue depuis son installation en Floride, il y a quinze ans de ça. Elle m'envoie une carte à Noël, par l'intermédiaire de l'agence qui se fait un devoir de me la transmettre. Il n'y a jamais rien dessus. Juste sa signature… Non que je tienne à avoir de ses nouvelles, loin s'en faut… Seulement j'en arrive à me demander si elle se souvient que je suis un de ses fils, ou si je ne suis qu'un nom supplémentaire sur le carnet d'adresses qu'elle sort à la période des vœux…

— Je comprends, à présent, pourquoi tu ne voulais pas que je l'invite pour Thanksgiving. Si jamais je la vois, je lui casse la figure.

Matt s'esclaffa.

Heureuse que la tension se soit enfin dissipée, Jessie alla le rejoindre et, blottie contre lui, le serra très fort. Elle le sentit hésiter un instant, puis, à son tour, il l'enlaça et l'étreignit.

Matt posa la tête sur les cheveux soyeux de sa femme et s'imprégna de son odeur — un mélange de shampooing, de chocolat et de citron.

L'odeur de Jessie et de ses préparations culinaires... Si familières, à présent, et qui n'appartenaient qu'à elle...

La jeune femme releva la tête et recula un peu pour le regarder dans les yeux.

— Pourquoi ne m'as-tu pas expliqué tout ça avant ?

— Au lieu de prendre la mouche et de partir comme un dingue, tu veux dire ? demanda-t-il.

— Je... C'est toi qui l'as dit, pas moi ! murmura-t-elle en souriant.

Elle le questionnait toujours du regard cependant et il enroula une de ses mèches dorées autour de son index.

— Je n'aime pas parler de mon enfance, fit-il, amusé lui-même par ce doux euphémisme. Je n'aime pas y penser non plus. D'ailleurs, je n'y pense jamais... Du moins, très rarement. Ça n'a pas été... bien. Alors à l'idée de voir celle que tu appelles ma mère s'immiscer dans ce que nous sommes en train de construire, je...

Il soupira bruyamment.

— Je n'ai pas supporté, voilà tout.

— Je crois que je peux comprendre, murmura Jessie, lissant un pli invisible, sur le devant de son T-shirt. Toutefois, je me demande s'il n'y a pas autre chose...

— Quoi, par exemple ?

— Comme la crainte que je te voie différemment à cause de ce que tu as subi quand tu étais petit.

Elle releva brusquement la tête. Son regard était sombre, presque féroce.

— Parce que je n'aimerais vraiment pas que tu me croies assez superficielle pour ça!

— Qu'est-ce que tu racontes, Jessie? Tu sais très bien que je ne t'ai jamais trouvée superficielle…

Elle se rendit compte qu'il n'avait pas achevé sa phrase. Sa main se figea.

— Mais?

— Je…

Matt prit une longue inspiration et recula à son tour. Ils ne se touchaient plus, à présent.

— Mais? répéta-t-elle, ses sourcils arqués en une question à laquelle elle ne renoncerait pas.

— Jessie… Pour tout t'avouer, je viens d'un milieu social défavorisé. En plus d'être en dessous de tout, mes parents étaient alcooliques. Tous les deux. Or, il se trouve que j'ai lu un bon nombre d'ouvrages sur le sujet, et que tout tend à prouver que l'alcoolisme se transmet des parents aux enfants.

— Je ne t'ai jamais vu boire plus que de raison, lui fit-elle remarquer. Quant à Gabe, il est entièrement abstinent, non?

— Sans doute parce que, l'un comme l'autre, nous savons où ça peut mener. Pour ma part, j'ai bu plus que de raison, comme tu dis, quand j'étais à l'université. Et j'ai fini par me rendre compte à quel point c'était facile… et agréable. Pour tout t'avouer, ça m'a fait peur… Je craignais de me réveiller, un beau matin, et de voir la tête de mon père dans le miroir.

Il se passa une main dans les cheveux, cherchant les mots qui lui manquaient pour exprimer ce qu'il aurait dû formuler depuis bien longtemps, ce qu'il aurait dû expliquer à Jessie avant de la demander en mariage.

— Tu m'as épousé parce que tu voulais un enfant, Jessie, déclara-t-il finalement. Malheureusement, je ne suis peut-être pas le meilleur père possible. Tu devrais peut-être envisager de… Aïe !

Vu son gabarit, elle était dotée d'une force étonnante. Du moins fut-ce la première pensée de Matt, tandis qu'il se palpait doucement l'estomac. Presque aussitôt, il releva la tête pour la dévisager…

… Et ne put réprimer un certain malaise.

A en juger par son expression, la petite Jessie était toute prête à recommencer.

— Je… Je me suis peut-être mal exprimé, concéda-t-il. Je voulais simplement que tu saches où tu mettais les pieds, si jamais… Hé !

Les deux mains levées en signe de reddition, il recula précipitamment d'un pas, pour se mettre hors de sa portée.

— D'accord, Jessie. D'accord. Je n'ai rien dit !

— Ça passe pour cette fois, souffla-t-elle, l'air furibond, les poings toujours crispés. Ce que tu peux être idiot, quand tu t'y mets, Matt ! Encore un peu, et tu me proposais la banque du sperme, voire le divorce !

— Non. Je n'avais pas pensé…

— C'est le moins qu'on puisse dire, en effet, répliqua-t-elle d'un ton sarcastique. Parce que si tu avais réfléchi une seule seconde, tu aurais compris que ce qui s'est passé pendant ton enfance m'importe peu… Ou plus exactement, même si l'idée que tu aies pu être aussi malheureux me révulse au plus haut point, je me fiche comme d'une guigne de tes parents, de ce qu'ils étaient, de ce qu'ils ont fait ! Quant à l'idée que notre enfant puisse devenir alcoolique pour une sombre histoire d'atavisme… C'est la chose la plus absurde que j'ai entendue ce soir ! Tu n'as pas sombré dans l'alcoolisme, Matt, que je sache ! Ton frère non plus. Alors je... Ne me touche pas !

Il avait essayé de la prendre dans ses bras, et elle avait bondi en arrière.

— Il faut que nous en finissions avec ces histoires ! Une bonne fois pour toutes ! Alors je te préviens : si jamais tu me sors une autre bêtise du même genre, je... je... je trouverai une manière de te le faire payer. Tu m'as bien compris ? Tu t'en mordras les doigts, Matt Latimer !

— J'ai compris, murmura-t-il, une lueur d'humour dans le regard. Ta vengeance sera terrible et je m'en mordrai les doigts.

— Je ne plaisante pas !

— Je le sais ! J'en tremble d'avance, d'ailleurs. Ça ne se voit pas ?

Là-dessus, ignorant sa faible tentative pour lui résister, il l'attira à lui.

— Tu parles ! Tu es fort comme un roc, marmonna-t-elle contre sa poitrine.

Puis, les ongles enfoncés dans l'étoffe fine de son T-shirt, elle versa quelques larmes.

— C'était une façon de parler !

— Admettons, fit-elle, avant de relever la tête vers lui. Matt ? Je ne t'ai pas épousé seulement parce que je voulais un enfant, tu sais !

Il laissa courir ses doigts dans ses cheveux, étonné par son propre soulagement, maintenant que la crise était passée. Peut-être ce genre de catharsis avait-elle du bon, après tout !

— Tiens donc ? Dans ce cas, peux-tu m'expliquer pourquoi j'ai travaillé si dur à essayer de te mettre enceinte ? Aïe !

Jessie cessa de le pincer, et laissa échapper un petit rire sans joie.

— Si je n'avais voulu qu'un enfant, dans la vie, je n'aurais pas eu besoin de me marier. Je suis une grande fille ! Quand tu m'as demandé ma main, en revanche, l'idée de tout avoir… un foyer, une famille… et un compagnon avec qui partager mon existence m'a séduite. Mieux encore, tu m'es apparu comme la personne avec laquelle je voulais construire, Matt… Toi et personne d'autre.

Matt ferma les paupières et resserra son emprise autour de sa femme dont l'odeur douce et chaude n'avait décidément pas d'égale.

« Un foyer. »

C'était donc cela… Pas juste un toit, mais le sentiment d'être accepté, bienvenu… La sensation de faire partie d'un tout. Jessie lui avait fait ce cadeau…

Il lui encadra le visage des deux mains, l'obligeant ainsi à relever la tête, et leurs regards se rencontrèrent.

Tu sais, j'ai beaucoup réfléchi à cette histoire de bébé.

— Réfléchi ?

— Oui. Je pense qu'il mériterait d'être conçu dans un endroit… inattendu, souffla-t-il en lui caressant la bouche avec son pouce.

Les yeux de la jeune femme s'agrandirent à la pensée de toutes les possibilités qui s'offraient à eux.

— Je refuse de faire l'amour sur le toit ! déclara-t-elle d'un ton sans réplique.

— Ce n'est pas à ça que je pensais !

Il fit glisser sa main, la posa sur les reins de Jessie, puis la déploya sur la courbe douce de ses fesses avant de la serrer contre lui. Il la désirait et il voulait qu'elle le sache.

— Je pensais plutôt à un endroit qui encouragerait notre rejeton à la créativité.

— Comme ?

Jessie sentait le désir monter irrépressiblement.

— La créativité? Un atelier d'art, par exemple? poursuivit-elle dans un murmure. Non. Là non plus, ce ne sera pas possible. Trop de monde…

Elle laissa échapper un soupir lorsque Matt se mit à lui mordiller les lèvres avant d'y passer le bout de la langue. Jessie s'abandonna tout entière.

— Je pensais à un endroit plus proche, murmura Matt.

Sur ce, il l'embrassa avec passion, se délectant au passage du gémissement qu'il lui arracha.

Toute à son baiser, Jessie ne se rendit pas compte qu'il l'avait fait reculer. Soudain, elle sentit dans son dos le comptoir du coin cuisine. Dans le même temps, Matt glissa les mains sous son chemisier.

— Beaucoup plus proche, même! précisa Matt, d'un ton lascif.

— Tu veux dire… ici?

Soudain, elle se retrouva assise sur le comptoir, les yeux plongés dans ceux de son mari, à la fois atterrée et excitée.

— Je t'ai toujours trouvée particulièrement créative, dans cette cuisine…

Ses yeux bleus brillaient d'humour, de désir, et le feu qui couvait au fond de ses prunelles se communiquait à Jessie.

— Voyons si on peut créer ici quelque chose de plus élaboré qu'un gâteau, poursuivit-il.

— Matt… Je ne sais pas… Oh!

Jessie laissa retomber sa tête au creux de l'épaule de son mari et ses ongles s'enfoncèrent plus profondément dans sa chair tandis qu'il faisait se faufiler les mains sous son pull pour lui masser les seins.

— C'est un peu… Je n'arrive pas à réfléchir.

— Ne réfléchis pas, lui chuchota-t-il à l'oreille. Laisse-toi aller, ma belle.

Le pull-over atterrit sur le carrelage, exposant la jeune femme à ses mains puissantes, à ses lèvres avides.

— Ne réfléchis pas, ma chérie, répéta-t-il. Contente-toi de ressentir.

Elle ne lui répondit pas que, de toute manière, elle aurait eu bien du mal à lui résister.

Chapitre 14

Six mois après l'arrivée de sa petite-fille sous son toit, Leland Sinclair, soucieux de respecter les traditions, s'était mis en tête de concocter des repas élaborés pour Thanksgiving et Noël.

Malheureusement le vieil homme, dont les mains faisaient pourtant des merveilles au jardin, était peu doué pour les arts culinaires. S'ensuivirent donc trois années de dindes trop sèches, d'oies à peine cuites et de jambons trop salés, auxquels venaient s'ajouter un ragoût de légumes, une soupe de champignons, voire une simple boîte de conserve.

Par amour pour son grand-père, Jessie s'appliquait à avaler le tout sans sourciller, jusqu'à la dernière bouchée, ce qui constituait parfois un véritable supplice. Aussi, lorsqu'elle eut atteint l'âge de onze ans, la petite fille utilisa-t-elle ses économies pour acheter la toute dernière édition d'un livre de cuisine en vogue.

Cette année-là, avec Leland Sinclair comme marmiton, elle prépara elle-même le repas de Thanksgiving. Et si le résultat n'eut rien d'exceptionnel — le Guide Michelin n'en aurait pas fait mention, par exemple —, c'était mangeable, et certains plats étaient même fort réussis. Son grand-père la félicita avec sincérité et, d'un commun accord, ils décidèrent que la cuisine serait désormais le domaine de Jessica.

Aujourd'hui, près de vingt ans plus tard, les préparatifs qu'exigeaient les repas de fête restaient ses préférés. Jessie adorait dresser des listes de courses, faire les achats, sortir la vaisselle qui prenait la poussière dans un placard le restant de l'année et surtout, confectionner des plats, bien sûr.

Cette année tout particulièrement, d'ailleurs. Car si la jeune femme ne pouvait s'empêcher de déplorer l'absence de son grand-père, son chagrin était un peu atténué par l'idée que Matt et elle s'apprêtaient à passer leur premier Thanksgiving ensemble.

Gabe avait accepté leur invitation, ainsi que Laurène, Dana et Ray.

Jessie avait déjà cuisiné pour un grand nombre de convives, mais c'était la première fois qu'elle préparait un repas de fête pour ceux qu'elle considérait comme sa famille, et elle voulait que tout soit parfait. D'après ce que Matt lui avait dit de son enfance, cette période de l'année n'avait pas dû être des plus heureuses, chez les Latimer. Et si elle ne pouvait rien changer au passé, elle avait à cœur de faire de cette journée un souvenir inoubliable.

Elle passa donc les deux semaines précédant l'événement à faire d'innombrables listes, à s'organiser pour pouvoir servir tous les mets en même temps. Elle alla jusqu'à pointer le contenu du vaisselier de sa grand-mère, choisissant avec soin le saladier qu'elle utiliserait pour le maïs, et la saucière de porcelaine qui conviendrait le mieux à la canneberge. Elle pointa une à une toutes ses casseroles, afin de ne pas avoir besoin de sa poêle préférée pour deux plats différents, au même moment.

Jessie interrogea Matt sur ses goûts culinaires, ce qui lui permit d'apprendre qu'il détestait les sauces aux abats et aimait sa purée bien lisse. Elle prenait ce repas tellement au sérieux que, lorsqu'elle lui demanda si Gabe avait des préférences, lui aussi, Matt ne put résister à l'envie de lui répondre que son frère était au régime. Strict… Lentilles germées et viande grillée, rien d'autre ! Elle le dévisagea avec épouvante, puis se souvint que Gabe ne manquait jamais de la complimenter sur les plats qu'elle lui faisait parvenir presque quotidiennement, désormais.

— Espèce d'idiot ! grommela-t-elle, avant de le frapper avec son carnet. J'ai failli tomber dans le panneau !

Hilare, Matt l'attrapa par la taille et l'attira sur ses genoux pour faire disparaître sa moue boudeuse d'un baiser ardent.

La cuisine était sens dessus dessous, et Jessie songea que même si elle en avait un peu trop fait, ses efforts avaient payé. De la dinde à la tarte aux noix de pécan, le repas avait été un véritable succès. La journée, elle, semblait tirée d'un tableau de Norman Rockwell, en supposant bien sûr que Rockwell ait jamais peint des Thanksgiving sous les palmiers et le ciel bleu. Les invités s'étaient entendus à merveille, tout le monde avait trop mangé et beaucoup ri.

Une vraie fête de famille, en quelque sorte, et rien n'aurait pu ravir davantage la jeune femme.

A la fin de ce que Matt avait surnommé « le jour *T* », la cuisine ensoleillée avait des allures de Louisiane, un lendemain de cyclone. Si les éviers étaient propres — une vieille habitude que Jessie avait prise au cours de son apprentissage à Paris —, il n'y avait plus un coin libre sur aucun des comptoirs ou des plans de travail. Ils étaient jonchés de plats sales, de casseroles, de poêles graisseuses, de saladiers à moitié vides.

— Oh là, là ! Quel massacre ! commenta Dana en entrant à son tour.

Avec son chemisier de soie blanche et son caleçon noir, elle parvenait à conserver son élégance naturelle, même les mains chargées d'assiettes sales. C'était injuste, et Jessie en conçut une pointe de jalousie… Tout en constatant au passage que cela ne lui faisait pas le même effet que quelques mois auparavant.

Gabe et Laurène venaient de partir, Matt et Ray regardaient d'un air repu un match de football à la télévision. Jessie avait attendu le premier but avant de décider qu'elle avait mieux à faire.

— Je ne te le fais pas dire. C'est effrayant, hein ! répondit-elle gaiement.

Pour tout commentaire, Dana haussa un sourcil. Elle semblait avoir du mal à comprendre la satisfaction évidente de son hôtesse.

— On dirait que ça te fait plaisir !

Jessie eut un petit sourire penaud.

— Ça doit paraître idiot, seulement j'aime ce que cette journée représente.

— Quoi ? Des heures de nettoyage ?

— Non. Vois-tu, quand j'étais petite, je passais les fêtes en tête à tête avec mon grand-père, et j'enviais ceux de mes amis qui avaient une famille. Une vraie… Tu sais, avec des oncles et des tantes, des cousins qui ne se voient pas souvent… Je me les imaginais rassemblés autour d'une immense table… C'est tout juste si je n'entendais pas leurs rires et leurs conversations animées.

— Tu parles du genre de réunion familiale où tante Mabel et cousine Sophie sont placées aussi loin que possible l'une de l'autre, parce qu'elles ne se sont pas adressé la parole depuis la dernière guerre ? fit Dana d'un ton railleur.

— Tu penses bien que je ne faisais pas entrer ce genre de détails dans ma famille idéale ! répliqua Jessie en rassemblant les couverts qu'elle posa dans un des compartiments du lave-vaisselle. C'est l'expérience qui te fait dire ça, Dana ?

— Pas vraiment, non… Je n'ai jamais eu de tante Mabel, ni de cousine Sophie, d'ailleurs. En revanche, j'avais un oncle, Darren, qui adorait Barry Manilow.

— Il y a pire, dans la vie !

— Pas sûr ! Son grand plaisir était de nous faire partager sa passion… Du coup, nous avions droit à un concert improvisé, le soir de Noël. Et bien sûr, il chantait comme une casserole, précisa Dana d'un ton sec. Aujourd'hui encore, quand j'entends *Feelings*, j'en ai la chair de poule.

Jessie s'esclaffa. Depuis le pique-nique, elle n'avait pas conversé ainsi avec la femme de Ray. De choses et d'autres, sur un ton léger et sans aucune arrière-pensée.

— Je me fais peut-être une idée fausse des réunions de famille, admit Jessie.

— Tu vois ça comme dans les feuilletons ? demanda Dana en retroussant ses manches avant de s'avancer vers l'évier.

— Un peu, oui… Laisse donc, Dana ! Je me débrouillerai toute seule !

— Penses-tu ! Ça ne me dérange pas. Matt et Ray sont en pleine analyse footballistique. Pour ma part, tout ce qui m'intéresse dans l'attaquant droit, c'est la façon dont son short épouse ses fessiers…

Jessie laissa échapper un petit rire. Jamais elle n'aurait pensé que Dana puisse avoir le moindre sens de l'humour. Cela dit, elle ne l'avait pas non plus crue capable de rincer des plats graisseux dans la cuisine d'une vague connaissance… Pas Miss Amérique !

Et soudain, elle se rendit compte, non sans un certain malaise, qu'elle ne s'était pas donné la peine d'aller chercher au-delà des apparences ; qu'elle n'avait jamais vraiment cherché à connaître Dana McKinnon. En fait, elle ne savait quasiment rien de cette femme, si ce n'est qu'elle avait été dauphine d'une reine de beauté.

— Tu viens d'une famille nombreuse ?

— Non. J'ai un frère et une sœur. Anabeth et Joe.

— Vous êtes proches ?

— Non, répondit Dana, les yeux rivés sur le jet du robinet. Nous n'avons pas été élevés ensemble.

— Ah ! Je ne savais pas que tes parents étaient divorcés, fit Jessie, qui se souvenait pourtant les avoir vus ensemble, cinq ans plus tôt, au mariage.

— Ils ne sont pas divorcés ! C'est moi qui ai passé les trois quarts de mon enfance à me préparer pour les concours… Entre ça et l'école, je n'avais pas le temps de faire du modelage avec mon frère et ma sœur ! Et puis, je devais faire attention à ne pas me blesser… Les genoux écorchés ou les os cassés ne sont pas très bien vus, dans le monde des Miss… Alors je ne jouais pas, voilà tout !

Jessie n'avait jamais réfléchi aux implications des concours de beauté. La seule pensée de parader devant des centaines de personnes, en justaucorps et talons hauts, lui donnait la chair de poule. Comme beaucoup de ses contemporains, elle regardait cet exercice avec un certain mépris. On pouvait dire ce qu'on voulait, il ne s'agissait que de pauvres filles à moitié nues, à qui on octroyait des points en fonction de leurs atouts physiques, pas de leur QI.

Bref, c'était la première fois que la notion de préparation et de sacrifice lui effleurait l'esprit.

— Tu as dû te sentir bien seule ! fit remarquer Jessie.

— On m'a volé ma jeunesse, tu veux dire !

De toute évidence, Dana McKinnon fut la première surprise par la violence de ses paroles. Pour dissimuler son trouble, elle attrapa un plat qu'elle se mit à frotter avec énergie.

— Tout n'a pas été noir, rassure-toi. Il y a eu de bons moments… J'ai beaucoup voyagé et rencontré énormément de gens. Sans compter que, même si j'avais mieux connu Joe et Anabeth, nous aurions sûrement fini par nous détester. C'est bien comme ça que ça se passe, en général, non ?

— Je n'en sais rien, Dana. J'ai toujours eu une représentation idéaliste de la famille. Tu sais, la grande sœur qui t'apprend à te maquiller et à t'habiller… Le frère plus âgé avec des copains super craquants…

Dana lui jeta un regard en coin.

— Ce n'est pas ce que tu as vécu avec Matt et Ray ?

— Pas vraiment, non… Comment te dire ? Nous étions… amis ! Des amis sincères !

Jessie secoua la tête avant de glisser le dernier plat dans le lave-vaisselle.

— L'idée qu'une gamine de dix ans puisse être l'amie de deux adolescents qui en avaient dix-neuf à l'époque doit paraître bizarre, et pourtant, c'était le cas. Bien sûr, nous ne passions pas notre temps ensemble, loin de là ! Simplement, ils veillaient sur moi lors de nos expéditions… Oui… Comme deux grands frères… tu as peut-être raison, en fin de compte.

Dana coupa le robinet et attrapa un torchon pour s'essuyer les mains.

— Je m'étonne que tu ne sois jamais tombée amoureuse d'un des deux, déclara-t-elle sans regarder Jessie. Plus tôt, je veux dire… Après tout, ils sont beaux garçons, et tout à fait à même d'impressionner une jeune fille, pour ne pas dire une gamine !

Jessie se pencha pour mettre de la lessive dans le compartiment. Par pure coïncidence, ce faisant, une mèche de ses cheveux tomba sur son visage, de sorte que Dana ne pouvait voir son expression.

Elle pensait aux heures passées à se demander ce qu'elle pouvait faire pour que Ray la considère enfin comme une femme, et plus comme une enfant… Elle avait versé tant larmes, parce qu'elle n'y parvenait pas !

Mais elle ne pleurait plus, à présent. Elle avait Matt et bientôt, elle porterait aussi son enfant…

Oui, Jessie avait bien changé, et si elle n'était pas devenue Mme McKinnon, comme elle en avait si longtemps rêvé, elle avait enfin trouvé une certaine stabilité. Mieux encore, elle était heureuse.

Lorsqu'elle referma la porte du lave-vaisselle, elle souriait avec assurance.

— Il faut croire que je n'ai jamais pu voir en eux autre chose que des amis ! déclara-t-elle sans rougir.

— Je ne sais pas si ça vient de moi, mais avec ce score minable, j'ai du mal à m'intéresser au match ! 37 à 3… Tu parles d'une débâcle ! déclara Ray, la mine renfrognée.

Matt était étendu de tout son long sur le canapé, les paupières lourdes.

— On ne sait jamais… tout peut encore changer. Il leur faut quoi… cinq corners, un tir au but, un peu de chance, et ils remportent la partie !

— Un peu de chance ? Tu rigoles ? C'est d'un sorcier vaudou dont ils ont besoin… Sur le bord du terrain, avec des poupées en maillot bleu roi et une pelote d'aiguilles !

Matt rouvrit les yeux juste à temps pour voir la balle échapper des mains d'un de leurs joueurs.

— A se demander s'ils n'essaient pas de battre le record du plus mauvais match de l'année ! fit-il en grimaçant.

Le match fut brutalement interrompu par un message publicitaire au jingle assourdissant. Matt s'empara de la télécommande et coupa le son. Du coup, le bruit que faisaient les deux femmes dans la cuisine lui parvint plus nettement. Un bruit domestique, des plus réconfortants.

— On pourrait peut-être leur proposer un coup de main ? suggéra Ray.

— C'est un travail de femmes. Autant le leur laisser ! répliqua Matt en s'enfonçant plus profondément dans les coussins.

— *Un travail de femmes ?* Tu n'as pas l'impression d'être un peu macho, par hasard ? demanda Ray, posant néanmoins un pied sur la table basse.

— Penses-tu ! De toute évidence, les femmes sont plus douées que nous pour les tâches domestiques ! La vaisselle, la cuisine… Jessie est tout à fait d'accord avec moi sur ce point, d'ailleurs !

— Compris… C'est son terrain de jeu et elle ne veut pas que tu t'en mêles, c'est ça ?

— Je dirais même qu'elle m'a menacé des pires maux de la terre si je touchais encore à quoi que ce soit, admit Matt avec un grand sourire.

— Qu'est-ce que tu as fait, pour t'attirer ses foudres ?

— J'ai bousillé sa poêle préférée en me faisant des œufs brouillés… Une toute petite poêle qui n'avait l'air de rien… Je te jure que je ne me suis pas acharné dessus avec un pic à glace ! J'ai simplement utilisé une fourchette pour me servir. Manque de veine, cette maudite gamelle était un objet rare, fait à la main par des bergers tasmaniens aveugles qui s'en servent pour célébrer la pleine lune… En clair, la poêle n'était pas destinée à la cuisine.

— Jessie l'avait payée cher ?

— Une fortune ! De quoi rembourser la dette extérieure du Bénin, répliqua Matt d'une voix sombre qui provoqua l'hilarité de son ami.

— Tu as toujours le droit de pénétrer dans la cuisine, au moins ?

— A condition que je n'approche ni de la gazinière ni de l'évier, sauf pour rincer mon bol de céréales. Parce que Jessie n'apprécie pas non plus ma manière de charger le lave-vaisselle, figure-toi…

— Je suis ravi de constater que tu règnes en maître sous ton propre toit ! ironisa Ray.

Le son coupé, la défaite cuisante de leur équipe était un peu plus supportable. Ray continua de regarder et grimaça en voyant le quart arrière se faire sortir du terrain. Vu l'étendue des dégâts, la sentence lui paraissait superfétatoire, pour ne pas dire insultante.

— Il ne t'arrive jamais de te demander quel genre de vies nous aurions menées, si nous étions devenus des professionnels ? demanda-t-il soudain.

Matt haussa les sourcils.

— Ne me dis pas que l'exclusion de ce pauvre gars te donne la nostalgie, vieux ! Parce que si c'est le cas, je peux te rouler dessus avec la jeep ! Ça te rappellera les joies du football américain !

— Je te remercie, ça ira. J'ai un souvenir assez précis de la sensation qu'on éprouve lorsqu'on se retrouve le nez dans l'herbe, la tête coincée par le pied d'un défenseur de cent kilos. Ce n'est pas ça qui me manque, loin de là. Je te parle de l'existence que nous aurions eue.

— On serait plus riches et on aurait les genoux encore plus abîmés, voilà tout ! fit Matt en regardant son ami avec une curiosité non dissimulée. Qu'est-ce qui te prend, Kinno ? Tu me parais bien morose, tout d'un coup !

— Crise de la quarantaine, avec un peu d'avance, je suppose !

Ray secoua vaguement la tête avant de se laisser glisser dans le fauteuil, avec un soupir éloquent.

— Je n'arrête pas de penser au tour que ma vie aurait pu prendre, si je ne m'étais pas cassé la rotule... A ce propos, tu ne m'as jamais dit pourquoi tu n'avais pas continué, de ton côté. Les propositions ne manquaient pourtant pas ! Tu avais un jeu de mains exceptionnel !

— C'est ce que m'ont toujours dit mes petites amies ! fanfaronna Matt. Non... Sérieusement, c'était ton rêve à toi, Ray... Pas le mien. Si on avait été engagés tous les deux, je t'aurais suivi, mais pour moi, ce n'était pas vital, loin de là !

— Tu préférais la photo, hein ? Enfin... Au moins, toi, tu l'as réalisé, ton rêve !

— Sans doute, oui.

A voir son expression, toutefois, Ray se demanda un instant si le rêve en question avait vraiment tenu ses promesses.

Jessie pénétra dans le salon avec un plateau chargé de quatre tasses et d'une cafetière en porcelaine.

— Café, les garçons ? demanda-t-elle d'une voix enjouée.

Elle portait une jupe vaporeuse, bleu-vert, et un petit haut charmant de la même couleur. Le soleil qui déversait toujours ses rayons à travers la fenêtre donnait des reflets roux à sa chevelure et, Ray la trouva soudain d'une beauté saisissante. Cela lui était arrivé à plusieurs reprises, depuis les fiançailles de la jeune femme avec Matt, et il en concevait un certain malaise. Jessie était l'une de ses plus proches amies. Il ne voulait pas voir la femme en elle.

Il baissa les yeux et ne put réprimer un sourire narquois. Elle portait des chaussons roses d'un ridicule achevé et en contraste complet avec le reste de sa tenue. Jessie, dans toute sa splendeur ! Celle qu'il connaissait depuis toujours...

— Très jolies, tes pantoufles de vair, Jessie !

— N'est-ce pas ? Allez, ôte-moi tes grandes pattes de là, que je puisse poser mon plateau, nigaud ! dit-elle en désignant la table basse du menton.

Ray marmonna une protestation étouffée et se redressa dans son fauteuil.

— Toujours aussi casse-pieds, hein, Jess !

— Et toi, toujours aussi rustaud !

— Ça, c'est méchant ! On ne se moque pas des handicapés !

— Des handicapés ? s'esclaffa-t-elle. C'est le terme politiquement correct pour dire rustaud, à présent ?

— Non. Pour désigner ceux d'entre nous qui ne sont pas venus au monde avec un sens développé des convenances !

Là-dessus, lui prenant la main, il la fit asseoir sur le bras du fauteuil, à côté de lui.

— Il ne te resterait pas un petit truc à grignoter pour un pauvre homme affamé, par hasard ?

— Comme une tuile aux amandes, par exemple ?

— Aux amandes ? Tu es un ange, Jessie.

Ray lui planta un baiser sur le dos de la main. Elle lui ébouriffa les cheveux en retour.

— Et toi, Ray, tu n'es qu'un ventre !

— Ce n'est rien de le dire ! commenta Dana, pénétrant dans la pièce à son tour, une assiette de tuiles aux amandes à la main. Je ne sais pas comment tu peux encore songer à manger après le repas que Jessie nous a servi !

— Moi si ! On est sortis de table il y a au moins… deux heures, dit-il en consultant sa montre. Et puis, comme on dit, il reste toujours une petite place pour une tuile aux amandes !

— Je croyais que c'était pour le fromage ! répliqua Matt en se redressant.

Il tendit la main à sa femme, qui prit place près de lui sur le canapé.

Dana se chargea de faire le service, sous le regard attentif de Ray, toujours aussi séduit par la grâce naturelle de sa femme. Quel dommage qu'ils aient laissé une telle distance s'installer entre eux ! A cette pensée, il sentit remonter en lui la crainte de plus en plus fréquente de l'avoir perdue à jamais.

Détournant la tête, il vit Matt étendre un bras sur le dossier du canapé pour caresser doucement le cou de Jessie. Et soudain, Ray se sentit presque gêné. Il ne s'était toujours pas fait à l'idée que Matt et Jessie étaient mari et femme, à présent.

Mari et femme, manifestement très épris l'un de l'autre, et bien sûr… amants.

Jessie se renversa en arrière pour contempler Matt. Celui-ci lui sourit avec tendresse avant de laisser descendre son pouce le long de sa joue, en une caresse fugace.

Ray lui-même ne comptait plus le nombre de fois où il avait serré Jessie dans ses bras, où il lui avait effleuré la joue, lui aussi. Pourtant, jamais il ne l'avait regardée avec la même intensité que Matt en cet instant précis. Il était impossible de se méprendre sur la signification de ce regard. Il recelait une promesse, si flagrante que le visage de la jeune femme s'empourpra.

Agacé, Ray baissa les yeux vers sa tasse. A la différence de son ami, il n'avait jamais cessé de considérer Jessie comme une petite sœur. Et il avait toujours été convaincu qu'il en allait de même pour Matt…

Matt qui la dévorait des yeux, qui la désirait…

Matt à qui Jessie appartenait, désormais.

Intérieurement, Ray se hérissa. L'idée de Jessie et Matt dans l'intimité le perturbait au plus haut point. Il détestait leur complicité amoureuse, qui lui donnait le sentiment d'être... exclu.

Seul au monde.

De mieux en mieux! Voilà qu'il se mettait à jalouser ses meilleurs amis, à présent. Son propre couple partait à la dérive, et il était assis là, à ruminer, sous prétexte que Jessie et Matt entretenaient une relation dans laquelle il n'avait aucun rôle...

Il termina son café sans le goûter.

Après avoir trompé sa femme, il devenait envieux et mesquin. L'homme idéal, quoi!

Dana et Ray ne prononcèrent pas un mot sur le chemin du retour, ce qui ne constituait pas une exception en soi. Il y avait bien longtemps qu'ils n'avaient pas parlé d'autre chose que des petits riens de la vie courante. « Tu as eu le temps de faire réviser la voiture ? » « Je suis passée chez le teinturier en rentrant »... Sans oublier, bien sûr, le classique, mais rassurant « Tu as écouté le bulletin météo ? ».

Devant la manière dont se comportaient Jessie et Matt, toujours à se frôler, à se sourire, à communiquer par un simple regard, bref, tout ce qui fait l'essence d'une relation à l'intérieur d'un couple, Dana avait pris conscience, si besoin était encore, du fossé qui s'était creusé entre son mari et elle. Et encore, fossé était un moindre mot. Un peu comme si on avait comparé la faille de San Andreas à une simple crevasse, dans le sol.

Ses doigts se mirent à courir nerveusement sur sa ceinture de sécurité. Les yeux rivés sur le pare-brise, elle pensa à l'année qui venait de s'écouler. La distance qui la séparait de Ray allait croissant, et devant eux, il y avait...

Quoi, au juste ? D'autres années semblables à celle-ci, vides et solitaires ? A regarder en silence son couple s'effondrer ?

Elle examina son mari à la dérobée. Quelle serait sa réaction, si elle posait sa main sur sa jambe et la laissait là, comme elle le faisait si volontiers autrefois ?

Autrefois… A l'époque lointaine où ils ne pouvaient rester trois secondes sans se toucher, même si cela se limitait à une main posée sur la cuisse de l'autre, durant un trajet en voiture…

Comment interpréterait-il son geste, si elle se décidait, en cet instant ?

Dana se laissa aller contre l'appui-tête, le visage tourné vers la vitre. Elle savait exactement ce qu'elle voulait faire comprendre à son mari. « Je te pardonne et, si tu le peux, pardonne-moi, toi aussi. » « Es-tu prêt, comme moi, à oublier tout cela ? » « Je t'aime toujours, Ray… »

A tout bien considérer, c'était attendre beaucoup d'un geste insignifiant en soi !

Dana voulait une réconciliation. Plus que tout au monde. Si elle hésitait encore, ce n'était même plus parce que Ray l'avait trahie. Du moins plus entièrement.

Elle avait accepté l'acte en lui-même. Une simple erreur de parcours, aussi banale que fréquente chez un homme. Ray lui avait affirmé qu'il regrettait, et elle le croyait. Elle était même prête à croire que ça ne se reproduirait jamais. La cicatrice, elle, serait toujours là, bien sûr. Mais, comme toutes les vieilles cicatrices, elle finirait par être indolore.

En revanche, Dana ne parvenait pas à se débarrasser de la certitude que jamais Ray ne serait allé chercher ailleurs si elle ne l'avait pas déçu d'une manière ou d'une autre.

Elle avait échoué, une fois de plus. Et cette fois-ci, le prix à payer pour son insuffisance ne s'était pas limité à une simple couronne en strass. Son couple, son amour, sa vie tout entière avaient été en jeu.

Et elle avait perdu la partie.

Tout simplement.

Ray fit entrer la camionnette dans le garage, à côté de la Porsche noire de sa femme. Ils se l'étaient offerte pour leur premier anniversaire de mariage, sous prétexte qu'ils devaient profiter d'une voiture de sport tant qu'ils le pouvaient. Une fois qu'ils auraient un enfant, il leur faudrait trouver un autre véhicule, moins stylé et plus fonctionnel.

Au rythme où allaient les choses, cependant, ils risquaient de garder la Porsche jusqu'à ce qu'elle acquière le statut de voiture de collection.

Cette pensée fut loin de le réconforter, et ce fut d'humeur encore plus sombre qu'il suivit Dana jusqu'à la porte de la cuisine adjacente.

Sans prendre le temps d'allumer la lumière, Dana ouvrit le réfrigérateur pour y ranger les restes que Jessie leur avait donnés presque de force, sous prétexte que c'était la tradition, là encore.

Ray referma la porte derrière lui et observa Dana à la dérobée. De l'endroit où il se tenait, elle n'était qu'une ombre, une vague silhouette qui se détachait sous l'ampoule du réfrigérateur. Elle se pencha vers le congélateur et une mèche blonde se détacha de sa natte pour aller se poser sur sa joue délicate.

Soudain, Ray eut l'impression d'étouffer. Une allergie, sans doute. Ses yeux commençaient à le brûler et il ne pouvait s'agir d'autre chose… Il était dans sa cuisine, comme chaque soir, et il était inconcevable qu'il se mette à pleurer à la simple vue de sa femme en train de ranger des restes de dinde dans un congélateur.

— Je n'avais encore jamais vu personne étiqueter aussi

méticuleusement les restes d'un repas! commenta Dana. Jessie a même pris le soin d'ajouter quelques instructions sur la manière de faire réchauffer ses plats!

Ray déglutit péniblement. Puis, d'une voix qu'il aurait voulue plus assurée, il déclara :

— En matière de cuisine, Jessie ne fait confiance à personne!

— Si j'étais à moitié aussi douée qu'elle, je ne ferais confiance à personne, moi non plus! affirma Dana.

Ray la regarda se débarrasser de son manteau noir et repousser la mèche égarée sur sa joue. Ce simple geste l'émut à un tel point qu'il songea à le lui dire, avant de s'admonester. Comment pourrait-il jamais exprimer un tel sentiment? Et surtout, comment pourrait-elle comprendre que le mari qui l'avait trompée puisse s'émouvoir d'un détail aussi infime?

Il fut tenté de l'enlacer, d'essayer de combler la distance qui les séparait, mais renonça presque aussitôt. De toute manière, elle l'aurait repoussé. Avec douceur et fermeté. A la manière de Dana.

De nouveau, il sentit sa gorge se nouer.

— Je vais regarder les informations, avant de monter me coucher, murmura-t-il.

Sur ce, et prenant soin de garder ses distances, il traversa la cuisine. Il lui paraissait plus sage de ne pas approcher Dana de trop près. Pas ce soir, alors qu'il avait tant besoin de la serrer dans ses bras.

— Moi, je vais prendre un bain, répondit Dana.

— A demain, alors! murmura-t-il avec un sourire forcé. Dors bien!

— Toi aussi!

Pour toute réponse, Ray hocha vaguement la tête. Il avait la gorge si serrée qu'il n'aurait pu prononcer un mot de plus.

Dana le regarda s'éloigner, les yeux brouillés par les larmes. Elle aurait tant voulu le rappeler, dire quelque chose… n'importe quoi !

Malheureusement, les mots lui manquaient…

Elle entendit son mari pénétrer dans le salon. L'instant d'après, le son étouffé de la télévision lui parvint.

Dana attrapa un verre à pied, sur l'étagère, et tira du réfrigérateur une bouteille de vin blanc encore à moitié pleine. Après une seconde d'hésitation, elle emporta le tout dans la salle de bains, avec elle.

Chapitre 15

Au fil de ses innombrables voyages, Matt avait eu à maintes reprises l'occasion de réviser sa définition du mot beauté. Du culte de la maigreur à celui des rondeurs, du voile à la minijupe, des tatouages à l'os dans le nez, de la mode de la pâleur à celle du bronzage… Tout était question de culture. Et parfois de fétichisme. Il avait connu des hommes excités par la ligne des sourcils ou par les doigts de pieds d'une femme, par exemple. Bref, dans le domaine de la séduction, tout était relatif.

Pour sa part, il s'était toujours considéré comme un garçon classique en la matière. De longues jambes gainées de soie, un décolleté laissant deviner le renflement de deux seins ronds, un corps ferme sous une nuisette transparente… Cela suffisait à le mettre en condition. Rien de bien extraordinaire, rien de bien original. Le b.a.-ba du désir masculin, en quelque sorte.

Aussi se demandait-il comment il était parvenu à la quarantaine sans jamais s'émouvoir à la vue d'une simple chemise de coton blanc.

Il regarda Jessie s'avancer vers la coiffeuse d'un air rêveur. Sa chemise de nuit lui descendait jusqu'aux mollets et n'avait rien de particulièrement aguichant, avec ses manches longues, sa rangée de boutons de nacre et sa finition en dentelle. On était plus proche de l'Angleterre Victorienne que de *Victoria's*

Secret. Dès lors, comment expliquer le désir soudain qu'elle éveilla en lui ?

— Ça s'est bien passé, non ? lui demanda Jessie en s'emparant de sa brosse à cheveux. Je veux dire… Le repas était mangeable et nos invités ont semblé bien s'amuser !

— Ton repas était divin et nous avons passé une journée fantastique, rectifia-t-il, avant de se lever pour aller vers elle.

Le froid du parquet sous ses pieds n'atténua en rien la fièvre qui s'était emparée de lui.

— Tu n'as pas trouvé qu'il y avait un peu trop de sauge dans la farce ?

— La farce était parfaite, marmonna-t-il d'un ton distrait.

Elle ne s'attendait tout de même pas à ce qu'il s'étende sur le sujet, alors qu'elle était devant lui, en chemise de nuit, les cheveux dénoués et lumineuse comme une icône !

— Je crois que j'ai bien fait d'ajouter du sirop d'érable à la tourte aux noix de pécan, poursuivit-elle en penchant la tête pour glisser la brosse sous ses cheveux. Je trouve que ça lui a donné un petit goût fort agréable.

— Hm…

Matt était suffisamment proche pour sentir sa douce odeur à présent. Un mélange enivrant de savon, de crème et de… Jessie.

— Je me fais peut-être des idées, mais il m'a semblé que Gabe et Laurène accrochaient plutôt bien, reprit-elle.

Elle se coiffait de l'autre côté, à présent, les sourcils légèrement froncés.

— Ce serait génial, non ? S'ils se mettaient ensemble, je veux dire…

— Super ! répliqua Matt, même s'il doutait fort que son

frère aîné prenne le temps de lever le nez de son ordinateur pour se lancer dans une histoire d'amour.

Il n'avait aucune envie de discuter de cela pour le moment. Il avait des questions bien plus importantes en tête, comme le temps qu'il lui faudrait pour venir à bout des petits boutons de nacre de la chemise de Jessie.

— Moi qui ne remarque jamais ce genre de choses, j'ai vraiment eu le sentiment qu'ils avaient beaucoup en commun, insista-t-elle.

— Comme ? Leur goût prononcé pour la dinde farcie, par exemple ?

Profitant de ce qu'elle avait enfin reposé sa brosse, Matt fit doucement glisser une mèche de ses cheveux dorés entre ses doigts.

— J'espère que leur attirance mutuelle ne se limite pas à un faible pour la volaille !

— Il y a un début à tout ! répliqua Matt, sans cesser de lui caresser les cheveux.

Il ne se lassait pas de ce contact soyeux sous ses doigts, de la caresser comme lui seul en avait le droit.

Parce que Jessie était sienne.

Uniquement sienne.

Jessie se laissait faire distraitement. Elle était encore excitée par la journée qui venait de s'écouler. Ses efforts démesurés avaient payé, dépassant même ses espérances. Car les meilleurs préparatifs du monde ne garantissaient pas l'ambiance chaleureuse dont elle s'était sentie entourée aujourd'hui. C'était encore mieux qu'avoir une famille, dans la mesure où tout le monde s'appréciait, ce qui, comme l'avait fait remarquer Dana, n'était pas toujours le cas dans une fratrie.

Dana…

Jessie commençait à penser qu'elle gagnerait à être connue.

Certes, leur courte conversation dans la cuisine n'avait pas fait d'elles des amies intimes, mais Jessie avait éprouvé un certain sentiment de complicité, tout nouveau.

— Je me fais du souci pour Ray et Dana, déclara-t-elle, suivant le cours de sa pensée.

Matt se raidit et dut faire un effort pour ne pas crisper ses doigts toujours plongés dans les cheveux de sa femme. Il se tenait dans son dos, dans un état d'excitation extrême, et elle pensait à Ray ?

— Ce n'est qu'une impression, bien sûr. Ce n'est pas flagrant… Seulement j'ai le sentiment qu'ils… Oh, je ne sais pas. Ils sont polis l'un envers l'autre et pourtant, on ne sent aucune chaleur entre eux…

Matt se pinça les lèvres pour ne pas répondre que le fait de tromper son conjoint n'allait jamais sans générer un certain nombre de problèmes, à l'intérieur d'un couple. Il se retint, cependant. Il ne se sentait pas le droit d'expliquer à Jessie la raison pour laquelle le couple McKinnon partait à vau-l'eau, même si, au fond de lui, il en mourait d'envie. Peut-être que s'il l'avait fait, Ray serait descendu du piédestal sur lequel Jessie semblait l'avoir mis !

Presque aussitôt, il se reprocha sa mesquinerie. Il n'allait pas s'abaisser à dénigrer son meilleur ami, par pure jalousie, tout de même ! Quoi que…

Il ferma les paupières et prit une longue inspiration.

Jaloux.

Il était jaloux de Ray. Si ça n'avait pas été aussi pitoyable, il en aurait ri lui-même. Au cours de leur scolarité, tous deux avaient maintes fois été intéressés par la même fille, sans que Matt ait jamais eu envie de lui casser la figure pour autant. Or, à présent qu'il s'agissait de Jessie, il devait se retenir pour ne pas exploser.

Jessie… *Sa* femme à lui, bon sang!

— J'espère sincèrement qu'ils n'ont pas de problèmes majeurs! reprit-elle, regardant sans le voir son propre reflet dans le miroir.

Elle était la première à être surprise de son inquiétude. Sans s'en apercevoir, au cours de ces deux derniers mois, elle avait accepté l'union de Ray et Dana. Un exploit, si on considérait qu'elle n'y était pas parvenue pendant les cinq années précédentes…

— Je ne voudrais pas que Ray soit malheureux!

Matt émit un de ces grognements tout à fait masculins, qui ne voulaient rien dire de particulier. Jessie n'entendait pas se contenter de si peu. Après tout, Ray était son ami, à lui aussi!

Elle sentit sa main se poser sur son épaule pour l'obliger à lui faire face et en oublia momentanément sa question.

— Tu sais ce que j'ai envie de faire, quand je te vois dans cette chemise de nuit? demanda-t-il d'une voix rauque.

Son intonation était si éloquente qu'elle l'examina avec attention, les yeux légèrement écarquillés. Comme lors de leur nuit de noces, il n'était vêtu que de son pantalon de pyjama et le coton fin ne dissimulait rien de son excitation. Elle sentit son visage s'empourprer, sa respiration se fit plus saccadée, et un long frisson la parcourut.

— Ma… ma chemise de nuit? répéta-t-elle péniblement.

— Oui. Ta chemise de nuit… Elle me donne envie de faire sauter ces petits boutons, dit-il, joignant le geste à la parole, et de te l'arracher.

Le tissu céda et les boutons de nacre volèrent sur le plancher. Jessie ne put réprimer un petit cri, presque aussitôt suivi d'un soupir de volupté lorsque les mains de Matt se posèrent sur ses seins.

Des frissons de désir la traversèrent. Elle chercha son souffle, soudain sa tête lui semblait lourde, trop lourde.

Matt enfouit de nouveau les mains dans ses cheveux et, les enroulant autour de son poignet, les tira un peu en arrière pour caresser la gorge de Jessie du bout de la langue en sensuelles arabesques. Et lorsque sa bouche prit celle de Jessie, ce fut avec une fougue presque douloureuse.

Si Jessie n'avait entamé sa vie sexuelle que très tardivement, Matt l'avait activement aidée à rattraper le temps perdu. Toutefois, elle ne cessait pas de s'émerveiller de la force avec laquelle la passion pouvait s'emparer d'elle et la laisser ainsi pantelante, le cœur battant à se rompre.

Les mains de Matt la parcouraient sans répit, aussi chaudes que puissantes, et elle avait la sensation qu'il la modelait. Sa langue fouillait sa bouche, puis cherchait la dentelure de son oreille, la pointe de ses seins, la zone sensible de son ventre. C'était un peu comme s'il se trouvait devant un festin après une longue période de disette — du moins ce fut la pensée qui vint à l'esprit de Jessie, tandis que son mari la dévorait pour son plus grand bonheur.

Jamais elle n'aurait pensé qu'on pouvait devenir fou de désir. Fou de désir pour *elle*. Car c'était bien elle que Matt désirait, avec cette force, avec cette ardeur…

— Tu es à moi, murmura-t-il, abandonnant ses seins, le temps de l'embrasser presque brutalement.

Ses yeux brillaient dangereusement, elle-même enfonçait les ongles dans sa chair pour l'attirer à elle, jusqu'à ce que son sexe dressé soit tout près de la posséder.

— Tu es à moi, répéta-t-il, lui arrachant ce qui restait de sa chemise de nuit, avant de se laisser glisser au sol avec elle.

Jessie laissa échapper un cri étouffé, au contact du bois froid sous ses reins. Matt pesait de tout son corps sur elle. Prise au piège. Entre le froid et le feu. Il glissa les doigts en elle et elle fut aussitôt emportée par un vertige. Puis, il la caressa jusqu'à ce que, frémissante, elle explose.

— A moi, maintenant, murmura-t-il en butinant son ventre alors même qu'elle tremblait encore sous la violence du plaisir.

— Matt! Par pitié... Je n'en peux... Oh!

Mais il venait de poser les lèvres sur son intimité. Etait-ce possible de jouir encore? Son cœur menaçait d'exploser...

Pourtant, tandis que la langue de Matt la torturait avec une insupportable douceur, elle comprit qu'il allait la mener là où il souhaitait qu'elle aille.

Elle s'abandonna donc. Des soupirs montèrent de sa gorge, puis de ses entrailles, toujours plus consentants. Soumise à la fureur érotique de son mari, elle sentit son corps s'ouvrir de nouveau, offert et brûlant. Aussi, se soumettant à la fureur qui s'était emparée de lui.

— A moi, à moi, murmurait-il entre deux caresses.

Puis il se redressa et vint s'agenouiller entre ses cuisses. Là, les yeux enchaînés à ceux de Jessie, il la posséda de toute sa puissance, lui arracha un cri.

Elle se cambra sous l'assaut, attrapa Matt par les épaules et l'obligea à s'abattre sur elle. Elle voulait sentir son poids, le sentir lui, tout entier.

Eperdu, il se remit à l'embrasser et elle sentit son propre suc sur les lèvres de Matt. Leurs cœurs battaient au même rythme furieux, ils s'unissaient toujours plus fort, sans se retenir. Leurs corps ne faisaient plus qu'un. Ils formaient une entité indissociable.

Et soudain, ils basculèrent, ensemble.

— Oui. A toi. Je suis à toi, chuchota Jessie, frissonnante, tandis que Matt retombait dans ses bras, épuisé.

Jessie laissa glisser ses mains sur la peau moirée de sueur de Matt puis les reposa faiblement sur le plancher. Elle aurait préféré le tenir encore entre ses bras, mais toutes ses forces semblaient l'avoir abandonnée. Le plancher était dur sous son dos et pourtant, son inconfort lui semblait bien secondaire. Elle songea vaguement qu'elle en aurait les marques. Celles du plancher, celles des mains de Matt refermées sur ses hanches, ses bras… ça n'avait pas d'importance. Rien n'avait d'importance, d'ailleurs, si ce n'était savourer cet état de douce torpeur aussi longtemps qu'il aurait la grâce de durer.

Toujours secoué par les frissons de l'orgasme, Matt s'aperçut soudain que sa femme gisait comme une poupée de chiffon, sous lui. Il devait l'écraser! Poussant sur des muscles qui ne lui obéissaient plus qu'à peine, il prit appui sur ses coudes. Jessie grimaça.

Qu'avait-il fait?

D'une main mal assurée, il repoussa une mèche de cheveux collée à la joue de la jeune femme. Elle tourna le visage comme pour chercher quelque réconfort dans sa caresse, et Matt sentit son cœur se serrer.

Il se redressa péniblement, voulut la prendre dans ses bras. Il se voyait déjà lui faire couler un bain, lui préparer un chocolat chaud, lui demander pardon de s'être montré trop brutal…

Bon sang! Il s'était comporté comme un animal.

— Viens, ma chérie. Je vais t'aider à te relever.

— Hm ?

Jessie dut faire un effort suprême pour entrouvrir les paupières. Matt était agenouillé devant elle.

— M'aider?

— Je suis désolé… Je ne voulais pas… Je n'ai aucune excuse… Viens, ma douce.

Le corps tout alangui, Jessie se redressa un peu. Aussitôt, sa tête retomba en arrière, comme si elle était trop faible pour la porter. Matt s'en voulut deux fois plus.

— Pas tout de suite, murmura-t-elle en refermant les yeux. Je me relèverai… dans un jour ou deux.

Quelque chose, dans l'intonation de sa femme, lui fit dresser l'oreille. Jessie ne semblait pas froissée. Pas fâchée, non plus. On aurait plutôt dit qu'elle était… Oui… Comblée.

Matt se pencha vers elle, la fit s'asseoir dans ses bras et la dévisagea avec attention. Ni larmes ni angoisse, aucun signe de peur. Jessie paraissait… heureuse. Comme une femme qui vient d'être possédée, aimée. Avec cette expression de plénitude toute féminine.

— Jessie ? Tu n'es pas… Tu ne m'en veux pas ?

Elle ouvrit les yeux d'un air surpris.

— T'en vouloir ? De quoi ?

— De… Je… Je viens de te prendre comme une brute, à même le sol !

— Je sais, fit-elle.

La bouche étirée en un petit sourire, elle se blottit contre lui.

— C'était merveilleux.

Merveilleux ? Il avait déchiré sa chemise de nuit, l'avait allongée sur le plancher, l'avait prise comme un Viking et elle trouvait ça merveilleux ?

Matt la dévisagea, heureux et amusé.

— J'ai déchiré ta chemise de nuit !

— Je sais. J'ai lu quelque part que ça arrivait, mais je ne pensais jamais vivre une telle expérience. Ça m'a beaucoup plu ! fit-elle, se pelotonnant contre lui, une main sur son bras.

Cela dit, je commence à avoir un peu mal, assise ainsi par terre. Tu crois que…

Matt s'était levé et l'avait prise dans ses bras avant même qu'elle ait terminé sa phrase. Elle enroula les bras autour de son cou et, la tête abandonnée au creux de son épaule, elle se laissa porter jusqu'au lit où il l'installa.

Sitôt allongée, elle lui prit la main et le fit asseoir à côté d'elle. Elle était appuyée contre les oreillers à présent, et ses cheveux emmêlés retombaient de part et d'autre de son beau visage. Sa bouche était légèrement enflée, ses yeux brillaient anormalement. Elle ne fit aucune tentative pour couvrir son corps nu. Elle resta simplement étendue, là, à le regarder, offerte comme une diablesse.

Malgré lui, Matt sentit le désir s'emparer de nouveau de lui. Du bout du doigt, il traça une ligne imaginaire du creux de sa gorge jusqu'à ses seins, avant de se poser sur le bas de son ventre. La main déployée ainsi sur ses boucles humides, il se faisait l'effet d'un géant. Jessie était très menue, et il avait parfois tendance à l'oublier. Elle était si vive, si énergique, qu'il faisait fi de sa fragilité naturelle. Lui, de ses grandes mains d'homme, il avait laissé des marques sur sa peau. Et là, sous ses seins, sa barbe du soir avait laissé une trace rouge, semblable à une petite brûlure.

Jamais Matt n'avait pris une femme avec une telle sauvagerie. Jamais il n'avait été dominé ainsi par la violence de son propre désir.

Il fit glisser son pouce sur le nombril de Jessie qui frémit sous la caresse.

Ce n'était pas l'acte en lui-même qui le dérangeait. C'était plutôt ce qui l'avait provoqué. Car il ne pouvait s'aveugler sur ses intentions : au-delà de son désir, il avait voulu marquer

Jessie de son empreinte… Par passion et par jalousie pure et simple. Parce qu'elle lui avait parlé de Ray…

En clair, il n'avait pas apprécié qu'elle s'inquiète des états d'âme d'un autre homme que lui.

Il avait pourtant cru avoir dépassé ce stade ! Avoir accepté les sentiments — passés ou présents — de Jessie pour leur vieux copain ! A moins qu'il n'en ait simplement refoulé l'idée. Et ça fonctionnait, d'ailleurs ! Matt ne se rongeait pas les sangs, ne s'inquiétait pas outre mesure… En fait, il n'y pensait que très rarement. Pour preuve, il ne s'était pas insurgé lorsque Ray avait chahuté avec elle, cet après-midi. Ray était un garçon tactile, il l'avait toujours été. C'était donc tout naturellement qu'il avait attiré Jessie sur le bras du fauteuil, avant de lui planter un baiser sur la main… Rien, dans son geste, n'avait eu de signification précise ou cachée.

Cette belle certitude ne l'avait cependant pas empêché d'éprouver le besoin irrésistible de serrer sa femme contre lui, une fois leur intimité retrouvée. En pensée, il s'était vu détacher un à un les boutons de nacre, embrasser doucement Jessie à chaque étape pour éveiller son désir… Ils étaient amants depuis deux mois à présent, et Matt savait qu'il lui suffisait de lui effleurer la joue d'une certaine manière pour qu'elle se blottisse dans ses bras. Il connaissait le sens du moindre de ses soupirs, du moindre de ses gémissements. Il savait avec quelle joie elle se donnait à lui.

Et puis elle avait prononcé le nom de Ray et il avait senti quelque chose se briser en lui. Alors, sans réfléchir une seule seconde, il avait fait en sorte qu'elle ne pense à rien d'autre, à personne d'autre que lui.

C'était cela qui le gênait. Pas l'acte en lui-même, mais ce qui l'avait provoqué.

D'un autre côté, il lui était difficile de se sentir coupable quand Jessie paraissait si… satisfaite.

Tout de même, il restait un peu penaud.

— Jessie ? Je…

Elle lui posa un index sur la bouche, pour l'empêcher de continuer.

— Tu sais quel effet ça m'a fait, de savoir que tu me désirais au point de m'arracher ma chemise pour pouvoir poser tes mains sur mon corps ?

Matt enroula les doigts autour de son poignet. Une fois de plus, il fut frappé par sa finesse.

— J'aurais pu te faire mal !

— Non.

Il fit mine de protester, mais elle secoua énergiquement la tête.

— Tu ne me feras jamais de mal, Matt. Je le sais.

Elle paraissait si sûre de son fait… A croire qu'elle le connaissait mieux qu'il ne se connaissait lui-même.

C'était peut-être le cas, d'ailleurs, songea-t-il, sentant sa honte l'abandonner, petit à petit. Il y avait une telle chaleur, une telle sincérité dans ses yeux…

Il se pencha pour l'embrasser avec une douceur infinie. Au lieu d'exiger, comme il l'avait fait tout à l'heure, il quémanda, en une supplique muette. Jessie émit un petit soupir langoureux et, passant ses bras frêles autour de sa nuque, l'attira à elle. Son corps était brûlant, sa peau moite sous ses mains.

Cette fois-ci, il lui fit l'amour très doucement. Avec force murmures et baisers légers. La chaleur se mêlait à la tendresse et il prit le temps de se délecter du goût, de l'odeur enivrante de sa douce épouse. Il fit durer le plaisir, s'attardant sur chaque caresse, observant la moindre de ses réactions. Jusqu'à ce qu'elle l'appelle en elle, le souffle court. Et même à ce moment-là, Matt réussit à contenir son ardeur. Le corps de Jessie se cambrait. Le plaisir montait avec une lenteur presque insupportable pour elle. Et lorsque l'extase s'empara d'elle, Matt la suivit et donna tout, pour qu'ils soient emportés ensemble par la plus puissante des vagues.

Plus tard, Matt resta longtemps étendu sur Jessie, le visage enfoui dans ses cheveux. Leurs corps étaient toujours unis, son cœur battait la chamade. Jessie le caressait tendrement, la joue dans ses cheveux.

Elle poussa un petit soupir qui lui chatouilla l'oreille.

— Nous devrions en faire une tradition, pour Thanksgiving, murmura-t-elle d'une voix ensommeillée. C'est important, les traditions, tu sais !

Matt sentit un sourire flotter sur ses lèvres. Décidément, il n'y avait que Jessie pour arriver à le faire rire à un moment pareil ! Il venait de passer par les émotions les plus contradictoires. Le désir, la jalousie, le remords, la culpabilité, la passion… et maintenant, elle le faisait rire…

Dieu, qu'il aimait cette femme !

Il ferma les paupières. Son sourire s'évanouit soudain.

Le doute n'était plus permis : il était fou amoureux de sa femme.

Lui, le célibataire endurci qui était parvenu à la quarantaine sans jamais s'éprendre de quiconque… Il avait enfin sauté le pas, et avec sa propre épouse…

C'était tout bonnement merveilleux.

Seulement voilà : sa femme, elle, en aimait un autre.

Sa vie était en passe de devenir le scénario d'un mauvais feuilleton télévisé.

Glacé, il sombra dans un sommeil sans rêve et se réveilla avant l'aube, en sueur, les oreilles résonnant des tirs de mortier et de sa propre terreur.

Chapitre 16

Noël approchait à grands pas. Et s'il ne s'annonçait pas sous la forme de givre sur les vitres, de vents glaciaux et de vin chaud comme dans l'imagerie populaire, l'ambiance générale était festive, en dépit du ciel bleu, des palmiers et d'une température qu'on pouvait difficilement qualifier de frisquette.

Jessie referma la portière de la Mustang et, tout en cherchant dans son sac un peu de monnaie pour le parcmètre, parcourut les quelques pas qui la séparaient de l'appareil. Matt, qui considérait les parcmètres comme une invention du diable, préférait se garer à cinq cents mètres de sa destination plutôt que de payer une place de parking.

Jessie trouvait ce trait de caractère rassurant. Matt était d'un naturel si logique, si rationnel, qu'elle se sentait vaguement réconfortée à l'idée que, comme tout le monde, il avait ses manies et ses défauts. A ses yeux, un homme susceptible de râler cinq bonnes minutes d'affilée sur le sujet futile des parcmètres avait forcément un grain de folie qui le rendait humain et charmant.

Elle se détourna de l'appareil et, les mains dans les poches de son manteau rouge, inspira profondément. Une alléchante odeur de caramels et de bonbons flottait dans l'air.

Si prononcée que, les yeux bandés, Jessie aurait pu se rendre à l'endroit d'où elle provenait.

Le magasin de sucreries de Mme McCurdy était un endroit incontournable pour les jeunes couples descendus à l'Auberge du Saule. Coincée entre une carterie et un fleuriste, la devanture de la boutique était surmontée d'un auvent à rayures rouge et blanche. En été, Mme McCurdy sortait des tables en fer forgé sur le trottoir, pour la plus grande joie des clients qui y prenaient volontiers un thé glacé accompagné d'une douceur quelconque. L'intérieur du magasin était entièrement rouge et blanc, lui aussi, à l'exception du comptoir en chêne ciré. On pouvait s'y asseoir, le temps qu'une vendeuse remplisse un sachet de toffees ou d'acidulés. Mieux encore, on pouvait regarder Mme McCurdy en personne confectionner ses fameuses sucettes.

Matt qualifiait l'endroit de piège à touristes. Jessie, pour sa part, ne se lassait pas de son charme désuet. Sans compter que même les plus cyniques ne contestaient guère la qualité de la marchandise. Pour preuve, la boutique avait la moitié de Millers Crossing pour clientèle.

Le premier Noël qui avait suivi l'arrivée de Jessie dans la petite ville, son grand-père l'avait amenée jusqu'ici, pour lui offrir un énorme paquet de caramels et une douzaine de sucettes. « Des vraies ! » avait-il affirmé. Rien à voir avec ces espèces de bâtons bicolores, bourrés de produits chimiques, qu'on trouvait dans les supermarchés !

Comme elle était encore trop petite, Leland Sinclair l'avait assise sur l'un des tabourets pour lui permettre d'assister à la préparation des sucettes. Un moment magique, aux yeux de la fillette de huit ans, d'autant qu'il lui avait permis, l'espace d'un instant, d'oublier qu'elle ne reverrait jamais ses parents.

Par la suite, Jessie avait mis un point d'honneur à accompagner son grand-père dans ce haut lieu de la confiserie, chaque année au mois de décembre. L'année précédente, comme il était trop faible pour faire le déplacement, elle s'était rendue chez Mme McCurdy, dans le simple but de lui acheter un sachet de ses bonbons préférés. Bien qu'ils n'aient pas abordé le sujet, Leland Sinclair et sa petite-fille savaient l'un comme l'autre que c'était leur dernier Noël ensemble. Une certitude qui avait donné un goût doux-amer à la fête.

Jessie avait bien cru qu'elle passerait ce Noël-ci toute seule. Tant et si bien qu'elle avait envisagé de partir pour New York ou pour Paris, pendant un mois, loin de Millers Crossing, et de ses souvenirs.

La vie était décidément pleine de surprises en tous genres ! songea-t-elle. Voilà qu'au lieu de se retrouver seule dans une chambre d'hôtel à l'autre bout du monde, elle s'apprêtait à passer son premier Noël avec Matt et, à cette fin, prévoyait d'acheter des cadeaux, un arbre, des décorations… Tous ces petits riens qui font du 25 décembre une fête familiale.

Le sourire de la jeune femme s'élargit. Toujours plantée devant le parcmètre, elle se balança d'avant en arrière, résistant à l'envie de crier son bonheur.

L'année prochaine, ce serait une vraie famille, qui se préparerait pour les fêtes.

Car Jessie était enceinte.

Elle aurait voulu le clamer au monde entier. Elle, Jessica Sinclair Latimer, allait avoir un bébé !

Elle posa une main sur son ventre, se demandant si c'était un effet de son imagination ou si elle avait bel et bien grossi… C'était peu probable, elle devait bien l'admettre. Après tout, l'embryon n'avait encore que trois semaines, ce qui paraissait prématuré. Même à elle…

Quoi qu'il en soit, dès l'instant où elle remarquerait quelque chose d'un tant soit peu probant, elle irait s'acheter la robe de grossesse la plus voyante qui soit… Histoire de rabattre son caquet à Pammie Sue Jenkins, pour commencer. Histoire de bien lui faire comprendre que même une *femme d'affaires* était capable de concevoir un enfant!

Si Jessie n'avait pas encore annoncé la nouvelle à son mari, elle savait d'avance que ce dernier s'en réjouirait avec elle. Matt semblait attendre ce moment avec impatience, lui aussi.

Un détail continuait d'intriguer la jeune femme, cependant. Deux mois auparavant, elle était encore convaincue que la seule chose qui lui manquait pour être parfaitement heureuse était un enfant. Aujourd'hui, sa grossesse lui apparaissait comme un plus. Un bonus merveilleux, dans une existence déjà parfaite.

Elle décida d'annoncer la nouvelle à Matt le soir même. Elle préparerait un dîner de fête pour célébrer l'événement. Ensuite, lorsqu'ils seraient installés sur le canapé du salon, Matt étendu de tout son long sur les coussins, la tête sur les genoux de Jessie, elle couperait la musique et lui dirait qu'elle était enceinte. Elle…

— Jessie?

Elle s'arracha à sa rêverie et, relevant la tête, sourit à Dana qui s'approchait d'elle. Sourire qui tourna presque aussitôt au rictus forcé.

Alors même qu'elle commençait à apprécier celle qu'elle avait si longtemps considérée comme une rivale, celle-ci lui sembla sortir tout droit de la couverture de *Vogue*. Sa petite robe grise toute simple, dont la ligne droite n'était coupée que par une large ceinture noire, mettait en valeur sa silhouette. Une paire de bottes noires, une veste légère de la même couleur et un collier en or complétaient l'ensemble. Ses cheveux blonds étaient retenus en une longue tresse sur la nuque… Même pâles, les rayons du soleil parvenaient à flatter ses traits délicats.

Un véritable scandale !

— Je sors de chez le fleuriste, déclara Dana. Il m'a semblé te reconnaître, mais je n'ai été certaine que c'était toi qu'en voyant ta voiture.

— En clair, si je veux sortir incognito, il vaut mieux que je m'achète une Toyota !

— Oui, ou que tu repeignes ta Mustang en gris foncé ou vert bouteille ! répliqua Dana, du tac au tac.

— Je sais. Le rouge cerise ne passe pas inaperçu…

Jessie s'interrompit, le temps de laisser passer deux adolescents sur leurs skate-boards, et les regarda s'éloigner à toute allure.

— Je ne sais pas comment ils font… Moi, je n'ai jamais été très douée pour ce sport, reprit-elle. Matt et Ray ont essayé de me montrer comment m'y prendre, en vain. Tout ce que j'ai récolté, ce sont des couronnes aux genoux. Je me suis même cassé le poignet…

— Quand j'avais huit ans, j'ai passé trois semaines en colo. Un des moniteurs m'a donné quelques cours et j'ai adoré ça… On a l'impression de voler !

— Donc, si jamais je décide de me perfectionner, je sais où m'adresser ?

— Non.

Dana, qui avait pivoté sur elle-même pour suivre les gamins du regard, dut faire un effort manifeste pour se tourner vers Jessie.

— Ma mère s'est mise dans une rage folle, lorsqu'elle a appris qu'on m'avait laissée faire un sport aussi dangereux.

— Dangereux, le skate-board ? demanda Jessie, incapable de dissimuler sa surprise. Je t'accorde qu'on peut tomber, mais je ne mettrais pas ça dans la même catégorie que le saut à l'élastique ou la tauromachie !

— Je sais. Seulement quand on passe des concours de beauté, on n'a pas droit aux pansements, répliqua Dana, d'un ton sec.

Jessie se souvint l'avoir entendue dire cela, le jour de Thanksgiving, quand elles avaient parlé de leurs familles respectives en faisant la vaisselle. Dana avait même ajouté qu'elle n'était pas particulièrement proche de ses frère et sœur, parce qu'elle n'avait jamais eu le droit de jouer avec eux.

Soudain, elle repensa à ce que Matt lui avait dit de Dana McKinnon. Qu'il la trouvait solitaire et triste, plutôt que froide ou distante… Jessie avait balayé la remarque en déclarant qu'il se laissait impressionner par la beauté de cette femme et se racontait des films à son sujet. Comme tous les hommes, d'ailleurs. En clair, elle avait été mesquine, jalouse, et la jalousie n'était décidément pas un sentiment noble.

Vaguement honteuse, elle demanda d'une voix chaleureuse :

— Tu as le temps d'aller déjeuner quelque part ?

Le café Chez Ernie était bondé en cette période de shopping, mais les deux femmes eurent la chance d'arriver au moment précis où un box se libérait.

Laurène leur fit un grand signe de la main, sans bouger de sa place, derrière le comptoir. L'un des succès de Buddy Holly s'échappait du juke-box, une délicieuse odeur d'oignons grillés et de *chili con carne* s'échappait des cuisines. Jessie passa le restaurant en revue, salua d'un hochement de tête une vague connaissance, et remarqua, non sans une certaine satisfaction, que la cloche renfermant les desserts qu'elle avait apportés la veille était presque vide.

Elle se glissa face à Dana avant de s'emparer d'un des menus coincés dans le porte-serviettes.

Elle avait été vaguement surprise lorsque Dana lui avait suggéré de venir ici. A ses yeux, l'ex-dauphine de Miss Amérique n'était pas du genre à se commettre dans un endroit aussi populaire. Pourtant, c'est avec le plus grand naturel que Dana s'installa sur la banquette turquoise et ouvrit, elle aussi, l'un des menus. Plus étonnant encore, elle opta pour un cheeseburger frites, plutôt que pour une salade nature, comme Jessie s'y était attendue.

— Ne me dis pas que tu es l'une de ces veinardes qui n'ont pas besoin de se surveiller pour garder la ligne ! commenta-t-elle, une fois la serveuse repartie avec leurs commandes. Sinon, je t'arrache les yeux !

Dana parut d'abord surprise par le mordant de la remarque, puis lui sourit d'un air malicieux.

— Rassure-toi, je suis esclave de mon vélo d'appartement, avoua-t-elle en s'emparant d'un *brissini.* J'expierai comme tout le monde, en passant vingt minutes de plus à pédaler dans le vide…

— Tu m'en vois ravie… Pour tout t'avouer, je ne me voyais pas t'agresser aussi sauvagement devant témoins !

Si Jessie avait proposé à Dana de déjeuner avec elle, c'était surtout parce qu'elle se reprochait ses pensées coupables. Presque aussitôt, elle avait craint de le regretter. Jamais encore les deux femmes ne s'étaient trouvées vraiment seules en présence l'une de l'autre et Jessie commençait tout juste à se départir de ses préjugés envers celle qu'elle avait si longtemps considérée comme sa rivale. Il aurait été dommage qu'elle s'aperçoive qu'elle ne l'aimait vraiment pas, en fin de compte !

Elle fut vite rassurée sur ce point. Dana était d'une nature affable. Et puis, toutes deux avaient au moins un point commun : une passion sans bornes pour les films des années cinquante et les comédies musicales.

Les deux convives parlèrent donc de morceaux d'anthologie du cinéma américain, Dana allant même jusqu'à fredonner un couplet entier de *Un Américain à Paris*. Lorsque le restaurant fut un peu plus calme, Laurène s'approcha du box et la conversation prit un tour complètement différent. Un centre commercial allait bientôt ouvrir en bordure de la ville, et Laurène craignait que cela fasse du tort aux petits commerces de Millers Crossing.

Bref, un déjeuner entre copines, dans la plus pure tradition, songea Jessie. Entre amies, même… Car elle commençait à considérer Dana comme telle.

Cette pensée l'amena à se fustiger une nouvelle fois. Comment avait-elle pu être assez superficielle pour se laisser aveugler par sa jalousie et ne pas chercher au-delà des apparences ?

Elles avaient terminé leurs hamburgers et attendaient l'addition lorsque Jessie remarqua un couple, en terrasse. Deux jeunes gens d'une vingtaine d'années, accompagnés d'un bébé. Perché sur sa chaise haute, le bambin ouvrait grand la bouche pour avaler la cuillerée que sa mère lui tendait.

Son visage replet était éclairé d'un sourire radieux qui fit fondre Jessie. L'année prochaine à cette époque-ci, ce serait elle qui jonglerait entre son propre repas et celui du bébé. Elle ne sortirait plus de chez elle sans un sac rempli de couches et de biberons. Le coffre de sa voiture serait plein d'accessoires divers, un siège auto serait arrimé à la banquette arrière…

— Il est mignon ! commenta Dana, suivant son regard.

— Adorable ! renchérit Jessie.

Son sourire béat dut mettre la puce à l'oreille de Dana car celle-ci lui demanda d'un ton innocent :

— Vous avez l'intention d'avoir des enfants, Matt et toi ?

Jessie s'arracha à sa contemplation pour faire face à son amie. L'espace d'une seconde, elle fut tentée de répondre que c'était bien plus qu'une intention à présent, mais elle se retint. Matt devait être le premier informé. Ensuite, et ensuite seulement, elle pourrait faire publier la nouvelle à la une de la *Chronique de Millers Crossing*. Elle se contenta donc de hocher la tête.

— Nous y pensons, oui.

— Je t'envie, soupira Dana, non sans une certaine mélancolie. J'aurais aimé en avoir, moi aussi... Plusieurs, même... Malheureusement, ça ne s'est pas fait...

— Il n'est pas trop tard pour t'y mettre ! protesta Jessie, Tu as à peine trente-cinq ans ! Et puis, je suis certaine que Ray ferait un excellent père !

Tout en prononçant ces mots, elle songea une fois de plus qu'elle avait bien changé, en trois mois. Voilà qu'elle conseillait à Dana de faire un enfant avec Ray, à présent ! Plus étonnant encore, cette idée ne la dérangeait plus du tout !

— Vous devriez en... en parler, tous les deux, ajouta-t-elle, d'une voix moins assurée.

Après tout, elle ignorait totalement ce qui avait empêché les McKinnon de fonder une famille, jusqu'à présent !

Pour son plus grand soulagement, la serveuse choisit ce moment pour leur apporter l'addition, et la conversation tourna court.

Jessie posa son gâteau sur une grille, recula d'un pas, et ne put réprimer un sourire de satisfaction. Parfait ! La meringue retombait en drapés délicatement dorés, et, à en juger à la délicieuse odeur qui emplissait la cuisine, c'était une réussite.

Chocolat-meringue... L'un des desserts préférés de Matt.

Un morceau de bœuf mijotait doucement sous une couche de champignons et d'oignons hachés. Deux énormes pommes de terre enveloppées dans du papier aluminium allaient prendre la place du gâteau, dans le four encore chaud. Jessie avait fait cuire les brocolis à la vapeur, il ne lui restait plus qu'à les faire revenir à la poêle, avec de l'huile d'olive et de l'ail, et le dîner serait prêt !

Matt avait passé les quinze dernières années à se sustenter des nourritures les plus diverses. A l'en croire, il avait même mangé des larves grillées, dans un pays exotique. A cette pensée, Jessie ne put réprimer une grimace de dégoût... Quoi qu'il en soit, Matt était devenu très classique, dans ses goûts alimentaires. S'il avalait sans broncher ce qu'on mettait dans son assiette, il avait un penchant prononcé pour les pommes de terre au four et le bœuf sous toutes ses formes. C'est la raison pour laquelle, renonçant à son idée initiale — un plateau de fruits de mer accompagné de mets aussi divers que coûteux —, Jessie avait finalement opté pour un plat plus classique.

Elle consulta sa montre. Bien qu'il n'ait pas d'horaires fixes, Matt ne manquait jamais de la prévenir lorsqu'il s'attardait chez son frère au-delà de 17 heures. Comme il était 17 h 15 et qu'il n'avait pas téléphoné, il n'allait pas tarder à arriver. Le temps qu'il prenne sa douche, se change et se détende un peu dans le salon, les pommes de terre seraient cuites.

D'ordinaire, ils mangeaient dans la cuisine. Ce soir, Jessie avait mis la table dans le salon, allant même jusqu'à sortir la vaisselle en porcelaine et les couverts en argent. Nul doute que Matt lui demanderait ce qu'ils avaient à fêter, avec cette mimique interrogatrice qui la faisait toujours fondre. Elle ne céderait pas, néanmoins.

Elle avait l'intention de faire durer le suspense aussi longtemps que possible. En même temps, elle se connaissait suffisamment pour savoir qu'elle était fort capable de lui annoncer la nouvelle au moment même où il passerait le seuil de la porte. Auquel cas… tant pis ! Elle était tellement heureuse d'être enceinte que rien n'aurait pu la contrarier, aujourd'hui.

Le carillon retentit, la faisant sursauter. Elle n'attendait personne… Sans doute un représentant en aspirateurs ou un de ces illuminés qui viennent vous proposer le salut éternel. Et si Jessie n'avait besoin ni de l'un ni de l'autre, ce soir, elle était d'humeur suffisamment joyeuse pour écouter n'importe quel boniment.

Elle ouvrit donc la porte et, reconnaissant la silhouette qui se tenait sur le seuil, eut un large sourire.

— Ray ! s'exclama-t-elle avant de lui sauter au cou.

— Salut !

Il la serra brièvement dans ses bras et pénétra dans la maison.

— Je ne te dérange pas, j'espère ? Je suis sur un chantier à deux pas d'ici, avec des clients qui n'arrêtent pas de changer d'avis. S'ils ne se décident pas rapidement, l'un de mes ouvriers va se retrouver derrière les barreaux pour homicide…

— Tu es toujours le bienvenu, tu le sais bien ! affirma Jessie d'une voix chaleureuse. Je t'offre un café ?

— Volontiers, oui !

Il la suivit dans la cuisine, se débarrassant de sa veste au passage.

— Brr! Il fait un froid de canard! Je me demande s'il ne va pas neiger!

Jessie lui lança un regard amusé.

— C'est ça! Trois mètres de neige. C'est courant sous nos climats!

— Ça arrive, de temps en temps! fit Ray, enroulant ses mains autour de la tasse que son hôtesse lui tendait, pour se réchauffer les mains.

— En vingt ans, je n'ai vu cette ville sous la neige qu'une seule fois. Et encore, quand je dis sous la neige… ça a fondu en moins de deux heures!

— On ne sait jamais, s'entêta Ray. Il fait vraiment froid, dehors! Tu ne trouves pas?

— Non. La vérité, c'est que tu es un vrai Californien, McKinnon, répliqua Jessie, d'un ton faussement méprisant. Dès que la température tombe en dessous de 20°, tu commences à geindre.

— Pas du tout! s'exclama-t-il d'un ton geignard qui les fit rire tous les deux.

Jessie s'empara d'une deuxième tasse pour se servir à son tour, se souvint que la caféine n'était pas recommandée, dans son état, et reposa la tasse.

— Qu'est-ce qui t'arrive? demanda Ray.

Jessie sursauta. Ray la dévisageait avec curiosité et elle se rendit compte qu'elle souriait aux anges.

— Oh! Rien! Je viens de penser à un truc, c'est tout. Parle-moi plutôt de tes clients indécis.

Ray sembla hésiter à lui poser d'autres questions, puis se lança dans une description interminable des modifications du chantier. La cuisine qui grandissait et rétrécissait au fil des jours, les carrelages qui changeaient de couleur, le nombre de salles de bains, qui passait de deux à trois, puis de trois à une seule. Apparemment, le couple en question ne comprenait pas non plus que le fait de réviser à la hausse la surface de la salle de jeux en augmente d'autant le coût.

Jessie l'écouta d'une oreille distraite, avec force hochements de tête et petits bruits de gorge. Les déboires professionnels de Ray ne l'intéressant pas outre mesure, elle s'était mise à penser à tout autre chose.

Ray était paresseusement appuyé contre le comptoir, ses longues jambes déployées devant lui, les mains toujours enroulées autour de la tasse. La position était familière : Jessie avait vu maintes fois Matt et lui se tenir ainsi.

Les cheveux légèrement ébouriffés de Ray frisottaient sur son front. Encore une image familière. Combien de fois avait-elle rêvé de repousser cette mèche en arrière, d'enfoncer ses ongles dans cette tignasse blonde, de se blottir contre ce torse musclé ?

Elle avait seize ans lorsqu'elle s'était rendu compte que ses sentiments envers Ray allaient bien au-delà d'une simple amitié. Au fil du temps, son amour avait grandi, secret, douloureux, omniprésent.

Aujourd'hui, ce même homme se tenait dans sa cuisine, ils étaient seuls et elle éprouvait… Quoi, au juste ?

Les sourcils froncés, la jeune femme chercha à mettre un mot sur ses sensations. Une profonde affection, alliée à une bonne dose d'amour… De celui qu'on éprouve pour ses meilleurs amis.

La douleur en revanche avait disparu et, comme pour y chercher le pincement qu'elle avait toujours éprouvé en présence de Ray McKinnon, Jessie porta une main à son cœur.

A quel moment avait-elle cessé de souffrir ? Cinq années auparavant, c'était la gorge nouée et au bord des larmes qu'elle avait assisté au mariage de Ray et Dana. Mais depuis ?

C'était difficile à dire… Une fois Ray marié, elle avait refusé de s'interroger sur ce point.

Elle l'avait toujours aimé, point à la ligne.

Ray agita une main devant elle et elle s'aperçut qu'elle le dévisageait comme si elle le voyait pour la première fois.

— Tu es toujours là, Jessie ?

— Excuse-moi ! fit-elle avec un sourire forcé. J'ai perdu le fil de ce que tu me disais… Pour tout t'avouer, je ne t'écoutais plus.

— Ce n'est pas grave. Les histoires des Carlson ne sont pas passionnantes, je dois bien l'admettre.

Il avala une gorgée de café et observa la jeune femme d'un air curieux.

— Tu avais l'air vraiment plongée dans tes pensées, dis-moi ! Rien de grave ?

Jessie sentit une panique irraisonnée monter en elle. Pourvu qu'il n'ait pas deviné ses pensées !

— Non, non ! Rien de grave, rassure-toi. Au fait, j'ai déjeuné avec ta femme ! ajouta-t-elle, soucieuse de changer de conversation.

— Tiens donc ! fit-il d'un ton crispé.

Il sembla triste, tout d'un coup, et, écartant résolument son propre trouble, Jessie lui tendit la main.

— Qu'est-ce qui ne va pas, Ray ?

Ray baissa les yeux vers la main de la jeune femme et sentit son estomac se nouer. Il y avait bien longtemps qu'on ne l'avait pas touché avec une telle spontanéité. Dana le faisait, autrefois, constamment… Elle lui effleurait la joue, posait deux doigts sur ses lèvres… Hélas, elle avait cessé depuis si longtemps qu'il avait oublié l'effet que cela faisait. Il sentit ses doigts se crisper sur la tasse et, presque malgré lui, posa sa main libre sur le poignet de Jessie.

— Nous nous connaissons depuis suffisamment longtemps pour que tu me fasses confiance. Dis-moi ce qui ne va pas, insista-t-elle.

Jessie le dévisageait avec toute la compassion du monde. Il fut vaguement tenté de lui expliquer comment il avait détruit son couple et renonça bien vite, de peur que cette compassion ne se transforme en mépris.

— Rien, Jessie. Du moins rien dont je puisse te parler, rectifia-t-il, devant son air dubitatif.

La jeune femme se mordillait la lèvre inférieure. Elle sembla hésiter un instant, puis se jeta à l'eau.

— Ecoute, je ne voudrais pas me mêler de ce qui ne me regarde pas, cependant il me paraît évident que Dana et toi… Que quelque chose…

Elle laissa sa phrase en suspens et poussa un soupir agacé.

— Comment dire ? Peut-être devriez-vous avoir une conversation sérieuse ! Ça peut te paraître simpliste, dit comme ça, mais ça me paraît essentiel, au sein d'un couple !

— Et bien sûr, tu parles d'expérience, du haut de tes deux mois de mariage ! fit-il, la tête penchée sur le côté.

— Bientôt trois ! rectifia-t-elle, une moue faussement outrée aux lèvres.

Ray ne put réprimer un sourire.

— Je vois. C'est ce troisième mois qui te donne autorité en la matière, dit-il en s'emparant d'une de ses mèches blondes pour tirer dessus, comme il le faisait si volontiers lorsqu'elle était gamine.

— Tout à fait ! D'ailleurs, la semaine prochaine, je passe mon diplôme de conseillère conjugale !

Une lueur amusée brillait dans ses yeux noisette. Elle était vraiment mignonne, ainsi, ses cheveux retombant sur ses épaules et les joues rosies par la chaleur qui régnait dans la cuisine. Plus que mignonne, d'ailleurs, à bien y réfléchir. Jolie…

Jolie, oui… Il ne l'avait jamais remarqué. Il la connaissait depuis toujours, et il n'avait jamais pris conscience du charme qui émanait d'elle.

Il lui effleura la joue du bout de l'index. Sa peau était soyeuse et chaude. Et soudain, sans réfléchir, il lui encadra le visage des deux mains. Il vit ses yeux s'écarquiller, au point de devenir d'immenses lacs dans lesquels il aurait pu se noyer.

Elle était si douce, dégageait une telle chaleur… Et lui, il avait froid depuis si longtemps…

Comme dans un songe, Jessie vit le visage de Ray se rapprocher du sien, et comprit ce qui allait se produire.

Elle aurait pu se dérober, mettre fin à ce baiser avant qu'il ne s'accomplisse, écouter la voix qui la mettait en garde…

Malheureusement, Jessica Sinclair avait passé des années à fantasmer sur cette bouche, sur les baisers qu'elle pourrait lui prodiguer. Des années à s'imaginer dans ces bras puissants…

Les lèvres de Ray se posèrent timidement sur les siennes. Jessie sentit ses paupières se fermer, ses idées s'embrouiller. Que ressentait-elle, au juste ? C'était agréable, doux.

Agréable ? Ray McKinnon l'embrassait enfin… Après tout ce temps, ces nuits à rêver de lui, à pleurer toutes les larmes de son corps, il la tenait enfin dans ses bras. Jessie aurait dû tout oublier, voir la cuisine tournoyer, sentir la terre trembler sous elle…

Elle se rapprocha de lui, la main toujours posée sur son

bras. Ray approfondit légèrement son baiser. C'était toujours agréable, toujours doux.

Rien de plus, cependant.

Et en cet instant, Jessie comprit qu'elle n'éprouverait jamais rien de plus.

Elle se dégagea, rouvrit les yeux pour dévisager l'homme qu'elle avait cru aimer. Il semblait aussi choqué qu'elle, comme s'il venait de prendre conscience de ce qu'il avait fait, de ce qu'*ils* avaient fait.

Jessie ouvrit la bouche pour dire quelque chose, n'importe quoi, mais avant qu'elle ait pu prononcer un mot, elle vit les yeux de Ray s'agrandir et son visage perdre toute couleur.

— Vous voulez que je ressorte et que je sonne avant d'entrer ? demanda froidement Matt, derrière elle.

Chapitre 17

Jessie fit un bond en arrière et pivota sur elle-même pour faire face à son mari.

Il se tenait sur le seuil de la cuisine, une main sur le chambranle de la porte, l'autre crispée autour du col de la veste qu'il avait dû retirer en entrant.

L'espace de quelques secondes, elle crut que le temps s'était arrêté.

Comme dans un mauvais roman, tous trois se tenaient immobiles, figés par le choc. Matt à l'entrée de la cuisine, le visage déformé par la colère, Ray devant le comptoir, les mains dégoulinantes du café que Jessie avait renversé en sursautant. Quant à elle… elle n'avait pas besoin de se regarder dans un miroir pour imaginer sa mine, les joues rouges, les yeux écarquillés, et les lèvres encore humides du baiser de Ray. Il ne manquait au tableau qu'une musique appropriée et une légende, du style « Flagrant délit ! ».

— Matt ! Je… Je ne t'ai pas… entendu rentrer, bredouilla-t-elle, tout en se demandant comment elle allait se tirer de ce mauvais pas.

— Ça me paraît l'évidence même ! rétorqua-t-il, d'un ton si calme qu'elle fut presque tentée de croire que les choses allaient s'arranger.

Oui ! Matt comprendrait ! Il comprenait toujours tout !

Malheureusement, elle ne lut aucun signe de compréhension ou d'acceptation dans le regard de son mari. Il n'y avait que de la colère, une rage froide qui rendait ses yeux bleus presque électriques.

Jessie sentit sa bouche s'assécher, son cœur s'emballer. Elle aurait voulu lui expliquer que ce baiser ne signifiait rien, mais elle savait d'avance que ce serait peine perdue.

Ray rompit le silence qui semblait s'éterniser.

— C'est un malentendu, Matt. Ce n'est pas…

— Ce que je crois ? termina Matt à sa place.

Ses lèvres s'étirèrent en un rictus mauvais.

— Je t'ai vu embrasser ma femme ! Tu peux me dire où réside le malentendu, au juste ?

Jessie s'avança vers lui, une main tendue.

— Matt ! Je…

Il se tourna vers elle avec une expression si féroce qu'elle s'arrêta net. Jamais elle ne l'avait vu à la fois aussi furieux et aussi calme. Un mélange inquiétant, qui l'amena à ravaler sa salive. Elle laissa retomber sa main et, à sa grande honte, éprouva un certain soulagement lorsque Matt se concentra de nouveau sur Ray.

— Fiche-moi le camp d'ici ! gronda-t-il en s'écartant de l'entrée.

Ray se retourna pour poser sa tasse sur le comptoir. Il considéra sa main humide avant de l'essuyer sur son jean et d'attraper sa veste, posée sur le dossier d'une des chaises.

Il hésita un instant puis dévisagea tour à tour ses deux amis, ne réussissant à dissimuler ni sa honte, ni ses remords, ni son inquiétude.

— Ne… Ne fais pas de bêtises, vieux. Ne fais rien que tu risquerais de regretter.

Les yeux de Matt se mirent à briller d'une lueur dangereuse. Il fit un bond en avant et Jessie porta une main épouvantée à ses lèvres. Il s'apprêtait à frapper Ray ! Ils allaient se battre, ces idiots ! Sans réfléchir, elle se mit entre les deux hommes, les mains en l'air, pour arrêter son mari. Celui-ci baissa les yeux vers elle et la considéra avec mépris.

— Tu le protèges ? lui demanda-t-il.

— Je vous protège tous les deux, répondit-elle d'un ton ferme. En vous battant, vous ne ferez qu'envenimer les choses.

— Je ne vois pas comment on pourrait encore les *envenimer*, comme tu dis !

Son sourire était glacial, son intonation à la fois désabusée et menaçante, mais il recula d'un pas.

— Sors d'ici tout de suite, McKinnon, répéta-t-il.

Comme Ray hésitait encore, Matt le considéra d'un air de défi.

— Tu as peur que je batte notre petite Jessie ? Tel père, tel fils, c'est ça que tu penses ? Pourtant, de nous deux, ce n'est pas moi qui ai le plus de mal à modérer mes élans, me semble-t-il !

Jessie entendit Ray siffler entre ses dents, comme si les paroles de Matt l'avaient touché au plus profond. Et si elle n'avait aucune idée de ce que son mari avait voulu dire, il était évident que Ray le savait, lui.

Et plus évident encore que Matt avait fait mouche.

— Va-t'en, Ray, par pitié ! murmura-t-elle.

Il fallait qu'il parte avant que l'un ou l'autre ne commette l'irréparable. Elle se chargerait de parler à Matt, de lui expliquer ce qui s'était passé… même si elle ne le savait pas très bien elle-même. Qu'importe. Elle se devait d'essayer, or Matt ne l'écouterait pas tant que Ray serait sous leur toit.

Ray les considéra tous deux une dernière fois et laissa échapper un soupir résigné.

— Jessie ? Je t'appellerai plus tard. Et toi, Matt, conclut-il, une fois arrivé sur le pas de la porte, ne fais pas l'imbécile !

Matt ne répondit pas. Ray attendit quelques secondes, secoua la tête d'un air catastrophé, et sortit.

Son départ fut suivi d'un silence pesant. Jessie attendait que son mari ouvre les hostilités, qu'il déverse sa hargne sur elle. Il avait tous les droits d'être en colère. Elle avait embrassé un autre homme, leur meilleur ami. Elle n'avait aucune excuse valable et il lui était difficile d'expliquer que, dans un sens, ce baiser avait été une bonne chose, puisqu'il lui avait fait comprendre qu'elle n'était pas amoureuse de Ray, en fin de compte…

A l'idée de l'impact qu'aurait eu un tel raisonnement sur Matt, la jeune femme dut réprimer le rire hystérique qui lui montait à la gorge. Elle risqua un coup d'œil vers la porte. Matt n'avait pas bougé d'un pouce.

— Ecoute, ce n'est pas ce que…

Il se tourna vers elle et elle sentit ses paroles se coincer dans sa gorge. Elle ne pouvait pas lui répéter qu'il s'agissait d'un malentendu : de toute évidence, ça n'en était pas un. Il l'avait bel et bien trouvée au beau milieu de sa cuisine — *leur* cuisine — dans les bras de Ray McKinnon, *leur* ami. Le cœur battant, elle s'efforça de trouver les mots qui dénoueraient la situation.

— Tu ne comprends pas, Matt. Nous n'avons rien fait de mal. C'est juste… Nous sommes amis depuis si longtemps que…

En matière d'explications embarrassées, cela rejoignait le sempiternel « le chien a mangé mon cahier » du gamin qui n'a pas fait ses devoirs.

— C'est curieux, ce que tu dis ! Ray et moi sommes amis

depuis près de trente ans et pourtant, je n'ai jamais eu envie de lui rouler une pelle !

Il avait parlé d'un ton à la fois si courtois et en tel décalage avec ses propos que Jessie mit quelques secondes à comprendre ce qu'il venait de dire.

— Il ne me… Non, Matt ! balbutia-t-elle, horrifiée. Tu ne comprends pas… Je te jure que ce n'est pas ce que tu penses !

Il fallait qu'il comprenne. A n'importe quel prix. Seulement pour cela, il devait l'écouter… Aussi, sans plus se soucier du mur hostile dont il s'était entouré, se rapprocha-t-elle de lui.

— Il m'a… Nous nous sommes embrassés, mais ce n'est pas ce que tu penses, répéta-t-elle. Nous n'avons pas… ça ne serait pas allé plus loin.

— Tiens donc ? Et peut-on savoir sur quoi sont basées tes certitudes ? demanda-t-il sans se départir de sa froideur.

— Je le sais. Tout comme tu le sais, d'ailleurs ! s'exclama-t-elle.

Elle lui agrippa le bras et put constater, si besoin était, qu'il était tendu à l'extrême.

— Je sais. Nous avons fait une bêtise et je te demande pardon. Si je pouvais revenir en arrière, je le ferais, seulement c'est impossible et… Matt ! Dis quelque chose, je t'en supplie. Crie, hurle, même si tu veux ! Tu es en colère et tu as toutes les raisons de l'être. J'ai eu tort et je le sais. Mais dis quelque chose ! Ne m'exclus pas ainsi !

Matt la foudroya du regard.

Exclue ? Elle se sentait exclue, à présent ! C'était le comble !

C'était lui, l'exclu, dans l'histoire ! Lui qui s'était trouvé à l'extérieur, pour observer la scène. Lui qui avait surpris sa femme dans les bras de son meilleur ami, lui qui avait vu la bouche de Ray se poser sur ses lèvres tandis que Jessie fermait les paupières pour s'abandonner à l'étreinte !

Là, sur le seuil de cette porte, il avait regardé son monde s'écrouler. La sensation avait été si nette que, l'espace d'une seconde, il avait pensé à un tremblement de terre. Sauf que ce n'était pas sa maison qui se craquelait de toutes parts. C'était son existence tout entière.

Celle qu'il commençait à peine à bâtir.

Jessie enfonça les doigts dans son avant-bras. Il les voyait, sans les sentir. Elle s'accrochait à lui, le visage crispé par l'angoisse.

— Matt ? Dis quelque chose !

Que voulait-elle qu'il lui dise ? Que ce n'était pas grave ? Qu'il trouvait parfaitement normal qu'elle flirte avec son meilleur ami ? Pourquoi ne lui demandait-elle pas de s'excuser de les avoir dérangés, pendant qu'elle y était !

La prudence lui dicta de reculer d'un pas, de se dégager de son emprise. Jessie en fut blessée et, dans un sens, il le regretta. Cela dit, il n'y avait aucune raison pour qu'il soit le seul à souffrir, dans l'affaire !

Il se força à inspirer lentement, pour recouvrer un semblant de sang-froid.

— Je n'ai pas envie de parler, déclara-t-il d'un ton sec. Pas maintenant.

— Qu'est-ce que tu vas faire ? Prendre ta voiture et rouler pendant des heures, sans but précis ?

Elle le considérait d'un air de défi à présent. Manifestement, l'inquiétude commençait à faire place à la colère.

— Je croyais que nous avions décidé ensemble que la fuite n'était pas la meilleure manière de régler nos problèmes !

Matt mit plusieurs secondes à comprendre qu'elle parlait du

soir où il était sorti en claquant la porte. Ça n'avait pourtant rien à voir ! Ce soir-là, Jessie avait touché une corde sensible, il s'était mis en colère et en avait conçu une peur irraisonnée quant à sa propre personnalité.

— Réponds-moi ! ordonna-t-elle, d'une voix aiguë.

— Pas maintenant. Pas tout de suite.

Elle ouvrit la bouche pour protester, mais il l'interrompit d'un geste sec.

— N'insiste pas. Je n'ai aucune envie de t'écouter m'expliquer ce que tu faisais dans les bras de Ray.

— Nous ne…

C'en fut trop pour Matt. Malgré lui, il leva la main et la referma autour du poignet frêle de Jessie.

— Tais-toi, je te dis ! gronda-t-il entre ses dents serrées. Je ne veux pas de détails. Je ne veux pas savoir ce que vous faisiez ou pourquoi.

Il laissa échapper un petit rire cynique qui la fit grimacer.

— Bon sang ! Ma femme dans les bras de mon meilleur ami… Si ce n'était pas si triste, je rirais du cliché !

— Matt ! S'il te plaît !

— S'il te plaît, quoi, Jessica ? gronda-t-il, en l'attirant brusquement à lui. Qu'est-ce que tu veux ? Que je te dise que tout va bien ? Que ça n'est pas grave ? Désolé… Ça ne va pas du tout et à mes yeux, c'est très grave.

— Je ne te demande pas de me dire que tout va bien ! fit-elle d'une voix un peu tremblante, mais sans baisser les yeux. Je te demande de dire quelque chose, d'essayer de comprendre… On ne peut pas rester là-dessus ! Il faut qu'on dissipe ce malentendu !

Matt dut prendre sur lui pour ne pas exploser. Dissiper le malentendu. Comprendre… Se comporter en adulte, quoi !

Le problème, c'est qu'il n'avait aucune envie de réagir en

adulte. Il se sentait vide, anéanti. Il ne voulait ni discuter, ni écouter des explications vaseuses. Et encore moins recevoir des excuses.

Plus tard… Il écouterait Jessie plus tard. S'il y avait un malentendu à dissiper, cela se ferait plus tard aussi. Parce que, malgré la rage qui l'habitait, c'était ce qu'il souhaitait, il en avait conscience. Comprendre, dissiper le malentendu, réparer.

Pas dans l'immédiat, cependant.

Il lui lâcha le poignet et recula d'un autre pas.

— Je ne veux pas discuter de cela pour l'instant. Ce n'est pas le moment.

— Quand alors ?

— Tu veux un rendez-vous ? Attends, je consulte mon agenda. Mardi, par exemple ? Mardi, 13 heures ? Discuter de l'inconduite de ma femme avec mon meilleur ami ?

Les joues de la jeune femme se colorèrent sous le sarcasme.

— Très bien ! s'insurgea-t-elle. Tu ne veux pas parler, tu ne veux rien entendre ? Tu veux partir panser tes blessures comme un vieux loup solitaire ? A ton aise. Seulement n'oublie pas que je serai toujours là à ton retour… Ce n'est donc que partie remise !

Matt sentit sa détermination vaciller. Elle avait raison sur ce point. Le problème ne se résoudrait pas tout seul. Tôt ou tard, ils devraient discuter de ce qui venait de se produire.

Son hésitation fut de courte durée. La confrontation pouvait attendre. La blessure était trop vive, trop fraîche. Il n'était pas à même d'écouter les explications de sa femme, pas plus qu'il ne pouvait continuer à la regarder dans les yeux en se demandant si elle aimait Ray.

C'était tout bonnement au-dessus de ses forces.

*
* *

Jessie attendit, le souffle court. Elle aurait fait n'importe quoi pour qu'il reste, même si elle n'avait encore aucune idée de ce qu'elle lui dirait. Comment aurait-elle pu expliquer ce qu'elle ne comprenait pas elle-même ? Ce baiser avait été si inattendu…

— Ne m'attends pas ce soir ! lança Matt, d'un ton neutre.

Il paraissait fatigué, à présent. Las, et plus vieux de plusieurs années.

Elle ouvrit la bouche pour essayer une dernière fois de le retenir, mais il ne lui en laissa pas le temps. Il tourna les talons et, sans ajouter un mot, sortit de la cuisine.

Jessie resta où elle était et écouta le cliquetis des clés, suivi du son de la porte d'entrée qui se refermait doucement.

Le minuteur du four se mit à sonner, le bœuf était cuit.

La jeune femme regarda autour d'elle les vestiges de sa soirée avortée. Le gâteau refroidissait toujours sur le comptoir, les brocolis étaient prêts à frire dans la poêle déjà parsemée d'ail et de persil. En se penchant un peu vers la droite, elle verrait la table de la salle à manger, sur laquelle étaient disposés les couverts en argent, les assiettes en porcelaine et deux bougies.

Un mélange d'odeurs diverses emplissait la cuisine. L'ail, le chocolat, le bœuf… Jessie sentit son estomac se soulever. Elle déglutit une fois, porta une main à sa bouche et courut jusqu'aux toilettes.

Le moment idéal pour l'arrivée de sa première nausée de femme enceinte ! A 18 heures, juste après avoir si savamment sabordé son couple…

*
* *

Dana jeta un coup d'œil à l'horloge murale. 18 heures passées. Ray n'allait pas tarder à rentrer.

Elle espérait de tout cœur qu'il ne serait pas retenu par un chantier ou l'autre, ce soir. Elle avait les mains moites et elle les essuya nerveusement en s'efforçant d'ignorer le nœud qui lui serrait la gorge.

Elle avait passé un temps fou à choisir ses vêtements, un chemisier rose framboise et une jupe noire qui lui descendait jusqu'aux mollets. Ray l'avait complimentée sur ce chemisier, un jour, et pour la première fois depuis bien longtemps, c'était en pensant à lui qu'elle s'était habillée.

Elle entendit la porte du garage s'ouvrir, et dut faire un effort pour maîtriser le tremblement de ses mains.

Elle n'avait aucune raison d'être aussi tendue. Tout ce qu'elle avait prévu, c'était de proposer à son mari d'aller dîner au restaurant. Une chose qu'ils faisaient fréquemment naguère, et qui paraissait bien innocente. Cela faisait des mois qu'ils n'étaient pas sortis, une éternité qu'ils n'avaient rien fait ensemble. Si Dana voulait reconstruire son couple, elle devait prendre des mesures. Même les plus banales.

Pour une raison qui lui échappait, elle avait pensé tout l'après-midi à la remarque de Jessie sur le genre de père que Ray pourrait faire. Dans l'état où était leur couple en ce moment, il aurait fallu un miracle pour qu'ils conçoivent un enfant. Et pourtant, l'idée était là. Dormante… Omniprésente. Car s'il lui paraissait évident qu'une naissance ne sauverait pas son mariage, le simple fait d'en parler les rapprocherait peut-être, Ray et elle.

En tout cas, elle se raccrochait à cette idée.

La porte de la cuisine s'ouvrit, un bruit insignifiant qui lui donna la chair de poule. « Allez ! Je lui propose d'aller dîner dehors, rien de plus, songea-t-elle. Ce n'est pas la mer à boire, tout de même ! »

Ray pénétra dans le salon et elle se tourna vers lui, un large sourire aux lèvres, dans l'espoir qu'il y lirait… Quoi, au juste ? Elle l'ignorait encore elle-même. Peut-être le signe qu'elle était heureuse de le voir, tout simplement.

C'était un début…

— Bonsoir ! lança-t-elle d'une voix mal assurée.

Il la dévisagea un instant sans prononcer un mot. Son visage était crispé et Dana sentit son sourire s'évanouir. Elle se leva du canapé, dans un crissement de soie.

— Qu'est-ce qui t'arrive ?

— Rien.

Il laissa échapper un soupir et secoua la tête.

— Rien, répéta-t-il, visiblement abattu. Il n'y a pas mort d'homme… Du moins pour le moment.

La fin de la phrase avait été à peine audible et Dana s'inquiéta.

— Tu me fais peur, Ray. Qu'est-ce qui se passe ?

— Rien ! Je t'assure, rien ! fit-il, se passant une main dans les cheveux. Je ne t'en aurais même pas parlé, tellement c'était insignifiant, au départ.

— Qu'est-ce que tu me racontes ? demanda-t-elle, sentant sa tension augmenter d'un cran.

— Je travaillais sur le chantier des Carlson, débita Ray, d'un ton saccadé, comme si les mots se bousculaient. Je suis passé chez Matt et Jessie pour leur dire bonjour. Matt n'était pas encore rentré, Jessie m'a proposé un café, nous avons un peu discuté et… et nous…

Ray regarda sa femme dans les yeux, avant de détourner la tête.

Dana crut que son cœur allait s'arrêter de battre. Elle

eut une impression de *déjà vu* et, soudain, tout lui revint à la mémoire… Le soir où elle avait lu de la culpabilité dans l'expression de son mari, la discussion qui s'en était suivie… La fin de leur complicité.

— Tu as couché avec elle ? s'enquit-elle d'une voix blanche.

— Jamais de la vie ! se récria Ray. Bon sang, Dana ! Non ! Ce… Il ne s'est rien passé ! Rien, je te le jure ! Je l'ai juste… embrassée. Une seule fois… Et ce n'était…

— Rien ?

Dana avait haussé le ton. Toutes ses défenses se remettaient en place. Ce qui lui convenait parfaitement, d'ailleurs. Au moins, derrière elles, elle n'éprouvait rien, ne souffrait pas.

— Je ne sais pas ce qui m'est passé par la tête, termina piteusement Ray. Tout ce que je peux te dire, c'est qu'il n'y avait rien dans ce baiser. Je te le jure, Dana !

La jeune femme était résolue à ne pas perdre son calme. La seule chose qu'elle s'autorisa à montrer fut une vague curiosité.

— S'il ne s'est rien passé, pourquoi m'en parles-tu ? Ce n'est pas la première fois que je te vois embrasser Jessie !

— Pas comme… C'était un peu plus qu'un simple baiser sur la joue, admit-il. Et encore une fois, il n'y a jamais rien eu entre Jessie et moi. Seulement Matt est arrivé à ce moment-là et…

Il ne termina pas sa phrase.

— Je vois… Il n'a pas compris à quel point il n'y avait rien entre vous, lui non plus, ironisa Dana.

— Mais il n'y a rien, bon sang !

Dana hocha la tête, sa bouche s'étira en un rictus amer.

— Je sais. Les apparences sont parfois trompeuses.

— Dana…

Elle le vit tendre la main vers elle et elle se déroba. Sur sa lancée, elle passa devant lui et sortit de la pièce.

Elle allait bien. Elle était d'un calme olympien. Toutefois, il n'était pas question que Ray la touche. Sous aucun prétexte. Ni lui ni personne d'autre… Plus jamais. Si elle se protégeait suffisamment, si elle parvenait à ériger un mur autour d'elle, rien ne pourrait plus jamais l'atteindre. Personne ne pourrait plus lui faire de mal.

Elle entendit que Ray faisait un pas pour la suivre à l'étage, mais elle ne se retourna pas pour ne pas l'encourager. Lentement, avec des gestes précis, elle ouvrit la porte du placard, dans le couloir, pour en tirer une valise noire. Elle entendit Ray dire « Oh non ! M… ! » mais, toujours sans le regarder, elle emporta la valise dans leur chambre et la posa sur le lit. Le sifflement de la fermeture Eclair du bagage déchira le silence.

— Tu prends tes affaires ou je prends les miennes ? demanda-t-elle.

Cette fois, elle se tourna. Il se tenait sur le seuil, blanc comme un linge.

— Ne fais pas ça, Dana. Nous pouvons nous en sortir… Surmonter cette épreuve. Réparer notre couple…

— Je peux partir, si tu préfères, répliqua-t-elle, ignorant la remarque.

Il traversa la chambre en deux enjambées et referma le couvercle de la valise d'une main rageuse.

— Dis quelque chose, Dana. Par pitié, dis quelque chose.

— Je n'ai rien à dire.

Elle se pencha pour rouvrir la valise, en prenant soin de baisser les paupières. Elle ne voulait pas affronter le regard de Ray. Elle n'était même pas sûre d'avoir la force de l'écouter.

— Comment ça, rien à dire ? s'écria-t-il. Parle-moi de nous !

— Je n'ai rien à dire, répéta-t-elle, d'une voix moins ferme, cependant.

L'émotion de Ray était si palpable qu'elle sentit la muraille qui l'entourait se fissurer. Les dents serrées, elle rouvrit le battant de la valise.

— On réglera les détails plus tard.

— Les… Les détails ? Tu veux dire… Un divorce ?

Le mot atteignit la jeune femme aussi sûrement qu'un coup de poing. Elle se redressa brusquement, la bouche entrouverte.

— C'est ce que tu veux, Dana ? Divorcer ?

Si c'était ce qu'elle voulait ? Couper le lien qui les unissait, signer un document légal qui annulerait du même coup tout ce qui avait fait leur couple ? Elle fit machinalement tourner son alliance. C'était probablement la solution la plus raisonnable. Pourtant, elle ne pouvait se résigner à prononcer la phrase fatale, celle qui mettrait définitivement fin à leur union.

— Ça n'a rien à voir avec ce que je viens de te raconter, hein ? murmura soudain Ray.

Les rôles semblaient inversés, à présent. Ray avait retrouvé son calme, tandis qu'elle avait l'impression que tout s'écroulait autour d'elle, en elle.

— Tu sais aussi bien que moi qu'il n'y a rien d'autre qu'une franche amitié entre Jessie et moi. Je l'ai embrassée, c'est vrai. Sur une impulsion stupide. Et si Matt n'était pas arrivé à ce moment-là, je ne t'en aurais jamais parlé. Parce qu'au risque de me répéter, il n'y a rien entre Jessie et moi.

— C'est embêtant, d'être pris la main dans le sac, n'est-ce pas ? fit-elle remarquer avec une douceur de mauvais augure.

— Ce que tu me reproches, c'est mon écart de conduite de l'année dernière, poursuivit-il, ignorant le sarcasme. Depuis lors, tu m'exclus, et, aujourd'hui, tu prends ce malheureux baiser comme prétexte.

— Un prétexte ? cria-t-elle, indignée.

Elle se rendit compte qu'elle avait haussé le ton et prit une longue inspiration. Elle ne devait pas perdre son sang-froid. Sous aucun prétexte.

— Ça ne s'est produit qu'une fois, Dana.

Il la suppliait presque, à présent. Il tendit la main vers elle et elle s'écarta vivement. S'il la touchait maintenant, elle risquait de se mettre à pleurer.

Ray se figea dans son geste et lorsqu'il reprit la parole, ce fut d'un ton neutre, dénué de toute émotion.

— Tu ne me pardonneras jamais !

— De quoi parles-tu au juste ? Je n'ai jamais fait la moindre allusion à ton incartade, me semble-t-il !

— Tu n'en as jamais reparlé en effet. En revanche, chaque fois que tu me tournes le dos, au lit, chaque fois que tu me dévisages comme si tu ne m'avais jamais vu, je lis le reproche dans tes yeux. Alors non, c'est vrai, tu n'as pas besoin de faire des allusions ! Ta froideur parle pour toi.

— Tu dis n'importe quoi !

En son for intérieur, Dana savait qu'il avait raison, cependant. Elle était passée maîtresse dans l'art de faire souffrir son mari sans avoir même besoin de prononcer un mot. Elle tenait ça de sa mère qui lui avait montré à quel point un regard méprisant et une indifférence polie pouvaient être blessants.

Oui, elle devait bien avouer qu'elle avait délibérément fait souffrir Ray. Pour que lui aussi ait mal. Pour lui rendre la monnaie de sa pièce en quelque sorte. Au fil du temps, c'était devenu une habitude dont elle n'avait su se débarrasser. Elle s'était enfermée dans son silence, avait bâti un mur pour se protéger, et n'était plus parvenue à sortir de sa citadelle.

C'était tout aussi bien, d'ailleurs. Plus on se protégeait et moins on souffrait.

— Je ne t'ai trompée qu'une fois, Dana, répétait Ray.

De nouveau, cette supplique dans sa voix. Il voulait qu'elle le comprenne, qu'elle lui pardonne. Mais Dana n'était prête ni à comprendre ni à pardonner.

— Une misérable fois, bon sang! J'étais ivre mort!

— C'est curieux, ce que tu me dis là! Parce que moi, quand j'ai trop bu, je n'éprouve pas le besoin de coucher avec le premier venu!

C'en fut trop pour Ray qui perdit son sang-froid.

— Encore heureux! Parce que vu ta tendance à t'alcooliser ces derniers temps, tu aurais déjà couché avec la moitié de la ville!

Dana sentit le sang se retirer de son visage. Elle se tourna vers Ray, juste à temps pour voir la colère laisser place au remords le plus profond.

— Dana, je…

— Il est temps que tu partes, Ray, dit-elle, sidérée par son propre calme, étonnée d'être parvenue à parler tant sa gorge était serrée.

Elle crut qu'il allait protester, mais il n'en fit rien. Il la dévisagea pendant un long moment en silence, puis hocha la tête.

— Je vais dormir au bureau.

— A ta guise.

Dana n'avait plus qu'une hâte, à présent : qu'il s'en aille. Tout de suite, avant qu'elle ne s'effondre. Elle sentit son regard peser sur sa nuque. De toute évidence, il attendait qu'elle dise quelque chose. Aussi s'éclaircit-elle la voix et, dans un mélange d'indifférence feinte et de courtoisie, lui demanda :

— Tu veux que je t'aide à faire ta valise?

Ray ne put réprimer une grimace. Dans ses yeux se lisaient une multitude d'émotions. Le choc, la colère et… Oui, une douleur indéniable.

Incapable de supporter cette vision, Dana ferma les paupières.

Lorsqu'elle les rouvrit, Ray était parti.

Chapitre 18

Jessie se réveilla seule. Avant même d'avoir roulé sur le flanc pour s'en assurer, elle sut que Matt n'était pas auprès d'elle. En revanche, l'oreiller portait toujours son empreinte, et la couverture était repoussée.

La jeune femme se laissa retomber contre les montants du lit, à la fois soulagée et angoissée. Car si elle était rassurée que Matt ait passé la nuit dans le lit conjugal, elle se reprochait de ne pas l'avoir entendu se coucher. Mais au-delà de cela, bien sûr, elle craignait que son couple ne survive pas à l'épreuve de la veille.

D'un autre côté, elle se refusait à envisager cette possibilité. Il s'agissait d'un malentendu. Matt finirait bien par le comprendre et…

Elle laissa échapper un long soupir. Non… Il ne s'était pas agi d'un malentendu, sauf à considérer que Matt avait donné à ce baiser une importance qu'il n'avait pas. Jessie avait fait la bêtise de sa vie et n'avait aucune excuse. Elle pouvait analyser l'incident à la loupe, évoquer les années passées à fantasmer sur Ray McKinnon, invoquer la curiosité, un moment de folie, une impulsion… Mais en aucun cas, elle ne pouvait nier ses torts.

Elle était l'épouse de Matt, et Matt l'avait surprise dans les bras de leur meilleur ami. Un point, c'était tout.

Elle dut déglutir à plusieurs reprises pour se débarrasser du nœud qui lui obstruait la gorge. Elle avait suffisamment pleuré ; ça suffisait comme ça. D'autant que les larmes ne changeraient rien à la situation. Il fallait qu'elle parle à Matt. Elle ne voyait aucune autre issue. Elle avait commis une erreur monumentale et Matt était en droit de hurler, voire de donner un coup de poing dans le mur, si ça pouvait le défouler. Il avait droit à des explications… En tout cas, elle, rien ne lui octroyait le droit de se terrer dans un coin en attendant que ça se passe. Ils étaient mari et femme, à présent ! Pour le meilleur et pour le pire…

Alors qu'une délicieuse odeur de café montait dans l'escalier, Jessie savait que son mari était déjà reparti. Quand il s'agissait de régler des conflits domestiques, il avait une fâcheuse tendance à prendre la fuite. Ce qui l'amena à se demander s'il s'agissait d'une réaction typiquement masculine ou si l'enfance malheureuse de Matt l'avait tellement traumatisé qu'il craignait de perdre tout contrôle de lui-même et de devenir violent.

Oh, certes, elle l'ait entendu rentrer, la veille au soir ! Seulement elle n'avait pas jugé le moment très propice à une confrontation. Alors elle était restée étendue dans son lit, à écouter les bruits divers, au rez-de-chaussée, à se demander à quoi Matt pensait, ce qu'il faisait et s'il se résoudrait à monter la rejoindre. Puis, contre toute attente, elle s'était endormie, épuisée sans doute par les émotions diverses de la journée. A moins qu'elle ne soit tout simplement fatiguée par le début de sa grossesse.

Encore un couac, d'ailleurs, songea-t-elle avec amertume. Avec tout ça, Matt ignorait toujours son état… Comment le lui annoncer, à présent ? « Mon chéri, je sais que tu m'as surprise dans les bras de ton meilleur ami. C'est d'autant moins grave que ça m'a permis de comprendre que je ne suis plus amoureuse de lui… Oh, et au fait, pendant que j'y pense… Je suis enceinte. Tu vas être papa ! »

La tête dans les mains, elle ne put contenir ses larmes.

Gabe était plongé dans les affres de la relecture et des corrections, ce qui avait toujours pour effet de le couper encore davantage du reste du monde. Il avait salué l'arrivée de Matt d'un vague grognement, sans lever le nez de l'écran de son ordinateur. A en juger par son visage mal rasé et par l'état de son sweat-shirt, Matt aurait volontiers parié que son frère n'avait pas bougé de son siège depuis deux jours. La cuisine avait un petit air de Tchernobyl après l'explosion : les rares espaces libres étaient jonchés de boîtes de conserve vides et d'emballages de repas tout préparés. Quant à l'évier, il débordait littéralement de vaisselle sale.

C'était la première fois que Matt voyait son frère, d'ordinaire si posé, dans un tel état d'agitation. En d'autres temps, il s'en serait amusé, l'aurait peut-être même taquiné à ce propos. Ce jour-là, il se contenta de débarrasser grossièrement la cuisine, avant de préparer un café. Le silence n'était interrompu que par le cliquetis des touches du clavier et par les occasionnels commentaires grognons de Gabe.

Matt n'aurait même pas pu jurer qu'il s'était rendu compte de sa présence, ce qui lui convenait parfaitement, d'ailleurs. Il n'avait aucune envie de parler. S'il était monté jusqu'ici, c'était pour pouvoir réfléchir calmement.

Réfléchir et panser ses blessures, il devait bien l'admettre… Cela dit, il n'existait aucune loi interdisant aux citoyens américains de faire deux choses à la fois… Pas à une époque où on vantait les mérites de la polyvalence !

Il se versa un café qu'il emporta dans la salle de bains où il était censé travailler ce jour-là. Il contempla un instant la pile de carrelage et ressortit presque aussitôt pour aller se planter devant la fenêtre de la pièce principale. Le ciel bleu avait fait place à la grisaille. Ceux qui affirmaient que la météo était plus que prévisible, dans cette partie de la Californie, se trompaient. Même si le temps ne passait que très rarement d'un extrême à l'autre, il pouvait changer du jour au lendemain, sans prévenir.

Un peu comme la vie, en fait.

Matt secoua la tête. Voilà qu'il se mettait à penser par métaphores, à présent ! Et pas des plus subtiles…

Il avala une gorgée de café en regardant le crachin tomber. La veille au soir, il s'était rendu jusqu'au lac, d'où il avait regardé les lumières de l'Auberge du Saule se réfléchir sur l'eau étale. L'idée initiale avait été de ne penser à rien. Malheureusement pour lui, son esprit s'y était catégoriquement refusé. Il n'y avait pourtant pas matière à réflexion, en l'occurrence ! Jessie s'était jetée dans les bras de Ray ou l'inverse, ça n'avait aucune importance. La seule chose qui comptait, c'était que Matt les avait trouvés dans les bras l'un de l'autre.

Et qu'il avait pris la fuite.

La veille, il s'était dit que s'il avait fui ainsi, c'était sous le coup de la colère et de la jalousie. Il avait même trouvé une certaine noblesse à son geste. Partir avant d'avoir une parole malheureuse, avant de blesser sa femme par un propos injurieux… Ça avait une certaine classe, tout de même, non ?

Une tache sombre traversa le ciel… Un geai, qui survola le paysage gris et dont le cri plaintif fut étouffé par la vitre.

Matt le suivit du regard. Il se serait volontiers laissé aller à la rêverie, ne serait-ce que pour éviter de se dire qu'en fait de noblesse, il avait plutôt fait preuve de couardise. S'il était parti, c'était de peur d'entendre Jessie lui avouer son amour pour Ray. Parce qu'il n'y avait pas à dire : entre soupçonner un fait et en avoir la preuve flagrante, il y avait une différence. Et de taille!

De nouveau, il secoua la tête.

Indéniablement, il s'était ménagé une porte de sortie. Ça devenait une habitude, chez lui!

Il termina son café en grimaçant et regagna la salle de bains. Assez ruminé! Quelques heures de travail physique l'aideraient à oublier ses sombres pensées.

Matt passa la porte et fut assailli par diverses odeurs de cuisine. Un mélange d'ail et d'une herbe qu'il eut du mal à reconnaître. Romarin? Basilic?

La veille au soir, le fumet avait été différent et pourtant, il eut un étrange sentiment de *déjà vu*. Il s'immobilisa dans le couloir et, se forçant à avancer, referma la porte derrière lui avant de poser ses clés sur la tablette. Il pleuvait toujours et ses chaussures étaient trempées. Il les retira et les laissa dans le couloir, avant d'accrocher sa veste à la poignée du placard pour la faire sécher.

Jessie l'avait probablement entendu rentrer, mais elle ne vint pas l'accueillir. Elle ne le faisait jamais, d'ailleurs. S'il ne lui avait avoué qu'il adorait la trouver dans sa cuisine, elle avait dû lire dans ses pensées, car c'était toujours là qu'il la trouvait en rentrant chez lui, le soir... Et là qu'elle se trouvait en ce moment même. Même s'il n'entendait aucun bruit, son instinct lui disait qu'elle le guettait.

Matt laissa son regard s'attarder sur le fond du couloir. Il avait transformé le sous-sol en labo photo et il lui aurait été facile de s'y enfermer pour travailler. Maintenant qu'il y songeait, c'était même fort tentant... Toutefois, il ne pouvait continuer à faire l'enfant. Il avait déjà fui à deux reprises, inutile d'en rajouter.

Il rejoignit donc sa femme là où il savait la trouver.

Et, en effet, Jessie était assise devant la table de la cuisine, les mains refermées autour d'une tasse fumante, les yeux rivés à la porte. Elle le guettait et, l'espace d'un instant, Matt en conçut un certain agacement. Elle n'essayait même pas de faire comme s'il ne s'était rien passé. Dans le même temps, et à sa grande surprise, il sentit sa colère remonter en flèche, elle aussi. Il n'avait pas prévu que le simple fait de voir sa femme ranimerait ainsi la hargne qui couvait en lui.

— Bonsoir.

Sa voix était calme, quoiqu'un peu rauque. Elle le dévisagea attentivement, d'un air de doute et incapable de dissimuler son angoisse.

— Bonsoir, répondit-il d'un ton délibérément neutre. Tu cuisinais ?

— Poulet de ferme élevé à l'air libre et fricassée de légumes.

Il ouvrit la bouche pour dire que ça lui semblait prometteur, mais aucun son ne sortit de ses lèvres. Le sandwich qu'il avait avalé à midi lui pesait sur l'estomac, subitement, et il eut l'impression de voir la pièce tournoyer autour de lui. C'était trop. Il n'était pas en état d'avoir une conversation normale avec Jessie. Pas quand la colère et l'humiliation continuaient de l'étouffer ainsi. Encore moins ici, dans cette cuisine où il avait surpris sa femme en pleine étreinte avec son meilleur ami.

— Je... Je n'ai pas faim. Je vais aller...

— Matt ? Je voudrais te parler, s'il te plaît.

— … m'installer un peu dans…

— Nous ne pouvons pas continuer comme ça, Matt. Le problème ne se réglera pas tout seul.

Matt fit un pas en arrière.

— … le labo. J'ai une série à retoucher…

— Je te demande pardon, Matt…

— … Oui, à retoucher, acheva-t-il précipitamment.

Il avait presque atteint la porte, à présent. Encore un pas et…

— Matt ! Je suis enceinte.

Jessie n'avait pas prévu de lui annoncer la nouvelle aussi brutalement et elle eut la sensation de lui avoir jeté sa grossesse au visage dans le seul but de le retenir, de l'obliger à parler.

Cette annonce aurait dû être un moment de bonheur pour un jeune couple comme eux… Jessie se serait assise sur ses genoux et aurait serré Matt dans ses bras avant de se blottir contre lui… Un bonheur partagé, un instant inoubliable, en quelque sorte.

Après l'incident de la veille, Jessie avait décidé de garder le secret, le temps que tous deux soient remis de leurs émotions. Malheureusement, lorsqu'elle avait vu Matt battre en retraite, les mots étaient sortis tout seuls.

Il se figea sur le seuil, tendu comme un arc. Puis il referma le poing sur le chambranle à s'en faire blanchir les doigts.

Jessie attendit, le cœur battant la chamade. S'il continuait sur sa lancée, s'il allait vraiment s'enfermer dans son labo, elle…

A son grand soulagement, il n'en fit rien. Au bout de ce qui lui sembla une éternité, elle le vit pivoter sur lui-même pour lui faire face. Mais bizarrement impassible.

— C'est… merveilleux pour toi, Jessica, murmura-t-il. Je sais à quel point tu désirais cette grossesse.

Jessie écarquilla les yeux. A l'entendre, on aurait dit qu'il n'avait rien à voir là-dedans… Que l'enfant n'était pas de lui… !

La jeune femme sentit son estomac se soulever. Matt ne pensait tout de même pas qu'elle avait…

— C'est ton enfant, que je porte ! s'écria-t-elle alors.

— Je le sais, répondit-il posément. Je sais que c'est le mien.

Il porta une main à son front et elle vit distinctement ses épaules s'affaisser.

— Je sais que tu ne… Que tu n'as pas couché avec… avec un autre homme.

Sentant qu'elle n'obtiendrait pas grand-chose de plus, Jessie s'engouffra dans la brèche.

— Matt, je suis vraiment désolée de ce qui s'est passé hier. Je te demande pardon. Cependant, ce n'était vraiment pas… ce que ça avait l'air d'être. Ray et moi avons eu un moment d'égarement. Je le déplore, crois-le bien, mais encore une fois, ça ne signifie rien !

— Tu en es si sûre que ça, Jessica ?

Il l'examina une bonne minute d'un air hésitant, avant de prendre une décision. Lorsque ce fut fait, sa bouche s'étira en un sourire crispé.

— Dis-moi… Depuis combien de temps es-tu amoureuse de Ray, au juste ?

Il avait posé la question avec un tel naturel, une telle aisance que Jessie mit quelques secondes à en comprendre la portée. Elle ouvrit la bouche pour se récrier… et s'arrêta net en le voyant hocher la tête.

— Arrête, Jessie. Ne nie pas l'évidence. Je ne pourrais pas le supporter.

Il paraissait plus las que courroucé, à présent.

— Déjà, quand tu étais gamine, je savais que tu avais le béguin pour lui. Je pensais que ça t'était passé…

Il ferma les paupières, avant de continuer.

— Je me suis efforcé de ne pas trop y penser.

Elle le dévisagea à son tour, tandis qu'elle cherchait désespérément ses mots. La panique l'empêchaient de réfléchir.

— Et tu me demandes de croire que ce baiser n'avait aucun sens profond ? poursuivit-il impitoyablement.

— Je ne… Je n'ai…

Matt secoua la tête pour couper court.

— Ne me mens pas, Jessica. La situation est déjà suffisamment compliquée comme ça !

Anéantie, la jeune femme baissa la tête. Elle entendit Matt bouger et dut faire un effort pour réprimer le sanglot qui lui montait à la gorge. Elle ne pouvait plus louvoyer. Le moment de vérité était venu.

— C'est vrai. J'ai longtemps aimé Ray, avoua-t-elle. Je l'aime toujours, d'ailleurs.

Elle releva le menton pour observer Matt. Elle voulait désespérément qu'il la comprenne… Une idée d'autant plus ridicule qu'elle n'était plus certaine de se comprendre elle-même.

— Ray est mon ami. Et à ce titre, je l'aime. Et si je veux bien t'accorder qu'à une époque, j'ai espéré que cette profonde amitié évoluerait, c'est toi que j'ai épousé et c'est toi que j'aime aujourd'hui. Il me semble que c'est le plus important, non ?

Matt continuait de l'observer, les paupières lourdes. Au bout d'un moment, sa bouche s'étira en un semi-sourire, plus douloureux qu'ironique. Jessie songea un instant à aller vers lui, à le serrer entre ses bras, puis renonça. Elle ne s'en sentait plus le droit.

— Dis-moi, si Ray n'avait pas été marié, auquel de nous deux aurais-tu demandé de te faire cet enfant ?

Matt vit Jessie blêmir et ne put résister à l'envie d'aller vers elle pour lui effleurer la joue. Toute sa colère l'avait déserté, à présent. Ne restait qu'une lassitude incommensurable, un sentiment de vide sidéral. Manifestement, il n'était pas le seul à souffrir, dans cette affaire. Et, pour une raison qu'il n'aurait su expliquer, la souffrance de Jessie lui était insupportable.

— Oublie ce que je t'ai dit. C'était vraiment idiot.

Comme s'il pouvait expliquer sa conduite et l'excuser, en une seule phrase…

Jessie lui prit la main et s'y accrocha désespérément.

— Matt, je t'en supplie. Nous sommes en train de construire une relation exceptionnelle. Merveilleuse… Ne fiche pas tout en l'air sur de simples présomptions !

Matt siffla entre ses dents. Il sentait le poids des ans, subitement, et il prit conscience du sang qui battait dans son épaule, réveillant une douleur sourde. Ses tempes battaient en cadence, sûrement parce qu'il n'avait pas fermé l'œil de la nuit.

— J'ai besoin de temps, Jessie… Laisse-moi le temps de digérer tout cela.

Elle leva les yeux vers lui. Ils étaient sombres et hantés. Plus que jamais, il aurait voulu être capable de l'attirer à lui pour la rassurer. Malheureusement, cela lui paraissait impossible.

— Je suis navrée, fit-elle d'une toute petite voix.

— Moi aussi !

De nouveau, il se passa une main dans les cheveux.

De la normalité. Il leur fallait retrouver un semblant de normalité. Même si ce n'était qu'une illusion.

L'instant d'après, il songea au bébé. Il allait être papa… Jessie et lui auraient dû être en train de fêter cela, de faire des projets, de chercher un prénom ! Au lieu de quoi…

Il eut un sourire forcé.

— Bientôt, cette histoire ne sera plus qu'un mauvais souvenir, déclara-t-il en espérant de tout cœur que ce n'était pas un mensonge.

Si Matt avait appris une chose, pendant son enfance, c'était que la capacité à simuler était innée. Ses parents avaient toujours prétendu être un couple ordinaire, avec des habitudes ordinaires. Suivant leur exemple, Matt et Gabe s'étaient comportés comme s'ils vivaient dans un foyer normal, avec des parents sobres, qui ne les battaient pas.

La boucle était donc bouclée. A près de quarante ans, Matt se remettait à simuler, à vivre en surface en prenant bien garde à ne pas creuser trop profond, de manière à ne pas faire pencher la balance du mauvais côté dans un équilibre déjà précaire.

Le temps morose rendant impossible toute prise de vue dans la roseraie, Matt avait un bon prétexte pour continuer à passer ses journées chez Gabe où il travaillait avec acharnement, soit dans la maison, soit à la remise en état de la Chevrolet.

Bientôt, il devrait prendre un véritable emploi ou s'atteler à la rédaction de son propre livre. En attendant, il était heureux d'avoir de quoi s'occuper. Cela lui évitait de passer ses journées à se demander ce qu'il allait faire, non seulement au sein de son couple, mais aussi, en ce qui concernait Ray McKinnon.

Il n'avait pas vu son ami depuis le soir de l'incident. Et

s'il avait passé cinq années entières sans que Ray lui manque vraiment, la situation avait bien évolué, là encore.

Depuis qu'il était rentré à Millers Crossing, les deux hommes avaient pris l'habitude de se retrouver une ou deux fois par semaine, pour déjeuner ensemble ou simplement boire une bière en jouant au billard. Aujourd'hui, Matt ne pouvait que constater, non sans une pointe d'irritation que, malgré son envie persistante de lui casser la figure, il aurait bien volontiers passé une heure ou deux en compagnie de Ray.

Par moment, il se surprenait même à regretter d'être entré dans sa cuisine, au moment fatidique. Il aurait pu crever un pneu en route, par exemple... Ou, plus probable encore, un léger tremblement de terre aurait pu perturber la circulation, le retardant d'un petit quart d'heure ! Du coup, Matt n'aurait jamais rien su de ce maudit baiser ! Après tout, on vivait tout aussi bien dans l'ignorance... Voire mieux, dans certains cas !

Le rêve commença de la même manière que d'habitude. Matt se tenait au milieu d'une route, effaré par les ruines qui la bordaient, notant au passage les trous béants qui remplaçaient portes et fenêtres. La lumière vive donnait au tableau une touche irréelle, en contraste total avec ce spectacle apocalyptique. Il y avait quelque chose de sublime, dans le jeu des ombres et Matt portait soudain son Nikon à ses yeux, pour faire sa mise au point et prendre des photos. Bien qu'infime, le cliquetis du déclencheur semblait se réverbérer sur les murs en ruine. Ensuite, Matt entendait des voix, des rires d'hommes et les supplications d'une femme. Et il continuait à photographier la scène qui se déroulait sous ses yeux.

Les hommes entraînaient la malheureuse jusqu'au milieu

de la rue et Matt songeait qu'elle était bien jeune pour être ainsi malmenée. Une pensée distante, cependant. Fugace… Car il n'était là qu'en tant qu'observateur et ne devait pas intervenir. Ce n'était pas son travail, pas ses affaires.

Les hommes en uniforme l'avaient repéré, à présent. L'un d'entre eux pointait un doigt vers lui, et Matt percevait nettement la tension qui s'emparait toujours de ses sujets lorsqu'ils se savaient filmés. Pire encore, la jeune fille se tournait vers lui, le suppliant du regard.

Malheureusement pour elle, Matt n'était pas là… Du moins pas vraiment. Elle aurait dû le savoir.

En ricanant, l'un des soldats enroulait ses doigts autour d'une de ses mèches sombres et tirait en arrière, pour l'exposer davantage à l'objectif de l'appareil photo. Pas au regard de Matt, non. En tant que personne, qu'être humain, il ne la voyait pas. Il était ailleurs. Dans son domaine, dans sa profession.

Sa profession de voyeur impartial…

Aaaahh…

— Matt ? Matt ? Réveille-toi !

On l'appelait. On le secouait, même…

Il se réveilla en sursaut et se redressa d'un bond. Son cœur battait si fort qu'il avait l'impression qu'on l'entendait dans toute la chambre.

— Ce n'est rien. Tu as fait un cauchemar, souffla Jessie, au-dessus de lui.

Elle avait posé une main sur son bras et il s'en empara pour la serrer dans la sienne en un mouvement convulsif.

— Désolé ! marmonna-t-il péniblement. Désolé de t'avoir réveillée.

Il était à Millers Crossing. Chez lui, dans sa chambre, aux

côtés de sa femme. Pourtant le rêve était toujours là, dans toute son horreur. Toujours aussi réel, tangible. Palpable, même…

Jessie appuya sur la poire de la lampe de chevet et la lumière fit enfin place à l'obscurité qui l'oppressait tant.

— Raconte-moi, Matt. Explique-moi ce qui se passe.

— Non.

— Ça aide, pourtant, de mettre des mots sur ses angoisses, poursuivit-elle en lui caressant doucement l'avant-bras.

— Pas dans ce cas, grommela-t-il.

— C'est toujours le même cauchemar ?

La question le fit tressaillir. Il se tourna vers Jessie pour l'examiner. L'inquiétude se lisait dans ses yeux noisette, elle avait les joues écarlates, et les cheveux emmêlés.

Soudain, il s'aperçut qu'il avait passé la semaine à éviter délibérément de la regarder, de peur de ce qu'il lirait dans son expression.

Il avait sa réponse, à présent. Tout, dans le visage de la jeune femme, criait son angoisse et tout l'amour qu'elle lui portait.

— Je ne vois pas à quoi tu fais allu…

Jessie l'interrompit d'un claquement de langue agacé.

— Je ne suis pas complètement idiote, Matt ! commença-t-elle sans chercher à dissimuler son exaspération. Je sais que tu fais des cauchemars. Pas toujours à la même cadence, mais de manière récurrente. Alors je te repose la question. C'est toujours le même ou non ?

Il fit mine de secouer la tête, vit l'expression de Jessie et baissa les yeux d'un air piteux.

— Oui… Ce n'est rien, ne t'inquiète pas.

Sous aucun prétexte, il ne parlerait de ce songe à Jessie. Pas plus qu'à quiconque, d'ailleurs.

— Je suis navré de t'avoir réveillée, répéta-t-il. Tu as besoin de sommeil, dans ton état… Je ferais peut-être mieux d'aller dormir en bas.

Jessie le retint d'une main ferme.

— Tu le fais exprès, ou quoi ? explosa-t-elle. Tu ne trouves pas que nous avons suffisamment de problèmes comme ça, sans que tu t'enfermes dans ton orgueil de mâle et que tu ailles dormir sur le canapé ?

Elle était si outrée, si fidèle à elle-même, que, pour un peu, il aurait souri. Jessie avait raison. Il n'avait nul besoin d'une conseillère conjugale pour savoir que ce n'était pas le moment de faire chambre à part. La distance qui les séparait était assez grande comme ça. Ils devaient trouver moyen de remédier à cet état de fait.

Surtout lui, d'ailleurs.

— Alors ? De quoi tu rêves ? Que tu arrives tout nu à l'école ou que tu es pourchassé par un géant rose, au volant d'une machine infernale ?

Cette fois-ci, Matt ne put s'empêcher de rire. Il s'aperçut qu'il serrait toujours la main de Jessie et, relâchant son emprise, glissa ses doigts entre les siens.

Un geste anodin, familier… et qui, pourtant, lui avait tellement manqué !

— C'est l'un ou l'autre ? Je n'ai pas d'autre choix ?

— Disons que c'est ce qui m'est apparu comme le plus probable !

De sa main libre, elle repoussa en arrière la mèche moite qui lui barrait le front.

— Trêve de plaisanterie, Matt, reprit-elle. Parle-moi de ton cauchemar.

Il ferma les paupières pour se délecter de la sensation des doigts frais de Jessie sur son front brûlant.

— Ce n'est pas un rêve, en fait. Plutôt un souvenir, s'entendit-il dire, malgré lui.

— Un souvenir ? Un souvenir de quoi ? De quoi te souviens-tu ?

Matt rouvrit les yeux, dans l'espoir de repousser les images d'horreur qui s'imposaient à lui.

— Matt ?

Il sentit sa main glisser sur sa cicatrice, sursauta et se tourna enfin vers elle.

— C'est ça qui te tourmente ? demanda-t-elle avec une douceur infinie. Tu ne m'as jamais raconté ce qui s'était passé… Comment tu as été blessé…

Son expression formait un curieux mélange de sollicitude et de détermination.

— Raconte-moi, Matt.

Et il s'exécuta.

Ce ne fut pas aussi difficile qu'il ne l'avait craint. En fait, une fois qu'il eut commencé, les mots se mirent à sortir tout seuls, comme s'ils avaient toujours attendu ce moment.

Au point qu'il se livra davantage que nécessaire. Il commença par expliquer la nécessité, pour un reporter de guerre, de garder ses distances, sans jamais pour autant perdre le sujet de vue. Il enchaîna sur les conditions de son dernier reportage, au cours duquel tous les membres de l'équipe avaient été logés dans un hôtel en béton qui ressemblait étrangement à un bunker de la Seconde Guerre mondiale.

— Nous étions arrivés deux ou trois jours auparavant, et nous avions quartier libre pour l'après-midi. La plupart de mes collègues se sont installés devant une bière, dans l'intention de faire un poker. Moi, j'ai préféré aller faire un tour.

Matt avait passé un bras autour de ses genoux repliés. Il semblait fasciné par la vision des gouttes de pluie dégoulinant sur les carreaux, à l'autre bout de la chambre. Jessie ne fut pas dupe, cependant. C'était autre chose qu'il voyait… Des images atroces que, pour sa part, elle n'avait eu à affronter qu'à la télévision ou dans les journaux.

— On nous avait dressé la liste des quartiers à éviter, en insistant bien sur le fait qu'il en allait de notre propre sécurité, poursuivit-il avec une pointe de cynisme. En réalité, il s'agissait plutôt de nous empêcher d'assister à certaines exactions que le gouvernement ne voulait pas voir apparaître sur les écrans de télévision du monde entier… Car si les combats avaient quasiment pris fin, il restait quelques poches de résistance. Bref. Comme je n'étais pas là pour jouer les héros, je me suis cantonné aux quartiers prétendument sûrs. Une sûreté toute relative, d'ailleurs, si on considère qu'il suffit de traverser une rue pour se casser une jambe, avec ces trottoirs défoncés et ces cratères de mortier…

Matt s'interrompit un instant, comme perdu dans ses souvenirs.

— Le plus étrange, dans les pays en guerre comme dans ceux qui viennent d'essuyer une catastrophe naturelle, c'est que la vie continue envers et contre tout… En l'occurrence, la place du marché avait été bombardée l'avant-veille, et les autochtones l'avaient déplacée d'une petite centaine de mètres. Ils cherchaient le peu de nourriture encore disponible, et marchandaient les navets et les choux posés sur des étals de fortune. Ce n'était pas la première fois que j'assistais à ce genre de spectacle, bien sûr. Pourtant, c'est toujours… surréaliste. Les femmes continuent à mettre des enfants au monde, les gamins à jouer dans la fange…

Il ferma les paupières avant de poursuivre.

— Je ne peux pas t'expliquer l'effet que ça fait, que de

te retrouver au milieu d'une ville en ruine et d'entendre les rires des enfants…

Jessie fit courir sa main sur son bras, pour le réconforter.

Au bout d'un moment, Matt se ressaisit.

— J'ai pris quelques photos du marché avant de m'éloigner un peu du centre-ville. Je ne suis pas sorti du périmètre sécurisé, ce qui ne m'a pas empêché, à quelques centaines de mètres de là, de voir quatre soldats entraîner une fille très jeune, presque une gamine, dans une ruelle. Il y avait du monde, dans la rue, mais à la vue des soldats, les gens se sont volatilisés. Je me suis mis à photographier la scène, sans vraiment penser à ce qui se passait devant mon objectif. A aucun moment, je n'ai pensé à cette fille ou à ce qu'elle pouvait éprouver. J'ai pris mes photos, c'est tout… Comme le bon professionnel que j'étais.

» Les soldats la harcelaient, poursuivit-il comme pour lui-même. Ils la poussaient de droite et de gauche. Pas trop fort, au début, puis plus brutalement. Sans comprendre la langue, j'avais le sentiment qu'ils l'interrogeaient… A ce jour, j'ignore encore s'ils la prenaient pour une résistante ou bien si c'était sa position de jeune fille seule dans cette rue qui avait fait d'elle une proie idéale. Ils ne lui faisaient pas vraiment mal… Ils la bousculaient, dans le but évident de lui faire peur. Moi, je ne pouvais pas intervenir. C'est la règle numéro un, en matière de journalisme. On n'intervient jamais… Sous aucun prétexte. Et, encore une fois, ils ne lui faisaient pas vraiment de mal.

— Je te crois, Matt, répondit Jessie, se blottissant contre lui, dans l'espoir de lui offrir le réconfort de son corps.

— Je ne sais pas ce que ces soldats avaient en tête, au départ. Toujours est-il qu'à un moment, l'un d'entre eux m'a repéré. Il a dit quelque chose à ses comparses et tous quatre se sont tournés vers moi.

Il hésita un instant. Lorsqu'il reprit, ce fut d'une voix presque inaudible.

— La fille aussi… Elle m'a regardé, droit dans les yeux. Ou plus exactement, elle a regardé l'objectif. Pas comme si elle attendait quelque chose de moi… Elle ne devait pas avoir plus de dix-huit ou dix-neuf ans, Jessie, et pourtant son regard était celui d'une vieille femme. Dépourvu de tout espoir, de toute attente, de… tout.

Matt secoua la tête avec accablement.

— J'avais toujours mon Nikon devant les yeux. Je continuais à observer la scène à travers l'objectif, et à prendre des photos. Inlassablement… Sans réfléchir… Et soudain, sans prévenir, un des gars a sorti son arme… pour lui tirer une balle dans la tête. Elle est morte sur le coup. Devant mon objectif.

— C'est atroce, murmura Jessie, un bras enroulé autour des épaules de Matt. Atroce !

— J'ai hurlé. Je ne saurais te dire quoi, bien évidemment. Ensuite, j'ai dû m'avancer vers eux, encore que je ne pourrais pas en jurer. Peut-être ont-ils cru que j'allais leur tomber dessus. Peut-être même était-ce mon intention… Je l'ignore.

Il laissa retomber sa tête sur ses genoux. Jessie le serra plus fort, pour absorber sa douleur, pour se l'approprier, afin de le soulager.

— Après… Je ne me souviens pas de grand-chose. Sauf du sang. Du sang et des gens qui hurlaient. Un homme a ramassé mon appareil pour le poser sur la civière, à côté de moi. Je me rappelle avoir demandé aux infirmiers de le mettre ailleurs pour ne pas le salir. La suite est plus claire. On m'a emmené à l'hôpital où un médecin m'a expliqué que j'avais une chance folle d'être en vie.

— On aurait des cauchemars pour moins que ça ! commenta Jessie. Ces soldats t'ont tiré dessus, et tu as failli y rester.

— Ce n'est pas ça qui me chagrine, répliqua Matt, d'un ton sans équivoque. Je… Je ne parviens pas à m'ôter de l'esprit que c'est par ma faute qu'ils ont tué cette gamine.

Jessie se détacha pour regarder son mari droit dans les yeux.

— Quoi ? Comment peux-tu penser une chose pareille ?

— Si je n'avais pas été là, s'ils n'avaient pas vu l'appareil, ils l'auraient peut-être épargnée.

— C'était des barbares.

— Peut-être pas, Jessie. Les gens changent, lorsqu'ils se sentent capturés par un objectif. Même quand ils font mine de ne pas te voir, tu sens qu'ils n'ont plus la même attitude. C'est là que réside toute l'ambiguïté du journalisme… Nous sommes censés rapporter les faits de la manière la plus neutre possible alors que, par notre simple présence, nous changeons la donne. Ces types se sont peut-être imaginés sur la couverture du *Time*… Sans moi, sans ces maudites photos, ils auraient sans doute laissé repartir cette malheureuse !

Jessie se sentait complètement démunie devant une telle souffrance. Elle n'était pas psychologue, n'avait aucune connaissance en matière de culpabilité ou de traumatisme. En revanche, elle était l'épouse de Matt. Son amie aussi. Bref, elle savait à quel genre d'homme elle avait affaire.

— Matt, je te répète que ce n'est pas à cause de toi qu'ils ont exécuté cette pauvre fille. Ils avaient commencé à la bousculer avant même de te voir… Et en admettant qu'ils l'aient tuée dans l'espoir d'avoir leur quart d'heure de gloire, ce n'est toujours pas ta faute !

Il releva la tête. Son regard était vide à présent, ses yeux plus sombres qu'elle ne les avait jamais vus.

— Tu trouves ? demanda-t-il. Ce n'est pas mon avis. Même si je n'ai pas appuyé sur la détente, je crains fort d'être à l'origine de ce qui s'est produit. Qui te dit que je ne visais pas le prix Pulitzer, au détriment d'une vie humaine ?

— C'est ce que tu visais ? Le Pulitzer ? demanda posément Jessie.

— Bien sûr que non ! s'écria-t-il avec indignation.

L'instant d'après, il la considérait avec une lueur d'amusement.

— Je vois… La démonstration par l'absurde. C'est sournois, Jessie !

— Désolée, fit-elle, un sourire faussement contrit aux lèvres. Quoi qu'il en soit, tu ne sauras jamais de manière certaine comment l'altercation se serait terminée si tu n'avais pas été là. Peut-être auraient-ils tué cette jeune fille, peut-être pas… On peut même imaginer que, partis comme ils l'étaient, ils se seraient mis à tirer dans le tas, ce qui aurait fait des dizaines de morts et de blessés. L'essentiel, c'est que tu n'aies pas appuyé sur la détente.

— Si c'est ma présence qui…

— Non ! fit-elle, lui posant un index sur la bouche pour le faire taire. Tu ne l'as pas tuée, Matt… Tu n'es pas responsable de sa mort.

Il avait la mine d'un petit garçon qui veut penser que les monstres qu'il croyait sous son lit ne sont que l'effet de son imagination, sans en être convaincu pour autant.

Et Jessie eut envie de le prendre dans ses bras pour le consoler, pour l'aider à oublier son mauvais rêve, comme ses parents le faisaient lorsqu'elle était enfant. Peut-être était-ce exactement ce dont il avait besoin, d'ailleurs.

Voire ce dont ils avaient besoin tous les deux…

Aussi, après avoir empilé les oreillers contre la tête du lit, s'étendit-elle derrière Matt qu'elle attira à elle.

— Viens là…

Il lui résista un long moment, sans réussir à lui faire lâcher prise pour autant. Vaincu, il posa sa nuque sur la poitrine de sa femme. Enfonçant ses longs doigts dans sa chevelure sombre, Jessie entreprit de lui masser le crâne. Petit à petit, elle le sentit se détendre, se rapprocher encore un peu, puis s'abandonner totalement.

Les paupières closes, elle continua à le masser. Elle se délectait de la chaleur qui émanait de leurs vêtements de nuit. Il ne s'était écoulé qu'un peu plus d'une semaine, depuis qu'il ne l'avait ni serrée dans ses bras ni embrassée, mais elle avait l'impression que la dernière fois remontait à bien longtemps.

Matt lui avait manqué à un point qu'elle n'aurait jamais cru possible. Car s'il avait toujours fait partie de sa vie, de près ou de loin, ces derniers mois, il lui était devenu… indispensable.

Oui, c'était le mot. Jessie avait besoin de son mari comme elle n'avait encore jamais eu besoin de personne…

La respiration de Matt se fit plus lente, son corps plus lourd sur elle. Jessie écoutait le cliquetis de la pluie, sur les vitres et profitait de cet instant magique. Matt était en sécurité, auprès d'elle. Mieux encore, en se confiant ainsi, il lui avait montré qu'il la pardonnait.

Certes il leur restait du chemin à faire.

Toutefois, pour la première fois en huit jours, elle avait la certitude qu'ils surmonteraient cette épreuve.

*
* *

Jessie venait d'enfourner un gâteau lorsqu'elle entendit le carillon de l'entrée. Après avoir mis le minuteur en route, elle alla ouvrir la porte et crut que son cœur allait s'arrêter de battre lorsqu'elle vit Ray, sur la terrasse.

La pluie avait enfin cessé, mais la grisaille ambiante assombrissait ses cheveux blond cendré, ainsi que la couleur de ses yeux.

Il avait les épaules voûtées sous son blouson de cuir et, à en juger par son air tendu, il n'était pas certain d'être le bienvenu.

— Salut ! lança-t-il, l'air aussi mal à l'aise qu'elle l'était elle-même.

— Salut.

Priant silencieusement pour que Matt ne rentre pas plus tôt que prévu, Jessie s'effaça pour laisser entrer son visiteur. Il referma la porte derrière lui, avant de se planter dans le couloir, les yeux fixés sur la tomette.

— Je… Je suis passé voir comment tu allais.

— Bien, murmura-t-elle.

Elle hésita un court instant avant de se diriger vers le salon. Lui proposer de la suivre dans la cuisine lui semblait quelque peu déplacé, vu les circonstances.

— Et toi ? Comment vas-tu ? poursuivit-elle, déplorant au passage la gêne palpable qui s'était installée entre eux.

— A peu près bien.

Il ne retira pas sa veste. Il glissa simplement les mains dans ses poches et, la regardant enfin, lui sourit d'un air penaud.

— En fait, non. Je ne vais pas bien du tout. Je… J'ai expliqué à Dana ce qui s'était passé… et elle m'a jeté dehors.

La nouvelle bouleversa Jessie à un tel point qu'oubliant toute retenue, elle se précipita vers Ray.

— Je suis désolée ! Dana finira bien par se calmer. Elle a

réagi à chaud! Je veux dire… Il ne s'est pas passé grand-chose, après tout. En tout cas, rien de significatif!

— Mm…

Il se renfrogna, parut sur le point d'ajouter quelque chose, puis changea d'avis.

— Et Matt? Comment va-t-il?

Jessie recula d'un pas, afin de remettre un peu de distance entre eux.

— Il n'a pas très bien pris la chose, tu l'imagines bien. Cela dit, il… Nous commençons à y voir plus clair.

— Tant mieux, Jessie. C'est vraiment super. Tu ne peux pas savoir à quel point ça me rassure! Ecoute, ce qui s'est passé l'autre jour… Comment te dire? Je ne voudrais pas que tu penses que je suis… que je suis à l'affût ou quoi que ce soit du genre… Avec toi, j'entends. Et ne te méprends pas, Jessie! Tu ferais tourner la tête à n'importe quel homme normalement constitué. Ce que je veux dire, c'est…

Lorsqu'il s'interrompit, il paraissait si malheureux, si mal à l'aise, que Jessie jugea bon de lui venir en aide.

— Je sais, murmura-t-elle. Je me demande ce qui nous a pris. C'était vraiment idiot. De notre part *à tous les deux*.

— Oui. Vraiment idiot.

Il semblait soulagé, à présent, et il se détendit légèrement. Tant et si bien que, lorsqu'il leva les yeux vers elle, ce fut presque avec assurance.

— Tu es ma seule amie, Jessie. Je ne voudrais pas te perdre… Pas plus que je ne veux perdre l'estime de Matt. Vous faites partie de ma famille, tous les deux. Et Dieu sait si je n'en ai pas beaucoup. Alors je ne veux pas vous perdre… Ni l'un ni l'autre.

— Tu ne nous perdras pas, affirma Jessie.

Au moment même où elle prononçait ces paroles, elle prit une ferme résolution.

Ni Matt, ni Ray, ni elle-même ne laisseraient un malheureux baiser gâcher une amitié aussi ancienne que la leur! De la même manière, il était hors de question que les McKinnon restent fâchés, voire pire!

Jessie prit une longue inspiration avant de poser la question qui s'imposait.

— Tu veux que j'aille voir Dana? Que je lui parle? J'arriverai peut-être à lui faire entendre raison!

— Non. Je te remercie de ta proposition. Je ne crois pas que ce soit une bonne idée. Dana et moi... Disons que nous avons des problèmes de couple, ces temps-ci.

Jessie hocha la tête en s'efforçant de ne pas paraître trop soulagée. Si Ray avait accepté son offre, elle aurait essayé de parler à Dana, bien sûr. Seulement, comment expliquait-on à une femme dont on a embrassé le mari que ni lui ni elle ne pensaient à mal?

— Tu es sûre que ça va aller, avec Matt? s'enquit Ray, non sans une certaine anxiété.

Jessie hocha la tête. La veille, Matt s'était ouvert à elle. Il s'était confié, avant de se laisser réconforter.

Alors oui... Ils surmonteraient cette épreuve, même si Matt lui-même n'en était pas encore entièrement convaincu.

Jessie avait été déçue de ne pas le trouver à ses côtés, ce matin encore. Déçue et agacée que l'une des manifestations de la grossesse soit apparemment un sommeil de plomb, puisqu'elle n'avait pas entendu son mari se lever. Néanmoins, sa déception avait été compensée par l'échange de la veille.

Ils étaient sur la bonne voie, tous les deux. Elle n'en doutait plus.

— Ça va aller, répondit-elle avec fermeté.

— Tant mieux ! s'exclama Ray, manifestement soulagé par sa conviction. Tu sais, au départ, j'ai vraiment eu du mal à me faire à l'idée que vous alliez vous marier, toi et lui… Je vous connais depuis toujours ou presque et ça me faisait un drôle d'effet, de vous savoir ensemble. Tu comprends ?

— A moi aussi, tu sais, avoua-t-elle.

Elle devait avoir l'air un peu penaud car, l'espace d'un instant, elle vit le visage de Ray s'illuminer du sourire qu'il avait toujours eu, lorsqu'il s'apprêtait à la taquiner. La seconde d'après, cependant, il avait repris son sérieux.

— Quoi qu'il en soit, j'ai fini par m'y habituer. D'autant que vous êtes faits l'un pour l'autre, Matt et toi. Quand on vous voit ensemble, on sent que vous formez… un tout. Une entité… Comme si vous n'aviez attendu que ça, toutes ces années…

Jessie aurait dû trouver le propos anodin. Elle savait que Matt et elle allaient bien ensemble. Mieux qu'elle ne l'aurait imaginé, d'ailleurs… Pourtant, se l'entendre dire par une tierce personne, par *Ray McKinnon*, lui en fit vraiment prendre conscience.

Comme s'ils n'avaient attendu que cela toute leur vie, avait-il affirmé. C'était exactement ce qu'elle ressentait et cette pensée l'émut au plus haut point.

Elle avait toujours attendu quelque chose ou, plus précisément, quelqu'un. Elle avait cru que seul Ray pouvait combler ses attentes et elle s'était trompée.

Elle examina attentivement son ami de toujours ; rien n'avait changé en lui. Ses cheveux ébouriffés, ses yeux vert-de-gris, son sourire en coin… Tout était là.

Pourtant il lui semblait différent. Elle le considérait comme un frère, à présent. Un être proche et qu'elle chérissait… Par contraste…

Jessie se rendit soudain compte qu'elle ne s'était jamais projetée dans une existence avec Ray… Elle avait imaginé leur premier baiser, le moment où il s'apercevrait qu'il l'aimait à la folie… Au-delà de ça… rien. Le vide, le néant le plus total. Avec Matt, c'était différent. Une fois revenue de la surprise de sa demande en mariage, elle n'avait eu aucun mal à envisager son avenir auprès de lui, à se dire qu'ils vieilliraient ensemble.

— J'aime Matt ! déclara-t-elle, plus pour elle-même que pour Ray. De tout mon cœur.

— Je le sais ! s'exclama Ray. Et il t'aime aussi. Vous êtes fous l'un de l'autre, ça saute aux yeux !

— C'est vrai ?

Comment cela pouvait-il être aussi évident vu de l'extérieur, alors qu'elle-même n'avait encore jamais vraiment pris conscience de la profondeur de ses sentiments ?

— Si je te le dis !

Il haussa les épaules, manifestement étonné par la question, et pourtant prêt à renchérir.

— Quand on voit la manière dont vous vous regardez, tous les deux… Je t'avoue que j'ai nourri quelques doutes, au début, Jess… Néanmoins, dès que je vous ai vus ensemble… Comment te dire ? J'ai compris que ce n'était pas une simple passade… Que c'était pour la vie…

— C'est pour la vie, répéta-t-elle, sentant distinctement cette certitude nouvelle s'emparer d'elle.

Ray attendit un instant qu'elle poursuive. Comme elle n'ajoutait rien, il jugea bon de revenir sur l'objet de sa visite.

— Il faut que j'y aille… Je voulais simplement m'assurer que nous étions sur la même longueur d'ondes, toi et moi. De manière à ce qu'il ne subsiste aucun malentendu…

— Ne t'inquiète pas pour ça, Ray. Il n'y a aucune ambiguïté. J'ai parfaitement compris ton propos.

Elle cligna des yeux avant de lui décocher un sourire aussi éblouissant qu'inattendu.

— Nous sommes bien sur la même longueur d'ondes !

Bien qu'un peu surpris par son enthousiasme, Ray lui retourna son sourire.

— Parfait. Tout va bien, alors ! conclut-il.

Elle le raccompagna jusqu'à la porte comme dans un songe.

Une fois qu'il fut parti, elle prit appui sur la tablette de l'entrée, les bras enroulés autour de sa poitrine.

Une révélation…

Jessie avait eu une véritable révélation.

Elle aimait son mari.

Mieux encore, elle était amoureuse de lui… Follement amoureuse de l'homme qu'elle avait épousé, du père de l'enfant qu'elle portait.

Jessie posa une main sur son ventre et ferma les paupières.

A en croire Ray, Matt l'aimait en retour.

Qui aurait pensé que l'idée farfelue à l'origine de leur relation finirait par faire d'eux le couple idéal ?

Chapitre 19

Gabe s'appuya sur la porte du garage pour examiner son frère avec une curiosité non dissimulée.

— Bon, vieux ! Tu vas te décider à me dire ce qui ne va pas, ou non ?

— Tiens ! Tu es sorti de ta grotte, toi ? demanda Matt, abandonnant le carburateur qu'il était en train de démonter.

La dernière fois qu'il l'avait vu, Gabe, étendu sur son lit tout habillé, ronflait allègrement. Les tambours du Bronx eux-mêmes n'auraient pu le réveiller.

— J'ai terminé mon livre aux environs de 2 heures du matin. Je l'ai imprimé et je suis aussitôt descendu à la poste.

— Parce que tu t'imaginais trouver un fonctionnaire en mal de travail pour envoyer ton manuscrit à New York illico, peut-être !

— J'avais surtout hâte qu'il soit dans la boîte aux lettres ! avoua Gabe. Bref… Je suis rentré mort de fatigue et je me suis écroulé sur mon lit. A mon réveil, j'ai vu que tu avais entièrement rénové la maison pendant la semaine…

Matt attrapa un chiffon pour s'essuyer les mains. Jamais il ne parviendrait pas à réparer lui-même ce fichu carburateur. Il décida de le mettre de côté. Lorsqu'il en aurait fini avec le moteur, il le porterait chez le mécanicien.

— Erreur. Je n'ai pas terminé. J'ai un peu bricolé dans la salle de bains, c'est tout.

— Tu appelles ça bricoler, toi? Pour moi, le boulot est presque fini! Je sais bien que je n'ai pas fait très attention à ce qui se passait la semaine dernière…

— C'est le moins qu'on puisse dire! ironisa Matt.

— Toutefois il me semble que j'aurais remarqué la venue d'une équipe d'ouvriers polonais, poursuivit Gabe, ignorant la pique. J'en déduis donc que tu as travaillé comme un forcené. Par ailleurs, il est presque 17 heures et tu es toujours là. Tu peux m'expliquer ce qui se passe?

La question, pourtant simple, déstabilisa momentanément Matt.

— Comment ça, ce qui se passe?

— J'aimerais savoir pourquoi tu fais des journées de douze heures, en ce moment. Tu ne veux rien dire? Laisse-moi deviner… Tu as pris rendez-vous avec un photographe de *Maison & Jardin* pour la semaine prochaine!

— Tu veux dire avec *Masure et Terrain Vague*!

Gabe prit la boutade avec un sourire mais n'abandonna pas la partie pour autant.

— Tu as l'intention de présenter la Chevrolet à une exposition de voitures anciennes?

— Non plus. Je ne crois pas qu'ils acceptent les modèles en pièces détachées.

— Je sèche, frérot. Alors je t'écoute. Dis-moi d'où te vient cet excès de zèle! Parce que je ne comprends pas très bien pourquoi tu persistes à te geler les fesses dans ce garage alors que tu pourrais être, chez toi, avec Jessie, devant un bon feu de cheminée!

— Pour rien… En fait, je m'apprêtais à redescendre.

Deux mensonges en deux phrases... Bel exploit! Assurément, Matt était resté maître dans l'art de dissimuler!

— Quelque chose te tracasse?

— A part l'envie de rentrer chez moi pour avaler un repas préparé avec amour, tu veux dire?

— C'est mesquin de ta part, ça, frangin! Et d'autant plus dommage pour toi, que j'ai vu un des Tupperware de Jessie dans le réfrigérateur. Tu ne seras pas le seul à te régaler ce soir, mon gars!

— Ne te fais pas d'illusions. J'ai instamment prié Jessie de cesser de donner de la confiture aux cochons, rétorqua Matt.

Là-dessus, il jeta son chiffon graisseux sur l'établi encombré et s'avança vers la porte. Gabe recula d'un pas pour lui céder le passage.

— J'aurais pourtant juré qu'elle avait l'habitude, à présent!

— Oui! La preuve : ça fait plus de deux mois qu'elle te prépare à manger!

Satisfait d'avoir détourné l'attention d'un frère décidément trop observateur, Matt se dirigea vers la jeep.

— A demain!

— Des menaces, à présent? ricana Gabe, avant de lever la main en signe d'au revoir, un rictus aux lèvres.

Matt rentra chez lui par le chemin des écoliers.

C'était sans doute idiot, mais il se demandait quelle attitude adopter face à Jessie, quand il la verrait...

Jamais, en près de quarante ans, personne ne l'avait serré dans ses bras comme elle l'avait fait la nuit précédente. On aurait dit qu'elle voulait le protéger du monde, le mettre à l'abri du danger. Peut-être y était-elle parvenue, d'ailleurs, car il s'était rendormi pour ne se réveiller qu'à l'aube, Jessie entre les bras…

Etonné de ne pas l'avoir sentie reprendre sa place naturelle, il était resté immobile pendant de longues minutes, à écouter les battements de son cœur, à s'imprégner du rythme calme de sa respiration. Une semaine plus tôt encore, il l'aurait probablement réveillée d'un baiser, avant de lui faire l'amour, avec toute la tendresse dont il était capable.

Cependant, une semaine plus tôt, il ignorait encore qu'elle était enceinte et qu'elle avait besoin de sommeil.

… Une semaine plus tôt, il ne l'avait pas trouvée dans les bras de Ray !

Aussi s'était-il contenté de poser une main sur son ventre et d'imaginer l'enfant qui y grandissait, dans l'espoir d'assimiler la nouvelle. Jusque-là, il avait été trop préoccupé pour y parvenir.

Jessie avait marmonné quelque chose, avant de froncer les sourcils. Par réflexe, Matt lui avait effleuré le front du bout des lèvres, avant de lui souffler quelques mots à l'oreille. Elle avait dû l'entendre, car son visage s'était radouci et elle s'était relaxée sur l'oreiller. Au bout de quelques minutes, Matt s'était glissé hors du lit, sans faire de bruit. Il ne voulait pas que Jessie se réveille.

Après sa terrible confession nocturne, il ne se sentait pas prêt à affronter son regard.

Il jeta un coup d'œil dans le rétroviseur et laissa échapper un soupir. Il était exactement dans le même état d'esprit qu'au petit matin : incapable d'affronter sa femme, incapable de rentrer chez lui…

Aussi, presque sans réfléchir, mit-il son clignotant avant de pénétrer sur le parking du *Joyeux Pirate*. Il se gara sur un emplacement vide, à côté d'une Porsche noire qui lui sembla familière. On aurait dit la voiture de Dana McKinnon… D'un autre côté, il y avait peu de chance pour que Dana se commette dans un bar aussi populaire que celui-ci, au beau milieu de la semaine. Pas plus que n'importe quel autre soir, d'ailleurs !

Dès que ses yeux se furent accoutumés à la lumière ambiante, Matt comprit qu'il connaissait bien mal l'épouse de son ami, en fin de compte.

Il aurait reconnu entre mille cette silhouette fine et racée… ainsi que cette chevelure dorée, même si la jeune femme semblait avoir changé de coiffure.

Il traversa la salle pour la rejoindre à l'autre bout du bar, en réfléchissant à la question. Elle s'était fait couper les cheveux. Oui ! C'était cela ! La longue cascade de mèches blondes était réduite à néant ou presque, taillée en un petit carré court et souple.

— Vous permettez que je vous offre un verre, chère petite madame ? demanda Matt en prenant place à côté d'elle.

Lorsqu'elle se tourna vers lui, il se mordit la lèvre. Manifestement, Dana avait déjà bu, et plus que de raison. Rien de flagrant, si on exceptait cette lueur vaguement vitreuse dans ses magnifiques yeux bleus.

Le barman, un homme de haute taille et au crâne dégarni, demanda à Matt ce qu'il désirait, sans prendre la peine de retirer le cure-dent serré entre ses lèvres. Matt commanda un Coca-Cola. Dana avait bu pour eux deux.

Elle cligna des yeux, comme si elle peinait à le reconnaître. Quand ce fut le cas, son visage s'éclaira.

— Matt ! Quelle bonne surprise ! Comment vas-tu ?

— Pas trop mal, et toi ?

Question idiote, songea-t-il aussitôt. Si elle s'était installée là, dans l'intention manifeste de s'imbiber à outrance, il y avait de grandes chances pour que ce fût dans le but de noyer un chagrin! Pire encore, il ne fallait pas être sorcier pour le comprendre lequel!

— J'ai mis Ray à la porte, annonça-t-elle tout de go.

— Pour un malheureux baiser? s'entendit-il dire.

Il secoua la tête. Décidément, il manquait de logique, ces derniers temps.

— Tu sais aussi bien que moi que les choses se seraient arrêtées là.

— Tu en es si sûr que ça? demanda-t-elle.

Elle faisait glisser son verre sur le comptoir, d'avant en arrière, les yeux baissés, l'air songeur.

— Je me suis coupé les cheveux, lança-t-elle soudain.

— J'ai remarqué! Ça te va à merveille!

— Ray n'aime que les cheveux longs, déclara-t-elle, avec un tel délice que Matt ne put réprimer un grand rire.

— Ça lui apprendra, c'est ça?

Dana le considéra un instant d'un air étonné, avant de le gratifier d'un demi-sourire.

— Tu dois me trouver puérile, non?

— Bien sûr! On ne t'a jamais dit qu'il est très malpoli de se couper les cheveux par mesure de rétorsion?

— Sans doute, si, murmura-t-elle. Pas dans ces termes-là, cependant.

Dana porta son verre à ses lèvres, le termina d'un trait et fit signe au barman. Au regard de défi qu'elle lui lança, Matt comprit qu'elle s'attendait à ce qu'il lui fasse la morale, ce dont il se garda bien.

— Tu ne me dis pas que j'ai assez bu comme ça?

— C'est le cas?

La question sembla la désarçonner au plus haut point. Elle cligna des yeux avant de hocher la tête.

— Une fois le prochain verre terminé, je serai franchement ivre. Cela dit, tu n'as pas à t'inquiéter. Je n'ai pas l'alcool triste.

— Parce que tu crois vraiment que c'est ma préoccupation principale ? demanda Matt d'un ton sec.

Le barman déposa un nouveau verre devant la jeune femme. Du whisky, à en juger par l'odeur. Pas la boisson la plus sophistiquée qui soit, mais un bon choix, quand on voulait s'enivrer rapidement.

— Ray trouve que je bois trop, lança-t-elle à brûle-pourpoint.

— Et toi ? Qu'en penses-tu ?

Elle le dévisagea de nouveau, plus longuement, cette fois-ci, à travers des paupières mi-closes.

— C'est une manie, chez toi !

— Une manie ?

— De répondre à une question par une autre question !

— Je ne sais pas. Tu trouves ? rétorqua-t-il, du tac au tac.

Elle mit quelques secondes à enregistrer la réplique. Lorsqu'elle eut compris, elle lui décocha un nouveau sourire, plus franc que le précédent.

— Gros malin !

— Merci !

Dana se replongea dans la contemplation de son verre, le visage grave. Son hilarité s'était évanouie aussi vite qu'elle était venue. Elle se remit à faire glisser son verre sur le zinc, en un geste machinal.

— Quand je décevais ma mère, pour une raison ou pour une autre, elle me considérait avec un air de chien battu… A croire qu'elle se demandait ce qu'elle avait fait pour mériter une fille pareille… Tu vois ce que je veux dire, Matt ? Tu le connais, ce regard ?

— Pour tout t'avouer, non. Quand je décevais mon paternel, il sortait son ceinturon et me frappait jusqu'au sang.

Elle l'examina en silence à travers ses paupières mi-closes. De toute évidence, elle doutait de la véracité de son propos. Soudain, elle poussa un soupir agacé.

— Excuse-moi. Je sombre dans le pathos, non ?

— A peine ! répondit-il, un sourire forcé aux lèvres, pour atténuer la portée de sa remarque.

— J'ai peut-être vraiment trop bu, finalement !

Elle se redressa sur son tabouret. La voyant vaciller, Matt tendit un bras pour la soutenir, en cas de besoin. Un geste inutile toutefois, car elle se ressaisit et attrapa son sac pour y chercher son porte-monnaie.

— C'est pour moi ! fit Matt, à l'intention du barman.

Il se saisit de l'addition et grimaça en voyant le total. Si Dana avait vraiment ingurgité autant d'alcool et qu'elle tenait encore debout, elle avait bien plus d'entraînement qu'il n'en aurait jamais lui-même.

— Merci, Matt ! A présent, je suppose que tu vas insister pour me mettre dans un taxi !

— Pas du tout ! Je me charge de te ramener chez toi en personne !

Il rangea son portefeuille et, glissant un bras sous son coude, la soutint tandis qu'elle se laissait glisser du tabouret.

— Ça, c'est gentil de ta part !

Ni Matt ni Dana ne prononcèrent un mot, sur le chemin du retour.

A un moment, Matt vit qu'elle s'était renversée contre l'appui-tête, et il se demanda si elle n'allait pas être malade. Elle parvint à se contrôler, mais Matt ne put réprimer un soupir de soulagement lorsqu'il se gara enfin devant chez elle.

Elle se laissa escorter jusqu'en haut de l'allée. Tous deux se tinrent sur la terrasse pendant trois bonnes minutes, qu'elle consacra à chercher ses clés. Lorsque la porte fut enfin ouverte, Matt alluma la lumière du couloir.

— Ne pars pas! supplia-t-elle sans prévenir. Je ne veux pas rester seule... Pas ce soir!

Matt n'hésita qu'un court instant. Dana était trop bouleversée pour qu'il se résolve à l'abandonner ainsi. Il connaissait les affres de la solitude, lui aussi, même s'il n'avait pris conscience de la sienne qu'en épousant Jessie.

Jessie!

Il consulta l'horloge murale, à l'autre bout du couloir. Jessie devait l'attendre, à présent. S'il ne rentrait pas dans la demi-heure qui suivait, elle ne manquerait pas de s'inquiéter.

— Il faut que j'appelle chez moi, d'abord.

Dana acquiesça avec un sourire, avant de poser une main sur son bras.

— Merci, Matt. Ça peut paraître idiot, seulement la maison me semble bien vide.

Encore un sentiment que Matt ne connaissait que trop bien!

— Va donc t'asseoir dans le salon pendant que j'appelle Jessie pour lui dire que je rentrerai plus tard. Ensuite, je t'aiderai à monter et tu pourras te reposer.

— Il est trop tôt pour aller se coucher, marmonna-t-elle.

Avec cette moue boudeuse, on aurait dit une fillette de quatre ans et, à sa grande surprise, Matt partit d'un grand rire.

— Fais-moi confiance, Dana. Tu n'auras pas la force de faire grand-chose d'autre ce soir!

— Tu as peut-être raison, reconnut-elle avec un gros soupir.

Sur cette constatation, elle entreprit de monter l'escalier, à petits pas circonspects. On aurait dit un pantin désarticulé, grimpant une marche à la fois. Au bout d'un moment, elle renonça et, la tête appuyée contre la rampe, ferma les yeux.

— Je crois… que je vais t'attendre ici.

Matt secoua la tête et gagna le salon pour passer son coup de fil.

Jessie ne remarqua le clignotant du répondeur qu'en pénétrant dans la salle à manger. Elle sortait de la douche et n'avait pas entendu le téléphone sonner.

Ce fut avec une certaine perplexité qu'elle écouta Matt lui expliquer d'un ton embarrassé qu'il avait rencontré Dana McKinnon, complètement… chamboulée, et avait dû la ramener chez elle.

Il allait rester avec elle jusqu'à ce qu'elle se sente mieux, et Jessie était priée de ne pas l'attendre.

Dana McKinnon? *Complètement… chamboulée*?

Qu'est-ce que c'était que cette histoire?

Jessie se laissa tomber sur le canapé, le visage sombre. Qu'avait voulu dire Matt, au juste? Que signifiait la seconde d'hésitation qu'il avait eue, au moment de lui décrire l'état de Miss Amérique? Y avait-il là quelque message subliminal?

L'espace d'un instant, la jeune femme fut tentée de prendre le téléphone, pour renoncer presque aussitôt. Ce qu'elle voulait, ce n'était pas avoir son mari au bout du fil, mais le voir… Le regarder dans les yeux et lui dire que, malgré son écart de conduite, elle l'aimait vraiment… Ensuite, elle lui demanderait s'il y avait la moindre chance pour qu'il l'aime en retour. Et si elle n'avait pas le courage de lui poser la question aussi franchement, elle obtiendrait peut-être sa réponse rien qu'en observant sa réaction…

Jessie sentit son cœur se serrer, et des larmes lui monter

aux yeux. Elle n'allait pas se mettre à pleurer comme ça, sans raison ! Décidément, ses hormones lui jouaient des tours, ces temps-ci. La veille encore, elle avait failli s'effondrer à l'écoute d'une chanson d'amour des plus sirupeuses…

En reniflant, elle se rendit dans la cuisine. Les épices étaient étalées sur le comptoir, les médaillons de porc qu'elle avait découpés un peu plus tôt attendaient dans le réfrigérateur. Encore des préparatifs pour rien… Si elle s'était écoutée, Jessie aurait jeté le tout aux ordures.

La semaine précédente, Ray était venu la trouver chez elle, et les retombées de cette visite surprise n'avaient été bénéfiques pour personne.

Ce soir, c'était au tour de Matt de s'attarder chez Dana.

Les choses tournaient au mauvais vaudeville.

Du moins, c'est ce que songea Matt en contemplant Dana qui, les cheveux encore humides et la peau fraîche, se tenait devant lui. Elle portait un pyjama de coton rose, et le simple fait de la regarder en face rendait Matt nerveux en diable.

Il avait préparé un café avant d'envoyer la jeune femme à l'étage, une tasse du liquide brûlant en main. Il lui avait conseillé de prendre une bonne douche et d'aller se coucher. Au lieu de quoi elle était redescendue, sous prétexte qu'elle ne parvenait pas à ouvrir la porte du placard, dans sa chambre. Difficile de lui refuser son aide, non ?

Du coup, il la suivit à l'étage en s'efforçant de ne pas se laisser émouvoir par la façon dont ses hanches chaloupaient, sous l'étoffe fine de son pyjama.

La porte coulissante était sortie de son rail, et il fallut à Matt, en plus d'une bonne dose de patience, toute sa force pour la remettre en place. Lorsqu'il se retourna, Dana se trouvait à moins de dix pas de lui.

Elle s'avança vers Matt, avec une expression dangereuse.

— Dana…

— Hm ?

Elle s'arrêta à quelques centimètres de lui et, renversant la tête en arrière en un geste félin, le regarda droit dans les yeux.

— Ne fais pas ça, Dana. Ce serait une erreur.

— Tu en es si sûr que ça ?

Posant une main sur son torse, juste au-dessous de son cœur, elle le repoussa doucement contre la porte…

Il était piégé… Coincé entre le miroir derrière lui, et le corps splendide de Dana McKinnon.

Elle était vraiment d'une beauté saisissante. Peut-être encore plus avec ses cheveux courts qui faisaient ressortir l'ovale de son visage. Matt devait bien le reconnaître, jamais il n'avait été confronté à une telle perfection plastique.

Dana leva lentement son autre main, la glissa autour de l'épaule de Matt, avant de se blottir contre lui. Puis, se mettant sur la pointe des pieds, elle ferma les paupières et lui tendit les lèvres.

— Baiser avec moi pour te venger de Ray ? murmura-t-il. C'est ça que tu me proposes ?

Elle rouvrit les yeux et le considéra un instant, l'air interdit. Peut-être était-ce dû au terme délibérément cru qu'il venait d'employer ; peut-être tout simplement au fait qu'il ait vu clair dans son jeu, toujours est-il qu'elle n'aurait pas paru plus choquée s'il l'avait giflée.

Il sentit la main de la jeune femme se resserrer encore sur son épaule, ses ongles s'enfoncer dans sa chair, à travers sa chemise. Au bout de quelques secondes, elle relâcha son emprise et releva la tête vers lui avec défi et chagrin.

— Pourquoi pas ? demanda-t-elle avec amertume. Ray et Jessica ne se sont pas gênés, eux, si ?

— Si, justement ! répliqua Matt, lui tenant les poignets d'une main ferme. Ils se sont contentés d'échanger un baiser, Dana. Un malheureux baiser…

— Si tu n'étais pas arrivé à temps, ils ne se seraient pas arrêtés là ! répliqua-t-elle avec un agacement non dissimulé.

— Si. Je te répète qu'ils ne seraient pas allés plus loin. En aucun cas. Même si j'avais été retardé par un tremblement de terre… Même si un pneu de la jeep avait éclaté. J'en suis persuadé.

Dana se dégagea de son emprise et, traversant la chambre, se planta devant le lit. Elle avait allumé la lampe de chevet dont la lumière tamisée laissait son visage dans l'ombre.

— Je comprends que tu essayes de t'en convaincre, Matt. Seulement tu n'as aucun moyen d'en être vraiment certain.

Matt s'appuya contre la porte du placard. Il aurait donné n'importe quoi pour se trouver ailleurs, en cet instant. Il n'avait pas envie de discuter de cette histoire avec Dana McKinnon. Pas envie d'y penser, tout simplement.

— Je le suis. Ni Jessie ni Ray ne feraient une chose pareille !

— Tiens donc !

Elle pivota sur elle-même pour lui faire face. Elle avait haussé les sourcils d'un air dubitatif, sa bouche charnue était étirée en un sourire amer.

— Comment réagirais-tu, si je te disais que, contrairement à ce que tu sembles penser, Ray n'en est pas à son coup d'essai ?

— Je te répondrais que ça ne lui est arrivé qu'une fois et qu'il le regrette sincèrement, pour ne pas dire quotidiennement, depuis lors !

Dana écarquilla les yeux.

— Il t'en a parlé ?

— Oui. Il m'en a parlé. Ray est mon ami, tu sais… Ce que j'ai retenu de cet aveu, c'est qu'il t'aime. Plus que tout au monde… Et qu'il est malheureux, lui aussi.

Elle se détourna et haussa les épaules.

— Il a une drôle de façon de me prouver son amour!

La tête penchée sur le côté, Matt attendit que Dana le regarde.

— Et toi? demanda-t-il lorsqu'elle se fut tournée vers lui. Tu lui montres que tu l'aimes ou tu estimes que le simple fait de l'avoir épousé se suffit à lui-même?

Elle garda le silence un long moment, puis ses traits s'affaissèrent.

— Ce n'est pas ça, Matt. Je… Je te jure que ce n'est pas ça. Je ne considère pas…

Incapable de continuer, elle laissa sa phrase en suspens.

En trois enjambées, Matt fut auprès d'elle.

— Pardonne-moi, Dana. Je n'aurais pas dû dire cela. C'était complètement déplacé.

Il ne sut jamais si elle l'avait entendu. Elle s'effondra dans ses bras et, le visage enfoui dans l'étoffe de sa chemise, se mit à pleurer toutes les larmes de son corps…

Pour la énième fois de la semaine, Matt se reprocha sa lâcheté. Il avait envie de prendre ses jambes à son cou, une fois de plus. De se fondre dans une foule, de préférence exclusivement masculine…

Néanmoins, il continua de serrer Dana McKinnon dans ses bras, afin qu'elle puisse pleurer tout son soûl. Lorsque ses sanglots se calmèrent un peu, il ouvrit le lit et l'aida à s'allonger. Il courut ensuite jusqu'à la salle de bains où il humidifia un gant de toilette qu'il lui rapporta aussitôt.

Quelque part, il était rassurant de constater que Dana

McKinnon n'était pas différente des autres femmes. Sa beauté ne résistait pas à une crise de larmes.

— Je suis désolée, Matt! marmonna-t-elle, les yeux rougis par la fatigue, les pleurs et l'alcool. Je t'avais pourtant juré que je n'avais pas le vin triste... Je te demande pardon... Je n'aurais jamais dû essayer de te...

— De me séduire?

Elle laissa échapper un petit rire larmoyant.

— Oui.

— Ne t'inquiète pas pour ça, répliqua-t-il avec un sourire complice. Ce n'est pas tous les jours qu'un canon comme toi me coince contre un placard!

De nouveau, elle se mit à rire.

— Tu parles comme un charretier, Matt. Tu devrais surveiller tes fréquentations!

Reprenant son sérieux, elle se mit à tirer sur un fil invisible de sa couverture.

— A ton avis, vous... Vous allez parvenir à oublier l'incident? Jessie et toi, je veux dire...

— Bien sûr, répondit Matt, surpris lui-même par la facilité avec laquelle la réponse lui était venue.

D'un autre côté, il la connaissait déjà, la réponse. Même avant que Jessie ne l'aide à chasser ses démons, la veille, il avait su que ce déplorable épisode ne parviendrait pas à les séparer.

Ni Jessie ni lui ne supporteraient d'en arriver là.

— Oui, répéta-t-il. Nous allons déjà bien mieux. Et vous? Vous allez surmonter ça?

— Je... Je ne sais pas encore, murmura Dana, ses doigts fins crispés sur le rebord de la couverture.

— Tu aimes ton mari?

— Plus que tout au monde.

— Dans ce cas, débrouille-toi pour sauver ton couple.

— Ce n'est pas aussi simple que ça!

— Bien sûr que si!

Matt se pencha vers elle pour pouvoir lui parler en face.

— C'est simple comme bonjour! Pas facile… simple. Il suffit que tu lui parles, Dana. Que tu lui expliques… Que tu t'ouvres à lui… Ray est un type bien… Même si, ces derniers temps, j'ai une folle envie de lui casser la gueule… Et je peux t'assurer qu'il est malheureux comme les pierres, sans toi, Dana!

Elle se mordillait la lèvre avec nervosité.

— Tu l'as vu?

— Pas cette semaine, non. En revanche, je le trouvais bien triste, depuis mon retour. J'avais deviné qu'il avait un souci avant même qu'il ne m'explique votre situation. Alors, de deux choses l'une : soit tu le pardonnes, soit tu le quittes.

— Et la décision m'appartient en propre? se rebella-t-elle.

— Non, seulement c'est lui qui a commis une erreur, pas toi. Du coup, il culpabilise… Il se dit qu'il mérite d'être malheureux. Je connais Ray… Il ne partira pas si tu ne le lui demandes pas. Instamment, j'entends!

Dana leva les yeux vers Matt, pour se détourner presque aussitôt.

— Je… Je ne suis pas certaine de pouvoir oublier, avoua-t-elle d'une toute petite voix.

— A toi de voir…

Il s'apprêtait à se relever lorsqu'il entendit un gémissement plaintif. L'instant d'après, Dana lui prenait la main.

— Ne pars pas… Je te promets que je serai sage. Je ne veux pas rester seule cette nuit!

Matt hésita un instant avant de hocher la tête. Jessie était prévenue. Elle ne l'attendrait pas ce soir…

En moins de deux heures, les choses s'étaient éclaircies, dans son esprit. Et bien qu'il se sente enfin prêt à discuter avec sa femme, cela pouvait attendre. Non qu'il veuille punir Jessie, loin de là… Toutefois, en restant auprès de Dana, il aurait le temps de préparer son discours, de choisir ses mots.

— Tu veux que je dorme sur le canapé ?

— Oui, ou dans la chambre d'amis… Hm… Ray trouve le canapé du salon particulièrement inconfortable.

— Petite nature !

Matt fut récompensé de son trait d'humour par un nouvel éclat de rire.

Dana le regarda sortir de la chambre, les yeux brouillés de larmes. Quelle idiote…

Non, mais quelle idiote elle faisait !

Cela dit, elle n'allait pas se remettre à pleurer ! Ça suffisait comme ça !

Elle avait bel et bien le vin triste… Encore une raison de se fustiger. Et puis, elle détestait ce goût métallique dans sa bouche. Quant à ce mal de crâne latent… Dana savait d'expérience qu'il serait encore pire le lendemain.

Elle s'était ridiculisée, ce soir, en se jetant au cou de Matt Latimer sans aucun scrupule. Alors qu'elle avait passé sa vie à se soumettre et à masquer ses sentiments, elle avait craqué…

Lamentablement.

Dana porta la main à son front brûlant. Elle n'arrivait pas à croire que c'était bien elle qui s'était si mal conduite.

Elle avait tenté de séduire Matt Latimer… Le terme n'était pas des mieux choisis d'ailleurs. Quand on essayait de séduire un homme, on s'y prenait de manière plus subtile, lui semblait-il. En tout cas, avec davantage de dignité.

Elle roula sur le flanc et, après avoir glissé une main sous l'oreiller de Ray, s'obligea à fermer les yeux.

Il fallait qu'elle dorme. La lampe de chevet était restée allumée, comme chaque nuit, depuis le départ de Ray.

N'empêche… Matt lui avait énoncé une vérité primordiale, ce soir. Soit elle pardonnait à son mari, soit elle le quittait.

Un bon conseil, s'il en était…

Sauf qu'elle n'était plus certaine que la décision lui appartienne…

Chapitre 20

6 heures du matin… Il aurait fait jour si les rayons du soleil étaient parvenus à se frayer un chemin à travers l'épaisse couche de nuages et le crachin incessant qui s'en échappait.

Matt avait allumé deux néons et laissé le plafonnier éteint, de sorte que la cuisine était dans une pénombre partielle.

Il était tout habillé, seule sa veste l'attendait toujours sur la rampe d'escalier, dans l'entrée. Il avait besoin d'une bonne douche, et de se raser, songea-t-il en passant une main sur son menton râpeux. Enfin ! Dans deux secondes, il pourrait boire son premier café de la journée, c'était déjà ça !

Il entendit une clé tourner dans la serrure de la porte arrière et attrapa une autre tasse qu'il déposa sur le comptoir, à côté de la sienne. Puis il pivota sur lui-même et, les bras croisés, fit face au nouvel arrivant.

Ray hésita un instant avant de pénétrer dans la cuisine. Le cliquetis de ses clés sur la table résonna étrangement dans le silence.

— Le café est quasiment prêt ! annonça Matt, en guise de bonjour.

Il vit les épaules de Ray se relâcher et en conclut que son ami avait été tendu à l'extrême, quelques secondes auparavant encore.

— Tu as passé l'âge de dormir dans ta camionnette, mon gars ! Tu as une de ces têtes !

— Va au diable ! répliqua Ray sans animosité.

La cafetière gargouilla une dernière fois pour annoncer qu'elle avait fini sa tâche. Matt remplit les deux tasses, en garda une et fit glisser l'autre sur le comptoir, tout en observant son ami à la dérobée. Celui-ci s'empara de la tasse, avant de prendre appui de l'autre côté du bar, face à lui. Tacitement, les deux hommes attendirent en silence que leur café ait un peu refroidi. Un silence relativement confortable, d'ailleurs.

— Tu as passé la nuit là-dedans ? demanda enfin Matt.

Il avait vu la camionnette de Ray, de l'autre côté de la rue, au moment où il s'était levé, un peu étonné de se retrouver dans la chambre d'amis des McKinnon.

— Ouais ! soupira Ray, faisant rouler sa nuque d'un côté puis de l'autre.

— Tu voulais voir à quelle heure je partirais ?

— Ça se peut.

Ray baissa les yeux vers sa tasse, d'un air maussade.

— Je suis passé pour essayer de parler à Dana… J'ai vu ta voiture et…

Il leva vers Matt des yeux pleins d'une colère subite.

— Tu peux m'expliquer ce que tu as fabriqué chez moi, toute la nuit ?

— Et toi ? Tu peux m'expliquer ce qui t'a pris, d'embrasser ma femme sous mon propre toit ? répliqua Matt, du tac au tac.

— Un moment de folie, reconnut Ray sans hésiter. Et une belle ânerie de ma part.

Matt se laissa retomber contre le comptoir, un sourire un peu forcé aux lèvres.

— Ce que tu peux m'agacer, quand tu joues la carte de l'honnêteté !

Ray laissa échapper un petit rire nerveux.

— Dana n'était pas très bien, hier soir. Je lui ai tenu compagnie. Et pour que les choses soient bien claires entre toi et moi, j'ai dormi dans la chambre d'amis.

— Je sais. J'ai vu la lumière. De toute manière, je te fais confiance.

Matt répondit par un grognement sourd que Ray choisit de prendre pour un assentiment.

Il songea un instant à s'enquérir de la voiture de Dana, à demander à Matt ce qui l'avait amené jusqu'ici. Il y avait peu de chances pour que Dana l'ait appelé chez lui pour lui demander de passer la voir et…

Il se secoua. Tout cela n'avait que très peu d'importance, en fin de compte. Il ne s'agissait que de détails qu'il pourrait toujours régler plus tard.

— Matt ? Ce qui s'est passé la semaine dernière…

Il vit son ami se raidir, ses doigts se crisper autour de la tasse, mais il décida d'aller de l'avant. Il fallait que les choses soient dites.

— N'y vois rien d'autre qu'un moment d'égarement de ma part, vieux. Je ne sais pas ce qui m'a pris. J'ai toujours considéré Jessie comme ma petite sœur, *notre* petite sœur… Et puis tu es revenu à Millers Crossing, vous vous êtes mariés et… Je ne sais pas. Je me suis mis à la regarder différemment…

Il s'interrompit, le temps de chercher ses mots.

— Jusque-là, Jessie faisait partie du paysage, tu comprends… J'ai toujours pu compter sur elle et inversement, je crois. L'autre jour… Elle paraissait tellement inquiète pour moi… Je me sentais si seul… Je ne sais pas ce qui m'est passé par la tête. J'ai embrassé ta femme, c'est vrai… Néanmoins, il n'y a vraiment rien entre nous, Matt. Il n'y a jamais rien eu de plus qu'une franche amitié, et il n'y aura jamais rien d'autre.

Matt s'absorba dans la contemplation de son café, le temps de mettre en balance sa colère et son humiliation, face à une amitié vieille de trente ans et aux remords qu'il percevait dans la voix de Ray.

Au bout d'un moment, il se détendit un peu. La vie était décidément trop courte pour se la gâcher avec ce genre de ressentiments. Sans compter que les amis étaient rares, du moins les vrais…

Aussi, relevant la tête vers Ray, lui tendit-il la main. Ray s'en empara, un sourire incertain aux lèvres.

— Ça passe pour cette fois, déclara-t-il. Seulement je te préviens, si jamais je t'y reprends, je te ferai passer un sale quart d'heure !

— Tu ne m'y reprendras pas.

Leur attention fut attirée par le bruit de la douche, au-dessus d'eux. Matt désigna du menton la cage d'escalier.

— A ta place, je monterais faire amende honorable, mon gars. Ensuite, je forcerais Dana à parler.

— J'ai déjà essayé les deux, soupira Ray, l'air très las, subitement. Elle ne veut rien entendre.

— Tu te trompes, déclara Matt avant de terminer son café d'un trait. Elle se protège parce qu'elle a peur de souffrir. Comme tout le monde, d'ailleurs… Alors, débrouille-toi pour qu'elle écoute ce que tu as à lui dire. Et surtout, oblige-la à parler.

Ray hocha la tête d'un air peu convaincu.

— Allez ! Monte ! insista Matt. Et n'abandonne pas la partie tant qu'elle ne t'aura pas écouté.

— C'est bon ! C'est bon ! maugréa Ray. J'ai compris, chef !

— Parle à ta femme, répéta Matt. Avant qu'il ne soit trop tard. Conseil *d'ami* !

Sur ce, il attrapa sa veste, prit la porte et disparut dans la brume matinale.

— Facile à dire! grommela Ray, le regard rivé sur l'escalier.

D'un autre côté, il n'avait pas grand-chose à perdre. Il dormait sur le canapé de son bureau depuis près d'une semaine, se douchait aux bains municipaux et ne se nourrissait plus que de hamburgers. Sa femme, sa maison et son lit lui manquaient. Dès lors, il était peut-être temps d'en finir, de mettre les choses à plat et de prendre une décision, une bonne fois pour toutes.

Il pénétra dans la chambre à l'instant précis où Dana sortait de la salle de bains. Bien qu'elle se soit figée en le voyant, il eut le temps d'apercevoir une lueur d'espoir dans ses yeux. Alors, de deux choses l'une : soit il se faisait des illusions, soit elle était heureuse de le voir.

Il avait préparé un vague discours qui commençait par « je te demande pardon » et se terminait par « je t'aime ». Aussi fut-il le premier surpris de s'entendre dire :

— Tu t'es coupé les cheveux!

Dana porta une main à sa nuque. Elle se mordit la lèvre et releva le menton, comme sous le coup d'un reproche.

— En tant qu'ex-mari, cela ne te concerne pas!

L'espace d'un instant, Ray fut incapable de respirer. La réplique lui avait fait l'effet d'un coup de poing. Il dévisagea un instant sa femme, dans l'espoir de la percer à jour, derrière son maudit masque.

— C'est vraiment ce que tu veux? demanda-t-il avec un calme surprenant. Le divorce?

Le visage de la jeune femme se crispa, comme si jusqu'à cet instant, elle n'avait pas compris la portée de ses propres paroles. Son menton fut agité d'un tremblement et elle porta une main à sa bouche.

Le masque était enfin tombé et, l'espace d'un instant, Ray réussit à lire dans son cœur.

Il fit mine de s'avancer vers elle, mais, pivotant sur elle-même, elle courut s'enfermer dans la salle de bains.

Ray se retrouva devant la porte avant même de s'en être rendu compte. Elle était fermée à clé.

Posant le front sur le battant, il s'efforça de conserver son sang-froid.

— Dana ? Laisse-moi entrer.

Pour toute réponse, il ne perçut que des sanglots étouffés. A en juger par l'endroit d'où provenaient ses pleurs, Dana s'était retranchée à l'autre bout de la salle de bains.

Histoire, sans doute, de mettre autant de distance que possible entre eux deux…

Tant pis. Il ne s'en laisserait pas conter. Pas après ce qu'il avait lu dans ses yeux, quelques secondes auparavant.

— Je t'aime, Dana !

Cette déclaration fut accueillie par une longue plainte. La porte, elle, resta fermée et Ray sentit son calme le déserter.

— Ouvre-moi ! cria-t-il. Ouvre-moi !

— Va-t'en !

— Pas question, explosa-t-il. Je ne bougerai pas d'ici.

Là-dessus, il recula d'un pas pour prendre son élan et donna un grand coup de pied dans le panneau du bas.

La porte s'ouvrit dans un craquement sinistre.

Dana le considéra un instant, les yeux écarquillés par la stupeur, puis s'enfouit le visage dans les mains.

— Va-t'en ! répéta-t-elle.

— Sûrement pas. Je viens de démolir cette porte, rien que pour arriver jusqu'à toi. Ce n'est pas pour repartir sagement !

Il la prit par les épaules et elle se raidit de tout son corps.

— Ne me regarde pas. Je ne veux pas que tu me voies dans cet état.

— Et pourquoi donc ?

— Parce que je suis moche !

— Ne dis donc pas de bêtises ! murmura-t-il, enroulant ses bras autour de ses épaules. Comme si c'était le plus important ! Tu ne crois tout de même pas que je t'ai épousée pour ta beauté, si ?

Il la sentit se tendre encore davantage et, se dégageant doucement, lui glissa un doigt sous le menton pour la forcer à le regarder dans les yeux.

— C'est ça, Dana ? C'est ce que tu crois ? Tu penses que je t'ai épousée par pur orgueil masculin ? Pour pouvoir t'exhiber à mon bras ? Comme un trophée ?

— C'est tout ce que j'ai pour moi, non ? Mon physique !

Ray la considéra d'un air songeur. Comment une énormité pareille avait-elle pu lui échapper ? Ils étaient mariés depuis plus de cinq ans et l'idée ne l'avait jamais effleuré...

Quel abruti il faisait !

Il aurait voulu s'insurger, lui reprocher la piètre opinion qu'elle se faisait de lui, mais s'en trouva incapable. Il suffisait de regarder Dana pour comprendre qu'elle était convaincue de n'avoir rien d'autre à offrir que son visage de madonne et son corps de rêve.

— Il est vrai que la première fois que je t'ai vue, je me suis dit que je n'avais jamais rencontré de femme aussi belle que toi.

Dana grimaça et tenta de se dérober à son étreinte. Il resserra son emprise et, lui encadrant le visage des deux mains, continua à lui parler.

— Ecoute-moi, Dana. C'est important... Je suis un homme,

et comme tous les hommes, j'ai tendance à réagir avec mes sens avant toute chose. Quand tu as accepté de sortir avec moi, j'ai eu du mal à le croire. Pour moi, c'était un peu comme si Esméralda s'était commise avec Quasimodo…

Comme elle ouvrait la bouche pour protester, il la fit taire du bout de l'index.

— J'ai passé la soirée à me demander si j'arriverais à mes fins ce soir-là… Mes fins étant, tu t'en doutes, de te mettre dans mon lit le plus vite possible. J'étais tellement fasciné par cette perspective que je n'ai pas fait attention à ce que nous nous disions. Plus tard, quand nous sommes sortis du restaurant, légèrement ivres, il faut bien le dire, tu as buté contre une marche et tu es tombée dans la fontaine. Tu te souviens, Dana ?

— Je me rappelle surtout m'être trouvée bête ! grommela Dana.

— Tu n'aurais pas dû ! Tu étais tellement craquante, avec tes cheveux qui dégoulinaient sur tes joues et ton air catastrophé ! Encore plus lorsque, au lieu de t'énerver ou de fondre en larmes, tu as été prise d'un fou rire irrépressible… Je crois que c'est à cette seconde-là que je suis tombé amoureux de toi, Dana.

— Pourquoi ? Parce que j'avais l'air d'un chien mouillé ?

— Parce que tu avais l'air d'un être humain. Accessible… tangible. Pas d'une princesse de contes de fées, mais d'une vraie femme. Une femme que j'avais à cœur de découvrir, subitement…

Il fit glisser ses doigts dans ses cheveux avec une tendresse infinie.

— Je ne prétendrai pas que je me fiche éperdument de ton physique, Dana. Je n'essaierai pas de te faire croire que je ne crâne pas, quand je vois le regard envieux des autres. Il n'en reste pas moins vrai que je t'aimerais, même si tu étais chauve et que tu avais une verrue sur le nez.

Dana laissa échapper un petit rire qui se termina en sanglot, et s'enfouit la tête dans la chemise de son mari.

— Tu racontes n'importe quoi, Ray. Tu n'aurais jamais adressé la parole à une femme chauve et affublée d'une verrue sur le nez !

— Pas sûr ! Ça ne se trouve pas à tous les coins de rues, tu sais ! Et puis, ça peut avoir son charme !

Dana se remit à rire, plus franchement, cette fois.

Ray eut l'impression de retrouver une part de lui-même.

Une part enfouie depuis bien longtemps, et qui lui avait tellement manqué !

Il laissa reposer sa joue sur les cheveux blonds de sa femme et, tout en s'imprégnant de sa douce odeur, songea que tout irait bien dorénavant.

Pour la première fois en plus d'un an, il en était vraiment convaincu.

Jessie se trouvait dans la cuisine, lorsque Matt passa la porte. Il l'entendit aller et venir, poser un plat dans l'évier, marmonner quelque chose.

Nul doute qu'elle avait entendu la jeep se garer, mais elle ne vint pas à sa rencontre. Pourtant, il ne doutait pas un instant qu'elle se soit fait un sang d'encre, toute la nuit durant.

Ce n'était pas bien grave cependant… Matt savait qu'il leur faudrait un peu de temps pour revenir à la normale, pour réapprendre à s'aimer en toute simplicité…

Il hésita un instant entre l'envie de voir sa femme et le besoin de prendre une douche. Si la douche l'emporta, ce fut parce qu'il ne voulait pas avoir avec Jessie une conversation dont dépendait leur avenir dans des vêtements poisseux.

Il redescendit un quart d'heure plus tard, rasé de frais, douché et changé. Il se sentait déjà beaucoup mieux.

Jessie avait le dos tourné et Matt prit le temps de l'observer. Elle avait enfilé un gros pull-over gris sur un caleçon vert kaki. Ses cheveux étaient retenus par deux pinces, et ses pieds chaussés de ses absurdes pantoufles roses. Une véritable gamine…

Un gâteau refroidissait sur le comptoir, ce qui signifiait qu'elle était debout depuis un bon moment. Et soucieuse… Jessie se réfugiait devant ses fourneaux lorsqu'elle avait des soucis. Heureusement qu'elle avait ce contrat avec Laurène, d'ailleurs. Sans quoi, elle aurait été obligée d'ouvrir une boutique !

Matt ne put réprimer un sourire de bien-être. Il était chez lui, dans cette maison. Ce n'était pas tant l'endroit en lui-même, ni le fait d'être marié et bientôt père de famille. Non… C'était cet ensemble d'émotions diverses, de désirs, de besoins… et surtout, la présence de Jessie. Au bout du compte, c'est toujours là qu'il en revenait.

A Jessica Sinclair Latimer, son épouse, son refuge.

— Je t'aime, Jessie.

Il n'avait pas prévu de prononcer ces simples mots qui avaient franchi le seuil de ses lèvres comme de leur propre chef.

Et du fond de son cœur.

Il la vit sursauter et se tourner vers lui, les yeux écarquillés par la surprise, une fourchette au bout de laquelle pendait un morceau de bacon, dans la main gauche.

— Qu'est-ce que…

— Je t'aime. Je sais que ça ne faisait pas partie du marché, seulement je t'aime et tant pis si tu ne… Hé !

Elle s'était précipitée dans ses bras et pleurait à chaudes larmes.

Fort heureusement, elle avait abandonné sa fourchette au passage, sans quoi ses efforts de toilette auraient été anéantis.

— Je n'arrive pas à y croire, Matt, balbutia-t-elle. Que tu m'aies dit cela... Je... Moi aussi, je t'aime. Je voulais te l'avouer hier... parce que je venais de m'en rendre compte et qu'il me semblait important de te le dire... Tu comprends... Je t'ai toujours aimé, Matt, mais pas comme ça... Pas d'amour... Tu sais, avec un grand A...

Elle s'interrompit, le temps de renifler et de reprendre son souffle.

— Bref... Le soir même où je prends conscience de mes sentiments pour toi, tu ne rentres pas à la maison... J'y ai vu un signe de mauvais augure, moi qui ne suis pas superstitieuse, d'habitude...

Elle se mit à lui embrasser le cou avec fébrilité, sans cesser de parler pour autant.

— J'ai préparé des gaufres, Matt. Pour toi... Parce que je sais que tu aimes ça... Je me suis dit que nous pourrions nous installer tranquillement pour discuter et...

Matt enroula une des mèches de Jessie autour de ses doigts et, tirant doucement en arrière, fit taire sa femme d'un baiser fervent.

Jessie se blottit contre lui et il continua à l'embrasser, jusqu'à ce que tous deux soient hors d'haleine.

— Tu es un cas, ma chérie ! Prévoir des gaufres pour séduire ton mari...

— On m'a toujours dit que la table était le moyen le plus sûr de garder un homme, répondit-elle dans un souffle.

— Je t'aimerais même si tu ne savais pas faire cuire un œuf à la coque, tu sais !

Jessie recula juste assez pour pouvoir le regarder dans les yeux.

— Parfait. Plus de gâteaux au chocolat, alors ?

Matt se rembrunit visiblement.

— Disons…

— C'est bien ce que je disais, chuchota-t-elle contre ses lèvres entrouvertes. Ton amour passe d'abord par ton estomac !

Chapitre 21

— Sara m'a souri ! déclara Matt, émerveillé. Je te jure que c'était un sourire !

— Si on en croit les livres, objecta Jessie, elle ne…

— Qu'est-ce qu'ils en savent, tes bouquins ? Tu ne vas pas croire ce que te raconte un parfait étranger, tout de même ! Si moi, son père, je te dis qu'elle m'a souri ? Je sais faire la différence entre des coliques et un sourire !

Jessie jugea préférable de ne pas insister. Après tout, si Matt était convaincu que leur fillette de trois semaines était à même de lui sourire, pourquoi le contrarier ?

C'était la fête du Travail et les réjouissances annuelles battaient leur plein, dans le parc municipal de Millers Crossing.

Jessie avait hésité à amener la petite Sara avec eux. Toute cette agitation, toute cette foule… C'était peut-être beaucoup pour elle ! Pourtant, bien à l'abri dans les bras paternels, le nourrisson semblait dévisager son père avec adoration.

— Ça y est ! geignit Jessie. Elle t'a déjà mis dans sa poche !

— Bien sûr. Ma fille est une enfant exceptionnellement précoce ! fit Matt avec un sourire radieux.

— Dis plutôt qu'elle sait reconnaître une bonne poire !

— Aussi !

Jessie contempla tour à tour le père et la fille et fut submergée par un immense sentiment d'amour. Le jour où Sara se mettrait vraiment à sourire, ce serait à son père. Elle réagissait déjà à sa voix, et ses petits yeux à peine ouverts semblaient le chercher dès qu'il se trouvait dans les parages. Ce qui était constamment le cas, depuis la naissance.

Faisant mentir les vieux clichés, Matt s'occupait du bébé avec une facilité que lui enviait Jessie. Alors qu'elle avait tant rêvé de devenir mère, elle avait été totalement désemparée lorsqu'il s'était agi de faire face à la réalité. Et la réalité était que Sara Latimer était une personne à part entière.

Contre toute attente, Matt avait pris les choses en main et s'en était tiré comme s'il n'avait fait que cela toute sa vie. Les couches, les bains, la terrible fragilité de ce petit être... Rien ne semblait l'effrayer, alors que Jessie croulait toujours sous le poids de ses nouvelles responsabilités.

— Jessie ! Respire un grand coup ! lui ordonna Matt.

Jessie s'exécuta sans réfléchir, puis se mit à rire. Matt avait le chic pour détecter une panique naissante, chez sa femme. Cette invitation à respirer était devenu leur code, une façon de la rassurer quand il ne pouvait pas la prendre dans ses bras ou lui faire l'amour.

— Tu sais à quel point c'est frustrant, de te voir aussi calme, Matt ? demanda-t-elle d'un ton faussement geignard.

— Je paniquerai plus tard, ne t'en fais pas. Quand Sara apprendra à conduire, par exemple. Surtout si elle tient de sa mère !

— Ce n'était qu'un tout petit arbre de rien du tout, lui rappela Jessie. La preuve, c'est tout juste si j'ai froissé une aile de ton carrosse !

— C'est ça... N'en démords pas, ma belle ! N'avouez jamais...

Ils durent contourner un couple d'adolescents tellement absorbés l'un par l'autre que le monde aurait pu s'écrouler sans qu'ils s'en aperçoivent.

— Ah, les premières amours ! s'exclama Jessie, non sans un brin de nostalgie.

— Elles ne valent pas les amours de la quarantaine ! répliqua Matt, catégorique.

— Ça suffit, vous deux ! Il y a des oreilles chastes, dans ce parc ! gronda une voix faussement courroucée, au-dessous d'eux.

Ray se leva de la couverture sur laquelle il était étendu avec Dana. Il prit le panier de pique-nique des mains de Jessie et se pencha pour admirer Sara qui le récompensa par une moue boudeuse.

« Ma famille », songea Jessie en prenant place sur la couverture.

Un an plus tôt, elle s'interrogeait sur le bien-fondé de son mariage avec Matt. Aujourd'hui, tout lui confirmait qu'elle avait fait le bon choix, le meilleur de toute son existence.

Elle contempla un instant les trois adultes qui l'entouraient. Matt et Ray se chamaillaient au-dessus du panier. Dana était assise tout près d'eux, toujours aussi élégante, même dans sa robe de grossesse…

Les choses avaient pris une tournure toute différente de celle que Jessie avait initialement prévue.

Non seulement elle avait un mari, et ce délicieux bébé blotti contre elle, mais aussi des proches… Une famille de gens qu'elle aimait, sur qui elle pouvait compter et pour qui elle serait toujours là.

Relevant la tête, elle croisa le regard de Matt. Un regard rempli d'un amour incommensurable.

Jessie sentit sa bouche s'étirer en un large sourire.
Son mari... et aussi son meilleur ami, son amant...
Tout en un. Rien que pour elle...
Le bonheur, quoi!

PRÉLUD'

Le 1er Août

Prélud' n°156

La maison sur les dunes - Pamela Browning

Sweetwater Cottage... Trista et Rick y ont passé leurs plus merveilleux moments, jusqu'à ce que les premiers émois s'en mêlent — et les éloignent. Des années plus tard, alors que Rick vient de divorcer, il ose enfin rappeler Trista. A-t-il raison ? A-t-il tort ?

Prélud' n°157

Les cœurs rebelles - Genell Denill

Rebelles, Andie Lee et Blue le sont tous les deux. Ils ne se connaissent pas et, pourtant, ils ont un ennemi commun et chacun veut sa revanche. Leur rencontre va être à la fois sauvage et passionnée. Comme eux.

Prélud' n°158

Un soir d'anniversaire... - Lauren Nichols

Le soir de ses quinze ans, Maggie reçoit son premier baiser... et essuie sa première grande peine d'amour. Le coupable ? Ross Dalton. Alors, quand il croise sa route des années après, ne la reconnaît pas et lui fait la cour, Maggie a toutes les raisons de se méfier...

Prélud' n°159

La demoiselle d'honneur - Pamela Bauer

Le jour du mariage de sa meilleure amie, Krystal s'évanouit au bras de Garrett, son meilleur ami. L'occasion pour ce dernier — médecin — de découvrir le secret de Krystal : elle est enceinte... de lui, suite à l'unique nuit qu'ils ont partagée dans un moment d'égarement...

Prélud' n°160

La vie en couleur - Susan Mallery

Mettre du baume sur son cœur et des couleurs dans sa vie, c'est l'envie de Claire quand elle débarque à Seattle. Son objectif ? Se réconcilier avec ses sœurs. Son rêve ? Vivre enfin une grande passion.

Best-Sellers n°382 • thriller

Collection macabre - Erica Spindler

A La Nouvelle-Orléans, la découverte d'un squelette de femme à la main coupée relance une affaire restée sans suite deux ans plus tôt : après avoir retrouvé plusieurs mains de femmes coupées, la police n'avait pas réussi à arrêter celui que la presse avait surnommé « le collectionneur». Chargée de l'enquête, l'inspecteur Patty O' Shay est sous le choc quand elle apprend que le badge de police de son mari, assassiné deux ans plus tôt, est retrouvé avec le squelette. Dès lors, elle n'a plus qu'une idée en tête : retrouver « le collectionneur ». Quel qu'en soit le prix…

Best-Sellers n°383 • roman

L'enfant du scandale - Barbara Delinsky

Hugh et Dana forment un couple harmonieux malgré leurs différences. Si Dana vient d'un milieu modeste et n'a jamais connu son père, Hugh, issu de la bourgeoisie bostonienne, a dû lutter pour faire accepter son épouse dans sa famille. Alors que l'arrivée d'un enfant semble apaiser les passions, c'est un véritable scandale que déclenche la naissance de la petite fille. Car, contre toute attente, le bébé a la peau sombre. Abasourdis, déchirés entre la joie et la soif de réponses, les jeunes parents décident d'explorer leurs racines, au risque de déterrer les secrets du passé…

Best-Sellers n°384 • suspense

Un danger dans la nuit - Lisa Jackson

Je sais ce que tu as fait, confesse tes péchés…

En écoutant ce message sur son répondeur, la psychologue Samantha Leeds plonge en plein cauchemar. Car l'appel lui rappelle le drame qui a marqué sa vie : le suicide d'Annie, une jeune auditrice perturbée qu'elle n'a pas pu sauver. Terrifiée, Samantha l'est d'autant plus que le harceleur est devenu un tueur qui viole et étrangle ses victimes en écoutant son émission. Tandis que les inspecteurs Bentz et Montoya pistent le meurtrier, Samantha se réfugie auprès de Ty Wheeler, son nouveau voisin, le seul homme auquel, croit-elle, elle peut encore faire confiance…

Best-Sellers n°385 • thriller

Tu tueras pour moi - Andrea Ellison

Dix jeunes femmes au teint d'albâtre et aux cheveux de jais, aux lèvres maquillées de rouge sang...Une série de crimes qu'à Nashville, personne n'a oubliés. Vingt ans plus tard, la ville est de nouveau plongée dans la peur tandis que quatre nouvelles victimes sont découvertes, tuées selon le même rituel. Mais pour les enquêteurs, pas de doute : ces crimes portent la signature sanglante du tueur. Pour Taylor Jackson, le lieutenant chargé de l'enquête, l'affaire prend une tournure personnelle : car un détail dans le profil de l'assassin a réveillé des souvenirs enfouis au plus profond d'elle-même...

Best-Sellers n°386 • thriller

La forêt de la peur - Michelle Gagnon

Dans les Appalaches, un terrifiant ossuaire est découvert. Pour l'agent Kelly Jones, du FBI, cette enquête tombe vraiment mal : elle espérait trouver dans les bras de Jake, ex flic reconverti dans la protection rapprochée, la force de surmonter le choc que lui a causé la mort tragique de son coéquipier. Mais d'autres corps sont retrouvés, portant la trace d'horribles sévices. Dès lors, Kelly ne peut s'empêcher de s'impliquer. Elle découvre qu'il n'y a pas un, mais deux tueurs. Deux assassins rivaux, lancés dans une atroce surenchère...

Best-Sellers n°387 • historique

La tentation de lady Blanche - Brenda Joyce

Londres et la Cornouailles, 1822

Sous des airs frivoles de riche héritière, Blanche Harrington cache une nature tourmentée, hantée par un drame de son enfance. Depuis, elle s'est juré de ne jamais se montrer vulnérable. Et de ne jamais accorder sa confiance à un homme. Mais sa rencontre fortuite avec sir Rex de Warenne, qu'elle surprend dans les bras d'une servante, va ébranler ses certitudes. A la fois choquée et fascinée par tant d'impudeur, Blanche ne peut s'empêcher de ressentir pour cet homme une attirance inavouable...

Best-Sellers n°388 • roman

Les amants de l'été - Susan Wiggs

Rosa Capoletti a de quoi être fière : orpheline de mère, elle s'est construite seule et fait carrière dans la restauration de luxe. Mais elle est toujours célibataire car elle ne peut oublier son premier amour : Alex Montgomery, le fils des riches voisins qui séjournaient chaque été sur la côte. Rosa n'a pas oublié leurs premiers baisers, et l'abandon, lâche et inexplicable, d'Alex, sorti de sa vie en entrant à l'université. Obsédée par ce douloureux souvenir, Rosa est pourtant décidée à rompre avec son passé. Mais voilà que, dix ans après son départ, Alex est de retour...

BestSellers

Best-Sellers n°389 • thriller

Le tueur d'anges - Erica Spindler

Il y a cinq ans, trois meurtres de petites filles ont semé la panique à Rockford, Illinois. Kitt Lundgren, chargée de l'enquête, a fait de la traque du tueur une obsession — mais elle a laissé le coupable lui échapper. Sa vie en a été marquée à jamais. Et voilà qu'après cinq ans de silence, le tueur d'anges recommence à frapper. Cette fois, Kitt est décidée à le retrouver, mais l'enquête est confiée à l'inspecteur Riggio, une jeune femme ambitieuse qui ne pardonne pas à Kitt ses erreurs du passé…

Best-Sellers n°390 • roman

Un été au Maryland - Nora Roberts

A Antietam, dans le Maryland, un été va bouleverser à jamais l'existence de plusieurs êtres meurtris par la vie. Cassie Connor se sent en effet revivre. Elle qui a subi des années durant les violences de son mari n'a-t-elle pas trouvé enfin le courage de porter plainte contre lui ? A présent que Joe est en prison, elle savoure sa liberté toute neuve. Et accepte d'être courtisée par Devin MacKade, l'un des célibataires les plus en vue de la région. Mais on ne se libère pas si facilement du passé…

Best-Sellers n°391 • roman

Le passé meurtri - Karen Young

Ecrivain reconnu, Elizabeth Walker s'efforce d'oublier les drames qui ont jalonné sa vie : la mort tragique de ses parents, la perte de ses deux petites sœurs, qu'elle n'a jamais revues depuis leur adoption, et son enfance à elle, ballottée au gré des familles d'accueil. Elle vit en solitaire jusqu'au jour où sa meilleure amie Gina se voit menacée de perdre la garde de sa fille. Cette fois, Elizabeth se battra. Pour Gina. Pour la petite Jesse, sa filleule adorée. Et pour se donner enfin une chance de prendre son destin en main.

Composé et édité par les

éditions Harlequin

Achevé d'imprimer en France (Malesherbes)
par Maury-Imprimeur
en juin 2009

Dépôt légal en juillet 2009
N° d'imprimeur : 146556 — N° d'éditeur : 14381